Paul hat das Alleinsein satt

ORY MASSA

Paul hat das Alleinsein satt

Eine außergewöhnliche Liebesgeschichte

Roman

Bibliografische Information der Deutschen Nationalbibliothek:
Die Deutsche Nationalbibliothek verzeichnet diese Publikation
in der Deutschen Nationalbibliografie; detaillierte bibliografische
Daten sind im Internet über http://dnb.dnb.de abrufbar.

© 2017 Ory Massa (h.sannwald@gmx.de)
Satz, Umschlaggestaltung, Herstellung und Verlag:
BoD – Books on Demand, Norderstedt
ISBN: 978-3-7448-5749-9

PAUL

hat es sich auf seiner Couch im Wohnzimmer gemütlich gemacht. Jetzt, nach dem kleinen Frühstück, wie immer begnügte er sich mit einer Tasse schwarzen Kaffee ohne Zucker, dazu je eine Scheibe Vollkornbrot mit Butter und Honig, wird er sich in aller Ruhe der Tageszeitung widmen. Ein Blick aus dem Fenster überzeugt ihn, dass er im Hause besser aufgehoben ist als draußen bei diesem nasskalten Wetter. Langsam fallen vereinzelt Schneeflocken vom Himmel, die auf der Terrasse sofort zu Wasser werden. Nur auf dem Rasen bleiben sie noch einige Minuten erhalten. Der Winter ist vorbei, aber der Frühling noch nicht angekommen. Wohl recken Frühlingsblüher die ersten grünen Blattspitzen ein wenig aus dem durch und durch nassen Boden, doch bis zum Erblühen von Krokus, Narzisse und anderen Frühjahrsboten, die den Frühling ankünden, wird es noch dauern, wenn weiterhin die Wärme ausbleibt.

Paul ist ein vitaler Sechziger. In sein ehemals dunkles Haar hat sich das Grau eingenistet. Aber noch überwiegt das Dunkle. Mit 175 Zentimeter Körpergröße gehört er nicht zu den Riesen, aber Körperbau und Beweglichkeit bezeugen sportliche Aktivitäten. Sein markantes Gesicht ist nicht ohne weiche Linien, seine Physiognomie kommt bei Frauen gut an. Paul wirkt durch und durch sympathisch. Seine sonore Stimme und seine Sprachgewandtheit machen ihn zu einem beliebten Gesprächspartner. Vor einigen Jahren verlor er seine Frau durch eine heimtückische Krankheit innerhalb weniger Wochen. Das hat ihn unsagbar mitgenommen. Er hat seine Frau sehr geliebt, sie führten eine harmonische Ehe über fünfunddreißig lange Jahre. Mit zwei Kinder, einen Sohn und eine Tochter bildeten sie eine glückliche Familie. Aber es gab in den Anfangsjahren dieser Ehe auch eine Zeit, als Paul leichtsinnigerweise eine Liaison mit einer sehr jungen Frau unterhielt. Er verstand es, diese Beziehung während der ganzen Jahre, die sie andauerte, geheim zu halten. Immer geplagt von Gewissensbisse, aber er konnte sich lange nicht aus dieser leidenschaftlichen Liebesbande lösen. Zu sehr waren er und seine Geliebte einander verfallen. So sehr es auch widersprüchlich klingen mag: er hat seine Ehefrau auch während dieser Zeit nicht weniger geliebt. Und an einem Punkt war er sich mit seiner Geliebten einig - eine Trennung von seiner Frau kam für ihn keinesfalls infrage.

So wie er es jeden Montag seit Jahren gewohnt ist, beginnt Paul mit dem Sportteil der Zeitung. Politik, Wirtschaft und Lokales muss montags warten. An den anderen Tagen gibt es eine andere Reihenfolge. Paul ist ein begeisterter Sportler – nicht nur vor dem Fernseher. Ab und an geht er auch ins Fußballstadion, seit in der Nähe Bundesligafußball geboten wird. Die verschiedensten Ballsportarten finden sein reges Interesse, es sei denn, die Kugel ist nicht rund und ähnelt einem Ei oder hat die Größe eines Tennisballs. Für einige Sportarten kann er sich allerdings nicht erwärmen. Dazu gehört z. B. der Motor-Rennsport. Dass bei einem Renntag hunderttausend Zuschauer an die Rennstrecke pilgern, nur um die vorbeiflitzenden Boliden zu verfolgen, die doch meistens über beinahe alle Runden in regelmäßiger Abfolge vorbeihuschen, hat er kein Verständnis. Beim Alpin-Wintersport verurteilt er mit Entschiedenheit den Abfahrtslauf. Immer schneller, immer spektakulärer werden die Pisten gesteckt. Die Athleten riskieren Kopf und Kragen, wenn sie einen Spitzenplatz im Endergebnis erreichen wollen. Wann hört dieser Irrsinn endlich auf, fragt er sich immer wieder. Selbst hat Paul nie Leistungssport betrieben, wenn man von den drei, vier Jahren als Jugendfußballer einmal absieht. Da seine fußballerischen Qualitäten begrenzt waren, fiel es ihm damals leicht, die Fußballschuhe an den berühmten Nagel zu hängen. Aber ein Sportstudio sucht er regelmäßig auf. Er ist sehr darauf bedacht, seine körperliche Fitness auch im Alter zu bewahren.

Eine besondere Schwäche hat Paul für den Frauensport. Vor allem, wenn echte körperliche Leistung gefordert wird. Einen

Turnwettkampf, aber nicht nur mit Frauen, lässt er sich im Fernsehen selten entgehen. Für Paul sind solche Sportler und Sportlerinnen Artisten, die jederzeit auch in einem Zirkus auftreten könnten. In den Monaten des Wintersports verfolgt er mit großem Interesse die Wettbewerbe in den nordischen Disziplinen besonders den Biathlon.

In den letzten Monaten macht eine Volleyball-Frauenmannschaft aus einer Nachbargemeinde auf sich aufmerksam. Neu in eine höhere Liga aufgestiegen, kämpfen die Mädchen erfolgreich um die vorderen Ränge in der Liga. Also beschließt Paul, bei einem der nächsten Heimspiele live dabei zu sein. Allerdings hat er noch wenig Ahnung von dieser Sportart. Regelkenntnisse hat er schon gar nicht. Wenn im Fernsehen Ausschnitte von solchen Wettkämpfen übertragen werden, bewundert er die Spielerinnen, wie sie sich den wuchtigen Schmetterbällen entgegenwerfen, um sie noch vor dem Bodenaufschlag zu erwischen und der Mannschaft einen neuen Spielaufbau ermöglichen. Nicht umsonst haben die Spielerinnen Schutzpolster an Armen und Beinen.

Sein Vorhaben setzt Paul bereits am folgenden Wochenende in die Tat um, denn es kommt der momentane Tabellenführer, der nach dem Punktestand zu urteilen, allen anderen Mannschaften weit überlegen sein muss. Am späten Samstag-Nachmittag setzt sich Paul in seinen PKW und steuert ihn über den Berg ins andere Tal. Vorbei an den gepflegten, kilometerlangen Weinbergen am südlichen Abhang des Höhenzuges, der seinen Heimatort von dieser lieblichen Landschaft trennt. Ein altes Kulturland ist dieses fruchtbare Tal. Hier waren schon die Kelten und später auch die Römer heimisch. Ausgrabungen haben vor vielen Jahren sogar eine bestens erhaltene Jupitersäule zum Vorschein gebracht. Hier wächst der beste schwäbische Wein und Pauls Lieblingsgetränk, die Sorte ‚Lemberger‘. Den hat schon Altbundespräsident Theodor Heuss mit Vorliebe getrunken. Sein Geburtsort liegt in diesem Tal. Es ist Mitte März, die Weinreben sind längst geschnitten und üblicherweise mit zwei Ruten an der Drahtanlage angebunden.

Da die derzeitige Wetterlage alles andere als frühlingshaft ist, kann man von einer Vegetationsphase noch nichts erkennen. Paul ist froh, dass die Winterzeit endlich dem Ende zugeht. Er kann den kalten Monaten nichts Positives abgewinnen. Vor allem die kurzen Tage und langen Nächte während dieser Zeit hasst er über alles. Seine Abneigung gegen die Wintermonate hat auch noch einen anderen Grund. Für ihn sind die Monate November bis Februar Totenmonate. Alle Todesfälle in der Familie fielen in diese Jahreszeit. Zuerst seine Eltern, die im Abstand von nur einem Jahr dahinschieden. Dann vor ein paar Jahren seine geliebte Hanna, seine Ehefrau. Vor zwei Jahren traf es seinen Bruder. Also Grund genug, für diese Jahreszeit tiefe Abneigung zu empfinden. Wenn der lichte Tag schon um halb fünf am Nachmittag endet, verzieht er sich ins Haus. Die Abende verbringt er dann gleich nach der Tagesschau mit einem guten Buch im Bett. Das Lesen ist für ihn auch eine gute Einschlafhilfe. Ganz anders waren damals die Winter, als noch seine geliebte Frau um ihn herum war. Oft gingen sie am Abend zu Veranstaltungen, in ein Restaurant oder saßen bis Mitternacht vor dem Fernseher, wenn sich die Sendung lohnte. Aber das ist Vergangenheit. Paul bezeichnet sich selbst als Murmeltier, weil er den Winter größtenteils verschläft. Jetzt im März aber sind die hellen Stunden längst auf dem Vormarsch. Gerne erinnert sich Paul an die wunderschönen Herbsttage, wenn die dann welkenden Traubenblätter kilometerlang die südlichen Abhänge der Höhenzüge in ein prächtiges Farbenmeer verwandeln. In Farbnuancen von grün über gelb bis rot und braun, je nach Rebsorte, wechseln die Farbkleckse so, als ob ein Kunstmaler Hand angelegt hätte. Besonders in der Abendsonne ist diese verschwenderische Farbenpracht sehr beeindruckend. Das ist die Jahreszeit, in der Paul wenigstens 1 Mal die Woche diese gesegnete Landschaft durchwandert. Am Ende steht dann immer ein Besuch in einer der vielen Besenwirtschaften an. Das sind heutzutage halbprofessionelle Gastronomiebetriebe, aber die Preise für Getränke und Speisen sind immer noch sehr moderat. Die Kommunikation mit den Tischnachbarn ist im ‚Besen' unausweichlich. Hier setzt sich niemand an einen freien Tisch und stiert in sein Weinglas. Was auch kaum gelingen kann, weil es selten freie Tische gibt. Das haben die Besenwirtschaften den Gasthöfen voraus und deshalb haben sie auch viel mehr Gäste, sehr zum Verdruss der professionellen Wirte. Paul braucht diese Kommunikation. Vor einigen Jahren doch urplötzlich zum Witwer geworden. Dieser traurige Einschnitt in sein bisheriges Leben brachte ihm die Erkenntnis, dass er genug in seinem Leben gearbeitet hat. Fortan wollte er die restlichen Jahre nach seinem Gutdünken ausleben. Er entschloss sich, frühzeitig aus dem Arbeitsleben auszusteigen, als ihm mit einer stolzen Abfindungssumme der Abschied vom Schreibtisch zusätzlich versüßt wurde. Seine Rentenansprüche bis dahin signalisierten ihm ein Leben ohne finanzielle Not, zumal auch noch einiges an Erspartem auf der Bank liegt.

Paul fährt also gutgelaunt durch die schöne Landschaft und freut sich derweil auf einen unterhaltsamen Sportabend. Eine Stunde vor Spielbeginn wird die große Sporthalle geöffnet und die ersten Zuschauer nehmen auf den seitlichen Zuschauerrängen ihren Platz ein. Paul gehört zu den ersten Besuchern und hat viel Zeit, sich im Programmheft für den anstehenden Wettkampf über die Prognosen, Erwartungen der Trainer, Mannschaftsaufstellungen usw. zu informieren. Die vielen Werbeanzeigen nimmt er weniger zur Kenntnis, wohl wissend, dass Werbeeinnahmen für die Vereine unabdingbar sind, wenn die Unkosten schon allein für die Anreise bei Auswärtsspielen den finanziellen Spielraum sehr einengen. Er betrachtet die Bilder aus zurückliegenden Wettkämpfen der Heimmannschaft und entdeckt dabei, dass auch die Spielerinnen des heutigen Gegners mit jeweiligem Bild vorgestellt werden. Lauter hübsche junge Frauen: Blonde, Dunkelhaarige, Langhaarige, Kurzhaarige. Einige haben einen dunklen Teint. Vielleicht die Töchter ehemaliger Gastarbeiter?

Ein Foto hat es Paul aber ganz besonders angetan. Eine dunkelhaarige, junge Schönheit, aber nicht mit dem mediterranen

Einschlag, eher hellhäutig. Die schön geschwungene Nase, ein kleiner Anflug einer Stupsnase ist nicht zu übersehen, schöne blaue Augen, was selten ist bei dunkelhaarigen Menschen, und mit einem geheimnisvoll lächelnden Gesichtsausdruck. Sofort erinnert sich Paul an das weltberühmte Bild der Mona Lisa von Leonardo da Vinci, das er vor ein paar Jahren im Louvre in Paris bestaunt hatte. Er kann den Blick von diesem Foto nicht lassen. Paul ist fasziniert von diesem Gesicht. Die anderen Spielerinnen interessieren ihn nicht mehr. ‚Warum hält mich dieses Antlitz so gefangen‘, geht Paul durch den Kopf. Wenn er nur wüsste, welches Geheimnis sich dahinter verbirgt. Als zwänge ihn eine fremde Macht dazu, muss er sich dieses schöne Gesicht in allen Einzelheiten einprägen und dabei überkommt ihn eine innere Erregtheit und er weiß nicht warum.

Zwischenzeitlich ist es kurz vor Spielbeginn und die Mannschaften kommen aus ihren Kabinen und betreten das Spielfeld. Der Schiedsrichter hat bereits auf dem erhöhten Sitz am Netz seinen Platz eingenommen. Pauls Augen suchen bereits im Pulk der auswärtigen Spielerinnen seine geheimnisvolle Mona Lisa. Noch hat er sie nicht entdeckt, denn die Mädels stehen in dichtem Kreis zusammen und schwören sich auf den Wettkampf ein. Ein Ritual, das sich bei vielen Teamsportarten eingebürgert hat. Nun erfolgt durch den Schiedsrichter das Signal, sich aufzustellen. Der Kreis öffnet sich und Paul nimmt jede einzelne Spielerin in Augenschein. Doch er kann seine Favoritin nicht gleich entdecken. Es ist nicht einfach, auf die Entfernung die Gesichter zu studieren, denn die Mädels bewegen sich ständig und drehen die Köpfe, um sich abzusprechen. Endlich sieht Paul seine Mona Lisa. Sie hat ihre halblangen Haare zu zwei kleinen Zöpfchen geflochten, was ihr das lustige Aussehen eines Schulmädchens aus der Grundschule verleiht. Sie nimmt Aufstellung am Netz, also hat sie für Punkte zu sorgen. Paul überrascht diese Position, denn sie ist im Gegensatz zu ihren Nebenspielerinnen keinesfalls hochgewachsen. Sie muss also eine besondere Sprungkraft besitzen. Ihre ansprechende Figur lässt allerdings auch darauf nicht schließen, denn ihre Beine zeigen keinerlei Stämmigkeit. Im Gegenteil, sie könnte mit ihrem wohlproportionierten Körper erfolgreich für Bademoden werben. Mona Lisa verzaubert Paul immer mehr und er kann sich dieser Verführung einfach nicht entziehen. Der Wettkampf verläuft so, wie es in den Prognosen vorauszulesen war. Mona Lisa spielt auf verschiedenen Positionen. Mal ist sie am Netz, dann wieder im Rückraum. Pauls Nachbar murmelt etwas von Rotation. Paul kennt die Regeln dieser Sportart überhaupt nicht. Das Wettkampfgeschehen geht mehr oder weniger an ihm vorbei, denn er hat nur noch Augen für seine Favoritin. Wie in Trance spendet er Beifall für beide Mannschaften bei jedem Punktgewinn. Er hat mit dem Sitznachbarn solidarisch mitgeklatscht.

Das Spiel ist aus. Die einheimischen Spielerinnen mussten eine empfindliche Niederlage einstecken und verloren mit 1:3 Sätzen. Die Mannschaften machen sich nach dem obligatorischen Handschlag auf den Weg zu den Kabinen. Sie müssen dabei unmittelbar an den Zuschauerrängen vorbei gehen. Paul drängt sich nach vorne und klatscht Beifall, besonders als die gegnerischen Spielerinnen an ihm vorbeigehen. Eine einzige Spielerin blickt zu ihm hoch und lächelt ihm dankbar zu. ‚Mona Lisa hat mich, nur mich allein, angelächelt‘, freut sich Paul und ist überglücklich. Mit demselben geheimnisvollen Lächeln wie auf dem Foto und wie bei Leonardos Kunstwerk. Dieser kurze Augenblick hat Paul fast den Verstand geraubt. Paul verlässt die Sporthalle und macht sich auf die Heimfahrt. Während der ganzen Fahrt hat er nur noch diese schöne junge Frau im Sinn. Seine Gedanken an Mona Lisa überlagern alles andere. Beinahe hätte er einen Auffahrunfall verursacht, als er einen linksblinkenden PKW, welcher den Gegenverkehr abwarten muss, bevor er abbiegen kann, sehr spät bemerkte, aber im letzten Moment kann er einen Crash verhindern. Wieder ernüchtert schimpft er sich einen Döskopp, weil er wegen einem jungen Ding derart den Kopf verliert. Zu Hause angekommen, stellt er mit großer Verärgerung fest, dass er das Programmheft in der Sporthalle zurückgelassen hat, als er nach vorne ging, um den Mädels Beifall zu klatschen. Jetzt weiß er nicht einmal, wie seine Mona Lisa mit Namen heißt, denn das Bild hat ihn so gefesselt, dass er der Namensfolge am unteren Bildrand keine Beachtung schenkte. Seinen Ärger muss er unbedingt mit einem Glas eines sehr guten Weins bekämpfen. Also Grund genug, die bereits am Nachmittag aus dem Keller geholte Flasche ‚Lemberger' zu entkorken. Er schaltet den Fernseher ein und macht sich auf der Couch bequem. Dann lässt er seinen dunkelroten Lieblingswein ins Glas rinnen. Im Fernsehprogramm beginnt demnächst die Sportschau mit den Bundesliganachrichten. Paul hebt das Weinglas gegen das Licht der Stehlampe und betrachtet die dunkelrote Köstlichkeit. Doch was blickt ihm entgegen? Das wunderschöne Gesicht seiner Mona Lisa. Paul ist sich bewusst, dass er an diesem Abend diese Frau nicht mehr aus dem Kopf bekommt. Er hat sich Hals über Kopf in dieses Wesen verliebt und zweifelt so langsam an seinem Verstand. Es kann doch nicht sein, dass so ein junges Ding ihm derart den Kopf verdreht, wo er doch locker deren Vater sein könnte. Pauls Frau ist jetzt sechs Jahre tot. Doch nie kam Paul der Gedanke, eine neue Partnerschaft einzugehen. Zu stark sind seine Erinnerungen an seine geliebte Hanna. Und jetzt macht ihn eine schöne junge Sportlerin kopflos? Wo bleibt sein Verstand? ‚Was ist bloß los mit mir? Was ist das Geheimnis, das mich so in meinen Gedanken gefangen hält? Hat mich eine seltene Krankheit befallen und mein Hirn zerstört'? Paul kann seine Seelenlage nicht begreifen. Er kennt etliche hübsche junge Frauen, geht gelegentlich auch im Wechsel mit ihnen aus. Das sind gute Freundschaften aus gemeinsamer Zeit im Büro, die ihren Ursprung in der guten Zusammenarbeit in seiner damaligen Abteilung haben. Den Kontakt halten sie nun schon über Jahre aufrecht und niemand möchte darauf verzichten. Wenn Paul mit einer dieser ehemaligen Kolleginnen einen netten Abend in einem Restaurant verbringt, werden sie oftmals von anderen Gästen wegen dem Altersunterschied argwöhnisch beäugt. Spätestens dann, wenn seine Begleiterin ihn mit dem Vornamen anredet, weiß man, dass es nicht Vater und Tochter sind. Es fällt ja auf, wenn Tischnachbarn miteinander tuscheln und deren Augen, oft unverhohlen, sich auf dieses ungleiche Paar richten. ‚Was will der alte Dackel mit einer so jungen Frau? Der könnte doch ihr Vater sein'! oder ‚was findet die bloß an diesem alten Mann'? Solches Gerede kann man den Gesichtern ablesen. Paul und seine Freundin machen sich manchmal einen Spaß daraus und spielen ein bisschen verliebtes Paar. Die teils entrüsteten Gesichter, meist sind es die Frauen, sind ursächlich für ein heiteres Amüsement. Pflichtgemäß müssen die Ehemänner diese gespielte Liebelei, die sich ja nur auf Händchenhalten beschränkt, verurteilen, obwohl sie vielleicht insgeheim sehr neidisch auf Paul sind. Das ist auch oft zu verstehen, zumal dann, wenn die Gattin das doppelte Gewicht ihres Mannes auf den Stuhl bringt.

Pauls nächtliche Träume drehen sich nur noch um Mona Lisa. Er schläft Mit Mona Lisa ein und wacht auch mit ihr auf. Und manche Nacht liegt er schlaflos im Bett und kann seine Gedanken an sie nicht vertreiben. Tagsüber geht sie ihm ebenfalls nicht aus dem Sinn. Mona Lisa ist das alles Beherrschende in den Tagen nach dem Volleyballspiel. Hätte Paul eine beständige Arbeit, wäre eine Ablenkung möglich. Aber er war ja vor zwei Jahren aus dem Arbeitsleben ausgeschieden. Auch die Hausarbeit ist begrenzt. Seit dem Tod seiner Frau vor sechs Jahren kommt wöchentlich für ein paar Stunden eine Reinigungskraft aus dem Dorf. Die hält ihm den Haushalt sauber. Die derzeitige Witterung lässt auch noch keine Gartenarbeit zu. So erscheint Paul unablässig das schöne Gesicht mit dem hintergründigen, geheimnisvollen Lächeln. Aber er weiß, er wird Mona Lisa vergessen, wenn er sie eine Zeitlang nicht mehr gesehen hat. Paul hat sich fest vorgenommen, keine Wettkämpfe ihrer Mannschaft zu besuchen und sollte sie gleich hier um die Ecke spielen. ‚Ich muss Mona Lisa vergessen. Das sagt mir schon mein klarer Menschenverstand', sind seine einsichtigen Gedanken. ‚Schließlich bin ich in einem Alter, wo sich eine Beziehung zu einer blutjungen Frau von selbst verbietet. Wahrscheinlich würde sich Mona Lisa halb totlachen wenn sie wüsste, dass ein alter Dackel sich in sie verliebt hat'. Sind Pauls Gedanken zu konservativ? Ihm kommen Namen Prominenter ins Gedächtnis, denen solche überkommende Regeln gleichgültig sind. Politiker befinden sich auch darunter. Es gäbe da etliche aufzuzählen. Meistens nicht unbedingt der Traummann junger Frauen. Ist es die Aussicht auf eine finanzielle Absicherung für später? ‚Übrigens‘, sagt sich Paul, ‚bin ich einige Jahre jünger als die meisten dieser Herren und sehe mich für meine Begriffe, ohne überheblich zu sein, wesentlich attraktiver. Auf dem Kopf habe ich noch etwas zu kämmen und die Falten im Gesicht sind auch noch nicht so ausgeprägt. Und der kleine Bauchansatz? Den vertrete ich entschieden'. Es sieht also ganz danach aus, als käme bei Paul der zweite Frühling. Wenn er morgens am Frühstückstisch sitzt hat er das Bild seiner geliebten Hanna vor Augen. Unwillkürlich schaut er immer wieder zu ihr auf. Der lächelnde, weise Gesichtsausdruck begleitet ihn täglich beim Start in den neuen Tag. ‚Ja, Hanna, du amüsierst dich über mich. Zu Recht! Ich weiß auch nicht, was mit mir los ist. Lass mir Zeit, diese Krise zu überstehen‘.

Tage und Wochen sind seither vergangen. Endlich ist es wärmer geworden. Jetzt Ende April, stehen die Obstbäume in voller Blüte. In den Tälern von Pauls Heimat gibt es viele Obstplantagen. Die Honigbienen müssen sich sputen, wenn sie das weiße und rosarote Blütenmeer noch vor dem verwelken abarbeiten wollen. Die ersten Frühlingsblumen sind bereits Vergangenheit. Nur noch gelbliche und braune Stängel mit den nackten Blütenkörbchen recken sich mit letzter Kraft zum Licht, während das Blattwerk auf dem Boden liegend bereits in Auflösung begriffen ist. Paul hat viel im Garten und um das Haus herum zu tun. Rasen mähen, Unkraut jäten. Gehwege im Garten vom Winterschmutz befreien und in Ordnung bringen. Die überwinterten Geranien zurück schneiden und in neue Erde umtopfen. Abends im Fernsehen die Wetterprognosen für die kommende Nacht abhorchen. Falls nochmals Frost angesagt wird, müssen einige Pflanzen wieder in das Gartenhaus. Pauls Tage sind jetzt ausgefüllt. Und was ist mit Mona Lisa? Er hat sie noch nicht vergessen, aber die Erinnerungen an sie verflüchtigen sich zusehends.

Seit er Rentner ist, sind mehrmalige Wanderungen während der Woche bei ihm Pflicht. Es ist jetzt eine sehr schöne Jahreszeit, wenn der Laubwald sein grünes Kleid anlegt, die Zugvögel wieder zurück sind und die Wanderwege nicht mehr von Morast-Löchern unterbrochen werden. Leider setzen die schweren Maschinen beim Holzeinschlag im Winter dem Wegenetz erheblich zu. Eine sportliche Aktivität leistet sich Paul vorzugsweise jeden Dienstag in einem Sportstudio. Zwei Stunden an unterschiedlichen Geräten sollen seine Fitness, soweit noch vorhanden, bewahren. Da werden Gewichte gezogen und gedrückt. Im Stehen, Sitzen und Liegen. Das Ergometer gehört auch dazu und zum Schluss, wenn der Körper kaum noch Wasser hergibt, geht's in die Badeabteilung unter die Dusche.

Der Dienstag ist also ein sehr wichtiger Tag für Paul. An jedem zweiten Dienstag ist zusätzlich auch kegeln angesagt. Da trifft sich Paul mit seinen Kegelbrüdern schon um vier Uhr am Nachmittag in ihrer Stammgaststätte in der nahen Großstadt. Sie pflegen diesen Kegel-Dienstag seit mehr als dreißig Jahren. Damals, lauter junge Arbeitskollegen, gründeten sie ihren Kegelklub. Leider fehlt zwischenzeitlich der Nachwuchs. So ist die Gruppe in den letzten Jahren zu einem kleinen Häufchen Aufrechter zusammen geschrumpft. Meistens sind sie noch zu sechst. Alle sind jetzt Rentner und diesen Dienstag lassen sie sich von niemandem nehmen. Ihr Stammlokal hat eine gute Küche und jeden Tag gibt es eine besondere Tagesspezialität zu einem moderaten Preis. Sie haben Glück, dass an Dienstagen immer Rostbratentag ist. Für jeden Schwaben das Leibgericht. Ein Glas Rotwein dazu – ein Lebenselixier.

Heute ist wieder so ein Kegeldienstag. Also fährt Paul um dreizehn Uhr in die Stadt. Zuerst ins Sportstudio und nach ausgiebiger körperlicher Plackerei zum Stammlokal. Als er ankommt stellt er fest, dass die Mannschaft vollzählig ist. Paul fühlt sich heute richtig gut aufgelegt für einen erfolgreichen Kegelabend. Der Wirt muss bis spätestens um siebzehn Uhr den Rostbraten auf den Tisch bringen, weil das Kegeln eine Stunde später beginnt. Dazu müssen die Freunde in das nahegelegene Vereinsheim eines Sportklubs fahren. Aber jetzt wird erst kräftig diskutiert. Themen gehen den Freunden nie aus. In zwei Wochen passiert genügend, was einen Kommentar rechtfertigt. Es gibt immer gegensätzliche Meinungen. Glücklicherweise steht die Toleranz ganz oben auf. Freund Peter hat heute wieder etliche neue Witze auf Lager, Immer wenn er die erzählt, lacht nicht nur der Stammtisch. So werden diese Stunden zu einem kurzweiligen Nachmittag. Der schwäbische Rostbraten war wie immer eine besondere Köstlichkeit. Gut gestärkt machen sich die Freunde auf zum Vereinsheim. Dort angekommen, findet Paul nicht gleich einen freien Parkplatz. Er muss etwas weiter weg parken und wird als Letzter bei den Kegelbahnen ankommen.

Als er mit den Sportschuhen in der Hand die Stufen ins Untergeschoss hinabsteigt, kommt ihm eine dunkelhaarige Kellnerin entgegen, die ein Tablett mit leeren Gläsern balanciert. Im Vorbeigehen grüßt sie Paul mit einem strahlenden Lächeln und ihm stockt der Atem, als er diese hübsche Person erkennt. Seine rechte Hand umklammert mit festem Griff den Handlauf des Treppengeländers und wie in Trance grüßt er zurück mit „Hallo Mona Lisa!" Die junge Frau stutzt, hält inne und wendet sich Paul mit „Hallo Leonardo!" zu und lacht. Paul antwortet: „Ich wäre gern Leonardo, doch leider fehlt mir einiges von seiner Genialität." Paul kann sein Glück nicht fassen. Steht doch die Verursacherin vieler schlafloser Nächte leibhaftig vor ihm und ihre Erscheinung raubt ihm fast den Verstand.

„Sie haben bestimmt schon zu vielen Frauen ‚Mona Lisa' gesagt. Habe ich Recht?

„Nein, Sie schätzen mich falsch ein. Ich gab Ihnen diesen Namen vor einigen Wochen."

„Mir ist aber nicht bewusst, dass wir uns kennen. Ich bin erst seit wenigen Tagen hier angestellt und habe Sie noch nie gesehen. Sie müssen mich aufklären."

„Gerne, heute Abend nach zwanzig Uhr. Nach der Kegelrunde. Sie bedienen auch im Restaurant oben?"

„Ja, ich bin heute allein im Service. Ich bin gespannt auf Ihre Antwort. Jetzt muss ich mich weiter um meine Gäste kümmern."

„Bringen Sie mir bitte ein großes ‚Radler' mit?" Pauls Stimme merkt man die große Freude an, die das unerwartete Zusammentreffen bei ihm ausgelöst hat.

„Ja gerne! Auf welcher Bahn kegeln Sie?"

„Bahn vier. Meine Freunde sind kurz vor mit angekommen."

Selig steigt Paul die Treppe abwärts zu den Kegelbahnen. Er hat mit seiner Traumfrau gesprochen. Er kann es noch gar nicht fassen. Aus der Nähe sieht seine Mona Lisa noch viel schöner aus als auf dem Foto in diesem Programmheft. Dieses hübsche, ehrliche Lachen hat Paul aufs Neue verzaubert. In den letzten Wochen ist die Erinnerung an Mona Lisa zusehends verblasst. Vielleicht hätte er sie im Laufe weiterer Wochen vollends vergessen. Er konnte sich nicht vorstellen und schon gar nicht darauf hoffen, diese hübsche junge Frau jemals wiederzusehen. Doch heute ist sein Glückstag und Paul ist jetzt völlig aus dem Häuschen.

Keine zehn Minuten später erscheint seine Traumfrau mit den Getränken auf dem Tablett und stellt jedem mit einem freundlichen ‚zum Wohlsein' das Bestellte hin. Bei Paul stellt sie das ‚Radler' mit folgenden Worten ab: „Ein Radler für Leo. Zum Wohlsein."

„Der heißt nicht Leo, der heißt Paul!" meldet sich Kegelbruder Rudi. Mona Lisa lächelt nur und geht weiter und Paul lächelt hinterher.

„Endlich haben wir hier mal eine hübsche Bedienung und schon baggerst du sie an und auch noch unter falschem Namen, du alter Gauner!" sagt Rudi und die anderen Freunde lachen.

„Halt die Klappe und gehe an die Kugel, du bist dran", ist Pauls Reaktion und lächelt spitzbübisch.

Pauls Umgang mit den Kugeln ist eine einzige Katastrophe. Er hatte sich doch nach dem Gerätesport so toll gefühlt und wollte heute die Freunde an die Wand kegeln. Daraus wird nichts, das sieht er schon von Beginn an. Mona Lisa sitzt ihm im Nacken und er kann sich nicht auf sein Spiel konzentrieren. Mona Lisa kommt immer wieder vorbei um zu sehen, wer noch etwas bestellen möchte. Da sich die Freunde im Stammlokal schon reichlich versorgt hatten, wollte niemand nachbestellen. Jeder muss ja noch nach Hause fahren und keiner wollte riskieren, leichtfertig den Führerschein zu verlieren.

Paul stellt sich viele Fragen: ‚Warum arbeitet sie hier? Ihr Volleyballklub kommt doch aus der Gegend um Stuttgart? Hat sie keinen anderen Beruf indem man auch ausreichend Geld verdient? Oder ist es nur ein Nebenjob? Junge Leute haben ihre Ansprüche, da reicht oft das Geld nicht". Heute Abend im Restaurant, vorausgesetzt sie gibt ihm Gelegenheit dazu, will er sie ein wenig ausfragen. ‚Ich will das wissen, schließlich hat sie über viele Tage und Wochen mein Seelenleben ganz gehörig durcheinander gebracht', denkt sich Paul.

Gegen 20 Uhr werden die Spielgelder abgerechnet, die jeder zu erbringen hat. Pauls Anteil ist am höchsten. Kein Wunder unter diesen Umständen. Mona Lisa kostet ihn etliche Euro am Tag des Kennenlernens. Aber das ist Paul unwichtig. Kein Betrag könnte seine Euphorie und Beglückung mindern. Er verabschiedet sich von seinen Freunden und täuscht vor, noch die Toilette aufzusuchen, bevor er sich auf den Heimweg machen wird. So können sie nicht ahnen, dass Paul sich ins Restaurant des Sportzentrums aufmacht. ‚Die müssen ja nicht alles wissen', sagt sich Paul.

Er betritt das Restaurant und sieht, dass nur wenige Gäste anwesend sind. Er steuert auf einen Tisch im hinteren Teil des Gastraumes zu. Von dort aus lässt sich das gesamte Lokal gut überblicken. Mona Lisa kassiert gerade an einem Tisch ab und hat

Paul bemerkt. Sie nickt ihm kurz zu und konzentriert sich wieder auf den Zahlungsvorgang. Die Gäste erheben sich und Mona Lisa geht zum Tresen. Sie kommt mit der Speise- und Getränkekarte zu Paul und fragt nach seinen Wünschen:

„Was darf ich Leo-Paul zu trinken bringen?"

„Auf jeden Fall etwas Alkoholfreies, ich muss ja noch fahren."

„Sehr vernünftig und verantwortungsbewusst! Ich schlage ein Apfelschorle vor."

„Einverstanden! Aber beim nächsten Kegelabend in zwei Wochen werde ich vorher keinen Alkohol trinken. Dann bestelle ich mir bei Ihnen einen guten Württemberger Wein, nämlich einen ‚Lemberger'."

„Da haben wir ja denselben Geschmack? Wein trinke ich jedoch nur gelegentlich, denn ich bin Leistungssportlerin."

„Ja, ja, ich weiß! Aber nach jedem Sieg fließt der Schampus in Strömen und weil Ihr Team meistens gewinnt, werden jede Woche Schampus-Orgien veranstaltet. Stimmt was ich sage?"

„Klar stimmt das! Wir trinken nach jedem Spiel eine Flasche – für alle zusammen. Der kleine Schluck vertrocknet ja schon, bevor er den Hals erreicht." Mona Lisa lacht.

Paul bemerkt, dass Gäste den Blickkontakt zu Mona Lisa suchen, weil sie bezahlen wollen. Er gibt ihr ein Zeichen.

„Danke, bis später. Ich muss auch noch nach unten zu den Keglern." Zehn Minuten später ist sie wieder zurück.

„Sie wissen, dass ich Volleyball spiele? Wo haben Sie mich gesehen?"

Paul erzählt ihr von diesem Samstag, weshalb er zu diesem Wettkampf ging, vom Programmheft mit den Fotos der Spielerinnen, und er spontan, weil sie ihm auf Anhieb so sympathisch war und in Anlehnung an ihr geheimnisvolles Lächeln sie Mona Lisa taufte.

„Jetzt kennen Sie die Vorgeschichte. Ich hätte nie gedacht, Sie irgendwo überraschend und zufällig wieder zu sehen. Aber dieses Foto von Ihnen habe ich so genau in meinem Gedächtnis gespeichert, dass ich Sie sofort wiedererkannt habe, als wir uns auf der Treppe begegneten. Ich freue mich riesig, weil ich Sie heute völlig unerwartet kennen lernen durfte und mein erster Eindruck von Ihnen hat mich in meiner Einschätzung mehr als bestätigt. Sie sind eine wunderschöne, liebenswürdige junge Frau. Sie werden sich an mich wohl kaum erinnern. Ich war der Einzige, der nach Spielschluss Ihrer Mannschaft auf ihrem Weg zur Kabine Beifall geklatscht hat und Sie, Mona Lisa, waren die Einzige Ihrer Mannschaft, die mir freundlich zugelächelt hat. Mit dem Lächeln der Mona Lisa von Leonardo."

„Danke für das Kompliment, aber Sie übertreiben gewaltig. Ich bin eine Frau wie viele andere auch. Habe meine Stärken aber auch meine Schwächen. Sie finden mich schön. Das ist Ansichtssache. Andere denken vielleicht nicht so. Geschmäcker sind halt verschieden. Dass ich Sie angelächelt hatte, ist mir nicht mehr bewusst. Grundsätzlich bedanke ich mich für Beifall und freue mich darüber. Leider muss ich jetzt unsere nette Unterhaltung beenden. Ich sehe, die letzten Gäste möchten bezahlen und dann muss ich mich um meine Gäste im Untergeschoss kümmern. Aber wir sehen uns ja in zwei Wochen wieder. Dann reden wir weiter. Nehmen Sie mit auf den Nachhauseweg, dass ich mich gerne mit Ihnen unterhalten habe und freue mich, Sie bald wieder zusehen."

Paul bezahlt sein Getränk mit einem ansehnlichen, aber nicht übertrieben hohem Trinkgeld, bedankt sich für die nette Unterhaltung und erwidert, dass auch er sich auf das nächste Wiedersehen freut.

Dieses unerwartete Zusammentreffen mit Mona Lisa hat Paul in den Siebten Himmel gehoben, wo er doch in den letzten Tagen kaum noch an diese bezaubernde junge Frau gedacht hatte. Er wollte sie vergessen und hatte sein Ziel fast erreicht. Erneut entflammt bei ihm eine große Sehnsucht nach diesem begehrenswerten Geschöpf. Wieder ist er dem Charme und der Schönheit dieser Frau verfallen, wie damals bei diesem Volleyballspiel. Fortan kreisen seine Gedanken wie zuvor nur noch um Mona Lisa. Doch jetzt kann er auf einen persönlichen Kontakt zurück blicken, der ihn emotional noch viel stärker beschäftigt. Aber die Aussicht auf ein Wiedersehen lässt die folgenden Tage wesentlich besser überstehen. Diese junge Frau bringt ihn völlig durcheinander. Seine Gedanken an sie und das Wissen, sie wiederzusehen, versetzen Paul in einen Glückszustand, wie er ihn bisher noch nicht kannte. Nicht nur ihre Schönheit und ihr sympathisches Wesen sind die Ursache, es drängt ihn aus dem Inneren heraus, sich mit dieser Person zu beschäftigen. Die Art wie sie redet, ihre Ungezwungenheit, ihre Heiterkeit kommt ihm vertraut vor. Wenn er nur wüsste, was ihn so sehr an diese freundliche junge Frau fesselt.

Den letzten Satz von Mona Lisa, dass sie sich auf das nächste Zusammentreffen freut, wecken bei Paul spekulative Gedanken, wie es mit ihnen vielleicht weitergehen könnte: ‚Kann ich ihr Vertrauen gewinnen? Können wir vielleicht gute Freunde werden‘? Er redet sich immer wieder ein, dass solche Überlegungen hirnrissig sind: ‚Was mache ich mir bloß für Illusionen? Sie ist eine junge Frau, ich bin in ihren Augen ein alter Mann. Was bilde ich mir überhaupt ein‘? Paul erinnert sich an Beispiele, wo Partnerschaften trotz erheblichem Altersunterschied Bestand haben. Das kann doch nicht immer nur finanzielle Gründe haben? Vielleicht ist auch ein wenig Liebe mit im Spiel? Er meint zu spüren, dass Mona Lisa eine ordentliche Portion Sympathie für ihn hegt. Paul fiebert dem nächsten Kegeldienstag entgegen. Noch weiß er über sie so gut wie nichts. Warum arbeitet sie in Heilbronn, wo ihr Sportklub doch im Stuttgarter Raum beheimatet ist? Warum als Kellnerin? Es gibt noch viele weitere Fragen die Paul auf der Zunge brennen. Paul fiebert dem nächsten Kegeldienstag entgegen und ist gespannt, wie es sich zwischen beiden weiterentwickeln wird. Er hat den festen Willen, eine Beziehung zu Mona Lisa aufzubauen, auch wenn sie nur auf freundschaftlicher Basis beruhen sollte. Dieses unerwartete Zusammentreffen sieht Paul als eine Fügung des Schicksals. Das war vorbestimmt. Jetzt bekommen die morgendlichen Blickkontakte vom Frühstückstisch hinüber zur Fotogalerie eine neue Bedeutung. Paul zwingt sich, seine Augen nur auf sein Frühstück zu richten. Er meidet den Blickkontakt mit seiner Hanna. Es ist sein schlechtes Gewissen. Doch die Kraft, die von diesem Antlitz ausgeht, ist viel stärker als Pauls Wille zur Ignoranz. So glaubt er sich in einer Verteidigungsstellung und versucht sich zu rechtfertigen. ‚Hanna, ich habe die jahrelange Einsamkeit satt. Gönne mir doch meine bescheidenen Träume, die eh' nicht erfüllt werden. Mehr als eine lose Freundschaft kann ich ja gar nicht erwarten. Es ist deshalb nicht angebracht, wenn dein Lächeln jetzt einen spöttischen Anstrich bekommt'.

Endlich ist wieder Kegeldienstag. Wie gewohnt besucht Paul zuerst das Sportstudio und macht seine Fitnessübungen. Gegen 16 Uhr trifft er sich mit seinen Freunden im Stammlokal. Zwei Mann fehlen. Somit sind sie nur zu viert. Der Kegelabend ist in Gefahr.

„Wir können trotzdem heute kegeln, wir müssen uns ja nicht stressen", versucht Paul den Tagesablauf vorzugeben, denn er will ja unbedingt Mona Lisa sehen. Die drei Freunde lassen sich umstimmen, indem die Begründung sich durchsetzt, dass etwas für die Kegelkasse getan werden müsse, wenn der jährliche Kegelausflug stattfinden soll. Der Kegelausflug der Freunde dauert immer 3 bis 4 Tage und kostet entsprechend. Die Kegelkasse deckt die Ausgaben nie ab, den Rest müssen sie privat dazulegen. Ein Verzicht auf den Ausflug kommt aber nicht in Frage.

„Da wir nur zu viert sind, können wir auch etwas später beginnen", sagt Peter mit Zustimmung der anderen. So wird es fast 19 Uhr, bis endlich der Aufbruch zum Sportzentrum erfolgt. Dort angekommen, geht Paul direkt ins Restaurant, um nach Mona Lisa Ausschau zu halten. Sie ist gerade dabei, Gästen das Essen zu servieren und sieht ihn nicht. Paul wartet bis sie fertig ist und sich auf den Weg zur Küche macht. Da entdeckt sie ihn. Ein Lächeln huscht über ihr schönes Gesicht und sie nickt Paul freudig zu. Er geht nach unten zu den Kegelbahnen. Kurz danach kommt Mona Lisa nach unten.

„Ich dachte schon, die Herren haben heute keine Lust auf Bewegung. Schön, Sie zu sehen", begrüßt sie die vier Freunde. Der vorlaute Rudi meint:

„Wir sind nur wegen Ihnen gekommen, gell' Paul?"

„Ich widerspreche nicht", ist Pauls Antwort.

Mona Lisa nimmt lachend die Bestellung auf und entschwindet nach oben. Minuten später erscheint sie wieder mit den Getränken und wie vor 2 Wochen stellt sie Paul sein Getränk mit den Worten hin: „Ein großes Radler für Leo."

„Der heißt doch Paul! Das habe ich Ihnen letztens schon gesagt. Der lügt Sie doch an, der alte Gauner!" Rudi kann es einfach nicht lassen. Mona Lisa lächelnd:

„Paul ist ein schöner Name, für mich aber bleibt es bei Leo" und blickt dabei Paul an: „Erlaubt?" „Erlaubt!" gab der vergnügt zurück.

So beginnt also Pauls zweites Zusammentreffen mit Mona Lisa.

Schnell vergeht die kurze Zeit bis 20 Uhr. Seine Kegelfreunde begeben sich auf den Heimweg und er auf Umwegen ins Restaurant.

Heute hat es wesentlich mehr Gäste als beim letzten Kegeldienstag. Mona Lisa hat viel zu tun. Paul sucht sich wieder einen Tisch aus, der etwas abseits steht, aber der Gastraum von dort gut überschaubar ist. Es vergeht einige Zeit, bis Mona Lisa sich ihm zuwenden kann.

„Sie sehen Leo, heute ist viel Betrieb. Ich werde wenig Zeit für Sie haben. Tut mir sehr leid. Eine Geburtstagsfeier kann lange dauern. Dann sind da noch die Gäste der Kegelbahnen. Fast zu viel für mich alleine." Man merkt Mona Lisa die Anspannung an.

„Die Arbeit geht vor, Ich werde Sie dabei beobachten. Irgendwann wird es ruhiger werden. Ich würde Sie gerne unterstützen, aber das geht ja nicht."

„Was darf ich Ihnen zu trinken bringen?" Mona Lisa darf nicht zu lange bei Paul verweilen.

„Ich kann noch einen ‚Lemberger' vertragen. Im Stammlokal habe ich nur Wein mit sehr viel Mineralwasser verdünnt getrunken."

„Ich bringe Ihnen einen besonderen Tropfen. Als Ausgleich!"
Mona Lisa lächelt wieder wie auf dem Foto.

Paul sitzt schon fast eine volle Stunde an seinem Tisch. Zwischenzeitlich hat er bei Mona Lisa ein Wasser bestellt. Die Geburtstagsgesellschaft hält Mona Lisa auf Trab. Kaum ist sie oben im Restaurant auf dem Laufenden, hastet sie ins Untergeschoss und bedient die Kegler. Paul erahnt, dass heute nichts wird mit einer längeren Unterhaltung. Als Mona Lisa dann mal wieder zu ihm an den Tisch kommt, bittet er sie, abzurechnen und stellt ihr die Frage:
„Mona Lisa, haben Sie auch mal einen freien Tag? So etwas kann man doch nicht eine ganze Woche durchstehen!"
„Ja, ich habe an drei Tagen frei. Davon ist 1 Tag für das Training mit meiner Mannschaft belegt, dazu kommt der Samstag für den Wettkampf und am Sonntag bin ich zu Hause bei meiner Familie und komme erst sehr spät in der Nacht zurück nach Heilbronn."
„Schade! Ich wollte Sie mal zum Essen einladen. Dann hätten wir Zeit für eine nette Unterhaltung. Oder wage ich mich da zu weit aus dem Fenster, weil das für Sie nicht in Frage kommt?" Paul sagt das freimütig heraus und lächelt voller Zuversicht.
„Ich sehe da momentan keinen zeitlichen Spielraum. Einer Einladung von Ihnen bin ich nicht abgeneigt. Wenn Sie ein paar Wochen Geduld haben, lässt sich was machen. Dann ist Wettkampfpause und da kann ich auch mal beim Training fehlen."
„Also sagen Sie ja?"
„Ich will mal leichtsinnig sein und sage Ja!" Dabei lächelt sie ihr Mona Lisa-Lächeln.
„Sie werden Ihren Leichtsinn nicht bereuen, Mona Lisa. Aber etwas vermisse ich bei Ihrer Zeiteinteilung. Sie haben Ihren Freund nicht erwähnt."
„Ach ja, den gibt es ja auch noch. Der fällt unter die Rubrik Wochenende." Mona Lisa sagt diese Worte ohne jeden Anflug von Erwartungsfreude. Paul registriert das sofort.

„Wenn Sie mir jetzt noch sagen, welcher Wochentag ihr Trainingstag ist, weiß ich, wann ich Sie hier nicht antreffe. Denn ich werde bestimmt einer Ihrer Stammgäste. Aber natürlich nur, wenn es Ihnen recht ist."

„Kommen Sie ruhig ab und zu vorbei, Sie stören mich ja nicht und nette Gäste sind mir immer herzlich willkommen."

Die beiden tauschen Ihre Telefonnummern und e-mail-Adressen aus. Paul verabschiedet sich von Mona Lisa und sie gibt ihm sogar die Hand zum Abschied. Er kann's nicht fassen! Paul hat seine Mona Lisa zum ersten Mal berührt. Ein Glücksgefühl durchströmt seinen Körper, aber eine innere Stimme sagt ihm: ‚He! Bleib auf dem Boden, bilde dir nicht so viel ein. Was ist schon ein Handschlag. Den gibt man doch eher gedankenlos, weil es so üblich ist'. Heute fährt Paul noch fröhlicher nach Hause als sonst. Hat er doch die Aussicht auf einen gemeinsamen Abend mit Mona Lisa. Auch wenn es bis dahin noch ein paar Wochen dauert. Zwischenzeitlich kann er sie ja immer wieder als Gast im Restaurant besuchen. ‚Ich geh ihr ja nicht auf den Wecker, wie sie mir zu verstehen gab. Ich hätte mir nie träumen lassen, dass ein Besuch eines Volleyballspiels so sehr in mein Leben eingreifen würde'. Voller Glückseligkeit blickt Paul in die Zukunft. Er kann sein Glück kaum fassen.

Als Mona Lisa gegen Mitternacht ihre Wohnung erreicht, streift sie sich die Schuhe ab, lässt sich erschöpft in einen Sessel plumpsen und legt die Beine auf den kleinen Tisch davor. Dann massiert sie sich die Füße und lässt den Tag Revue passieren. ‚Puh! Das war heute aber anstrengend', sind ihre Gedanken. ‚für nur 1 Bedienung auf jeden Fall zu viel. Ich muss mit dem Chef reden, dass er wenigstens für die Zeit von siebzehn bis zwanzig Uhr eine Aushilfe stellt'. Dann fällt ihr Paul ein. Sie lächelt bei dem Gedanken an ihn. ‚Was soll ich von ihm halten? Er ist charmant und unaufdringlich, gutaussehend, auch wenn er bestimmt den

Fünfzigsten längst gefeiert hat. Schade, dass er keine zehn Jahre jünger ist. Dann wäre der Altersunterschied nicht so groß. Warum habe ich ihm mein ‚Ja' gegeben? Hat er mich überrumpelt mit seinem Charme? Was habe ich mir dabei gedacht? Ich fühle mich von ihm angezogen und weiß nicht warum'. Fragen über Fragen, die Lisa unendlich beschäftigen. ‚Von Leo weiß ich bis jetzt so gut wie nichts. Ich muss ihn unbedingt näher kennen lernen und deshalb werde ich ihm in den nächsten Wochen eine SMS senden, wann ich mit ihm ausgehen möchte. Er wird mich bestimmt auch im Restaurant des Sportzentrums öfters besuchen und ich freue mich auf ihn'.

Vier Wochen sind inzwischen vergangen, da findet Paul auf seinem Mobiltelefon eine Nachricht: „Hallo Leo, wenn Sie noch Lust haben mit mir auszugehen, kann ich Ihnen den kommenden Mittwoch anbieten. Bitte um Rückantwort oder Anruf. Gruß Ihre Mona Lisa'. Endlich kommt die Nachricht, auf die er sich so sehnlichst gefreut hat. Paul hat gleich angerufen und Mona Lisa war sofort am Telefon.

„Hallo Leo! Schön dass Sie sich melden", Sie hat Pauls Telefonnummer auf dem Display erkannt. Kein Wunder, hat sie doch diese Zahlenreihe so verinnerlicht, seit sie von Paul diese bekam.

„Vielen Dank für Ihre Nachricht. Ich freue mich riesig auf unser Rendezvous", gibt Paul zurück.

Sie vereinbaren, sich an diesem Mittwoch um 17 Uhr vor dem Haus wo Lisa wohnt, zu treffen. Sie gibt Paul ihre Adresse.

„Ich werde pünktlich sein, Mona Lisa".

„Gut Leo, ich muss mich jetzt wieder um meine Gäste kümmern. Also bis Mittwoch, Tschüss!"

Vor wenigen Tagen hatte Paul sie kurz im Sportzentrum besucht. Sie konnten sich wie immer nur sporadisch und kurz unterhalten. Einen Terminvorschlag hatte sie an diesem Tag noch nicht. Jetzt erinnert sich Paul wieder an die merkwürdige Antwort auf seine

Frage nach ihrem Freund. Irgendwie ist in dieser Beziehung der Wurm drin, da ist er sich fast sicher. In seiner Euphorie bildet er sich ein, dass Mona Lisa ihrem Freund abgesagt hat und nun ihm den Vorzug gibt. Dann fällt ihm ein, dass diese Beziehung ja nur am Wochenende stattfindet. Also kein Grund zur Euphorie. Paul kann den Tag des Rendezvous kaum erwarten. Er überlegt sich, mit was er Mona Lisa eine Freude machen könnte. Soll er ihr einen Strauß mit roten Rosen überreichen? Aber dazu ist es noch zu früh. Oder ein teures Parfum? „Alles Quatsch! Wir kennen uns ja kaum", ist seine Einsicht. Aber ein kleines unverfängliches Geschenk möchte er doch zum Dank überreichen. Sein Kopf zerspringt fast vor lauter nachdenken. Doch dann entdeckt er im Veranstaltungskalender für die nächsten vier Wochen einen Kabarettabend mit Django Asül an einem Samstag. Samstags arbeitet sie nicht im Restaurant. Das weiß er sicher. Da die Volleyballrunde dann ebenfalls abgeschlossen ist, müsste Mona Lisa eigentlich Zeit haben. Er besorgt zwei Karten und hofft, dass Mona Lisa diese Art von Unterhaltung gefällt.

Endlich ist es Mittwoch. Am liebsten wäre Paul schon um 15 Uhr zu ihrer Wohnung gefahren, um vor dem Haus auf sie zu warten. So steuert er zuerst einen Biergarten in nicht allzu weiter Entfernung von ihrer Wohnung an. Er holt sich am Tresen, weil es hier nur Selbstbedienung gibt, ein großes ‚Radler' und harrt der restlichen Zeit. Wieder beschleichen ihn Zweifel, ob er sich nicht zu viel Hoffnung macht, Mona Lisa als Freundin zu gewinnen. Schon allein der Altersunterschied wird recht schnell die Grenzen aufzeigen. „Aber es ist doch Mona Lisa, die mich heute Abend sehen will", denkt sich Paul.

Lisa steht vor dem Spiegel ihres Kleiderschranks und prüft den Sitz des neuen Kleides. Sie findet, dass es ihr hervorragend steht und einen tollen Kontrast zu ihren dunklen Haaren bildet. Also hat sie sich nicht verkauft. Ihren schwarzen Bolero zieht sie zur Probe geschwind an. Wieder sieht sie mit Wohlwollen in den Spiegel. Zusammen mit den schwarzen High-Heel Pumps eine perfekte Komposition. ‚Ich werde Leo bestimmt gefallen', denkt sie sich und lächelt kokett. ‚Er wird Augen machen, denn er kennt mich ja nur im Outfit als Kellnerin oder im Sportdress'. Sie schaut auf die Uhr. Es ist kurz vor siebzehn Uhr. Lisa hängt sich eine kleine schwarze Handtasche über und verlässt die Wohnung. Als sie aus dem Haus tritt und sich umschaut, sieht sie Paul aus dem Auto steigen. Sie setzt ihr schönstes Lächeln auf und steuert auf ihn zu.

Kurz vor siebzehn Uhr ist Paul vor der angegebenen Adresse. Es dauert keine zwei Minuten, dann kommt Mona Lisa aus dem Haus. Sie blickt um sich und hält Ausschau nach ihm. Sie weiß nicht, welches Auto er fährt. Deshalb steigt Paul sofort aus seinem Audi und geht ihr entgegen. Mona Lisa winkt ihm zu. Paul ist geblendet von dieser Erscheinung in Rot und Schwarz. Mona Lisa hat ihre halblangen fast schwarzen Haare hochgesteckt, trägt ein ärmelloses, figurbetontes Kleid in knalligem Rot, der Saum befindet sich zwei Handbreit über dem Knie und lässt die nackten, makellos schlanken Beine in voller Schönheit dem Betrachter zum Genuss. Die hochhackigen Schuhe betonen zusätzlich diese Eleganz. Paul verschlägt es den Atem. Mona Lisa hat sich für ihn schön gemacht. Sie begrüßt ihn, völlig unerwartet, mit einer Umarmung und küsst ihn auf die Wange. Ihn umweht ein betörender Duft eines teuren Parfüms.

„Hallo Leo, ich freue mich Sie zu sehen und wünsche uns beiden ein angenehmes, kurzweiliges Zusammensein".

„Ich bin überwältigt von Ihrer Schönheit, Mona Lisa!"

„Sie sollten nicht immer übertreiben, Leo!"

„Wohin darf ich Sie ausführen, Mona Lisa? Ich biete Ihnen an: Guten Italiener, oder gehobene deutsche Küche, oder einen Griechen der allgemein anerkannt ist oder eine gemütliche Weinstube, die auch für gutes Essen bekannt ist". Mona Lisa lächelt Paul an und meint:

„Leo, lieben wir beide nicht den ‚Lemberger'? Also wird eine deutsche Weinstube mit gutem Essen unseren Ansprüchen am ehesten gerecht. Einverstanden?"

„So machen wir es. Wir müssen jedoch ein paar Kilometer hinter uns bringen. Da kenn ich ein gemütliches Lokal mit mehreren kleinen Gasträumen, wo man sich ungestört unterhalten kann".

„Sie waren sicherlich schon mit vielen Frauen in dieser Weinstube. Ich freue mich auf ein paar nette Stunden mit Ihnen, Leo".

„Mona Lisa, Sie schätzen mich falsch ein. Es tut mir weh, wenn Sie mich für einen Papagallo halten". Paul macht eine betrübte Mimik.

„Ok, Leo, ich nehme diesen Satz zurück. Verzeihen Sie mir. Aber sie sind ein charmanter, gutaussehender Mann. Sie werden sicher von vielen Frauen umschwärmt."

„Ich habe niemals Anlass dazu gegeben. Wenn es so war, habe ich dies immer ignoriert. Sie, Mona Lisa, sind die erste Frau seit Jahren, zu der ich mich hingezogen fühle. Nicht nur ihre Schönheit und Ihr unkompliziertes Wesen ziehen mich an. Es ist noch etwas anderes, das mich Ihre Nähe suchen lässt. Aber fragen Sie mich nicht danach. Ich weiß es selbst nicht."

„Wir beide werden es noch herausfinden, Leo."

Paul hält Mona Lisa die Autotür auf. Kurz danach fahren sie los. Nach zwanzig Minuten sind sie am Ziel. Begeistert legt Mona Lisa eine Hand auf Pauls Arm und sagt:

„Das sieht ja schon von außen recht gemütlich und gepflegt aus. Wir werden uns bestimmt sehr wohlfühlen, Leo."

Der Wirt begrüßt seine neuen Gäste beim Betreten der Gaststube sehr freundlich und führt sie in einen gemütlich eingerichteten kleinen Gastraum. Vier kleine Tische bieten Platz für acht Gäste. Paul und Lisa sind die ersten Gäste, denn es ist ja noch früh am Abend. Nachdem der Wirt die Weinkarte überreicht hat, studieren sie gemeinsam das reichhaltige Angebot. Sie einigen sich auf einen ‚Lemberger Spätlese Trocken' eines gräflichen Weinguts. Der Wirt beglückwünscht Sie zu dieser Wahl und meint dazu, dass sie sich für den Besten entschieden hätten. Er legt noch jedem die Speisenkarte vor, doch sie wollen mit dem Essen noch warten. Kurz darauf erscheint der Wirt mit zwei dickbauchigen Rotweingläsern und der Flasche mit dem ausgewählten Wein. Nach dem Entkorken schenkt er Paul eine Kostprobe in dessen Glas. Der probiert und sagt nur: „Einfach köstlich!" Nach dem Einschenken lässt der Wird seine Gäste allein. Nun verkostet auch Mona Lisa diese dunkelrote Verführung und bestätigt Pauls Bewertung. Paul erhebt sich mit dem Glas in der Hand, schaut tief in die Augen seiner Begleiterin:

„Mona Lisa, ich bin überglücklich, hier mit Ihnen ein paar schöne Stunden verbringen zu dürfen. Vielen Dank für Ihre Bereitschaft, mir diesen Wunsch zu erfüllen. Stoßen wir an auf einen gemütlichen Abend und dass es nicht der Einzige bleibt." Mona Lisa erhebt sich ebenfalls.

„So soll es sein, Leo! Auf unser beider Wohl" und sie stoßen auf das Gesagte an. Der feine Klang des dünnen Glases durcheilt den kleinen Gastraum. Sie schwenken leicht das Glas, lassen den dunkelroten Wein kreisen und sich von den Düften dieser Köstlichkeit verführen. Dann nehmen sie einen kleinen Schluck, lassen den Wein kurz im Mund und genießen die feinen Aromen, bevor sie ihn langsam freigeben, damit er auch die nachfolgenden Geschmacksnerven betören kann. Mona Lisa tritt auf Paul zu und überrascht ihren Leo mit einem gehauchten Kuss auf die Stirn. Paul braucht einen Moment, sich wieder zu finden. Dann sagt er vergnügt:

„Mona Lisa, Ihr Weinverstand überrascht mich. Ich vermute, Sie sind die Tochter eines Winzers. Normalerweise haben so junge Mädchen keinen blassen Schimmer von so etwas."

„Leo, ich bin kein Mädchen mehr und ein junges schon gar nicht und mein Vater hat keine Weinberge!"

„Schade! Sie wären die schönste Weinkönigin weit und breit."

„Leo, Ihre Übertreibungen muss ich Ihnen noch austreiben, fürchte ich."

„Aber wenn Sie mir jetzt auch gleich gegen das Schienbein treten, aber Sie sehen tatsächlich weit jünger aus, als sie wahrscheinlich sind. Und was mir noch an Ihnen gefällt, ist Ihr Verzicht auf jegliche Kunstfarbe in Ihrem Gesicht. Sie sind auch so wunderschön! So, jetzt können Sie treten."

Paul sieht jetzt eine Möglichkeit, seine viele Fragen, die ihn seit langem umtreiben, endlich anzubringen. Zuerst möchte er wissen, wie dieser schnelle Termin möglich wurde.

„Haben Sie für mich auf Ihr Training heute verzichtet, Mona Lisa?"

„Ja und nein, Leo. Wir haben jetzt Wettkampfpause und da kann man im Training mal fehlen. Bei meinen Eltern habe ich mich abgemeldet, denn bei denen schaue ich nach dem Training immer kurz vorbei."

„Und bei Ihrem Freund haben Sie sich auch abgemeldet?"

„Der erwartet mich nicht mehr." Gleichgültigkeit schwingt in ihrer Stimme mit.

„Das hört sich aber nicht nach großer Liebe an, Mona Lisa."

„Das ist sie auch nicht mehr. Es gab da in der Vergangenheit auch Gründe dafür. Ich erzähle es Ihnen, warum das so ist: Meinen Freund habe ich während meiner Ausbildung zur Bankkauffrau kennen gelernt. Er war wie ich Azubi. Wir machten schon an derselben Schule, aber in verschiedenen Klassen das Abitur und wir kannten uns vom Sehen nur flüchtig, seit wir sechzehn Jahre alt sind. Nach der Ausbildung habe ich die Bank gewechselt, weil ich weiterhin nicht das Lehrmädchen sein wollte, denn so wird man oft noch einige Zeit behandelt. Mein Freund blieb bei dieser Bank, machte anschließend noch ein BA-Studium und hat sich in den zurückliegenden Jahren hochgearbeitet. Er hat einen unbeschreiblichen Ehrgeiz. Anfangs habe ich ihn bewundert ob seiner Erfolge. Doch dann wurde er mir immer unheimlicher.

Seinem Emporkommen ordnet er alles andere unter. Auch mich. Wenn ich nach dem Training oder am Wochenende zu ihm kam, weil ich meistens bei ihm übernachtete, erzählte er mir stundenlang die halbe Nacht durch von seiner Arbeit und seinen Zielen. Dabei vergaß er, mich in den Arm zu nehmen und auch mich anzuhören. Denn ich hätte ihm auch gerne von mir erzählt. Das interessierte ihn jedoch nicht. Er wurde innerhalb kürzester Zeit Abteilungsleiter im Anlagengeschäft. Jetzt hat er sich um einen ausgeschriebenen Job bei einer Hamburger Großbank beworben. Wenn er den bekommt, steht er direkt unter dem Vorstand. Dann ist es nicht mehr weit nach oben. Er hat mich aufgefordert mit nach Hamburg zu kommen, falls es mit dem Job klappen sollte. Ich habe das kategorisch abgelehnt."

„Mona Lisa, Sie verzichten auf ein angenehmes Leben, denn dass er weiter die Karriereleiter empor steigt, bezweifle ich nach Ihren Worten nicht im Geringsten. Stellen Sie sich vor, er hat dann Geld im Überfluss. Sie werden schöne Kleider tragen, der Putzfrau und dem Gärtner Anweisungen geben, am Nachmittag shoppen gehen und natürlich ein teures Cabrio fahren."

„Na klar! Und ab und an Gartenpartys geben für die Bankvorstände mit ihren schwer behängten Gattinnen. Ich werde mit denen um den Pool flanieren und muss mir die affektierten Reden anhören: ‚Ach meine Liebe, Ihre schöne Gartenanlage. Man sieht sofort, hier ist ein Gärtner am Werk‘ und ich muss mich zurücknehmen, dass ich keine dieser Damen in den Pool schubse." Mona Lisa hat sich etwas in Rage geredet. Doch dann holt sie tief Luft, schaut Paul an und sie lachen beide herzhaft. Sie heben ihre Gläser, prosten sich zu und genießen diesen köstlichen Tropfen.

„Wie geht es jetzt weiter mit Ihnen und Ihrem Freund?"
„Nichts geht mehr weiter! Ich habe ihn vor die Wahl gestellt: Hamburg oder ich. Er hat sich für Hamburg entschieden. Noch am selben Abend habe ich meine Siebensachen zusammen gepackt und ihm viel Erfolg gewünscht. Außerdem machte ich ihm klar,

dass er bei einem Scheitern mit mir nicht mehr rechnen kann. Sie sehen Leo, ich bin wieder frei wie ein Vogel und fühle mich dabei sehr glücklich. Umso schöner empfinde ich, heute Abend mit Ihnen zusammensitzen zu können."

Paul hat die Geschichte mit großem Interesse verfolgt. Es steigt ein süßes Gefühl in ihm hoch das ihm sagt: Paul, deine Chancen stehen nicht schlecht. Eine Beziehung mit Mona Lisa ist nicht mehr utopisch zu bewerten. Hat sie ihren Freund aufgegeben, weil sie mich kennen gelernt hat? Er schüttelt diesen Gedanken sofort von sich. Nein, das zu glauben ist doch etwas vermessen. Der Freund hat das Alter von Lisa und ich bin doch ein alter Mann in ihren Augen. Es wird doch so stimmen, Lisa hat sich vernachlässigt gefühlt

Paul verspürt ein leichtes Hungergefühl, was ihn veranlasst, Mona Lisa darauf anzusprechen:

„Wir sollten jetzt unser Essen bestellen. Wenn später vermehrt weitere Gäste erscheinen, müssen wir vielleicht lange warten. Die Speisen werden hier immer frisch zubereitet und das kann dauern."

Beide vertiefen sich in die Speisenkarte. Paul bleibt gewohnheitsmäßig mal wieder am Schwäbischen Rostbraten hängen. Mona Lisa steht nicht so auf Fleisch und entscheidet sich für eine in Butter gebratene Forelle mit Mandelblättchen. Zwischenzeitlich hat der Wirt eine Unterstützung bekommen. Eine adrette Kellnerin kommt auf Pauls Wink hin an den Tisch und nimmt die Bestellung entgegen. Paul wendet sich Mona Lisa zu mit den Worten:

„Ich danke Ihnen, Mona Lisa, dass Sie mir diesen Einblick in Ihr vergangenes Leben gaben. Ich kann Sie gut verstehen, zumal Sie ja auch Ihre eigenen Pläne für die Zukunft haben. Aber eine Frage beschäftigt mich schon die ganze Zeit: Sie arbeiten im Restaurant des Sportzentrums an ein paar Tagen die Woche. Kann man davon leben? Ihre eigentliche Heimat ist im Stuttgarter Raum. Sie hätten doch mit Sicherheit auch dort einen Job bekommen mit Ihrer Ausstrahlung."

„Leo, Sie können natürlich noch nicht wissen, was mich hier in Heilbronn bindet. Ich bin Studentin an der Hochschule. Meinen Job bei der Bank habe ich genervt aufgegeben. Die letzten Jahre war ich in der Kreditabteilung. Für Kredite bis fünfzigtausend Euro war ich zuständig. Zu mir kamen überwiegen kreditsuchende Handwerker. Der eine brauchte einen neuen Servicebus, Ein anderer musste sich die neu auf den Markt gekommenen Werkzeuge für verbesserte Installationstechniken anschaffen, usw. Die gewünschten Summen waren für manchen Kleinstbetrieb schon kritisch. Die ‚Basler Richtlinien‘ und vor allem die Finanzkrise hat die Kreditvergabe der Banken stark beeinflusst. Ich hatte klare Anweisung, streng nach vorgegebenen Kriterien zu verfahren. Das hatte zur Folge, dass ich manchen Kreditwunsch nicht erfüllen durfte. Mir taten die Menschen sehr leid. Wegen ein paar lumpigen tausend Euro waren die Existenzen bedroht und gleichzeitig haben die Banken Milliardenbeträge in den Sand gesetzt. Manche Kunden bettelten fast um den Kredit und ich durfte nicht. Mich hat das sehr mitgenommen. Deshalb hatte ich um eine Versetzung in eine andere Abteilung gebeten. Doch dieser Bitte wurde nicht entsprochen. Dann bin ich zu der Überzeugung gekommen, dass es auch noch andere Möglichkeiten gibt, meinen Weg zu machen. Also habe ich gekündigt und mich bei der Hochschule in Heilbronn eingeschrieben. Ich studiere jetzt im dritten Semester Tourismusbetriebswirtschaft. Vielleicht kann ich einmal ein Hotel führen. Meine Chancen sind gut, dann auch mal die weite Welt kennen zu lernen. Mal sehen wie's kommt."

„Bitte bleiben Sie im Land, Mona Lisa. Ich wäre unglücklich, Sie nicht mehr sehen zu können."

„Ach Leo, bis dahin fließt noch viel Wasser den Neckar hinunter", lacht Lisa.

„Also denken wir nicht daran. Ich wünsche mir, unsere Freundschaft hat lange Bestand."

„Den Job als Kellnerin brauche ich, um mein Erspartes nicht zu sehr strapazieren zu müssen. So komme ich gut über die Runden. Ich bin genügsam. Mit dem Geld, was ich die Jahre über von meinem Gehalt bei der Bank zurücklegen konnte, kann ich mir dieses Studium leisten. Wenn ich sonntagabends von Zuhause wieder nach Heilbronn zurückfahre, habe ich immer eine gut gefüllte Tasche mit Essbarem dabei. Meine Mutter sorgt dafür, dass ich nicht verhungere. Wie es für Mütter üblich ist, übertreibt sie dabei gewaltig. Da ich grundsätzlich kein Essen wegwerfe, verzichte ich oft auf eine Mahlzeit in der Mensa, nur um meinen Kühlschrank leer zu bekommen. Wohl wissend, dass er am nächsten Sonntag wieder gefüllt wird."

Paul und Lisa nippen an ihrem Weinglas. Paul kommt auf den Volleyballwettkampf zurück:

„Mona Lisa, während dieses Volleyballspiels, Sie wissen schon, hatte ich bemerkt, dass Sie immer wieder auf andere Spielerinnen zugingen und denen etwas sagten. Sind Sie in Ihrer Mannschaft das, was man im Fußball als Kapitän bezeichnet?

„Richtig, Leo! Ich bin bei weitem die älteste Spielerin. Manche der Mädchen sind bis zu zehn Jahre jünger. Aufgrund meiner langen Spielpraxis habe ich die entsprechende Erfahrung und gebe meine Tipps an die anderen im Team."

„Ich erinnere mich aber nicht, fünfzehnjährige Mädchen in Ihrer Mannschaft gesehen zu haben."

„Ach Leo, Sie können es einfach nicht lassen! Ich entziehe Ihren Spekulationen über mein Alter jetzt die Luft. Ich bin neunundzwanzig Jahre alt und werde noch in diesem Sommer das Jahrzehnt vollmachen. Bin ich jetzt zu alt für Sie? Kündigen Sie mir jetzt die Freundschaft?" Mona Lisa lächelt mit Schalk in den Augen Paul an.

Eigentlich ist Paul froh an jedem Jahr, das den Altersunterschied reduziert, aber es bleibt immer noch bei mehr als 30 Jahren. Mona Lisa scheint das ja nicht zu stören. Sie hat aber auch noch nie nach seinem Alter gefragt. Wahrscheinlich ist es ihr auch egal. Sie bewertet Paul nach dem Ist-Zustand, den sie bei ihm nach ihren eigenen Kriterien festgelegt hat. Wie es scheint, hat er gute Karten für eine dauerhafte Freundschaft.

Jetzt ist es Lisa, die Fragen loswerden will.

„Leo, bisher habe ich aus meinem Leben berichtet. Aber auch ich habe Fragen an Sie. Sind Sie verheiratet?"

„Nicht mehr."

„Geschieden?"

„Schlimmer."

„Das tut mir aufrichtig Leid."

„Es sind schon sechs Jahre vergangen. Die ersten zwei Jahre waren am schlimmsten. Aber wie man so sagt: Die Zeit heilt Wunden. Ich behalte meine guten Erinnerungen."

„Sie haben sicher auch Kinder?"

„Ja zwei, Sohn und Tochter, beide längst verheiratet, haben auch jeweils zwei Kinder. Sie gehen also mit einem Opa aus, Mona Lisa."

„Aber mit einem gutaussehenden, sympathischen Opa."

„Jetzt sind Sie es, die maßlos übertreibt."

„Leo, ich sehe unser Essen im Anmarsch. Hoffentlich schmeckt es uns auch so gut wie wir es erwarten."

Die Küche ist lobenswert, stellen sie nach dem Essen fest. Paul hat also nicht zu viel versprochen. Paul frägt Lisa, ob sich der Besuch in dieser gemütlichen Weinstube wiederholen lässt und falls ja, ob sie etwas dagegen hat, wenn sie diese zu ihrem Stammlokal machen. Sie lächelt und nickt zustimmend:

„Wenn Opa mich wieder mitnimmt?"

„Wenn's Enkelkind schön brav ist, den Teller immer leer isst, dann darf es auch mit."

Inzwischen sind weitere Gäste, überwiegend ältere Paare in diesen Gastraum gekommen. Paul weiß, was jetzt kommen wird. Sie werden beäugt werden wie immer, wenn er mit einer jungen Dame im Restaurant sitzt. Er macht Lisa auf diese Situation aufmerksam. Sie lacht und sie führen ihre Unterhaltung wie bisher, aber mit gedämpfter Stimme fort. Und tatsächlich, es dauert nicht lange, als sich die ältere Dame zu ihrem Gatten hinüber beugt und ihm etwas ins Ohr flüstert. Dessen Reaktion ist, spontan seinen Blick auf Paul und Lisa zu richten.

„Sollen wir die alten Herrschaften etwas provozieren", Mona Lisa?" Sie sagt nichts, steht unvermittelt auf, beugt sich zu Paul hinüber und küsst ihn flüchtig auf den Mund. Dann flüstert sie mit einem Grinsen im Gesicht „ist es so richtig, Leo?" Der meint schalkhaft „Wir könnten es ruhig noch intensiver fortsetzen."

„Aber wir sollten keinen Herzinfarkt provozieren. Lassen wir es dabei, Leo."

Paul stellt fest, dass die Flasche mit dem köstlichen Wein nichts mehr hergibt.

„Mona Lisa, vertragen wir noch ein Glas?"

„Ich schon, aber Sie müssen noch fahren, Leo."

„Stimmt! Ein halbes Glas noch, um der angenehmen Stimmung gerecht zu werden. Einverstanden?"

„Leo, Sie kennen sich. Wenn Sie es vertragen, warum nicht?"

Paul bestellt bei der hübschen Bedienung noch ein Glas für Lisa und für sich ein halbes mit diesem köstlichen Lemberger. Nach einer weiteren Stunde und angenehmer Unterhaltung machen sie sich auf den Heimweg. Als sie vor dem Haus mit Lisas Wohnung ankommen, sagt diese mit Bedauern in der Stimme:

„Leo, ich hätte Sie gerne noch zu einem Kaffee eingeladen. Es gibt da aber eine Vereinbarung unter uns drei Frauen der Wohngemeinschaft, das Männerbesuche am Abend nicht erlaubt. Aber bald sind Semesterferien. Dann fahren die Mädels nach Hause und ich kann tun und lassen was ich will. Also müssen wir uns jetzt verabschieden. Ich werde mich noch mit den Lehrbüchern befassen für eine anstehende Klausur."

„Mona Lisa, diese Stunden mit Ihnen werde ich nicht vergessen. Es ist das erste Mal seit Jahren, dass ich so schöne Stunden verbringen durfte und vor allem mit einer so liebenswürdigen jungen Dame. Dafür danke ich Ihnen tausendmal. Wann darf ich das nächste Mal mit Ihnen ausgehen? Lassen Sie mich bitte nicht zu lange warten. Denken Sie an meine Gesundheit. Es ist schon mancher an gebrochenem Herzen gestorben."

„Ich werde schon dafür sorgen, dass Sie gesund bleiben, Leo. Ich werde Sie anrufen." Lisa streichelt zärtlich Pauls Hand.

„Ich darf daraus entnehmen, dass Sie Ihren Leichtsinn, mit mir auszugehen, nicht bereuen?"

„Ich bin froh, leichtsinnig gewesen zu sein. Danke für diesen wunderschönen Abend, Leo. Wir werden ihn wiederholen." Dann küsst sie Paul auf die Wange und geht schnellen Schrittes auf das Haus zu. Am Eingang dreht sie sich nochmals um und winkt ihm kurz zu.

Zu Hause angekommen, leert Paul seine Jackett-Taschen. Jetzt bemerkt er, dass er die Einladung zu dem Abend mit Django Asül total vergessen hatte. ‚Soll ich Mona Lisa gleich anrufen'? Stellt er sich die Frage. ‚Sie wollte doch noch in ihre Lehrbücher gucken. Ob ich sie stören darf'? Er entscheidet sich, erst am nächsten Tag anzurufen. Die Eintrittskarten lässt er auf dem Tisch liegen, damit er den Anruf nicht versäumt. Gleich um die Mittagszeit tags darauf ruft er Mona Lisa auf ihrem Mobiltelefon an. Sie meldet sich:

„Hallo Leo, schön Ihre Stimme zu hören. Haben Sie gut geschlafen?"

„Wunderbar nach diesem herrlichen Abend, Mona Lisa! Ich habe einen Grund für diesen Anruf. Gestern habe ich total vergessen, was ich Ihnen eigentlich schenken wollte für diesen ersten Abend. Ich hatte zwei Eintrittskarten besorgt für einen Abend mit Django Asül am übernächsten Samstag. Haben Sie Lust, mich zu begleiten?"

Leo, das ist toll! Den Django kann ich gut leiden. Vor allem, wenn er den bayerischen Großkopfeten die Leviten liest und sie durch den Kakao zieht, wie vor kurzem auf dem Nockherberg. Selbstverständlich gehe ich mit!"

„Sehen wir uns vorher noch einmal, Mona Lisa?"

„Das wird nicht gehen, Leo. Ich muss mich jetzt unbedingt auf eine Klausur vorbereiten. Ich brauche jeden freien Abend. Sie wissen, dass ich an vier Abenden die Woche meinem Job nachkommen muss. Bis zu diesem Abend mit Django sind es noch zehn Tage, davon sechs im Restaurant. Deshalb geht es nicht. Tut mir Leid, Leo. Aber ich freue mich riesig auf diesen Samstag. Wir könnten uns ein paar Stunden vorher schon treffen und irgendwo etwas essen. Vielleicht beim Chinesen?"

„Ein guter Vorschlag, Mona Lisa. Ich werde Sie anrufen, dann machen wir die Zeit aus. Bis dahin wünsche ich Ihnen viel Erfolg beim Lernen. Tschüss, Mona Lisa!"

„Tschüss, Leo und schöne Tage."

Paul ist glückselig. Jetzt ist das nächste Treffen schon arrangiert. Auch wenn er noch etliche Tage warten muss. Paul könnte die ganze Welt umarmen. Doch eine innere Stimme appelliert an seinen gesunden Menschenverstand: ‚Paul, was bildest du dir ein? Sie geht mit dir aus – na und? Sie hat sich von ihrem Freund getrennt und braucht dich zur Unterhaltung und für mehr nicht! Ist doch sonnenklar! Irgendwann wird sie einen Studenten kennen lernen und dann hat sie für dich keine Zeit mehr. Bleib also realistisch. Denk doch mal an den Altersunterschied! Bleib also auf dem Teppich und häng dich nicht zu sehr an diese junge Person! Denn umso größer ist dann die Enttäuschung'. Doch Paul wehrt sich heftig gegen diese Miesmacherei: ‚Alles Quatsch! Mona Lisa liebt mich, das spüre ich. Weg mit diesen bösen Gedanken'.

Lisa hat in den zurückliegenden Tagen jede freie Minute dazu benützt, für die anstehende Klausur zu büffeln. Sogar nachts, wenn sie von ihrem Job im Restaurant oft erschöpft nach Hause kam, hat sie noch ein, zwei Stunden in ihre Bücher geschaut und alles Wichtige herausgeschrieben, damit es besser im Gedächtnis bleibt. Jetzt, am Samstag-Vormittag des Asül-Abends kann sie sich anderen Dingen zuwenden. Sie hat ihr Lernpensum erfüllt, gelegentliches überfliegen der Seiten bis zur Klausur hält das Wissen aufrecht. Sie beschließt, schnell noch ihre Eltern zu besuchen, da sie ja heute mit Leo zu dem Kabarett von Django Asül gehen wird. Sie packt Schmutzwäsche in eine Tragetasche. Die ganze Woche kam sie nicht dazu, ihre Wäsche zu waschen. Das kann sie heute bei ihren Eltern nachholen. Lisa muss sich sputen, wenn sie am Spätnachmittag wieder zurück sein will. Gegen halb Elf fährt sie los. Auf der Fahrt Richtung Stuttgart denkt sie an den heutigen Abend mit Leo und sie freut sich auf das Wiedersehen mit ihm. Ihre Freundschaft mit Leo hat sie über die ganzen Tage beschäftigt. Sie musste sich immer wieder zwingen, ihre Gedanken an Leo zurückzudrängen. Schließlich war die Vorbereitung auf die Klausur viel zu wichtig. Jetzt fällt ihr ein, dass Leo ja auf ihren Anruf wartet wegen der Uhrzeit, wann man sich trifft. Am nächsten Parkplatz hält sie an. Als sie ihr Mobiltelefon aus der Handtasche nehmen will, fällt ihr ganz heiß ein, dass sie es ja in der Küche zum Aufladen an der Steckdose angeschlossen hat. ‚So was dummes! Leo wird warten und unruhig werden', denkt sie sich. Sie nimmt sich vor, von ihren Eltern aus anzurufen.

Paul freut sich auf den Abend. Noch am Vormittag ruft Paul bei Mona Lisa an, doch sie nimmt den Anruf nicht an. Er wartet eine Stunde und probiert es noch einmal, wieder nichts. Er spricht auf ihre Mailbox und bittet sie, zurückzurufen. Wieder vergehen zwei Stunden. Jetzt wird er unsicher. ‚Hat die innere Stimme doch recht, die mich gewarnt hat? Lässt sich Mona Lisa verleugnen, weil sie einen neuen Freund hat'? Tausend Gedanken zermartern sein Hirn: ‚Ist ihr etwas zugestoßen? Liegt sie womöglich im Krankenhaus, schwer verletzt? Vielleicht hat sie auch nur ihr Mobiltelefon zu Hause liegen und ging einkaufen in die Stadt. Aber wie lange geht man einkaufen? Sie müsste doch längst zurück sein'! Diese Ungewissheit zehrt an seinen Nerven. Was soll er tun? Alle Krankenhäuser anrufen geht nicht. Er kennt ja nicht mal ihren Nachnamen. Hatte er doch damals in der Sporthalle versäumt, die Namen der Sportlerinnen zur Kenntnis zu nehmen, so sehr hat ihn das Foto von Mona Lisa in den Bann gezogen. Paul kann also nur warten und hoffen, dass sich die Sache als eine harmlose Verquickung von Zufällen herausstellt. Er geht mit sich hart ins Gericht: ,Warum bin ich immer gleich misstrauisch, wenn es um Mona Lisa geht. Wo bleibt meine gesunde Menschenkenntnis, die mich noch nie betrogen hat. Wenn ich Mona Lisa über meine Zweifel berichte, wird sie verstimmt sein, dass ich kein Vertrauen in ihre Loyalität habe. Oder aber sie lacht herzhaft und tippt mir an die Stirn'.

Gegen sechzehn Uhr klingelt sein Telefon. Er sitzt ja schon seit Stunden wie auf Nadeln und sein Handy hat er griffbereit in Reichweite. Der erste Klingelton war noch nicht verklungen, hat er schon die grüne Taste gedrückt.

„Hallo Leo, danke für Ihre Nachricht auf meine Mailbox. Sie konnten mich nicht erreichen, weil ich zu meinen Eltern fuhr und dummerweise mein Handy in der WG habe liegen lassen. Es war zum Aufladen der Akkus in der Küche. Unterwegs hatte ich es bemerkt, als ich Sie anrufen wollte. Bitte verzeihen Sie meine Nachlässigkeit!

„Mona Lisa, können Sie sich vorstellen, welche Sorgen mich geplagt haben, weil ich Sie über Stunden nicht erreichen konnte? Ich hatte mir schon das Allerschlimmste ausgemalt, was Ihnen vielleicht passiert sein könnte.“

„Was soll mir schon passiert sein, Leo? Ich bin putzmunter und freue mich auf heute Nachmittag!“

„Ich dachte auch, Sie haben mich versetzt und wollen mich nicht mehr sehen, Mona Lisa.“

„Das trauen Sie mir zu, Leo? Dann haben Sie mich aber in schlechter Erinnerung. Das müssen wir aber korrigieren!"

„Ich freue mich über Ihren Anruf und jetzt bin ich wieder ein ganz anderer Mensch als in den letzten Stunden. Ich werde Sie um siebzehn Uhr abholen. Wir gehen dann zu einem Chinesen und korrigieren meine schlechte Meinung über Sie. Einverstanden?"

„Das möchte ich Ihnen auch geraten haben, Leo. Ich freue mich auf Sie!"

Kurz vor siebzehn Uhr parkt Paul vor diesem großen Haus und erwartet Mona Lisa. Pünktlich öffnet sich die Haustür und Paul verschlägt es fast den Atem ob ihrer Erscheinung. Sie hat sich ein wunderschönes, weinrotes Kostüm angezogen, das ihre tolle Figur besonders zur Geltung kommen lässt. Außerdem trägt sie wieder ihre hochhackigen Sommerschuhe. Mit diesen Absätzen überragt sie Paul ein klein wenig, was ihn jedoch nicht weiter stört. Mit fröhlichem Gesichtsausdruck kommt sie auf ihn zu, umarmt ihn und gibt ihm einen flüchtigen Kuss auf den Mund.

„Für die Sorgen, die Sie sich meinetwegen gemacht haben, mein lieber Leo. Verzeihen Sie meine Vergesslichkeit."

Paul hält Lisa an beiden Armen fest, drückt ihr ebenfalls einen leichten Kuss auf den Mund und sagt:

„Hiermit korrigiere ich meine Zweifel an Ihnen und bitte um Vergebung, liebe Mona Lisa."

Nun lachen sie beide. Paul öffnet ihr die Wagentür, hilft ihr beim Einsteigen, wobei der Saum ihres Rocks deutlich hochrutscht, was ihm fast den Atem raubt.

„Unser Chinese öffnet zu dieser Stunde. Wir können direkt hinfahren. Für Django haben wir nummerierte Platzkarten. Wir müssen also nicht zu früh dort sein. Nach dem Chinesen können wir noch einen kleinen Bummel machen, wenn es Ihnen recht ist."

Es ist ihr recht. Das Essen beim Chinesen ist ausgezeichnet. Mona Lisa isst Ente mit allerlei Gemüse und Morcheln. Paul wählt Schweinefleisch mit denselben Beilagen. Lisa benützt zum Essen die bereitgelegten Essstäbchen. Paul versucht es ebenfalls, doch gibt schnell wieder auf. Er will ja nicht vor vollem Teller verhungern. Die hübsche Bedienung bemerkt sein Problem und versucht, ihm die Handhabung der Stäbchen beizubringen, doch es ist ein aussichtsloses Bemühen. Paul greift zum bereitgelegten Besteck und bewundert seine Begleiterin. Lisa kann sich ein schelmisches Grinsen nicht verkneifen. Nach dem Essen und Abräumen bringt diese kleine, schwarzhaarige Schönheit mit Mandelaugen jedem ein Getränk. Es ist Pflaumenwein.

Paul und Lisa verlassen das Chinarestaurant und fahren in die Weinberge oberhalb der Stadt. Ein Spaziergang wird ihnen nach diesem köstlichen Essen gut tun. Viel Zeit bis zum Beginn der Veranstaltung haben sie nicht. Gegen halb acht sind sie wieder am Auto und fahren zum Parkhaus in der Nähe der Stadthalle. Gleich darauf sind sie im Foyer und die Türen zum Saal werden soeben geöffnet. Paul hat Tickets für die Reihe 5 und sie sitzen dadurch nahe an der Bühne. Um 20 Uhr beginnt das Programm. Der Saal ist bis auf den letzten Platz besetzt. Django Asül hat in ganz Deutschland seine Anhänger.

Die zwei Stunden mit Django vergehen wie im Fluge. Django hat wieder alle Register gezogen und jeden Promi, ob Politiker, Künstler oder sonst in der Öffentlichkeit stehende Personen, die in jüngster Vergangenheit eine unglückliche Figur abgaben, bekamen ihr Fett weg. Das Publikum hat Tränen gelacht und sich köstlich amüsiert und oft gab es tosenden Applaus für besonders gelungene Sketche. Django hat seinem Publikum kaum Zeit gelassen sich auszuruhen. Nach zwei Stunden ist Schluss und die Kehlen sind ausgetrocknet vom vielen Lachen. Paul macht den Vorschlag:

„Mona Lisa, gehen wir unsere Kehlen ölen. Wie wär's mit einem kühlen Bier?"

„Ein guter Vorschlag, Leo. Am besten gehen wir hinüber ins Brauhaus. Die haben ein herrliches Bier und wir haben nicht weit zum Auto."

Sie sitzen noch eine Stunde zusammen. Aus einem Bier wurden zwei. Gegenseitig erzählen sie sich die besonders gut angekommenen Passagen aus diesem Kabarettabend und können sich noch immer nicht das Lachen verkneifen. Gegen Mitternacht stehen sie dann vor dem Haus mit Lisas Wohnung und verabschieden sich. Mona Lisa umarmt Paul und merkt an:

„Leo, dieser Abend war absolute Spitze. Sie sind ein Schatz, weil Sie mich eingeladen haben. Irgendwann muss ich mich revanchieren. Vielen herzlichen Dank. Unser nächstes Treffen wird nicht lange auf sich warten lassen. Das verspreche ich Ihnen."

„Ich werde jeden Tag auf Ihren Anruf warten, Mona Lisa! Demnächst werde ich Sie auch wieder im Sportzentrum sehen."

Mona Lisa küsst Paul auf die Wange. Dann steigt sie aus und für Paul geht dieser wundervolle Tag mit Lisa nach kurzer Fahrt zu Ende.

In der folgenden Woche, es ist wieder Kegeldienstag, vermisst Paul die schönste Kellnerin, die je im Restaurant des Sportzentrums bedient hat. Er erkundigt sich bei ihrer Vertretung und bekommt die Auskunft, dass seine Mona Lisa sehr stark erkältet ist und deshalb nicht bedienen kann. Sie kuriert sich zu Hause aus. Am nächsten Tag schreibt er Mona Lisa eine SMS und wünscht ihr gute Besserung. Sie antwortet sofort und schreibt zurück, dass es ihr langsam besser geht und bedankt sich für seine Genesungswünsche. Zum Schluss schreibt sie noch, dass sie bald wieder mit ihm ausgehen möchte. Am liebsten in das kleine Restaurant wie vor kurzem. Und Paul ist darüber der glücklichste Mensch. ‚Mona Lisa liebt mich! Davon bin ich jetzt felsenfest überzeugt', wird ihm nun zur Gewissheit.

Es vergeht eine volle Woche, bis seine bezaubernde Freundin wieder voll einsatzfähig ist. Kaum ist sie wieder in Heilbronn, ruft sie bei Paul an:

„Hallo Leo, Mona Lisa würde sich freuen, wenn sie noch diese Woche den Leo sehen könnte. Was mein Leo dazu?"

„Leo freut sich riesig, dass Mona Lisa ihn nicht vergessen hat."

„Wie sieht es am Samstag aus?"

„Leo kann auch schon heute, Leo kann immer!"

„Aber ich muss meinen Job machen, deshalb geht es nicht vor Samstag."

„Also dann am Samstag. Wann darf ich kommen, Mona Lisa?"

„Von mir aus schon am frühen Nachmittag. Wir könnten, falls das Wetter mitspielt, einen Ausflug nach Schwäbisch Hall machen, bevor wir dann in dieses kleine hübsche Restaurant gehen, das ja auf dem Rückweg ohne lange Umwege zu erreichen ist."

„Das ist ein guter Vorschlag. Ich war schon lange nicht mehr in Hall. Die Stadt ist immer einen Besuch wert."

Paul ist überglücklich, weil Mona Lisa ihn so schnell wieder sehen möchte. Für ihn gibt es nicht mehr den geringsten Zweifel, dass Mona Lisa in der freundschaftlichen Beziehung mehr als einen Zeitvertreib sieht. Es geht ihr wie ihm. Mona Lisa hat sich in Paul verliebt. Die Tage bis Samstag kommen Paul wie Monate vor. ‚Wieso bin ich so ungeduldig'? fragt er sich. Er versucht, alle möglichen Arbeiten im und ums Haus herum zu erledigen. Dann nimmt er ein Buch zur Hand, stellt es nach wenigen Seiten wieder zurück ins Regal, weil ihm jegliche Konzentration fehlt. Endlich ist der Samstag da. Paul frühstückt spät und ausgiebig, damit er die Zeit bis zum Abendessen im kleinen Restaurant durchhält. Dann ruft er bei Mona Lisa an und kündigt sich auf vierzehn Uhr an. Pünktlich steht er vor dem Haus. Gleich darauf erscheint Lisa in der Haustür. Sie winkt ihm zu, kommt mit einer Stofftasche unterm Arm freundlich lächelnd zum Parkplatz. Paul ist wie immer bei ihrem Anblick begeistert von ihrer Schönheit. ‚Was bin ich doch ein Glückspilz, mit dieser schönen Frau ausgehen zu dürfen', denkt er sich. Er geht ihr entgegen und sie begrüßen sich mit einer Umarmung.

„Mona Lisa, haben Sie Verpflegung in der Tasche?"

„Nein Leo, in der Tasche befinden sich meine Digitalkamera und passende Schuhe für den Stadtbummel. Das Kopfsteinpflaster in Hall würde den Absätzen meiner Sommerschuhe nicht gut tun. Für das Restaurant möchte ich diese wieder anziehen. Ich bin glücklich, Sie wieder zu sehen, Leo."

„Mir geht es genauso. Ich konnte den heutigen Tag kaum erwarten, Mona Lisa!"

Die Fahrt auf der Landstraße über die ‚Löwensteiner Berge' ist immer ein Genuss. Eine Stunde später sind sie in Schwäbisch Hall. Paul findet einen Parkplatz am Kocher gegenüber der Altstadt. Über die Henkersbrücke kommen sie direkt ins Zentrum und stehen bald darauf auf dem Marktplatz und vor der mächtigen Freitreppe, die hoch zur Michaelskirche führt. Vor vielen Jahren war Paul Besucher der Freilichtspiele, die auf dieser Treppe jeden Sommer durchgeführt werden.

„Leo, kam es schon vor, dass Schauspieler auf der Treppe gestolpert und über die Stufen gestürzt sind?"

„Das weiß ich nicht, aber denkbar wäre es schon, Mona Lisa."

„Es erfordert doch eine hohe Konzentration, nicht ins straucheln zu kommen. Die Darsteller stehen ja nicht wie Ölgötzen herum, sondern müssen sich auch bewegen."

Sie steigen die zweiundfünfzig Stufen der Freitreppe hoch und betreten St. Michael. Wie in evangelischen Kirchen üblich, fehlt der Prunk süddeutscher Barockkirchen in katholischen Gegenden. Aber die architektonischen Sehenswürdigkeiten der Spätgotik beeindrucken jeden Besucher. Eine Besonderheit, die Paul bisher in keiner Kirche gesehen hat, sind die Gemälde bürgerlicher Honoratioren aus der Blütezeit der Stadt. Nach dem Rundgang besteigen Paul und Lisa noch den Kirchturm und genießen einen prächtigen Ausblick auf die Stadt und ihre Umgebung. Ihr nächstes Ziel ist das Rathaus mit der prunkvollen Barockfassade. Gleich daneben steht der Pranger. Paul macht Mona Lisa darauf aufmerksam.

„Mona Lisa, hier wurden früher die geschwätzigen Weibsleute für einen Tag angekettet, wenn sie mal wieder ihr Schandmaul nicht halten konnten und über andere falsch Zeugnis redeten."

„Ach ja? Die Männer waren natürlich alles ehrbare Bürger." Das ‚ehrbare' spricht sie dabei betont lange aus. „Typische Aussage eines Machos!" fügt sie noch hinzu.

„Ich bin kein Macho, Mona Lisa! Bestimmt wurden auch unehrliche Männer angekettet."

„Das will ich auch geraten haben, Leo!" Lisa lacht und hängt sich bei Paul ein.

Sie durchstreifen die Altstadt und Mona Lisa entdeckt ständig ein neues Motiv für ihre Kamera. Sie freut sich, dass sie die Idee hatte, Schwäbisch Hall einen Besuch abzustatten. Sie hat schon viel über die Schönheiten der Stadt gehört, war jedoch noch nie hier. Paul macht ihr den Vorschlag, mal einen ganzen Tag der Stadt zu widmen und die ‚Coburg' in der Nähe mit einzubinden. Sie sagt begeistert zu. Gegen neunzehn Uhr machen sie sich auf die Rückfahrt und freuen sich auf das gemütliche, kleine Restaurant. So ein Stadtbummel kann schon müde Beine machen. Dreißig Minuten später sind sie in diesem netten Lokal und lassen sich die nächsten zwei Stunden kulinarisch verwöhnen. Wie schon beim ersten Besuch sind sie restlos zufrieden, mit dem, was der Koch auf die Teller zaubert. Dann erfolgt die Heimfahrt.

Paul bringt Mona Lisa vor das Haus mit ihrer Wohngemeinschaft. Anstelle einer Verabschiedung meint diese:

„Wir könnten bei mir noch einen Kaffee trinken. Jetzt in den Semesterferien sind meine zwei Mitbewohnerinnen nicht anwe-

send, sondern zu Hause in ihrer Heimat. Die eine wohnt im Süd-
schwarzwald, die andere in der Nähe von Bamberg. Wir werden
also niemanden stören."
So steigen sie die Treppen hoch zum Dachgeschoss. Lisa schließt
die Wohnungstür auf und Paul ist überrascht, wie großzügig sich
die Wohnung präsentiert.
„Jede von uns hat ein Zimmer mit ungefähr zwanzig Quadrat-
meter. Küche, Bad und Toiletten müssen wir uns teilen. Zum
Glück gibt es eine zweite Toilette. So kann man seinen Bedürf-
nissen nachkommen, ohne jemanden drängeln zu müssen, der
sich gerade im Bad befindet.
Mona Lisa schließt ihr Zimmer auf und Paul ist aufs Neue überrascht, wie gemütlich es eingerichtet ist.
„Ich habe das Glück, dass mein großes Fenster nach Südwesten
zeigt. So habe ich Sonne von Mittag bis zum Sonnenuntergang."
Paul stimmt zu und ist begeistert über die geschmackvoll auf-
einander abgestimmte Einrichtung. Lisa beweist Stil und guten
Geschmack. Das Zimmer wirkt trotz der Möbel sehr geräumig.
Die Wände sind ockerfarbig gestrichen. An der rechten Seite
wenn man durch die Tür tritt steht ein Kleiderschrank mit Schie-
betüren, weiß lackiert. Die Türen haben aufgesetzte Zierleisten
und die mittlere Tür trägt einen großen Spiegel über die gesamte
Höhe. Links davon, parallel zum Schrank, schließt sich ein breites
französisches Metallbett an. Ohne Fußabschluss, das Kopfteil ist
vergoldet. Das Bettzeug harmoniert in seinen Farben sehr gut mit
der Wandfarbe. Über dem Kopfteil des Bettes hängt ein großes
Bild. Ein Kunstdruck in expressionistischem Stil. Er zeigt eine
Küstenlandschaft an einem sturmgepeitschten Meer. Zwischen
Bett und Schrank ist noch reichlich Platz. An der Wand steht
noch eine ebenfalls metallene, vergoldete Nachtkonsole. Auf dieser steht ein kleiner Radiowecker. Neben dem Bett auf dem Boden
liegt ein weißes Lammfell. Ein kleiner Couchtisch, weiß mit zwei
Sesseln in hellem Leder und ein kleiner Schreibtisch mit Dreh-
stuhl runden das Mobiliar ab. Ein mittelgroßer Flachbildschirm

hängt noch in einer Zimmerecke und direkt darunter steht auf einem Board eine Mini-CD-Anlage. Mona Lisa beobachtet Pauls interessierte Blicke und sagt:

„Die Möbel habe ich von zu Hause mitgebracht. Gekauft hatte ich diese, als ich noch berufstätig war."

„Mir gefällt Ihr Zimmer ausgezeichnet. Es ist mit viel Geschmack eingerichtet. Hier kann man vom Tagesstress abschalten."

„Schön, dass es Ihnen gefällt" antwortet Lisa und freut sich. „Ich mache uns einen Kaffee, anschließend können wir noch ein Glas Wein trinken. Ich habe einen guten ‚Lemberger', der wird Ihnen bestimmt munden."

Wenige Minuten später sitzen sie bei einer Tasse Kaffee zusammen und reden über das Erlebte des zu Ende gegangenen Tages. Dann äußert Lisa einen Wunsch:

„Leo, stört es Sie, wenn ich es mir etwas bequem mache und meinen Hausanzug anziehe? Es ist für mich immer eine Erlösung, wenn ich am Abend aus den Tageskleidern herauskomme. Ich werde mich noch kurz duschen, dann bin ich sofort wieder da. Bedienen Sie sich solange selbst. Leider habe ich kein Gebäck zum Kaffee."

„Ich hätte auch keinen Appetit, etwas zu essen. Wir kommen doch aus dem Restaurant und sind beide satt. Ich werde mir Ihre CD-Sammlung anschauen. Gehen Sie ruhig duschen, Mona Lisa."

Lisa wirft Paul ein charmantes Lächeln entgegen, entnimmt aus ihrem Schrank ein paar Dinge und entschwindet geschwind aus dem Zimmer. Bald darauf hört Paul das Wasser der Dusche rauschen. Er geht zur CD-Sammlung und guckt sich die Labels an. ‚Aha', denkt er, ‚querbeet, aber die Klassik dominiert'. Mona Lisa hat in etwa denselben Geschmack wie er. Das stellt er mit Genugtuung fest. Nach wenigen Minuten erscheint Mona Lisa in einem seidenen Hausanzug. Die Grundfarbe ist grau. Revers, Knopfleiste und Ärmelaufschlag sind in pink. Sie sieht bezaubernd aus. Paul muss ihr unbedingt wieder ein Kompliment machen:

„Mona Lisa, Sie sind die schönste Frau die ich kenne!" Lisa lächelt Paul an und sagt:

„Sie sind sehr galant, Leo. Aber übertreiben wie immer." Dann stellt sie den ‚Lemberger' und zwei Gläser auf den Tisch und bittet Paul die Flasche zu öffnen. Paul kommt auf die CD-Sammlung zurück und dass er einen ähnlichen Musikgeschmack verfolgt. Lisa meint dazu:

„Schon wieder eine Gemeinsamkeit, die uns verbindet, Leo. Ich gehe auch sehr gerne zu Konzerten der Heilbronner Orchester. „Noch eine Gemeinsamkeit, Mona Lisa! Es wird mir langsam unheimlich mit Ihnen", lacht Paul.

„Etwas Hintergrundmusik kann ja nicht schaden. Leo. Suchen Sie mal eine CD aus, die wir abspielen, ohne dass sie unsere Unterhaltung stören wird. Ich brauche diese Musik zum Abschalten, wenn ich von der Hochschule komme. Da lege ich mich auf mein Bett, schließe die Augen und sehe das Orchester vor mir und versuche, jedes Instrument herauszuhören. Diese Ruhezeit tut mir sehr gut, kann eine ganze Stunde dauern wenn ich nicht noch dabei einschlafe. Aber jetzt, Leo, wollen wir uns dem ‚Lemberger' widmen."

Paul hat die Flasche bereits entkorkt und gibt sich als Weinkenner.

„Wissen Sie Mona Lisa, dass man die Weinflasche wenigstens zwei Stunden vorher öffnen soll, damit sich das Bukett besser entfalten kann? Das behaupten die Weingurus. Man kann den Rotwein auch gleich in einen Weinkrug füllen, da kann sich das Bukett ebenfalls entfalten." Mona Lisa lächelt und sagt:

„Wenn ich das erste Glas getrunken habe, dauert es meistens Stunden, bis ich mir das Zweite einschenke. Dann spätestens hat sich das Bukett entfaltet und ich werde den Weingurus gerecht."

Paul will unbedingt eine Frage loswerden die ihm auf den Nägeln brennt. Er blickt Lisa tief in ihre blauen Augen und sagt:

„Mona Lisa, wir kennen uns jetzt schon einige Wochen und ich weiß, die Sympathie, die ich Ihnen entgegenbringe, beruht auf Gegenseitigkeit. Sollten wir uns zukünftig nicht duzen?"

„Genau diesen Vorschlag wollte ich heute auch machen, Leo!"

„Also schon wieder eine Gemeinsamkeit!" lacht Paul.

Sie heben beide ihr Weinglas, prosten sich zu.

„Ich bin also der Paul!"

„Ich bin die Lisa!"

„Eigentlich müssten wir uns jetzt küssen, Lisa!"

„Richtig!" Lisa beugt sich zu Paul hinüber und sie küssen sich auf den Mund.

„Heißt Du wirklich Lisa mit ganz normalem Vornamen?"

„Ja, ich heiße ganz normal Lisa. Deshalb war dein ‚Mona Lisa' für mich keine Umstellung", lacht sie. „Aber ich möchte dich wegen der Erinnerung an unser erstes Zusammentreffen und damit wir Rudi weiterhin nerven können, Leo nennen, denn ich mag diesen lieben Leo. Paul sage ich zu dir nur, wenn ich mit dir böse bin."

„Dann wirst du nie Paul zu mir sagen müssen. Also bleibt es bei Leo und ich werde dich abwechselnd Lisa oder Mona Lisa nennen, wie es mir eben beliebt. Einverstanden?"

Paul und Lisa sitzen noch längere Zeit entspannt in den Sesseln und genießen den köstlichen Tropfen. Sie unterhalten sich über Gott und die Welt. Lisa ist belesen und hat zu jedem Thema ihre Meinung. So vergessen sie die Zeit und der Uhrzeiger dreht unaufhörlich seine Runden. Erst als die Weinflasche keinen Tropfen mehr hergibt, merken sie, dass es weit nach Mitternacht ist.

„Jetzt muss ich aber gehen, ich habe dich viel zu lange hingehalten. Verzeih mir, Mona Lisa."

„Ich habe nichts zu verzeihen. Ich hätte dich ja auch hinauswerfen können."

„Und warum hast du es nicht getan?"

„Weil du ein unterhaltsamer Gesprächspartner bist, wie man ihn selten findet, Leo."

Paul steht auf und schon muss er sich an der Sessellehne festhalten, damit er das Gleichgewicht nicht verliert. Lisa entgeht das nicht.

„Leo, ist dir bewusst, dass du nicht mehr Auto fahren kannst?"

„Ich muss jetzt trotzdem gehen."

„Ich lasse dich aber auf keinen Fall gehen, das wäre sträflicher Leichtsinn. Du übernachtest hier."

„Wie soll das funktionieren? Du hast nur ein Zimmer und ein Bett. Soll ich auf dem Boden schlafen? Aber man könnte die beiden Sessel zusammen schieben. Das wäre auch eine Schlafmöglichkeit."

„Ich habe eine andere Idee, Leo. Du schläfst in meinem Bett und ich schlafe in einem Zimmer der abwesenden Mädels. Einverstanden?"

„Wenn du meinst? Recht hast du ja, ich kann wirklich nicht mehr fahren."

Einen Schlafanzug kann ich dir nicht anbieten. Du musst in der Unterwäsche schlafen. Ich lasse dich jetzt alleine und wünsche dir eine Gute Nacht."

„Gute Nacht, Mona Lisa und verzeih mir, dass ich dir diese Umstände mache."

Lisa kommt nochmals auf Paul zu, gibt ihm einen Kuss auf die Wange und sagt: „Schlaf gut!" Dann ist sie weg. Paul ist hundemüde, zieht Hemd und Hose aus und legt sich aufs Bett. Kurz darauf fällt er auch schon in tiefsten Schlaf.

Als Paul wieder wach wird, muss er sich zuerst einmal sammeln. Ihm fällt der Abend mit Lisa ein und jetzt wird im bewusst, wo er sich befindet – im Bett seiner Mona Lisa. Er blickt sich im Zimmer um. Entdeckt auf der anderen Seite des Bettes einen Schlafanzug und auf dem kleinen Tisch mit den zwei Sesseln ist ein Frühstück aufgebaut. Verschiedene Brötchen und Butterbrezeln liegen in einer Korbschale, Marmelade und Honig stehen dabei, nur die Kaffeekanne fehlt noch. Er registriert ein schwaches Geräusch und schaut zur Zimmertür. Diese ist einen winzigen Spalt geöffnet, geht dann aber ganz auf und seine Mona Lisa kommt mit einem fröhlichen „Guten Morgen, Leo!" herein.

„Ich habe zuvor geguckt, ob du schon wach bist. Hast du gut geschlafen?"

„Wie ein Bär", sagt Paul. „Und du? Hast du auch gut geschlafen im fremden Bett?"

„Wie kann man gut schlafen, wenn in unmittelbarer Nähe mit einer Motorsäge ein ganzer Wald abgeholzt wird", lacht Lisa.

„Aha, ich habe also fürchterlich geschnarcht. Aber hört man das durch die Wände in den anderen Zimmern?"

„Was heißt hier andere Zimmer? Ich habe bei dir geschlafen, in meinem Bett", lacht sie.

„Aber du hast doch…?"

„Ich habe dich halt ein wenig angelogen. Die Mädels schließen selbstverständlich ihre Zimmer ab, wenn sie nicht da sind. Ich hatte abgewartet, bis mein Leo eingeschlafen war. Das dauerte keine Minute, dann bin ich zu dir ins Bett gekrochen und habe mich an dich gekuschelt", klärt Lisa ihn auf.

„Ich kann es nicht glauben! Da liege ich eine ganze Nacht mit der schönsten Frau der Welt im Bett und bemerke nichts. Was bin ich doch für ein Schlappschwanz!"

„Ja, ja der Alkohol. Hat schon manches verhindert", lacht Lisa.

„Was hättest du gemacht, wenn ich in der Nacht aufgewacht wäre?"

„Abgewartet was passiert."

„Mann oh' Mann! Das kann nur mir passieren, dass nichts passiert! Du hast schon ein Frühstück hingezaubert? Wie lieb von dir. Ich habe mächtig Hunger."

„Ich war schon beim Bäcker."

„In deinem Hausanzug? Bist du eine Chinesin?" lacht Paul.

„In meinem Hausanzug, ja. Aber mit einem Sommermantel darüber. Die Bäckerei ist ja gleich um die Ecke."

Lisa hat sonntags frei im Restaurant. Deshalb fragt Paul, ob sie an diesem schönen Frühsommertag nicht Lust auf eine Wanderung hat.

„Das ist ein toller Vorschlag. Wo wollen wir wandern, Leo?"

„Ich müsste allerdings vorher noch nach Hause. Andere Kleider anziehen und meine Wanderstiefel einpacken. Wenn wir hier gegen elf Uhr abfahren, könnten wir eine halbe Stunde später im Stromberg sein. Dort gibt es viele Möglichkeiten."

„Schön, das machen wir, Leo."

Paul und Lisa frühstücken noch miteinander, dann macht sich Paul auf den Heimweg. Frisch geduscht, in leichter Outdoor-Kleidung, Wanderschuhe im Auto, den Rucksack mit einer großen Apfelschorle und einem Pulli für den Abend versehen, falls es kühler wird. Zusätzlich packt er in eine Sporttasche noch frische Unterwäsche, ein zweites Hemd und ein Poloshirt, damit er sich nach der Wanderung umziehen kann. Eine gute Stunde später ist er wieder bei Lisa, die ihn bereits erwartet. Ihr Wanderoutfit ist eher für einen Bummel auf der Stuttgarter Königstraße ausgewählt: Ein leichter Sommerrock bis kurz über die Knie, dunkelblau mit weißen Tupfen, dazu eine schneeweiße, ärmellose Bluse, die Knopfleiste im selben dunkelblau wie der Rock. Am Fuß Sommerschuhe mit halbhohen Absätzen und mit viel Riemenwerk.

„Willst du so mit mir wandern?" Paul schüttelt den Kopf, als er sie so sieht. „So hübsch du auch aussiehst, aber für den Wald vollkommen ungeeignet. Denke doch an das Ungeziefer! Du wirst heute Abend am ganzen Körper zerstochen sein. Und dann die Zecken, Lisa! Hier in diesen Wäldern wimmelt es von diesen Blutsaugern. Wenigsten eine lange Hose hättest du anziehen müssen. Noch haben wir Zeit, dass du dich umziehen kannst."

„Kommt nicht in Frage! Hosen kann ich auf den Tod nicht ausstehen. Ja, im kalten Winter und auch dann nur, wenn es richtig eisig ist. Aber nicht jetzt im beginnenden Frühsommer. Ich brauche die körperliche Freiheit, Leo." Dann zeigt sie Paul ein paar bequeme Sneakers, die sie zum Wandern bereitgestellt hat.

„Wir wandern ja nicht im Hochgebirge", meint sie.

Lisa übergibt Paul noch einen Pulli für den Rucksack und eine Blechdose mit belegten Brötchen.

„Na denn, jetzt können wir starten", sagt Paul, „aber ich habe dir meine Bedenken mitgeteilt."

Mona Lisa kommt dicht an ihn heran und sagt:

„Ich habe doch einen Beschützer. Der passt schon auf mich auf" und küsst Paul auf die Stirn.

Sie fahren ungefähr eine halbe Stunde mit dem Auto und parken auf einem Waldparkplatz, dem Ausgangspunkt verschiedener Wanderwege, die Paul zuvor auf einer Wanderkarte abgesteckt hat. Sie wechseln ihre Schuhe und Lisa will unbedingt den Rucksack tragen.

Sie sind jetzt seit zwei Stunden unterwegs, begleitet von den üblichen Geräuschen, die der Wald zu dieser herrlichen Jahreszeit bietet. Ein Kuckuck ruft, auch das Hämmern eines Spechts ist allenthalben zu hören. Manchmal ertönt das Gekreische eines Eichelhähers, der ihr Näherkommen lautstark verkündet. Ein paar Bäume voraus entdeckt Paul eine uralte Eiche mit einem aufgenagelten kleinen Schild. Als sie näher kommen, sehen sie das typische Piktogramm für Aussichtstellen, wie es in jeder Wanderkarte vermerkt ist. Bei der Eiche ist eine Abzweigung. Ein schmaler Pfad geht nach rechts ab.

„Hier gehen wir mal lang, vielleicht lohnt sich die Aussicht", sagt Paul zu Lisa.

Nach vielleicht zweihundert Metern öffnet sich plötzlich der Wald und sie stehen auf einer Felsnase, von wo aus sich ein traumhafter Blick über diese idyllische Tallandschaft unter ihnen auftut. Von hier lässt sich das Tal beinahe über die gesamte Länge von West nach Ost überblicken. Gegenüber steigt aus der dort im Schatten liegenden Talseite ein Ausläufer des Strombergs empor. Direkt unter dem Felsen auf dem sie stehen, beginnen die Weinberge, die sich bis zur Talsenke hinunterziehen.

„Hier steht ja auch eine Ruhebank, super! Hier werden wir eine längere Rast einlegen", macht Lisa den Vorschlag. Paul dreht sich zu ihr um und da sitzt sie auch schon. Die Bank ist grob zusammengezimmert. Ein nicht gerade breites Sitzbrett und die Lehne sind ebenfalls aus nur einem schmalen Brett mit Schwarte dran, gefertigt. Ein Provisorium, aber besser als nichts. Der Aussichtspunkt hat nur den einen Zugang vom Wald her.

Lisa hat bereits den Rucksack geöffnet und reicht Paul die Apfelschorle.

„Trink kräftig, dann wird das Gewicht weniger", lacht sie und holt noch die Dose mit den Brötchen hervor.

„Ich wollte ja den Rucksack tragen, aber du hast darauf bestanden, die Last zu übernehmen. So eine volle eineinhalb Literflasche hat eben ihr Gewicht", gibt ihr Paul zurück.

Er setzt sich neben seine Mona Lisa auf die Bank und sie stärken sich für den weiteren Wanderweg. Als sie gegessen haben, streckt sich Lisa mit dem Rücken auf dem schmalen Brett aus und legt ihren Kopf in Pauls Schoß.

„Ist's erlaubt?" fragt sie ihn.

„Selbstverständlich! Mach es dir so bequem wie möglich."

Damit ihr Kopf nicht zu seinen Knien rutschen kann, setzt sich Paul im Schneidersitz auf das Brett.

„Au fein! So liege ich richtig bequem. Vielleicht schlafe ich etwas." Lisa schließt die Augen. Paul legt seinen rechten Arm sanft auf ihren Oberkörper und seine Hand berührt leicht den Ansatz ihrer Brüste. Lisa dreht ihren Kopf zur Seite mit dem Gesicht zu seinem Bauch und drückt leicht ihre Nase dagegen. Er beginnt sie zärtlich zu streicheln und kommt dabei wie unabsichtlich ihren Hügeln immer näher. Wieder drückt sie die Nase gegen seinen Bauch, dieses Mal jedoch etwas stärker. ‚Ist das eine Aufforderung sich zurückzunehmen oder zum Weitermachen', denkt er sich. Paul das Schlitzohr will's genau wissen und streichelt nun sanft über beide Wölbungen, immer abwechselnd. Er spürt, dass die Brüste sich straffen und die Spitzen härter werden. Lisas Nase drückt nun immer stärker gegen seinen Bauch. Mit einem Finger gleitet Paul zwischen zwei Knöpfen hindurch unter die Bluse und trifft auf nacktes Fleisch. Lisa trägt keinen BH, stellt er fest. Paul wird mutiger. Nun knöpft er mit der linken Hand drei weitere Knöpfe auf und schafft Platz für die ganze Hand. Lisas Druck gegen seinen Bauch wird immer stärker, während Paul zärtlich die Brüste streichelt. Lisa hat kleine, aber feste, kugelige Brüste. Jetzt versteht er, dass sie ohne einen lästigen BH auskommen kann. Er bemerkt, dass die Streicheleinheit für seine Mona Lisa auch bei ihm etwas bewirkt. Der Druck in seiner Hose nimmt zu und wird immer stärker. Auf einmal zieht Lisa beide Beine an und ihr luftiger Rock rutscht zum Bauch und gibt ihre Beine bis zum Ansatz frei. Paul sieht ihren eleganten, kurzgeschnittenen Slip, der mit kleinen Spitzen verziert ist. Seine Hand verlässt die Bluse und streichelt nun den inneren Oberschenkel ihres rechten Beines, bei der Kniekehle beginnend, langsam immer weiter nach unten. Als es nicht mehr weitergeht, spreizt Lisa ihre Beinstellung und er kommt bis zu dieser Wölbung zwischen ihren Schenkeln. Sachte streichelt er darüber hinweg und sie spreizt noch weiter ihre Beine. Paul bemerkt, dass Lisas Slip sehr locker auf der Haut sitzt. Nun schiebt er seine Hand unter den Gummizug ihres Slips und berührt mit den Fingern den weichen Flaum. Er fährt weiter abwärts, taucht ein in eine feuchte Senke und bewegt die Finger langsam hin und her. Mona Lisa streckt nun das rechte Bein wieder aus und gibt Paul damit mehr Platz für die Liebkosung. Im Rhythmus seiner Handbewegung bewegt sie den Kopf und drückt dabei mächtig gegen seinen Schoß. Dies stimuliert zusätzlich Pauls starke Erregtheit und seine Hose scheint gleich zu explodieren. Er spürt, dass es zu einer Eruption dieses Vulkans nicht mehr weit ist. Lisa stöhnt leise im Einklang zu seinen Streicheleien. Paul macht sich Gedanken, wie sie hier auf dieser groben Bank die Vollendung des Liebesspiels vollziehen könnten. Er öffnet den oberen Knopf seiner Hose und ist gerade dabei, den Reißverschluss nach unten zu ziehen, als sein Vorhaben jäh unterbrochen wird. Das plötzliche Kläffen eines Hundes reißt beide aus dieser so angenehmen Situation. Paul zieht schnell seine Hand aus

Lisas Slip. Lisa lässt auch das andere Bein auf das Sitzbrett fallen und streift den Rock zu den Knien. Dann knöpft sie eilig die Bluse zu und Paul seine Hose. Lisa blinzelt Paul an und meint lachend: „Knapp davor und nichts passiert. Dummer Köter!"

Es dauert nicht lange, dann steht ein altes Ehepaar mit einem kleinen, wuscheligen Hündchen bei ihnen.

„Ach schade, unsere Bank ist schon belegt", sagt die alte Dame traurig mit zitternder Stimme zu ihrem Gatten. Sie wendet sich an die Bankbesetzer:

„Wissen Sie, wir kommen einmal die Woche hierher, um die schöne Aussicht zu genießen und um uns auszuruhen. Wir brauchen diese Rast. Die Füße tun nicht mehr so mit. Die Strecke von der nahen Straße hierher schaffen wir gerade noch so."

Lisa hat sich bereits erhoben und sagt sehr freundlich:

„Wir machen Ihnen Platz. Wir sind ausgeruht und setzen unsere Wanderung fort."

Bei Paul hat sich in der Hose auch wieder alles beruhigt und er kann problemlos aufstehen. Diesmal übernimmt er den Rucksack und sie verlassen diesen schönen Ort, der ihnen beinahe die erste körperliche Liebe miteinander beschieden hätte.

„Dummer Hund", brummt Paul vor sich hin.

„Das ist falsch! Der Hund hat uns vor einer peinlichen Situation gerettet" wendet Lisa ein.

„Du hast ja recht", gibt er zurück.

„Übrigens, du hast mich unsittlich berührt und hast versucht, mich zu vergewaltigen. Ich überlege mir, ob ich dich anzeigen soll", sagt Lisa und lacht.

„Ich stehe zu meiner Schandtat! Aber du hast dich fürchterlich dagegen gewehrt. Ich habe jetzt überall Kratz- und Bisswunden", erwidert Paul. Jetzt lachen beide herzhaft, Mona Lisa umarmt ihren Leo und gibt ihm einen dicken Kuss auf den Mund, schneller als er denken kann. Er hält sie fest und sagt zärtlich zu ihr:

„Ich muss dich heute Abend unbedingt nach Zecken absuchen."

„Aber bitte sehr, sehr gründlich" haucht sie ihm ins Ohr und sie küssen sich noch einmal sehr intensiv. Dabei drückt sich Lisa ganz eng an Pauls Körper und er spürt das mächtige Verlangen in ihr nach körperlicher Liebe.

Paul erscheinen Bilder aus den zurückliegenden Wochen: Die Sporthalle und das Mädchen mit den kurzen Zöpfchen. Mona Lisa auf der Treppe im Kegelzentrum. Das erste Abendessen in der kleinen Weinstube. Paul überkommt ein riesiges Glücksgefühl und er lächelt still in sich hinein. Lisa sieht seinen leicht verklärten Gesichtsausdruck und fragt ihn:

„Wie darf ich dein hintergründiges Lächeln deuten, Leo?"

„Ich habe eine zuckersüße Erkenntnis gewonnen, mein Schatz."

„Und die wäre?"

„Wir sind jetzt ein Liebespaar! Mona Lisa und ich sind unheimlich glücklich. Ich habe die schönste Mona Lisa die es gibt. Nämlich eine Mona Lisa zum Anfassen. Eine Mona Lisa aus Fleisch und Blut. Nie würde ich sie austauschen wollen gegen die Mona Lisa hinter dem Sicherheitsglas im Louvre."

„Mit der wärest du jedoch ein vielfacher Millionär, Leo!"

Lisa zieht ihren Leo noch einmal an sich und verpasst ihm einen ewiglangen Kuss. Als Paul wieder frei atmen kann, meint er trocken:

„Irgendwann küsst du mich zu Tode, meine Süße."

„Auf diese stete Lebensbedrohung musst du dich künftig einstellen, mein lieber Leo." Dann hängt sie sich bei ihm ein und sie marschieren fröhlich auf ihr nächstes Ziel zu.

Nach einer guten Stunde kommen sie in ein kleines Dorf am Fuße des Strombergs. Wenn die Wanderkarte aktuellen Stand hat, befindet sich dort ein Gasthof. Sie durchqueren den Ort und am anderen Ortsende entdecken sie die ‚Linde'. Ein Schild verkündet: Warme Küche von 11 bis 22 Uhr. Sie kehren ein. Der Gastraum ist gemütlich eingerichtet, die Tische sind mit schneeweißen Tüchern bedeckt. Alles macht einen ordentlichen Eindruck und sie sind die einzigen Gäste. Es ist ja auch weit über die Mittagszeit hinaus. Die korpulente, sympathische Wirtin in ebenfalls schnee-weißer Schürze begrüßt die neuen Gäste und überreicht die Speisekarten. Lisa flüstert Paul leise ins Ohr:

„Wenn sie so gut kocht wie sie aussieht, sind wir hier gut aufgehoben."

Paul bestellt für sich ein echtes Wiener Schnitzel. Da kann man nichts falsch machen, sagt er zu Lisa. Diese schließt sich dem Vorschlag an, bestellt jedoch eine kleine Portion. Ihren Durst stillen sie mit einem Kristallweizen. Wein möchten sie an diesem warmen Tag und zu dieser Stunde nicht zu sich nehmen. Die Wirtin entpuppt sich als gute Köchin und nach einer guten Stunde können sie satt und ausgeruht ihre Wanderung fortsetzen. Gegen siebzehn Uhr erreichen sie wieder Pauls Auto und fahren zurück zu Lisas Wohnung.

„Es war eine schöne Tour, Liebling. Zum Schluss wurde es etwas anstrengend, als es wieder den Berg hinaufging. Wir müssen öfter miteinander wandern", mein Lisa.

„Ja! Wir müssen auf jeden Fall nochmals diese Bank auf dem Felsen aufsuchen. Dort hat es mir am besten gefallen", sagt Paul lachend und legt seinen Arm um Lisa, die ihn zum ersten Mal Liebling genannt hat. Sein innigster Traum hat sich heute Nachmittag erfüllt. Lisa schmiegt sich jetzt ganz dicht an ihn und sagt:

„Du hast mich heute verführt, du Casanova!"

„Wie bitte? Wer hat da wen verführt?"

„Du halt! Wer hat denn meine Brüste gestreichelt?"

„Wer hat sich auf meinen Schoß gelegt?"

„Ich wollte doch nur etwas schlafen."

„Und ich wollte dich nur in den Schlaf streicheln. Aber dann hast du die Beine hochgestellt, dein Rock rutschte zum Bauch und hat alles freigelegt, was jeden halbwegs gesunden Mann verrückt werden lässt. Eine klare Aufforderung, meine ich, der ich aber sehr gerne nachgekommen bin."

„Wir haben es beide gewollt. Stimmt's?"

„Du hast es erraten, mein Schatz!"

60

„Schade, dass uns der Hund, nein das alte Ehepaar, gestört hat und denk daran, du musst mich heute noch nach Zecken absuchen und zwar gründlich."

Nach ausgiebigem duschen fühlen sie sich wieder richtig erholt. Paul ist froh an seinen frischen Kleidern aus der Sporttasche. Lisa hat sich wieder ihren Hausanzug übergestreift und Paul belässt es bei der Unterhose. Lisa mustert ihn und flachst:

„Kein Doppelrips von Schiesser? Wie modern!"

„Ich trage nur moderne Unterwäsche, Schätzchen! Ich bin doch noch kein alter Mann. Vermisst du den Eingriff? Habe ich jetzt deine Libido abgewürgt?" flachst Paul zurück. Lisa kommt ihm sehr nahe und sagt:

„Ja, das musst du jetzt sofort wieder in Ordnung bringen. Die Zeckenplage hilft dir dabei."

Gleichzeitig lässt sie die Hose ihres Hausanzugs fallen und schlüpft auch aus dem Oberteil. Splitternackt steht sie nun vor Paul. Er ist sprachlos, so fasziniert ihn dieser schöne, makellose Körper. Mit beiden Händen beginnt er ihre Konturen von oben nach unten abzutasten. Lisa schlingt die Arme um seinen Hals und drückt sich mächtig an seinen Körper. Als er mit seinen Händen an ihrem Po angekommen ist, drückt sie sich noch fester mit ihrem Schoß an Paul und der drückt genauso fest dagegen. Er küsst ihre Haare, ihre Augen, die Nase, dann den Mund, dann ihre Brüste, er geht in die Knie und küsst den Nabel und endlich dort, wo sie es wahrscheinlich am liebsten hat. Dann steht er auf.

„Liebling, habe ich jetzt deine Libido wieder in Ordnung gebracht?" fragt er augenzwinkernd.

Anstelle einer Antwort schubst sie Paul aufs Bett, zieht ihm seine Pants nach unten und über die Füße und schleudert sie mit Schwung quer durchs Zimmer. Dann setzt sie sich auf seine Beine und beginnt nun ihrerseits, ihn von Kopf an nach unten abzuküssen, bis sie an einen Signalmast anstößt. Der zeigt ihr ‚freie Fahrt'. Sie küsst ihn voller Liebe und streichelt ihn sanft mit ihrer zarten Hand. Dann rutscht sie von Pauls Beinen auf seinen Schoß und vollendet ohne sein Zutun das, was vor Stunden noch unterbleiben musste.

„Ich liebe dich, wie ich noch nie jemand anders geliebt habe", flüstert sie in sein Ohr und er sagt:

„Ich liebe dich noch viel, viel mehr" und sie küssen sich, bis ihnen die Luft ausgeht.

Da Paul schon die ganze Zeit hoch erregt ist, will er nun versuchen, den Schlussakkord noch möglichst lange hinauszuzögern. Mit „Liebling, lass es ruhig langsam angehen, wir haben viel Zeit", versucht er Lisa zu bremsen. Ihm fällt ein, er könnte ja an etwas anderes denken. Zum Beispiel: ‚morgen muss ich Farbe kaufen und die Gartenhütte streichen, oder ‚die Tante Hedwig muss ich unbedingt mal anrufen und fragen wie es ihr geht'. Doch das funktioniert bei Paul nicht. Wenn man mit der schönsten Frau der Welt das erste Mal im Bett liegt, kann man an nichts anderes mehr denken. Das klappt vielleicht bei einem alten Ehepaar, wenn die ihre monatliche Pflichtübung hinter sich bringen. Halt nein! Bei denen geht es auch nicht, weil sonst gar nichts mehr geht!

Paul hat sich wacker geschlagen, doch irgendwann sind seine Kräfte erschöpft. Mona Lisa hat die Signalstellung ‚rot' erkannt und den Zug angehalten. Sie selbst wirkt keinesfalls erschöpft, eher das Gegenteil ist der Fall.

„Liebling, ich werde ein Buch schreiben", sagt Paul zu ihr.

„Wie interessant! Wie wird der Titel lauten, mein Schatz?"

„Gehe nie mit einer Leistungssportlerin ins Bett, wenn du selber nur Bücher liest." Seine Mona Lisa lacht sich halb tot.

„Ich bin total mit dir zufrieden, du brauchst das Buch nicht schreiben, mein Schatz."

Sie liegen noch eine Weile eng umschlungen und schauen sich unentwegt liebevoll in die Augen. Hin und wieder küssen sie sich und flüstern einander zu, wie gerne sie sich haben.

„Gehst du eigentlich immer so forsch auf Männer zu, mein Schätzchen?"

„Ach weißt du, manchmal muss man halt auch jemanden über den Berg helfen", lacht Lisa kokett ihrem Leo ins Gesicht.

„Wer hat dir eigentlich diese schönen blauen Augen vererbt?"

„Keine Ahnung. In unserer Familie hat niemand blaue Augen. Mutter und Bruder haben dunkelbraune, Vater hat grünbraune Augen. Vielleicht von den Großeltern? Die waren schon gestorben, als ich auf die Welt kam. Eine Tante aus Vaters Familie hat auch blaue Augen. Und du mein Schatz, hast auch blaue Augen. Deshalb passen wir doch prima zusammen. Zum Glück bist du nicht mein Vater!"

„Das wäre fatal", gibt Paul lachend zurück. „Ich dürfte dann nicht mehr mit dir schlafen. Aber andererseits könnte ich dann stolz auf meine schöne Tochter sein. Aber mit unseren blauen Augen haben wir eine weitere Gemeinsamkeit. Welche Merkmale hast du von deiner Mutter?"

„Meine dunklen Haare und ein paar Gesichtszüge sind uns ähnlich. Vom Vater habe ich die Liebe zum Sport geerbt, deshalb ist er mächtig stolz auf mich".

„Das kann er auch sein, bei einer so schönen Tochter."

„Und jetzt zu dir, du Filou! Wie viele Frauen hast du schon beglückt?"

„Vielleicht hundert!"

„Angeber!"

„Vielleicht waren es auch nur fünfzig."

„Casanova!"

„Herr Neuhaus soll angeblich einige hundert Frauen glücklich gemacht haben."

„Den kenne ich nicht."

„Denk mal nach, was Casanova ins Deutsche übersetzt heißt."

„Ach so, aber jetzt erbitte ich eine Antwort, du alter Haudegen."

„Wahrscheinlich waren es nur zehn – im Bett. Früher hat man auch auf dem Liegesitz im Auto nichts anbrennen lassen. Beim

Autokauf wurde besonders viel Wert auf gute Liegesitze gelegt. Lieber ein paar PS weniger. Es war ja damals so, dass es diesen fürchterlichen Kuppelparagraphen gab. Eltern konnten bestraft werden, wenn sie ihrem minderjährigen Nachwuchs erlaubten, mit Freund oder Freundin eine Nacht zu verbringen. Die Liebe im Auto konnte den Eltern ja nicht angekreidet werden und wurde auch verheimlicht, wenn ein solches Schäferstündchen keine sichtbaren Folgen nach sich zog. Damals wurde man erst mit einundzwanzig Jahren volljährig. Und jetzt zu dir. Du bist wohl noch zur Schule gegangen, bei deinem ersten Erlebnis."

„Für was für Eine hältst du mich eigentlich, Leo? Mein Sexualleben war bisher sehr bescheiden. Erst mit dir werde ich in vollen Zügen genießen können, was du in vielen Jahren tausendfach hinter dir hast. Du kannst sehr zärtlich sein Das kannte ich bei meinem ‚Ex' so nicht."

„Mona Lisa, ich werde den heutigen Tag nie in meinem Leben vergessen. Für mich ist es der Beginn einer großen Liebe."

Und ich dachte, mein Leo liebt mich schon lange und traut sich nicht."

„Ich sagte ‚große Liebe'! Und seit wann liebst du mich, Herzchen?"

„Seit dem ersten gemeinsamen Abend in unserem Lieblingsrestaurant. Bei mir war es jedoch gleich die große Liebe."

„Wieso eigentlich? Ich bin doch wesentlich älter als du! Eine ganz andere Generation. Dir laufen doch die Studenten scharenweise hinterher. Also warum gerade ich?"

„Ich kann mit den Männern meiner Generation nichts anfangen. Guck' sie dir doch an? Die meisten leben in den Tag hinein. Möglichst viel Spaß wollen sie haben, auch mit den Frauen. Vor allem mit denen! Aber eine ernste Beziehung? Die Studenten sind nicht anders. Dann gibt es noch die Streber. Die kennen nur ein Ziel, nämlich den Aufstieg. Für die echte Liebe haben die keine Zeit. Deine Generation hat noch Werte, nach denen man lebt. Der Nachkriegsgeneration wurde nichts geschenkt. Die musste für den bescheidenen Wohlstand hart arbeiten. Allerdings hat sie auch Fehler begangen, nämlich ihren Nachwuchs verhätschelt und verwöhnt."

„Wurdest du nicht auch verwöhnt, Lisa?"

„Sicher wurde auch mir jeder Wunsch erfüllt, aber ich wusste dies immer zu schätzen und habe meinen Eltern nie Sorgen bereitet."

„Die würden sich aber jetzt große Sorgen machen, wenn sie wüssten, mit wem sich ihre liebe Tochter gerade herumtreibt."

„Mit dem liebsten Herumtreiber, den ich kenne."

Eigentlich könnte Paul stundenlang mit seiner Mona Lisa so daliegen, kuscheln und neckische Reden führen. Doch dann meldet sich sein hungriger Magen mit einem bedrohlichen Knurren.

"Schatz, ich bekomme Hunger. Sollen wir uns anziehen und zum Italiener gehen?"

„Ich mache einen anderen Vorschlag. Im Schreibtisch habe ich einen Prospekt eines Pizza-Service. Wir lassen uns etwas kommen."

Lisa steht auf und kramt in ihrer Schreibtischschublade. Dann hat sie den Prospekt gefunden.

„Was ist deine Lieblingspizza, mein Schatz?" fragt sie Paul.

„Frutti di Mare", antwortet er.

„Dann nehme ich ‚Vierjahreszeiten' und wir können ja austauschen. Eine Flasche Chianti lasse ich auch kommen." Lisa nimmt ihr Handy und bestellt.

Eine halbe Stunde später schlägt der Gong im Flur an. Paul nimmt seinen Geldbeutel aus der Sporttasche und will durch die Wohnungstür nach unten gehen.

„Liebling, im ersten Stock wohnt eine junge Familie. Die Frau ist sehr hübsch. Ich weiß nicht, ob sie schon einen Mann über Fünfzig in Unterhosen gesehen hat. Sag mir Bescheid, wie sie reagiert hat!"

Mona Lisa schiebt Paul zur Seite, lächelt ihn an und sagt:

„Das übernehme ich! Du bist eingeladen" und entschwindet im Treppenhaus. Sie hat wieder ihren Hausanzug an.

Die Pizzas sind hervorragend. Der Koch hatte nicht gespart und gut belegt. Nachdem beide jeweils etwa die Hälfte ihrer Pizzas gegessen haben, tauschen sie die Teller. Der Chianti passt zum Essen und sie speisen mit viel Genuss. Zwischenzeitlich hat Mona Lisa eine wunderschöne Musik aus ihrer CD-Sammlung aufgelegt und sie lauschen den Klängen von Jack Offenbachs ‚Hoffmanns Erzählungen'.

„Mona Lisa, solche Abende sind die schönsten, die ich mir vorstellen kann. Geht es dir auch so? Oder bin ich nur sentimental, weil mein Horizont die heutige Lebensweise von euch jungen Leuten nicht mehr nachvollziehen kann?"

Mona Lisa setzt sich auf Pauls Schoß und sagt: „Wer solche Abende nicht mehr zu würdigen weiß, ist ein armer Tropf. Der wird ewig nach dem vollkommenen Glück suchen und es nie finden. Ich bin so froh, dass es uns zwei gibt und wir uns gefunden haben. Wir beide haben viele Gemeinsamkeiten und die verbinden uns. Das ist unser Glück und ich möchte dich nie missen müssen. Ich wäre todunglücklich."

Kurz vor Mitternacht beschließen sie, sich schlafen zu legen. Paul steckt die lange Wanderung noch in den Beinen und empfindet es wohltuend, diese nun ausstrecken zu können.

„Mona Lisa, diese Nacht wird aber eine andere als die vergangene Nacht. Dieses Mal kommst du mir nicht ungeschoren davon", flüstert er in ihr Ohr, als sie sich eng zusammenkuscheln.

„Das möchte ich dir auch geraten haben", flüstert sie zurück.

Paul fällt ein, was er sie heute noch fragen wollte: „Liebling, nimmst du die Pille?"

„Diese Frage fällt dir aber spät ein! Vielleicht auch schon zu spät?" sagt sie ganz nahe an seinem Mund.

„Willst du damit sagen, dass …" Lisa unterbricht ihn:

„Ja, ich nehme keine Pille, weil ich ein Kind von dir haben möchte. Ich freue mich schon darauf!"

„Du spinnst! Du kannst doch von einem alten Mann kein Kind wollen. Das gibt doch nichts. Kommt vielleicht behindert auf die Welt und dann?"

„Wieso behindert? Eher das Gegenteil ist der Fall, wenn es die Klugheit aus einem langen Leben vererbt bekommt. Auf jeden Fall musst du mich dann heiraten oder Alimente zahlen für den kleinen Leo."

„Ich glaube, du schwindelst mich an. Du studierst doch und hast große Pläne für die Zukunft als Tourismusmanagerin. Stimmt's?"

„Natürlich, mein Angsthase. Aber Frauen verführen und dann vor den Konsequenzen Bammel haben! Du bist mir ein Held! Aber ich bin Sportlerin und möchte diesen Sport noch mindestens zwei Jahre ausüben. Oder soll ich mit dickem Bauch am Netz hochspringen?"

Zärtlich schiebt Paul seine Hand in Lisas kurze Schlafhose und streichelt über ihren Flaum. Lisa revanchiert sich auf ihre Art. Jetzt fällt ihm ein, dass er morgen seine Putzfrau erwartet. Er muss spätestens um neun Uhr zu Hause sein.

„Liebling, bevor ich es vergesse: Kannst du den Radiowecker auf acht Uhr aktivieren? Ich sollte vor neun Uhr zu Hause sein".

„Erwartest du eine weitere Geliebte?"

„Nein, aber meine Putzfrau."

„Ist sie hübsch, deine Putzfrau?"

„Sie ist eine Wucht! Eine rassige Sizilianerin Ende dreißig."

„Du musst sie unbedingt entlassen!"

„Kommt nicht in Frage! Ich bin mit ihr bestens zufrieden."

„Sie wird dich eines Tages verführen."

„Dann erhöhe ich ihr den Stundenlohn."

„Du Schuft! Ich werde sie erschießen müssen."

„Dann bekommst du es mit der Vendetta zu tun."

„Ach, ihre Schwester kennst du auch schon?"

„Liebling, die Vendetta ist nicht ihre Schwester, sondern die besonders in Sizilien gebräuchliche Blutrache. Man wird dich dann auch töten, mein Schatz. Was wird dann aus mir?"

„Du wirst der neuen Bedienung im Sportzentrum auf der Treppe ein ‚hallo Mona Lisa' zuhauchen. Vielleicht fällt die dann auch auf dich herein, so wie ich?"

„Aber nur, wenn sie deine Figur hat, dasselbe schöne Gesicht und mich so verzaubert wie du. Und weil es dich ein zweites Mal auf dieser Welt nicht gibt, werde ich wahrscheinlich als Eremit abseits der Zivilisation mein Leben zu Ende bringen. Aber sei beruhigt Schätzchen, du musst niemand erschießen. Meine Putzfrau ist eine ältere Türkin mit langem Rock und Kopftuch. Sie wird immer begleitet von ihrer sechzehnjährigen Enkeltochter. Vermutlich will ihr Mann es so. Ich werde also meiner Putzfrau nicht nachstellen. Ich warte lieber, bis ihre hübsche Enkeltochter achtzehn Jahre alt ist. Dann kaufe ich sie für ein halbes Kilo Gold."

Jetzt erst bemerkt Paul, dass Lisa in seinen Armen eingeschlafen ist. Sie hat seine letzten Worte wahrscheinlich nicht mehr gehört und träumt jetzt von der sizilianischen Putzfrau, die ihren Leo verführen wird. ‚Auch recht, wenn du schläfst', denkt sich Paul. Schließlich ist auch er hundemüde.

Am Morgen reißt Paul ein fürchterlicher Lärm aus bestem Schlaf. Lisa hatte – absichtlich? – den Radiowecker auf Alarm eingestellt. Um an diese lärmende Bestie zu kommen, muss er über seine Mona Lisa hinweg klettern, weil der Wecker auf dem Nachtkästchen auf ihrer Bettseite steht. Als er gerade über ihr liegt und versucht, mit einer Hand die Lärmquelle zu erreichen, reagiert gleichzeitig Lisa und drückt den Abstellknopf. Dann zieht sie Paul mit beiden Armen zu sich herunter.

„Guten Morgen, mein Schatz! Wie befohlen wurdest du geweckt. Sag danke der Lisa, denn sie hat schon ein Frühstück für dich bereitet, damit du nicht zu spät zu deiner sizilianischen Putzfrau kommst."

„Was hast du dir heute Nacht eigentlich dabei gedacht?" erwidert Paul. „Einfach einzuschlafen, wo wir doch noch etwas erledigen wollten! Das ist jetzt schon die zweite Nacht, in der du ungeschoren davonkommst."

„Aus Mitleid habe ich meinem Bücherleser eine Auszeit zugestanden. Sei dankbar dafür. Das Versäumte lässt sich jetzt nachholen. Der Kaffee ist fertig in der Thermoskanne und bleibt heiß. Es liegt an dir, wie schnell du die Betriebstemperatur erreichst. Ich bin bereit."

„Du willst mich nur schwächen, damit ich an meiner Sizilianerin kein Interesse mehr habe. Wenn meine Mona Lisa nicht so schnell eingeschlafen wäre, hätte sie noch mitbekommen, dass meine Sizilianerin aus Anatolien stammt, ein Kopftuch trägt und mindestens sechzig Jahre alt ist. Und dass ich sehr mit ihrer Arbeit zufrieden bin. Aber zur Not hätte ich ja noch Alisa."

„Wer ist Alisa?"

„Meiner Putzfrau ihr schönes Enkelkind. Pechschwarze, lange Haare und große dunkle Augen. Sie kommt immer mit der Oma zu mir. Wahrscheinlich muss sie im Auftrag von Opa die Oma vor mir schützen. Ich werde Alisa mit einem halben Kilo Gold kaufen, wenn sie achtzehn Jahre alt ist. Das habe ich dir heute Nacht doch alles erzählt?"

„Du bist mir ein Filou! Das mit der Sizilianerin habe ich dir eh' nicht abgenommen. Aber jetzt will ich Taten sehen, du Faulpelz. Du kannst dich den ganzen Tag lang ausruhen."

Paul schlüpft unter Lisas Bettdecke und stellt fest, dass sie splitternackt auf ihn gewartet hat. Er tastet sie ab und fühlt die Feuchtigkeit in ihrem Schoß.

„Du hast wohl schon vorgearbeitet, mein Schatz?"

„Pah, die Erwartung hat's gerichtet."

Sie lieben sich kurz aber umso heftiger. Fünfzehn Minuten vor neun Uhr setzt sich Paul in seinen PKW und fährt fröhlich gelaunt nach Hause.

Pünktlich wie immer kommt sein Kopftuchengel mit der schönen Enkelin.

„Warum gehst du nicht zur Schule, Alisa?" fragt er das hübsche Mädchen.

„Ich habe die Schule schon beendet, aber noch keine Ausbildungsstelle gefunden. Bewerbungen habe ich schon viele geschrieben, es hat halt noch nicht geklappt, obwohl meine Abschlussnoten der Realschule gut sind. Ich glaube, dass mein türkischer Name ein großes Handicap für mich ist.

„Spreche mit deinen Eltern. Sie sollen dir die Möglichkeit für einen Abiturabschluss geben. Dann hast du bessere Chancen." Und ganz leise, damit es die Oma nicht hört, falls sie überhaupt der deutschen Sprache mächtig ist, sagt er zu dem Mädchen:

„Lass dich ja nicht verheiraten und in die Türkei abschieben."

„Nein, nein! Lacht Alisa, „das habe ich nicht zu befürchten. Ich darf mir später meinen Mann selbst aussuchen und es muss auch kein Türke sein. Meine Eltern haben eine moderne Einstellung. Sie haben einen deutschen Pass und sind voll integriert. Papa ist EDV-Techniker in einer großen Firma und Mama ist Kassiererin in einem Einkaufs-Center. Nur meine Großeltern leben noch in der alten, anatolischen Kultur."

„Alisa, hast du Lust, mit mir draußen auf der Terrasse ein Brettspiel zu spielen? Dann kann deine Oma in aller Ruhe den Putzlappen schwingen."

„Ja gerne, ich kann etwas Schach, muss mich aber noch wesentlich verbessern. Sie können mir bestimmt etwas beibringen.

Während Paul das Schachspiel heraussucht, ruft er Lisa an. Sie ist noch in ihrer Wohnung beim putzen. Um elf Uhr beginnt ihr Dienst im Restaurant.

„Liebling, du hast doch noch einige Wochen Semesterferien. Willst du mit mir für eine Woche in Urlaub fahren?"

„Das wäre ja wunderbar, Leo! Ich werde heute abklären, ob ich eine Woche im Restaurant freibekomme. Wohin soll es gehen?"

„Ich habe die Idee, ein Wohnmobil zu mieten und mit dir nach Italien zu fahren. Wir könnten in den Dolomiten ein paar Tage verbringen und dann noch am Gardasee uns von den Bergtouren erholen. Was meinst du? Mach bitte auch Vorschläge."

„Brauche ich nicht, mein Schatz! Dein Vorschlag ist widerspruchslos angenommen. Das wird eine tolle Woche. Ich rufe dich noch heute Nacht an, ob es mit dem Urlaub klappt. Alles andere besprechen wir dann bei unserem nächsten Date. Und lass mich bitte nicht zu lange warten, ich habe schon wieder große Sehnsucht nach dir."

Paul spielt mit Alisa einige Partien Schach. Sie ist keine blutjunge Anfängerin mehr und er muss aufpassen, dass sie ihn nicht überrumpelt. Er lobt ihr Schachspiel und Alisa ist sehr glücklich darüber.

„Alisa, ich möchte dir gerne helfen bei der Suche nach einem Ausbildungsplatz. Wenn du glaubst, dass dein türkischer Name ein Problem dabei ist, versuchen wir es doch einfach mit einem Trick. Wie heißt du mit Nachnamen?"

„Demirci!"

„Was bedeutet der Name auf Deutsch?"

„Soviel ich weiß, kann man das mit Schmied übersetzen."

„OK. Ab sofort heißt du Alisa Schmied. Sende deine Bewerbungen nicht mehr einfach an das Personalbüro, sondern versuche, den Namen des Personalchefs heraus zu finden. Rufe den an, melde dich mit Alisa Schmied und bitte ihn, dir ein Vorstellungsgespräch zu gewähren. Dein gutes Hochdeutsch mit schwäbischem Akzent wird dir dabei helfen. Wenn es klappt, bekommst du einen Termin. Sobald er in deinen Unterlagen deinen richtigen Namen herausliest, kannst du dich rechtfertigen mit dem Hinweis, dass du die deutsche Staatsbürgerschaft besitzt und deinen Namen nur ins Deutsche übersetzt hast. Dein positives Auftreten und deine ansprechende Erscheinung tun ein Übriges. Den Personalchef möchte ich sehen, der dir ohne triftigen Grund eine

Absage erteilt. Also Kopf hoch, Alisa, wir werden das zusammen schon hinkriegen."

„Sie machen mir viel Hoffnung. Wenn Sie meinen, dies wäre eine Möglichkeit zum Ziel zu kommen, bin ich voll dabei."

„Es wäre doch gelacht, wenn wir beide dieses Problem nicht lösen könnten. Nur Mut! Bring nächste Woche deine Bewerbungsunterlagen mit. Dann sehen wir weiter."

Gegen Mittag ist Pauls Putz-Fee mit der Arbeit fertig. Er drückt ihr den vereinbarten Lohn in die Hand und zu Alisa sagt er, dass er sich auf die nächste Partie Schach mit ihr schon heute freue. Sie lächelt und bestätigt ihm, dass es auch ihr viel Spaß gemacht hat und am Putztag in der nächsten Woche wieder mitkommt. Zum Schluss fragt Paul sie noch, wo ihre schulischen Stärken liegen. Alisa antwortet:

„In Mathe und Deutsch bin ich über dem Durchschnitt. Am meisten Spaß habe ich beim Zeichnen. Da bin ich richtig gut."

„Welchen Berufswunsch hast du bisher angestrebt?"

„Ich habe mich um eine Ausbildung zur Industriekauffrau beworben."

„Ich empfehle dir, eine Ausbildung zur Grafikerin anzustreben, wenn deine Stärke das Zeichnen ist. Da musst du kreativ sein und jede Arbeit ist eine andere."

„Das wäre ja toll, wenn ich meine Leidenschaft zum Beruf machen könnte. Daran hatte ich noch nie gedacht. Sie meinen also, dass es eine Chance gebe, eine Stelle zu bekommen? Wo muss ich da suchen?"

„Wenn du willst, kann ich mal herumhören. Ich kenne einige Werbestudios noch aus meiner aktiven Zeit. Vielleicht kann ich dir eine Firma vermitteln. Aber baue nicht darauf. Suche trotzdem auf eigene Faust weiter und lass dich von der Bundesagentur für Arbeit beraten. Dafür sind die da."

„Ach, das wäre wunderbar, wenn es doch noch klappt. Ich drücke mir beide Daumen. Sehr lieb von Ihnen, mich dabei zu unterstützen. Vielen, vielen Dank. Also bis nächste Woche. Ich freue mich darauf."

„Alisa, einen Moment noch! Bring mir doch mal ein oder zwei von deinen Zeichnungen. Ich möchte diese gerne sehen. Wenn du Talent hast, wären diese eine wichtige Anlage in deinem Bewerbungsschreiben. Du kannst die Zeichnungen in meinen Briefkasten geben, weil ich nicht immer zu Hause bin. Einverstanden?"

„JA, ich werde aus meiner Sammlung welche aussuchen. Wir können dann nächste Woche darüber sprechen."

Paul macht es sich in seinem Wohnzimmer bequem. Wenn er richtig ausspannen will, hört er immer den Klassiksender einer Rundfunkanstalt. Er setzt sich auf die Couch, legt die Beine auf den Couchtisch und stülpt sich den Kopfhörer über. Sollte das Telefon klingeln, wird er nicht rangehen. Sollte jemand an der Haustüre klingeln, wird er auch das ignorieren. Seine Gedanken lassen die letzten achtundvierzig Stunden Revue passieren: Das gemeinsame Essen mit Mona Lisa in diesem kleinen, behaglichen Restaurant. Lisa lädt ihn anschließend noch zu einem Kaffee in ihre Wohnung ein. Er trinkt zu viel Wein und muss bei ihr übernachten. Er schläft in ihrem Bett und bemerkt nicht, dass sie mit ihm gemeinsam im Bett liegt. Auf seinen Vorschlag hin machen sie am Folgetag eine ausgedehnte Wanderung. Die erste Rast bringt sie einander sehr nahe – fast ganz nahe. Es folgt der schönste Abend, den er je erlebt hat. Sie sind ineinander verliebt, ohne Wenn und Aber. Dann der heutige Morgen. Paul hat Probleme, alle Erlebnisse in dieser kurzen Zeitspanne von achtundvierzig Stunden seelisch zu verarbeiten. Träumt er oder ist alles Realität? Wie ist es möglich, dass eine junge Frau von nicht einmal dreißig Jahren ihn zu ihrem Liebhaber macht? Ihn, der doppelt so alt ist wie sie selbst? Allein wegen ihrer Schönheit und noch mehr wegen ihrer positiven Ausstrahlung müssten doch Heerscharen von jungen Bewerbern ihr nachstellen. Und wen sucht sie sich aus? Ihn!

IHN! Der doch in kein Schema passt, wenn es nach den Wünschen einer jungen Frau über ihren zukünftigen Partner geht. Paul nimmt sich vor, beim nächsten Zusammentreffen zu versuchen, tiefer in das Seelenleben von Lisa einzudringen. Er möchte sich auf jeden Fall gewappnet wissen, für den Fall, dass sie ihn irgendwann aus einer Laune heraus wieder abschiebt. ‚Ich muss einfach davon ausgehen, dass es für Lisa eine kurzfristige Romanze ist‘, sind Pauls Gedanken. Jetzt macht er sich wieder Vorwürfe, dass er so über seine Mona Lisa denkt. Ihre Liebe zu ihm hat sie doch offenbart ohne jegliche Ansprüche an ihn. Sie liebt ihn so wie er ist. ‚Was fesselt sie so sehr an mich? Geht es ihr wie mir? Seit ich ihr Bild in diesem Programmheft gesehen habe, fühle ich mich von ihr angezogen, als wäre sie der stärkste Magnet. Was ist das große Geheimnis, das uns zusammenführte‘? Paul hadert nicht mit seinem Schicksal, ganz im Gegenteil.

Eines beruhigt Paul sehr: Mona Lisa nimmt, wie er selbst, diese Liebe zueinander sehr locker. Keine schmachtenden Liebesschwüre, Treue bis zum Tod und andere geschwollene Floskeln. Sie lieben sich jetzt und heute, was morgen ist, lassen sie auf sich zukommen. Die Woche Urlaub mit dem Wohnmobil wird dazu beitragen, dass sie sich noch besser kennenlernen.

Irgendwann an diesem Nachmittag muss Paul seinen Gedanken an Lisa eine Auszeit geben. Da er seit dem Frühstück bei Lisa nichts mehr gegessen hat, quält ihn zusehends ein Hungergefühl. Kochen wird er sich nichts. Nachdem seine Putz-Fee da war, möchte er die Sauberkeit in seiner Küche bewahren. Also beschließt er, in einem Gasthof im Ort etwas zu essen. Gegen zwanzig Uhr ist er wieder zu Hause. Mal sehen was im Fernsehen kommt. Nach den Tagesnachrichten zappt er durch sämtliche Kanäle, kann sich aber für keines der Programme entscheiden. Paul macht die Glotze aus und schaltet das Radio ein. Er bemerkt, dass die Müdigkeit an ihm nagt, was ihn spontan veranlasst, dem

Körper nachzugeben. Dass er noch einen Anruf von Lisa erwartet, hat er total vergessen.

Ein schriller Ton reißt ihn aus dem Schlaf. ‚Aha, mein Festnetzanschluss', ist ihm sofort klar. Seit Ewigkeiten nimmt er sich vor, den hässlichen Klingelton zu ändern und vergisst es immer wieder. Er steht auf und geht zum Flur, wo das Telefon in der Ladekonsole steckt. Bis er dort ankommt, hat ihn der Lärm vollends wachgerüttelt. Er nimmt ab und meldet sich mit mürrischem Brummton. Doch seine Laune bessert sich schlagartig.

„Hallo mein Schatz, habe ich dich aus den süßesten Träumen geholt? Aber es lohnt sich. Ich bekomme eine Woche frei in der dritten Augustwoche. Leo, wir können nach Italien fahren. Ich freue mich riesig!"

„Und ich erst! Ich werde morgen alles in die Wege leiten, damit wir ein Wohnmobil für diese Augustwoche mieten können. Mona Lisa, wann sehen wir uns wieder?"

„In dieser restlichen Woche wohl kaum. Über das Wochenende werde ich nach Hause fahren. Meine Mutter hat angerufen, dass es meinem Vater nicht gut geht. Er hatte vor ein paar Tagen einen Schwächeanfall und ist unter ärztlicher Aufsicht. Eventuell muss er noch ins Krankenhaus. Ich melde mich bei dir. Ich mag dich ganz arg, mein Schatz – und lass die Hände weg von anderen Frauen!"

„Ich will's versuchen, verspreche aber nichts. Je früher du wieder bei mir bist, desto weniger habe ich Gelegenheiten dazu. Tschüss mein Liebling!

Mit den Gedanken an die Urlaubsreise schläft Paul schnell wieder ein. Als er aufwacht, ist bereits heller Morgen. Sein Blick auf die Uhr bestätigt ihm, dass er lange geschlafen hat. Es ist schon zehn Uhr. Paul ist eigentlich kein Langschläfer, schon gar nicht um diese helle Jahreszeit. ‚Bringt mich meine Mona Lisa an die Grenze meiner körperlichen Leistungsfähigkeit'? sind seine Gedanken und er lacht in sich hinein. Er steht auf und richtet sich ein bescheidenes Frühstück. Später will er ein Restaurant aufsuchen. Im Branchentelefonbuch sucht er die Vermieter von Wohnmobilen heraus. Der erste Anruf bringt sofort ein positives Ergebnis. Für die Urlaubswoche steht ein Fahrzeug zur Verfügung. Es hat ein festes Bett im Heck. Man muss am Abend nichts umbauen. Sehr geschickt: Er bestellt sofort und verlangt eine Auftragsbestätigung per e-mail.

Am Samstagmorgen findet er im Zeitungsrohr einen großen Umschlag. Er enthält drei Zeichnungen von Alisa. Die Motive zeigen: einen Schäfer mit seiner Herde; einen teilweise zugefrorener Bachlauf mit Landschaft; ein Schulgebäude mit vielen Kindern im Pausenhof. Die Bilder beeindrucken Paul sehr. Man erkennt das vorhandene Talent der Zeichnerin. Er beschließt, gleich am Montag mit den Chefs der Werbestudios zu sprechen.

Das Wochenende kommt Paul unendlich lang vor. Sechs Jahre war er allein und kam halbwegs damit zurecht und jetzt hält er kaum drei Tage aus, vor lauter Sehnsucht nach Mona Lisa. Am Sonntagvormittag macht er sich zu einer Wanderung ins nächste Dorf auf und besucht eine Besenwirtschaft. Am frühen Nachmittag befindet er sich auf dem Rückweg, als sein Mobiltelefon klingelt. Es ist Lisa.

„Hallo Leo, mein Schatz! Willst du heute noch deine Lisa sehen? Ich fahre früher als vorgesehen nach Heilbronn zurück. Bin gegen siebzehn Uhr in meiner Wohnung."

„Du hältst es wohl ohne mich nicht länger aus oder fürchtest du einen Seitensprung meinerseits?"

„Ach Leo, ich weiß doch, dass du keine andere Frau mehr anguckst. Du bist so von mir geblendet, dass selbst die schönste Frau der Welt chancenlos ist. Also setz dich in dein Auto und komm zu mir. Fahre aber nicht zu schnell. Du wirst mich noch früh genug sehen und die Nacht ist lang."

„Na ja, dann komme ich irgendwann am Abend noch vorbei" und er gibt seiner Stimme absichtlich einen lustlosen Klang.

Er hat noch beinahe zwei Stunden bis nach Hause. Es wird reichen, um spätestens halb sechs bei Lisa zu sein. Trotzdem beschleunigt er seinen Schritt. Mona Lisa zieht ihn eben an, wie das Licht die Motten. Zuhause angekommen, stellt er sich unter die Dusche. Er muss sich noch rasieren, sonst behauptet sie wieder, er würde ihr Gesicht zerkratzen. Falls Lisa noch ausgehen will, zieht er entsprechende Kleidung an. Zehn Minuten nach fünf Uhr parkt Paul vor dem Haus mit Lisas WG. Als er an der Haustür ankommt, wird diese von innen geöffnet und eine junge Frau mit einem kleinen Mädchen, vielleicht zwei Jahre alt, tritt aus dem Haus. Sie hält Paul die Tür auf und seinen Gruß erwidert sie freundlich lächelnd. Er fragt das kleine Mädchen nach ihrem Namen und die Mutter sagt zu dem Kind:

„Nun sag schon wie du heißt."

„Janna", kommt die schüchterne Antwort.

„Sie heißt Johanna, aber das kann sie noch nicht richtig aussprechen", klärt ihn die junge Mama auf.

„Das ist aber ein schöner Name, Johanna", sagt Paul und streichelt über das hellblonde Haar des hübschen Kindes.

„Dasselbe schöne Haar wie die Mama. Und wie heißt deine Mama?"

„Mama!" sagt die kleine Johanna.

„Pech gehabt!" sagt die Mama und lächelt Paul an.

„Macht nichts, ich frage sie wieder in einem halben Jahr und dann sagt sie es mir."

Ja, so ist Paul. Er lässt keine Gelegenheit aus, Frauen zu umschmeicheln, wenn sie ihm gefallen. Bei Lisa oben angekommen, erzählt er von seiner Begegnung an der Haustür.

„Das ist die junge Frau, die du beinahe in Unterhose beehrt hättest, wäre ich nicht eingeschritten. Und? Hast du sie schon erfolgreich angebaggert?"

„Nichts leichter als das! Wir gehen morgen Abend miteinander aus. Die Kleine bringt sie dir zum Aufpassen."

Mona Lisa nimmt ihren Leo in den Arm und flüstert ihm ins Ohr: „Das wird eine riesen Enttäuschung für die junge Frau. Hoffentlich verkraftet sie es. Pass aber auf, ihr Mann ist einen Kopf größer als du und sehr muskulös."

Sie beenden die Neckerei und Paul fragt Lisa nach ihrem Vater. Sie schildert ihm den momentanen Zustand und ist zuversichtlich, dass eine Besserung eintritt. Deshalb konnte sie früher zurückfahren. Paul informiert Lisa, dass das Wohnmobil gebucht ist und ihrem Urlaub nichts mehr im Wege steht.

„Leo, wir könnten eigentlich heute schon die Route planen, was meinst du?"

„Gute Idee! Ich hole aus dem Auto die Straßenkarte, da ist auch Norditalien mit drauf. Im Internet können wir uns dann noch Anregungen holen, wo es am schönsten ist. In den Dolomiten kenne ich mich gut aus, am Gardasee nur an dem östlichen Ufer."

Weil Paul ein Hungergefühl beschleicht, macht Paul den Vorschlag, dass sie zuvor irgendwo in der Nähe einen Gasthof ansteuern könnten, doch Lisa schüttelt den Kopf.

„Meine Mutter hat mal wieder meine Taschen gefüllt. Ich habe wenigstens drei volle Tupper-Schüsseln vom heutigen Mittagessen. Wir sparen uns das Restaurant. Solange du die Karte besorgst, setze ich die Mikrowelle in Betrieb und decke den Tisch."

Das Essen, das Lisa mitgebracht hat, schmeckt sehr lecker: Rouladen mit Spätzle und Kartoffelsalat. Dazu trinken sie ein Bier. Nach dem Essen unterstützt Paul Lisa beim Abwasch. Dann können sie sich in aller Gemütlichkeit die Routenplanung vornehmen. Eine Flasche Lemberger auf dem Tisch wird ihre Fantasie beflügeln.

„Mona Lisa, das Wohnmobil steht uns von Samstagnachmittag bis Samstagvormittag zur Verfügung. Wenn wir noch am Samstag starten, kommen wir allerhöchstens zweihundert Kilometer weit. Wir kommen somit bis ins Allgäu. Suchen wir uns dort einen Campingplatz auf der Karte.". Lisa sucht über das Internet und wird schnell fündig:

„Leo, da wäre etwas! Ein schön gelegener Platz am Hopfensee in der Nähe von Füssen. Was meinst du dazu?"

„Lass mal sehen. Ja, sieht gut aus. Liegt nur wenig abseits unserer Fahrstrecke. Von da aus können wir am Sonntag bis nach Südtirol kommen. Ich schlage vor, wir fahren über den Reschenpass und das Etschtal abwärts. So können wir die schöne Landschaft besser genießen als über die Autobahn zu brausen. Such mal einen Campingplatz bei Meran oder Bozen, Liebling".

Für die Gebirgswanderung schlägt Paul den ‚Schlern' oder ‚Rosengarten' vor.

„Ich bin für den Rosengarten, Leo. Ich liebe Rosen!" sagt Lisa.

„Schätzchen, das sind versteinerte Rosen. Ich erzähle dir, warum dieses Gebirgsmassiv so heißt". Paul kramt in seinen Erinnerungen und erzählt ihr die Sage von ‚Laurin' dem Zwergenkönig, der nach verlorenem Kampf seine Rosen verfluchte und sie zu Stein werden lässt. Lisa hat aufmerksam zugehört.

„Was du so alles weißt, Herr Professor!"

Nach drei Stunden haben sie ihre Urlaubreise grob abgesteckt. Änderungen sind immer möglich. Den Aufenthalt am Gardasee überlassen sie dem Zufall. Die Flasche Lemberger ist ebenfalls ausgetrunken und Mona Lisa hat wieder die beste Idee:

„Liebling, wir könnten noch eine CD auflegen und im Bett lauschen wir der schönen Musik." Paul lacht und sagt: „Einverstanden mein Schatz. Mal sehen, wie lange du mich hören lässt." Lisa gibt ihm einen Puff in die Seite.

Den Montag-Vormittag verschlafen sie zur Hälfte, frühstücken deshalb sehr spät. So kann ein Mittagessen ausfallen. Lisa muss bereits ab elf Uhr ihren Job im Restaurant antreten. Sie verlassen gemeinsam das Haus. Bevor Lisa in ihren französischen Kleinwagen steigt, sagt sie mit einem schelmischen Gesichtsausdruck:

„Leo, vergiss nicht, du hast heute Abend einen Termin!" Paul erwidert ihr:

„Wie kann ich das vergessen, ich denke an nichts anderes mehr. Sieh zu, dass du die Kleine gut unterhältst. Spiel mit ihr ‚Blinde Kuh', das gefällt allen Kindern. Und wenn ihre Mama heute Nacht nicht zurückkommt, übernachtet diese bei mir." Paul gibt seiner Mona Lisa einen Kuss, den sie mit sanftem Biss in seine Zunge beantwortet.

„So, du Schuft! Sag ihr auch, wer den Ochsen gebissen hat." „Du hättest mich wenigstens Stier nennen können. Jetzt bin ich aber beleidigt."

An diesem Nachmittag will Paul für Alisa tätig werden. Als er zu Hause ankommt, sucht er die Telefonnummern von drei Werbestudios heraus. Bei zwei kennt er den Chef persönlich. Sein erster Anruf bringt leider keinen Erfolg. Man hat zwei Ausbildungsstellen schon besetzt und mehr geht nicht. Also versucht er es beim Nächsten. Es ist ein kleineres Unternehmen und mit dem Inhaber duzt sich Paul. Der Chef meldet sich persönlich.

„Hallo Fred, ich bin es, Paul. Wie geht es dir und deiner Firma?"

„Ach, der Paul! Habe schon geraume Zeit nichts mehr von dir gehört. Ja, ja die Rentner! Vergessen ihre alten Bekannten. Gesundheitlich gibt es nichts zu klagen, nur etwas mehr Arbeit könnten wir hier schon gebrauchen."

„Fred, ich habe heute in der Zeitung gelesen, dass es in der Werbebranche wieder aufwärts geht. Also Kopf hoch!"

„Es stimmt schon, dass sich die Lage in den letzten vier Wochen gebessert hat. Viele unserer Kunden hatten im letzten Jahr ihre Werbebudgets recht kräftig zurückgefahren. Doch nun scheint sich der Trend wieder umzukehren, wenn auch noch recht schwach und wer weiß wie lange."

„Pass auf Fred, warum ich dich anrufe. Ich kenne da ein Mädchen, die zeichnerisch hoch begabt ist. Sie ist auch sonst eine vorbildliche, guterzogene Person. Ich habe ihr angeraten, aus ihrem Talent einen Beruf zu machen. Sie hat nur die Realschule besucht, aber mit einem sehr guten Abschluss. Fred ich möchte, dass sie bei dir eine Grafiker-Ausbildung absolviert. Bei wem kann sie mehr lernen als bei dir?"

„Paul, du kennst meinen kleinen Betrieb. Ich hatte immer mal einen Ausbildungsplatz besetzt, aber die momentane Lage lässt es aus Kostengründen nicht zu und wenn sie Grafikerin werden will, muss sie drei Jahre lang aufs Berufs-College. Dann hat sie einen Abschluss und findet auch einen Arbeitsplatz."

„Fred, wir sind uns beide einig, dass es wieder aufwärts geht. Du wirst die Kosten für die Ausbildung leicht verdienen, weil du – und da bin ich mir absolut sicher – dieses Mädchen sehr bald mit kreativen Aufgaben beschäftigen kannst, die sonst eine ausgebildete Kraft notwendig macht. Sieh dir dieses Mädchen einfach mal an und lass sie zwei Wochen bei dir ein Praktikum machen. Deine anschließende Beurteilung werde ich kritiklos akzeptieren. Wann darf ich mit ihr vorsprechen?"

„Paul, deine Überredungskunst hat mal wieder gesiegt. Komm mit dem Mädchen am Mittwoch-Nachmittag um sechzehn Uhr."

„Fred, du wirst es nicht bereuen. Danke für deine Zusage. Wir werden pünktlich sein."

Glücklich, dass er Alisa eine positive Nachricht geben kann, wenn sie am Mittwoch-Vormittag mit ihrer Oma kommt, wendet sich Paul der Gartenarbeit zu, was auch dringend notwendig ist. Er arbeitet bis zum frühen Abend und bringt kaum noch den Rücken gerade. Morgen wird er weitermachen und auf den Besuch im Sportstudio verzichten. Kegeln steht erst Dienstag in einer Woche an. So kann er diese Sklavenarbeit morgen abschließen.

Am Mittwoch-Vormittag Punkt neun Uhr kommt seine Putz-Fee mit ihrer hübschen Enkelin. Alisa macht ein fröhliches Gesicht und sie fragt sofort:

„Spielen wir wieder Schach?" Paul antwortet:

„So ist es, Alisa. Aber vorher habe ich mit dir etwas viel Wichtigeres zu besprechen."

Alisa schaut Paul neugierig und erwartungsvoll an. Da er seinen Worten einen vielsagenden Blick folgen lässt, ahnt sie, dass etwas Überraschendes folgen wird.

„Alisa, ich habe am Montag Telefongespräche geführt, um dich bei der Suche nach einem Ausbildungsplatz zu unterstützen. Du und ich müssen heute Nachmittag um sechzehn Uhr zu einem Vorstellungsgespräch in ein Werbestudio. Der Chef dort ist ein guter Bekannter von mir und er will dich kennenlernen. Ich habe ihm von deinem zeichnerischen Talent erzählt und er hat zugesagt, dass er dir ein zweiwöchiges Praktikum anbieten wird, damit er sich selbst ein Bild von deinen Fähigkeiten machen kann und ob es für eine Grafiker-Ausbildung reicht. Ich bin felsenfest davon überzeugt, dass deine Lehrstelle so gut wie sicher ist.“

Alisa schlägt die Hände vors Gesicht und weint Freudentränen.

„Ich kann es fast nicht glauben, dass mein größter Wunsch so schnell in Erfüllung gehen soll. Das habe ich ganz allein Ihnen zu verdanken!“ Sie kommt auf Paul zu, umarmt ihn und küsst ihn auf die Wange. Er bekommt einen Teil ihrer Glückstränen ab und einen roten Kopf dazu.

„Nein Alisa! Das hast du in erster Linie deiner Begabung zu verdanken. Du wirst dich heute Nachmittag von deiner besten Seite zeigen. Bleib so locker wie bisher und zeige Selbstbewusstsein. Deinen Bewerbungsunterlagen werden wir noch die drei Zeichnungen beifügen. Und vergiss nicht, im Bewerbungsschreiben klar zum Ausdruck zu bringen, dass dir der Beruf einer Grafikerin von allen anderen Möglichkeiten der liebste sei. Und jetzt Alisa werden wir Schach spielen.“

Paul merkt schnell, Alisa kann sich heute nicht mehr konzentrieren. Sie ist mit ihren Gedanken schon beim Vorstellungsgespräch am Nachmittag. Deshalb bricht Paul das Schachspiel ab und Alisa ist ihm dankbar.

„Tut mir leid, aber heute ist nicht mein Tag. Sie werden es verstehen."

„Ja, Alisa! Ich verstehe es. Heute gibt es etwas Wichtigeres. Komm, wir gehen ins Internet und suchen mal durch, was so alles über den Beruf eines Grafikers geschrieben wird. Dann bist du schon etwas vorbereitet, wenn Fragen gestellt werden."

So verbringen sie den restlichen Vormittag. Als Alisa mit ihrer Großmutter um die Mittagszeit den Heimweg antritt, sagt Paul ihr, dass er sie um fünfzehnuhrdreißig erwartet. Pünktlich erscheint sie auch mit ihrer Bewerbungsmappe untern Arm. Alisa hat sich hübsch gemacht. Was bei ihr keiner großen Anstrengung bedarf. Ihre langen schwarzen Haare hat sie nach hinten gekämmt und zu einem Zopf geflochten. Das verleiht ihrem sympathischen Gesicht noch mehr Ausstrahlung. Sie trägt einen knielangen Jeans-Rock. Als Oberteil hat sie eine weiße Bluse mit kurzen Ärmeln gewählt, die sie selbst mit Strass-Applikationen verziert hat. Unauffällige kleine goldene Ohrringe sind der einzige Schmuck am Körper.

„Alisa, du bist ein sehr hübsches Mädchen. Man kann sich mit dir sehen lassen. Hast du deine Eltern schon benachrichtigt?"

„Ja, meinen Papa habe ich telefonisch informiert. Er hat sich sehr gefreut. Meine Mama weiß noch nichts. Es ist schwer, sie telefonisch zu erreichen. Wahrscheinlich bin ich noch vor ihr wieder zu Hause. Das wird eine große Überraschung für sie werden."

„Dann können wir jetzt losfahren. Du musst nicht aufgeregt sein. Mein Freund Fred ist ein angenehmer Mensch. Er wird dir als dein zukünftiger Chef gefallen, denn ich bin mir sicher, dass es mit der Ausbildung klappt. Heute Abend haben wir etwas zu feiern. Vielleicht können deine Eltern und du zu mir kommen, um auf den Erfolg anzustoßen, denn ich freue mich genauso wie du."

Sie sind kurz vor sechzehn Uhr vor Freds Werbestudio. Paul bemerkt, dass Alisa etwas aufgeregt ist.

„Bleib schön cool, Alisa. Du wirst sehen, es wird ein angenehmes Gespräch werden. Also hinein mit uns!"

Die Sekretärin von Fred ist über das Erscheinen von Paul und Alisa informiert. Sie begrüßt die Besucher mit freundlichem Lächeln und bittet sie ins Chefbüro. Fred ist noch nicht anwesend, müsste jedoch in Kürze erscheinen, erklärt sie. Fünf Minuten später betritt er sein Büro.

„Tut mir leid, dass ihr warten musstet, aber ich hatte noch etwas in der Stadt zu erledigen. Hallo Paul!" Die Männer begrüßen sich mit Handschlag. Dann wendet sich Fred an Alisa.

„Das ist also meine zukünftige Mitarbeiterin, wenn die Voraussetzungen stimmen." Fred streckt Alisa die Hand hin.

„Herzlich willkommen in unserem Haus! Ich bin der Chef hier und heiße Fred Schneider." Alisa setzt ihr schönstes Lächeln auf und stellt sich vor:

„Ich heiße Alisa, mit dem Nachnamen Demirci. Im März wurde ich siebzehn Jahre alt. Meine Großeltern stammen aus der Türkei. Meine Eltern sind in Deutschland geboren und sind deutsche Staatsbürger."

„Mein Freund Paul ist sehr angetan von dir und deinem Talent .Nun ja, mein erster Eindruck von dir ist sehr positiv. Mir scheint, du bist eine sehr selbstbewusste junge Frau. Das ist auch sehr wichtig in unserem Beruf. Kreative Menschen brauchen das, damit sie ihre künstlerischen Arbeiten dem – salopp gesagt – gemeinen Volk auch verständlich machen können. Am besten, wir sehen uns deine Bewerbungsunterlagen mal an."

Alisa öffnet ihre Mappe und holt das Gewünschte heraus. Obenauf legt sie die drei Zeichnungen, welche Paul bereits kennt. ,Aha, ein kluger Schachzug von ihr. Fred wird jetzt zuerst die Zeichnungen begutachten und alles andere wird in den Hintergrund treten', freut sich Paul über die Cleverness von Alisa. Sie überreicht Fred die Unterlagen mit den Worten:

„Ich hoffe, Sie üben etwas Nachsicht, wenn es Ihnen nicht so gefällt. Aber schließlich bin ich ja noch ohne Ausbildung und muss noch viel lernen."

Fred begutachtet wie vermutet zuerst die Zeichnungen. Er stößt einen leisen Pfiff aus und nickt andächtig mit dem Kopf. Er wendet sich Alisa zu.

„Paul hat mir anscheinend nicht zu viel versprochen. Deine Zeichnungen sind künstlerisch sehr ansprechend. Was mich besonders überrascht, ist die perfekte Herausarbeitung der räumlichen Darstellung. Alles ist sehr stimmig. Alisa, es scheint mir, dass du sehr talentiert bist. Ich denke, du hast bei mir bereits gewonnen!"

„Sie nehmen mich also? Ich kann's noch gar nicht fassen und bin überglücklich!"

„Ich möchte, dass du zuerst ein zweiwöchiges Praktikum bei uns machst. Vorausgesetzt, dass sich nach diesen zwei Wochen meine heutige Beurteilung bestätigt, werde ich dir einen Platz in meiner Firma anbieten. Deine Ausbildung beginnt jedoch erst mit dem Einstieg in das dreijährige Berufskolleg. Ich werde dich solange bei mir beschäftigen. Wenn ich mit dir in dieser Zeit zufrieden bin, darfst du das Kolleg besuchen. Das verspreche ich dir. Bis dahin kannst du bei mir etwas Geld verdienen." Das entscheidest du allein. Zum Praktikum erwarte ich dich am kommenden Montag, acht Uhr. Einverstanden?"

„Ich werde pünktlich sein. Ich freue mich riesig. Ich verspreche Ihnen, ich werde mein Bestes geben, damit Sie mit mir zufrieden sind."

Fred ruft seiner Sekretärin: „Claudia, bring mal bitte eine Flasche Sekt und Gläser. Wir haben was zu feiern!"

Kurz darauf steht auf dem Besprechungstisch eine Flasche ‚Mumm' und vier Gläser. Claudia weiß, dass sie dazu gehört. Fred öffnet die Flasche und schenkt ein. Zuerst Alisa, dann Claudia. Paul und sich selbst.

„Dann wollen wir mal anstoßen auf eine gute Zusammenarbeit. Alisa, du wirst dich bei uns wohlfühlen. Davon bin ich überzeugt. Prost!"

Alisa strahlt über das ganze Gesicht. Sie nippt an ihrem Sektglas. Wahrscheinlich ist dies der erste Schluck Sekt in ihrem Leben. Sie wird sich daran gewöhnen müssen, denn bei Fred ist es üblich, jeden neuen Auftrag mit einem Glas Sekt zu feiern. Hoffentlich kommen jetzt, nachdem die Konjunktur Fahrt aufnimmt, genügend Aufträge ins Haus, dann kann die kleine Firma auch ihre neue Mitarbeiterin gut gebrauchen. Fred gibt die Zeichnungen an Alisa zurück. Die anderen Bewerbungsunterlagen will er sich in Ruhe anschauen.

Paul und Alisa fahren bald wieder zurück nach Hause. Alisa ist sehr aufgekratzt, singt und quasselt ununterbrochen, welch toller Tag das heute für sie ist. Während ihrer Vorstellung bei Fred hatte sie sich gut im Griff. Aber jetzt bricht alles aus ihr heraus. Die große Anspannung weicht einer überschäumenden Freude und immer wieder versichert sie Paul, dass sie alles nur ihm zu verdanken hätte.

„Alisa, hast du verstanden, wie der Ablauf sein wird? Zuerst arbeitest du im Werbestudio gegen Bezahlung mit. Dann wird dich Fred, wenn er mit dir zufrieden ist; und daran habe ich nicht den geringsten Zweifel; auf das dreijährige Kolleg schicken. Er wird sich an den Kosten beteiligen und vom Staat bekommst du auch Geld. Wenn du dich anstrengst, hast du dann einen staatlich geprüften Abschluss und du arbeitest anschließend als ausgebildete Grafikerin bei Fred.“

„Ja, jetzt habe ich es kapiert. Ich werde also voraussichtlich ab September das Kolleg besuchen, bis dahin aber eine Arbeitsstelle haben, für die ich sogar etwas Geld bekomme. Ist es so?“

„Genauso wird es sein. Das haben wir beide doch sehr gut hingekriegt oder nicht? Wir sind ein tolles Duo, Alisa.“

„Ich bin überglücklich. Das werde ich Ihnen nie vergessen.“

„Wenn du willst, darfst du mich jetzt Paul nennen.“

„Mein guter Freund Paul. Ja, ich sage ab sofort Paul zu Ihnen.“

Alisa ist jetzt wieder ein ihrem Alter entsprechender Teenager. Paul ist froh, als sie wieder zu Hause sind und er sie vor ihrer Wohnung absetzen kann. Er sagt ihr nochmals, dass sie gerne mit ihren Eltern heute Abend kommen kann, um ihren Erfolg zu feiern.

Noch keine halbe Stunde später steht sie wieder vor seiner Tür mit einem enttäuschten Gesicht. Die Feier heute Abend muss sie leider absagen, weil ihre Mutter bis zweiundzwanzig Uhr arbeitet. Der Vater lässt ausrichten, dass man Paul am Freitag um zwanzig Uhr bei Ihnen zu Hause erwartet, weil man ihn zum Essen einlädt. Die Mutter hat dann einen freien Tag. Paul überlegt kurz und Alisa sieht ihn mit einem bittenden Blick an.

„Na gut!" sagt Paul, „am Freitag habe ich nichts Besonderes vor."

Alisa bedankt sich für seine Zusage und läuft fröhlich zurück nach Hause. Paul beschließt, Mona Lisa im Restaurant zu besuchen und bei ihr die Nacht zu verbringen.

Gegen halb neun am Abend ist Paul im Restaurant des Sportzentrums. Lisa freut sich sehr, als sie ihn entdeckt. Ohne Aufforderung bringt sie ihrem Schatz das übliche Viertel Rotwein. „Leo, möchtest du auch essen?"

„Ja, bring mir bitte die Speisenkarte. Ich habe ein gutes Essen verdient."

„Hast du heute so schwer gearbeitet?"

„Ich habe meiner neuen Freundin eine Ausbildungsstelle verschafft. Das muss gefeiert werden!"

„Wird jetzt aus Dankbarkeit der Brautpreis auf ein viertel Kilo Gold gesenkt?"

„Vermutlich muss ich überhaupt nichts mehr bezahlen. Ich bekomme Alisa geschenkt."

„Glaubst du, dass du einem Dreiecksverhältnis gewachsen bist? Denk an dein Alter, mein lieber Filou!" sagt Lisa mit sorgenvoll aufgesetztem Gesicht.

„Aber ich denke doch auch an dich, Schätzchen?" sagt Paul vergnügt. „Wir können uns meine neue Freundin doch teilen? Ich bin bestimmt nicht eifersüchtig."

„Unterstellst du mir einen Hang zur Lesbierin?" fragt Lisa mit bedrohlichem Unterton. Paul lacht und sagt:

„Aber Schätzchen, du stehst jeden Samstag nach dem Spiel mit deinen Teamkolleginnen unter der Dusche, bestimmt ohne Textilien. Ist es so abwegig zu vermuten, dass sich daraus auch engere Freundschaften entwickeln können, die auch bestimmte Gefühle freisetzen? Zumal euer Team aus lauter hübschen Mädchen besteht."

„Du liegst nicht so falsch mit deiner Vermutung. Es könnten sich schon gewisse Beziehungen anbahnen. Das ist aber die Schuld der heutigen Männer. Lauter Egoisten, die nur fordern und nichts zurückgeben. Sind sie satt, werden sie gleichgültig und kümmern sich einen Dreck um die Gefühle einer Frau. Ich habe, wie du weißt, meine eigenen Erfahrungen gemacht. Glücklicherweise habe ich jetzt einen lieben Leo, der Verirrungen meiner Person in diese Richtung ausschließt. Du musst also mit deinem Problem Alisa alleine klarkommen mein Schatz."

Nach zwei Stunden sind alle Gäste gegangen. Lisa kann für heute Feierabend machen. Sie rechnet noch kurz ab, dann fahren sie zu ihrer Wohnung.

„Mona Lisa, du hattest einmal gesagt, dass du noch in diesem Sommer dreißig Jahre alt wirst. Wann darf ich dir zu diesem biblischen Alter gratulieren?"

„Ich werde dir das noch rechtzeitig genug sagen. Aber ich verspreche dir, dass wir die Trauerfeier gemeinsam begehen. Nur wir beide ganz allein. Wenn du also noch viele Liebesnächte mit einer jungen Frau verbringen willst, musst du dich ranhalten, mein Schatz!"

„Dann lass uns keine Zeit verlieren, Liebling!"

„Jetzt stelle ich mich zuerst unter die Dusche. Wenn mein Held dann noch wach ist, sehen wir weiter."

„Beeil dich, ich kann's kaum erwarten."

Da Paul die nächsten zwei Tage seine Mona Lisa nicht sehen wird, vereinbaren sie, dass Lisa erst am Sonntagmorgen zu ihren Eltern fährt. Dann können sie am Samstag etwas unternehmen.

„Leo, was hältst du davon, wenn wir Samstagabend zum Tanzen gehen?"

„Du willst dich von mir treten lassen? Hast du Sicherheitsschuhe im Schuhschrank?"

„Sag bloß, du kannst nicht tanzen!"

„Aber ja doch! So wie ein Tanzbär auf der Kirmes."

„Ich werde dir vorab Tanzunterricht geben müssen. Hast du als junger Mann nie einen Tanzkurs besucht?"

„Doch, doch! Aber nur wegen der schönen Mädchen. Ich habe lediglich meinen Tastsinn und meine Augen geschult, weniger die Beine."

„Du bist mir ein richtiger Filou! Ich werde mir einen Tanzpartner suchen müssen. Ich tanze für mein Leben gerne."

„Wir können trotzdem in ein Tanzlokal gehen. Dein Gigolo muss aber wenigstens einen halben Meter Abstand zu dir einhalten."

„Dann lass uns etwas anderes für den Samstag einfallen. Wie wäre es mit einem Kinobesuch?"

„Gerne mein Schatz! Aber bitte nur, wenn wir für uns beide eine separate Loge bekommen."

„Aha! Du möchtest wohl an alte Bräuche aus deiner Sturm- und Drangzeit anknüpfen?"

„Also angenommen, der Film entspricht nicht unserer Erwartung, kann man sich ja anders unterhalten, was die Dunkelheit im Kinosaal so zulässt. Das waren immer meine liebsten Filme."

„Was für einen Casanova habe ich mir da bloß angelacht! Wir werden ins Kino gehen und setzten uns mitten unters Volk."

„Aber bitte, keinen Herz-Schmerz-Film! Ich möchte nicht der Tropfenfänger für deine Tränen sein. So, und jetzt will ich mich ranhalten, wie du es mir empfohlen hast."

Es gibt für Paul einfach nichts schöneres, als eine Nacht mit seiner Mona Lisa zu verbringen. Er bleibt noch den Vormittag bei ihr, bis sie sich wieder zu ihrem Job im Sportzentrum aufmachen muss.

„Schatz, habe ich dir schon gesagt, dass ich Freitagabend bei der Familie von Alisa zum Essen eingeladen bin?"

„Nein Leo, ich habe nichts dergleichen vernommen. Feiert ihr eure Verlobung?"

„Die Eltern wollen sich mir gegenüber erkenntlich zeigen, weil ich für Alisa eine Ausbildungsstelle besorgt habe. Hoffentlich nehmen sie Rücksicht auf mich und reduzieren den Knoblauch in ihren Speisen. Ich möchte auf deine Küsse am Samstag keinesfalls verzichten müssen."

„Küsse am Freitag ausgiebig deine Alisa, dann kannst du auch einige Tage ohne meine Küsse auskommen."

Am Freitag, pünktlich um zwanzig Uhr steht Paul vor dem Haus von Alisas Eltern. Es ist ein ehemaliges Bauernhaus mitten im Dorf mit einem großen Garten. Alisas Vater muss sehr viel Geld und viele Stunden Arbeit in die Renovierung investiert haben. Alles macht einen ordentlichen Eindruck. In dem Moment, als Paul zur Haustür gehen will, kommt Alisa um die Hausecke, hinter der sich der Garten befindet.

„Gerade wollte ich nach Ihnen Ausschau halten, Paul. Meine Eltern und ich freuen uns sehr, dass Sie die Einladung angenommen haben. Wir sind im Garten und machen einen Grillabend. Ich hoffe, Sie haben viel Zeit mitgebracht, denn bei uns zieht sich so ein Essen sehr in die Länge."

Alisa hat Paul zur Begrüßung die Hand gereicht und er spürt ihren festen Druck. Dabei lächelt sie in glücklich an. Er nimmt sie für einen kurzen Augenblick in die Arme.

„Ich freue mich Alisa, heute euer Gast zu sein."

Paul folgt Alisa hinter das Haus. Betörende Düfte wehen ihm entgegen. Alisas Vater ist schon voll in seinem Element als Grillchef. Als er Paul erblickt, legt er das Grillbesteck zur Seite, wischt sich die Hände am Schurz ab und kommt lächelnd auf Paul zu.

„Ich heiße Sie herzlich bei uns willkommen. Sie sind also Paul, von dem meine Tochter in den höchsten Tönen schwärmt. Ich heiße Achmed und ich denke, wir bleiben beim Vornamen, wenn es Ihnen recht ist."

„So wollen wir es halten, Achmed."

Nachdem sie sich begrüßt hatten, kommt auch Alisas Mutter mit einer großen Schüssel aus dem Haus. Schnell stellt sie die Schüssel auf den Tisch und begrüßt Paul mit einem freudigen Lächeln.

„Endlich lerne ich den Wohltäter meiner Tochter kennen. Ich freue mich sehr, dass Sie heute unser Gast sind. Ich heiße Güler mit Vornamen und weil wir in unserer Familie nach deutscher Art leben, ist es selbstverständlich, dass auch die Hausfrau mit am Tisch sitzt. Hoffentlich schmeckt Ihnen, was ich zubereitet habe."

„Da habe ich keine Bedenken. Ich kenne ein bisschen die türkische Küche. Vor vielen Jahren war ich immer wieder mal Gast bei einer türkischen Familie und in den letzten Jahren ab und an auch in einer Moschee, wenn das Kirmesfest gefeiert wurde. Ich hatte dann immer leckere Häppchen probiert. Aber Sie hätten sich wegen mir keine Umstände machen müssen. Ein Glas Tee oder eine Tasse Kaffee hätten es auch getan. Auf jeden Fall bedanke ich mich bei Ihnen für die Einladung." Dabei blickt Paul abwechselnd zu Achmed und Güler. Nun meldet sich Achmed:

„Paul, wir bedanken uns aus ganzem Herzen bei Ihnen, dass unsere liebe Tochter Alisa nun endlich einen Ausbildungsplatz bekommen hat. Ohne Ihr Zutun hätte sie vielleicht noch Monate hoffen müssen. Wahrscheinlich hätte sie einen Beruf ergriffen, der ihrem Talent nicht gerecht geworden wäre. Sie aber haben erkannt, was für Alisa richtig ist. Nochmals unseren herzlichen Dank."

„Lassen wir es dabei", erwidert Paul lachend, sonst bekomme ich noch einen roten Kopf. Alisa hat es verdient, dass man ihr hilft. Sie hat Talent, ist ein angenehmes, freundliches Mädchen und sehr hübsch. Man kann den Eltern nur gratulieren zu so einer wohlerzogenen Tochter."

Achmed bittet Paul, am Tisch Platz zu nehmen. Es sind schon verschiedene Köstlichkeiten bereitgestellt. Paul greift zuerst nach den gefüllten Weinblätter und den gefüllten Paprikaschoten. Dazu gibt es Weißbrot. Auch die gebratenen Aubergine-Scheiben mit Knoblauchjoghurt probiert er. Dann empfiehlt man ihm dünne Teigfladen mit Hackfleisch und Kräutern bestrichen. Paul muss sehr langsam essen, damit er nicht zu schnell satt wird. Denn was er unbedingt noch essen möchte, sind Lammkoteletts, die noch auf dem Grill liegen. Achmed bittet Paul zum Grill, damit er sich selbst aussuche, was er essen möchte. Der Duft, der ihm nun in die Nase steigt, macht gehörigen Appetit. Was da alles auf dem Rost liegt! Man könnte meinen, es kommen noch weitere zehn Personen zum Essen. Paul entscheidet sich also für Lammkoteletts und nimmt sich auch eine Frikadelle. Alles schmeckt wunderbar. Irgendwann muss er dann die Segel streichen. Es passt nichts mehr in ihn hinein. Normalerweise isst er bei Einladungen immer sehr wenig. Aber er weiß, dass die türkische Hausfrau beleidigt ist, wenn man sich zurück hält. Sie meint dann, ihr Essen würde einem nicht schmecken. Paul macht seiner Gastgeberin ein ehrliches Kompliment:

„Güler, was Sie da an Köstlichkeiten zubereitet haben, übertrifft alle meine sowieso positiven Erwartungen. Sie müssen Ihre Kochkünste an Ihre Tochter weitergeben, dann wird Alisas Mann seine Frau auf Händen tragen."

Nun kommt der Raki auf den Tisch. Man muss ihn mit Wasser verdünnen, so hoch ist sein Alkoholgehalt. Oder man nimmt kleine Schlückchen zwischendurch zu Tee oder Kaffee.

„Alisa, hole bitte aus dem Kühlschrank eine Flasche Wein! Paul wird bestimmt ein Glas Wein mit uns trinken."

Als Alisa außer Hörweite ist, spricht Achmed Paul an:

„Paul, wir haben große Probleme mit Alisa!"

„Das tut mir aber leid. Sie wird doch nicht krank sein?"

„Nein, Alisa erfreut sich bester Gesundheit. Aber sie hat sich verliebt."

„Warum ist das ein großes Problem, Achmed?" Paul kann sich ein Lächeln nicht verkneifen. „Alisa ist siebzehn Jahre alt und da ist es doch normal? In der Türkei verheiratet ihr doch oft die Mädchen, wenn sie sechzehn sind und manchmal, wenn man den Büchern glauben darf, auch noch früher."

„Paul, wir sind in Deutschland. Alisa hat eine Ausbildung zu machen und von uns bekommt sie mit Sicherheit keinen Mann aufgedrängt. Sie darf selbst entscheiden. Aber sie ist in den Falschen verliebt."

„Kennen Sie ihn denn, Achmed?"

„Ja, seit heute!" Achmed lächelt, „Alisa ist in Sie, Paul, verliebt."

„Das gibt es doch nicht!" Paul muss darüber herzlich lachen.

„Doch! Sie spricht den ganzen Tag nur noch von ihrem Freund Paul. Und Sie sollten dabei ihre Augen sehen, wie die leuchten."

„Ach Achmed! Nehmen Sie das nicht so wichtig. Junge Mädchen haben eine schwärmerische Phase. Mal ist es der Lehrer, dann irgendein Filmstar oder Sänger. Das geht vorbei. Wenn sie sich in mich verliebt hat; ich würde dies auch anders nennen; zum Beispiel übertriebene Dankbarkeit, dann nur, weil ich ihr erfolgreich geholfen habe bei der Lehrstellensuche. Machen Sie sich also keine Sorgen. Ich werde ihr den Zahn schon noch ziehen. Sie dürfen mir vertrauen.

Alisa kommt mit einem Tablett, darauf zwei Weinflaschen und vier Gläser, zurück in den Garten. Bei der einen Flasche, durch die Kühlung leicht beschlagen, handelt es sich um einen Riesling, die zweite Flasche enthält einen Rotwein. Zur Freude liest Paul auf dem Etikett ‚Lemberger'. Achmed bittet Paul, seine Wahl zu treffen. Das ist für ihn somit kein Problem. Auch Achmed entscheidet sich für dieselbe Köstlichkeit. Güler und Alisa entscheiden sich für den Riesling. Achmed gibt eine Erklärung ab:

„Paul, Sie kennen vielleicht Türken, die strikt den Alkohol ablehnen, Streng nach dem Koran. Wir gehören jedoch zu den modernen Türken und sind Verfechter der Grundsätze von Mustafa Kemal, genannt Atatürk. Die Religion ist uns nicht wichtig. Die Welt sähe wesentlich besser aus, wenn alle so denken würden wie wir. Und weil wir hier in Deutschland leben und uns eine Existenz aufgebaut haben, war es selbstverständlich, uns in dieses schöne, geordnete Land zu integrieren und die deutsche Staatsbürgerschaft anzustreben. Die wurde uns schon vor vielen Jahren erteilt. Meine Eltern, die Sie ja kennen, leben ihren anatolischen Alltag. Diese Zuzugs-Generation wird jedoch aussterben, dann ist niemand mehr da, der die junge Generationen daran hindert, die westliche Lebensweise zu praktizieren. Dann dürfte es kaum noch Probleme zwischen den Bevölkerungsschichten geben. Wichtig ist allerdings, dass der deutsche Staat die Jungtürken zur Bildung verpflichtet. Es kann nur funktionieren, wenn jeder einen Job hat und sein Auskommen."

Achmed hat zwischenzeitlich den Wein eingeschenkt. Alle heben die Gläser, wünschen sich, dass es so kommen wird, wie es Achmed beschwört und stoßen an. Alisa sagt noch ganz schnell:
„Ich wünsche Paul und meinen Eltern, dass sie noch lange leben!"
„Und ich wünsche Dir, liebe Alisa, dass deine Ausbildung ein voller Erfolg wird!" sagt Paul und fährt fort: „Halte mich auf dem Laufenden. Leider können wir nun nicht mehr miteinander Schach spielen, denn du wirst ja schon am kommenden Montag das Praktikum beginnen. Vielleicht kann dich Fred bis zum Beginn der Schule beschäftigen, dann kannst du etwas Geld verdienen."
„Aber wir könnten doch am Wochenende Schach spielen? Da muss ich ja nicht zur Arbeit", sagt Alisa.
Jetzt sieht Paul die Möglichkeit, Alisa den Zahn der angeblichen Liebe zu ihm, zu ziehen. Aber diese Art ist nicht unbedingt nach seinem Geschmack. Lieber würde er das junge Mädchen in den Arm nehmen und zu ihr sagen: ‚Alisa, ich mag dich sehr. Du

bist ein wohlerzogenes, aufgeschlossenes und sehr hübsches Mädchen. Leider trennen uns mehr als vierzig Jahre Altersunterschied. Wäre ich ein junger Mann deiner Generation, würde ich mich unsterblich in dich verlieben und du könntest die Frau meines Lebens sein. Leider gibt es diese Möglichkeit nicht. Das ist unser gemeinsames Schicksal'. Doch Paul sagt:

„Das geht leider nicht, denn ich bin am Wochenende regelmäßig bei meiner Freundin in der Stadt."

„Ach! Sie haben eine Freundin? Das wusste ich nicht." Alisa hat für einen kurzen Moment die Augen gesenkt. Paul fährt fort:

„Nun ja, ich bin in einem Alter, wo man noch gerne eine Partnerin hat. Sonst wird man einsam und vielleicht auch kauzig."

„Sie ist bestimmt sehr hübsch, Ihre Freundin?" Alisas Stimme klingt etwas traurig.

„Ja, das ist sie. Sie hat dieselben dunklen Haare wie du, nur ihre Augen sind seltsamerweise blau. Und noch etwas hat sie mit dir fast gemeinsam. Sie heißt Lisa, beinahe wie du. Vielleicht kann ich sie dir mal vorstellen, wenn sie mich mal in meinen Haus hier besucht."

„Ich würde sie gerne mal kennenlernen, Paul."

„Wenn du Lust hast, könnten wir mal zusammen eine Wanderung machen. Lisa wandert sehr gerne. Ich glaube, du wirst Lisa mögen."

Achmed und Güler haben die ganze Zeit Pauls Strategie verfolgt und ihm unmerklich für Alisa zugenickt. Sie scheinen überzeugt, dass sich damit die Probleme mit ihrer Tochter erledigt haben. Paul ist sich allerdings noch nicht so sicher. So gegen dreiundzwanzig Uhr merkt Paul, dass sein voller Magen und die Menge an Wein eine Erholungspause fordern. Er bittet deshalb seine Gastgeber, sich zurückziehen zu dürfen. Alisa hat sich nach dieser Andeutung ins Haus begeben und kommt nach kurzer Zeit in den Garten zurück. Unterm Arm trägt sie ein flaches Paket. Sie kommt auf Paul zu, überreicht diesem das Paket und bittet ihn, es zu öffnen. Er entspricht ihrem Wunsch und zum Vorschein kommt ein von ihr gemaltes Bild.

„Paul, dieses Bild soll Sie immer an mich erinnern. Das ist mein Geschenk an Sie."

Es ist das Bild mit dem Schäfer und seiner Herde. Alisa hat es eingerahmt und im rechten unteren Eck signiert.

„Bitte umdrehen!" sagt sie zu Paul. Auf der Rückseite des Bildes entdeckt er dann die Widmung: ‚Meinem lieben Freund Paul zur Erinnerung an Alisa'.

Wäre Paul jetzt allein mit Alisa, hätte er sie in die Arme genommen und ihr einen dicken Kuss auf die Wange verpasst.

„Alisa, du machst mir mit diesem Bild eine große Freude. Es wird einen Ehrenplatz in meinem Haus bekommen. Vielen, vielen Dank dafür."

„Ich weiß, es gefällt Ihnen, Paul."

„Warum weißt du, dass genau dieses Bild von den dreien mir am besten gefällt?"

„Weil ich Sie kenne, Paul! Sie lieben die Beschaulichkeit. Dieses Bild verkörpert die absolute Ruhe. Das Bild von der Schule mit den herumtollenden Schülern ist nicht nach Ihrem Geschmack. Zu viel Action!. Das Bild mit dem Wildbach im Winter wäre nur dann in die engere Wahl gekommen, wenn der Bach nicht die Dominanz des Bildes beanspruchen würde und der Landschaft mehr Freiraum eingeräumt worden wäre. Doch im Vordergrund die tosenden Wassermassen, flankiert von eisstrotzenden Uferrändern, bringen viel zu viel Bewegung ins Bild. Das entspricht nicht Ihrer Lebensphilosophie. Sie lieben es, alles mit viel Ruhe anzugehen, Paul."

„Alisa, ich bewundere dein psychologisches Einfühlungsvermögen. Wir sollten vielleicht die Grafiker-Ausbildung nochmals überdenken" lacht Paul. „Am besten, du studierst Psychologie!"

Paul steht auf und verabschiedet sich von seinen Gastgebern. Bedankt sich nochmals für die Einladung und die große Gastfreundschaft und zu Güler gewandt sagt er, dass ihre Kochkunst wahre Köstlichkeiten hervorgezaubert hat. Alisa begleitet Paul bis zur Straße. Dann verabschiedet sie sich mit einem festen Händedruck und sagt: „Wir werden uns noch oft sehen, Paul!" Dann dreht sie sich rasch um und geht eilig ins Haus.

Auf dem Heimweg lässt sich Paul das mit Alisa durch den Kopf gehen. ‚Dass sie mich liebt, daran besteht wohl kein Zweifel. Da bin ich nicht gänzlich unschuldig an diesem Dilemma. Ich war ja stets charmant ihr gegenüber. Nie habe ich sie wie ein Schulmädchen behandelt. Vielleicht war ich der erste Mann in ihrem Leben, der ihrer Person Anerkennung gezollt hat. Ich musste ja nicht den besorgten Vater spielen, der auch mal ein strenges Wort anzubringen hat. Alisa ist für mich immer das nette Wesen mit viel Liebreiz und Anmut, das meinem Verstand gehörig zugesetzt hat. Ja, ich mag dieses Mädchen und es tut mir sehr weh zu wissen, dass sie jetzt mit viel Liebeskummer zu Hause sitzt. Ich muss das in Ordnung bringen. Wie weiß ich allerdings noch nicht. Meiner Lisa kann ich dieses Problem nicht offenbaren, denn sie würde mir die alleinige Schuld geben. Für sie bin ich ja schon immer ein Filou und liebt mich trotzdem'. Auch die ganze Nacht beschäftigt sich Paul mit Alisa. Erst gegen Morgen findet er ein paar Stunden Schlaf. Wer hätte das gedacht, dass Alisa ihn einmal um den Schlaf bringen würde.

Gegen Mittag wälzt sich Paul aus dem Bett. Er ruft Lisa an, die sofort am Telefon ist.

„Hallo Schatz! Ich bin eben aufgestanden und stell mich gleich unter die Dusche. Ich will dich nur fragen, ob du schon etwas gegessen hast. Falls nicht, würde ich beim Italiener vorbeigehen und für jeden von uns eine Pizza besorgen. Ich wäre in etwa einer Stunde bei dir. Ist es dir recht?"

„Mein lieber Leo hat wohl die halbe Nacht bei seiner Alisa verbracht und will jetzt bei mir weitermachen. Aber ich habe nichts dagegen und du kannst die Pizzas mitbringen. Ich freue mich auf meinen Filou!"

Nach dem Duschen ruft er den Pizzabäcker an und bestellt. Nach zwanzig Minuten kann er die Pizzas abholen und nimmt noch eine Flasche Chianti mit. Kurz darauf ist er bei seiner Mona Lisa vor dem Haus. Er hat mal wieder Glück, denn die schöne Nachbarin aus dem ersten Stock ist gerade dabei, das Haus zu betreten. Als sie ihn sieht, hält sie die Haustüre für ihn offen. Paul bedankt sich und sein Charme geht mal wieder mit ihm durch.

„Eine schönere Türöffnerin kann man sich überhaupt nicht vorstellen und sagen Sie viele Grüße von Paul an Johanna."

„So, so! Paul heißen Sie. Wie kommt es dann, dass Lisa Sie mit Leo anredet?"

„Das ist eine lange Geschichte. Lisa nennt mich eben Leo. Sie hat auf diesen Namen Exklusivrechte. Aber richtig heiße ich Paul. Wenn Sie mir Ihren Namen verraten, dürfen Sie mich auch Paul nennen, wenn Sie wollen."

„Ich werde Sie weder Leo noch Paul nennen und meinen Namen verrate ich Ihnen auch nicht." Die schöne Nachbarin setzt ein Siegerlächeln auf.

„Ich kann warten, Johanna wird es mir schon noch sagen."

Sie lachen beide und Paul steigt fröhlich die Treppen nach oben zu seiner Mona Lisa.

Die Pizzas sind noch heiß, Lisa hat bereits den Tisch gedeckt. Paul befreit sich von dem Mitgebrachten und schließt Lisa in die Arme.

„Ich bin sehr glücklich dich wieder zu sehen, mein Täubchen. Ich habe dich sehr vermisst." Er versucht Lisa zu küssen, doch die wehrt sich dagegen und schnuppert an ihm herum.

„Du musst nicht schnuppern. Es wurde mit sehr wenig Knoblauch gekocht."

„Pah! Der Knoblauch interessiert mich nicht. Ich bin auf der Suche nach fremdem Parfüm."

„Pech gehabt mein Schatz! Ich habe extra lange geduscht und mich zweimal eingeseift, damit auch der letzte Duft von Alisas verführerischem Parfüm verschwindet."

„Und? Hat sie dich verführt?"

„Selbstverständlich! Die haben in ihrem Garten eine hübsche Laube mit einer Couch darin. Da haben wir die halbe Nacht miteinander verbracht. Alisa ist so was von zärtlich, da solltest du dich heute Nacht aber sehr anstrengen, um es ihr gleichzutun."

„Warten wir es ab. Doch jetzt sollten wir essen, sonst sind die Pizzas kalt." Erst jetzt ist Lisa bereit, ihn langanhaltend zu küssen. Ihr anschließender Kommentar:

„Große Klappe und nichts dahinter! So ist es doch mein Schatz?"

Nach dem Essen überlegen sie sich, wie sie die Zeit bis zum Kinobesuch ausfüllen könnten. Paul meldet sich mit einem Vorschlag:

„Liebling, wir gehen solange ins Bett und spielen Has' und Häsin. Du hast kürzlich gesagt, ich soll mich sputen, denn bald bist du eine alte Frau. Ich möchte die Zeit nutzen, bevor ich mich von dir abwende und zu Alisa gehe."

„Kommt überhaupt nicht in Frage! Ich will heute Nacht keinen müden Gesellen neben mir, weil der sich schon am Nachmittag verausgabt hat."

„Dann lass uns einen Stadtbummel machen und in einem Biergarten die restliche Zeit verbringen."

„Das hört sich schon viel besser an, Leo. Ich muss noch unter die Dusche und du kannst solange den Tisch abräumen und das Geschirr in Ordnung bringen, wenn du willst."

„Welchen Film hast du für uns ausgesucht?"

„Noch keinen! Wir gehen in ein Kino-Center. Unter den sechs Angeboten wird sich schon etwas finden, das unserem Geschmack halbwegs gerecht wird.

Eine halbe Stunde später verlassen sie das Haus. Mona Lisa hat sich wieder sehr hübsch gemacht und Paul ist stolz, ihr Begleiter zu sein. Zufällig blickt er auf die vielen Klingeltasten neben der Haustüre. Da entdeckt er ein Schild mit den Namen ‚Bernhard und Martina B...‘

„Lisa, gehört diese Klingel der hübschen Nachbarin vom ersten Stock?"

„Ja, das ist die Klingel ihrer Wohnung. Warum fragst du?"

„Ach nur so! Ich habe zufällig das Schild gelesen." Martina heißt sie also. Paul freut sich schon auf das nächste Zusammentreffen mit ihr.

So ein Stadtbummel kann für einen Mann sehr anstrengend sein. Paul und Lisa gehen Arm in Arm eine stark frequentierte Einkaufsstraße entlang. Kaum ist man ein paar Meter gelaufen, schon kommt das nächste Schaufenster, vor dem man unbedingt stehen bleiben muss.

„Schau mal, Leo! Diese hübschen Schuhe mit den bunten Riemchen. Die würden zu meinem bunter Sommerkleid bestens passen und sind gar nicht teuer."

„So, so! Zweihundertneunzehn Euro sind nicht teuer? Du hättest bei deinem Banker bleiben sollen und dir nicht einen Rentner anlachen."

„Ach, Liebling. Habe ich behauptet, dass ich diese Schuhe kaufen will?"

„Nein, aber du würdest gerne!" Sie gehen weiter, aber nur wenige Meter.

„Schau mal diese Trauringe auf dem Marmorsockel, Leo. Diese hübsche Kreation in Gelb- und Weißgold ist eine echte Meisterleistung des Goldschmiedes."

„Ich habe nicht vor, zu heiraten." Ist Pauls kurzer Kommentar.

„Du bist ein Ignorant! Auf das Thema ‚Heirat‘ komme ich gelegentlich zurück."

Beim nächsten Schaufenster bleibt Paul abrupt stehen. Lisa will ihn schnell weiterziehen.

„Aber Liebling, auch ich habe das Recht, mir Schaufenster anzusehen. Schau mal, was es hier für tolle Sachen gibt! Kondome in allen Farben. Penisse aus Gummi von kurz bis lang, von dünn bis dick. Heißen die nicht Dildo, mein Schatz? Und was hältst du von diesem Body in schwarzem Lackleder mit langem Reißverschluss und dazu passender Peitsche?"

„Ach, so einer bist du? Du willst ausgepeitscht werden? Ich werde morgen in der Zeitung nach den einschlägigen Inseraten suchen und dich anmelden. Und jetzt gehen wir weiter, weil wir noch in den Biergarten wollen." Mit diesen Worten zieht Lisa ihren Helden ruckartig weiter. Es war ihr peinlich, vor diesem Schaufenster stehen zu bleiben. Vielleicht denkt sie, dass zufällige Beobachter aufgrund des deutlichen Altersunterschieds zwischen ihnen sich so ihre eigenen Gedanken machen. ‚Wie altmodisch‘, denkt sich Paul. ‚So kenne ich sie gar nicht‘. Er lächelt sie an, gibt ihr einen Kuss und sagt zu ihr:

„Diese Prüderie kenne ich gar nicht an dir, mein Schatz? Du bist doch sonst auch nicht erschrocken, wenn es um neue Varianten im Bett geht!"

„Halt die Klappe, Leo! Sonst setze ich dich einen Monat auf Entzug."

Im Biergarten am Flussufer ist schon reger Betrieb. Sie suchen sich einen Platz in einer Ecke, weit weg von den Kleinkindern mit deren Müttern, denen es nichts ausmacht, wenn sich ihr Nachwuchs gegenseitig mit dem Splitt des Bodens bewirft und dabei viel Staub aufwirbelt. Im Biergarten trinkt Paul grundsätzlich Bier und je nach Temperatur des Tages kann dies auch ein Weizenbier sein. Lisa schließt sich Paul an. So zieht er zur Zapfstelle beim Getränkeausschank. Während er seine Bestellung aufgibt, schlägt ihm jemand nicht gerade sanft auf den Rücken.

„Da schau her! Der Paul mit unserer hübschen Kellnerin vom Sportzentrum. Hast du sie also erfolgreich angebaggert, du Gauner?"

Diese Stimme kennt Paul. Er dreht sich um und Rudi steht vor ihm. Über die vielen Wochen, die er mit Lisa nun zusammen ist, haben seine Kegelfreunde nichts von der Liaison mitbekommen. Nun aber ist dieses Geheimnis gelüftet. Auch gut, kommt ihm in den Sinn. So brauchen sie sich nicht mehr verstellen. Paul befürchtet nur, dass Rudi seine Mona Lisa zukünftig zu seinem engeren Bekanntenkreis zählen wird und sein Verhalten zu Lisa zu sehr ins persönliche geht. Von den anderen Kegelfreunden ist in dieser Hinsicht nichts zu befürchten. Glücklicherweise ist Rudi mit Freunden im Biergarten, die genau entgegengesetzt zu Pauls Tisch sitzen. Rudi wird sich also nicht zu Paul und Lisa setzen.

„Man kann doch nirgendwo hin ohne Bekannte zu treffen. Ich werde Fräulein Lisa berichten, dass ich dich getroffen habe", sagt Paul lächelnd.

„Hast du Fräulein Lisa gesagt? Hältst du mich für so doof? Ich werde sie nächsten Dienstag fragen, wie lange das mit euch beiden schon geht, du Gauner!"

„Unterstehe dich!"

„Da werden die Anderen aber staunen, wenn ich denen diese Neuigkeit stecke. ,Ein Bier für Leo, ein Viertel Wein für Leo, Leo, Leo'. Ihr seid die geborenen Schauspieler. Aber trotzdem, ich gönne sie dir. Lisa ist sehr hübsch und hat ein angenehmes Wesen. Seid glücklich miteinander."

„Also keine Spur von Neid, Rudi?"

„Doch, ein klein wenig schon, aber ich habe ja noch meine Frau, im Gegensatz zu dir. Also noch viel Spaß zusammen und bis kommenden Dienstag im Sportzentrum.

Rudi geht zurück zu seinen Freunden und Paul kommt fröhlich gelaunt mit den Getränken bei Lisa an.

„Was macht dich so fröhlich, Leo? Hast du wieder eine schöne Frau gesehen und angebaggert, mein Filou?"

„Viel amüsanter! Rudi hat uns entdeckt und seinen Kommentar abgegeben. Zum Schluss hat er uns viel Glück gewünscht!"

„Da bin ich mal gespannt, wie er nächste Woche auf mich reagiert. Ob er mich anspricht?"

„Mit Sicherheit! Auf jeden Fall kannst du mich jetzt auch küssen, wenn du meine Bestellung entgegen nimmst, dann mein Getränk auf den Tisch stellst und überhaupt immer, wenn du ins Untergeschoss zu den anderen Gästen der Kegelbahnen gehen musst, mein Schätz."

„Das würde dir so passen!"

Es ist an der Zeit, dass sie zu diesem Kino-Center aufbrechen. Als sie ankommen, sind alle Parkplätze in Kino-Nähe belegt. Sie müssen ein Stück weiterfahren und die Strecke zurückgehen. Sie haben noch zwanzig Minuten, sich für einen Film zu entscheiden. Die Wahl fällt ihnen schwer, weil sie auf Anhieb nichts nach ihrem Geschmack finden. Entweder sind es brutale Action-Filme oder genauso dumme Science-Fiction-Filme.

„Mona Lisa, was machen wir mit diesem angebrochenen Abend?"

„Einen guten Film gucken Ich habe den richtigen Film nun gefunden. Komm, sieh her! In Saal fünf läuft der Film ‚Die Fremde‘ mit Sibel Kekilli. Den schauen wir uns an."

„Keine Einwände, mein Schatz! Sibel ist eine herausragende Schauspielerin, obwohl sie nie Schauspielunterricht genommen hat. Dieser Film hat eine hervorragende Kritik bekommen. Übrigens, Sibel ist hier geboren und aufgewachsen."

„Schön, dass man über ihre Jugendsünden nicht mehr spricht. Sie hat zwischenzeitlich gezeigt, dass sie sehr talentiert ist und vor allem, Sibel ist sehr hübsch!" meint Lisa.

„Da kann ich dir voll zustimmen! Und weißt du was, mein Täubchen? Zwischen dir und Sibel besteht eine gewisse Ähnlichkeit: gleiche Haare, gleiche Figur und identische Verhaltensmerkmale. Falls du mich je einmal aussortieren solltest, suche ich mir Trost bei Sibel."

Dieser Film bewegt Paul und Lisa sehr. Er erzählt die Geschichte einer türkischen, jungen Frau und Mutter in der Türkei, vom Ehemann ständig traktiert. Sie flieht mit ihrem Sohn zurück nach

Deutschland zu ihren Eltern. Dort findet sie kein Verständnis für ihre Lage. Sie soll zurück zu ihrem Mann. Der will die ‚deutsche Hure‘ nicht mehr, nur noch den Sohn. Die Familienehre muss wieder hergestellt werden. Deshalb soll der Sohn zum Vater zurück. Die Frau flieht mit ihrem Kind. Jetzt kann nur noch ein Ehrenmord die Familienehre wieder herstellen.

Als Paul und Lisa das Kino verlassen, bleiben sie sehr lange stumm. Dieser Film hat beide sehr aufgewühlt. Paul denkt an Alisa, wie frei dieses Mädchen aufwachsen darf. Warum wird in vielen türkischen Familien, die schon jahrzehntelang in Deutschland sind, nach solch archaischen Strukturen einer Kultur, die längst nicht mehr in die Zeit passt, gelebt? Wie soll da jemals eine Integration gelingen?

„Herzchen, wir könnten mal wieder eine Wanderung machen. Was meinst du?“

„Dafür bin ich immer zu haben. Willst du diese primitive Bretterbank, du weißt schon welche, wieder aufsuchen und einen neuen Anlauf nehmen, du Schelm?“

„Nein, das geht nicht! Ich möchte, mit deiner Zustimmung, Alisa mitnehmen. Ich hatte ihr an diesem Grillabend bei ihren Eltern dies in Aussicht gestellt. Was hältst du davon? Bei dieser Gelegenheit würdest du Alisa kennenlernen und sie dich.“

„Ja, ja! Mein Filou hat Sehnsucht nach der Kleinen. Jetzt braucht er schon zwei Weibsbilder um sich herum. Natürlich darf sie mit. Ich möchte ihre Schönheit auch bewundern, die meinen Schatz so gefangen hält. Wann soll dieser Akt zu deiner Befriedigung denn stattfinden?“

„Am Wochenende! Alisa arbeitet ja in der Werbeagentur und kann nur am Samstag oder Sonntag. Du wirst sie mögen, das weiß ich schon im Voraus.“

„Also wandern am nächsten Samstag Papa und seine Töchter. Du darfst Alisa einladen!“

Paul ruft in der Werbeagentur an und verlangt nach Fred. Nach kurzen Augenblicken hat er ihn an der Strippe.

„Hallo Fred! Hier ist Paul. Wie geht es dir und wie gehen die Geschäfte?"

„Derzeit kann ich nicht klagen, Paul. Wir haben einige neue Aufträge im Haus und sind auf Wochen ausgelastet. Paul, an Alisa sind wir sehr froh. Du hast mir ein begabtes Mädchen gebracht. Wir können ihr schon manche Arbeiten übertragen und sie erledigt alles zu meiner vollsten Zufriedenheit. Ab September beginnt ihre Ausbildung."

„Ich freue mich sehr, diese Meinung von dir über Alisa zu hören. Ich hatte auch nicht den geringsten Zweifel an ihren Fähigkeiten. Fred, ich möchte Alisa kurz sprechen. Ist es möglich?"

„Kein Problem! Ich stelle zu ihr durch. Paul bleib mir gesund und komm doch mal gelegentlich bei uns vorbei. Ich habe ein Geschenk für dich."

„Warum willst du mir etwas schenken?"

„Dafür, dass du mir Alisa angedreht hast!" sagt Fred lachend.

„Ich stell jetzt durch! Tschüss Paul!" Gleich darauf meldet sich Alisa.

„Hallo Paul! Ich freue mich, Ihre Stimme zu hören."

„Ich freue mich, deine Stimme zu hören. Alisa, hast du Lust, am Samstag mit Lisa und mir zu wandern?"

„Selbstverständlich gehe ich mit! Vielen Dank für die Einladung, Paul. Dann lerne ich Lisa kennen. Ich freue mich riesig auf Samstag."

„Alisa, wir holen dich gegen zehn Uhr ab. Such dir die richtige Kleidung aus. Am besten ein Jeans und je nach Wetterlage entsprechend weitere Klamotten und Turnschuhe. Aber nicht die Besten. Ausgetretene sind am bequemsten. Wir wandern die meiste Zeit im Wald. Jetzt lasse ich dich weiterarbeiten, sonst bekomme ich von Fred noch einen Rüffel. Also bis Samstag! Tschüss Alisa!"

„Tschüss Paul und nochmals vielen Dank!"

Freitagabend fährt Paul zu Lisa ins Restaurant. Seine Wanderklamotten und Wanderschuhe hat er im Auto verstaut. Er isst im Restaurant und nachdem die letzten Gäste gegangen sind, kann auch sein Liebling Feierabend machen. Sie trinken bei Lisa noch ein Glas Wein, dann legen sie sich schlafen. Natürlich mit Unterbrechungen, wie sich das so gehört. Gegen acht Uhr am nächsten Morgen stehen sie auf. Paul stellt sich zuerst unter die Dusche und besorgt anschließend Semmeln und Brezeln fürs Frühstück und als Wandervorrat. Beim Metzger kauft er noch eine Menge Salami zum belegen der Semmeln. Als er zurückkommt, ist Lisa schon startklar. Paul schaut sie verdutzt an und spöttelt:

„Ich dachte, du liebst keine Hosen? Wo ist dieser rutschige Rock, den ich so liebe, mein Schatz?"

„Ich hab's mir heute anders überlegt. Ich will verhindern, dass du Dummheiten machst, wo doch deine Freundin mit dabei ist. Außerdem ist das Wetter heute nicht so sicher. Wir könnten noch Regen bekommen. Da ist eine Jeans von Vorteil."

Sie räumen noch kurz die Wohnung auf und fahren zu Alisa.

„Ich bin sehr gespannt auf deine Freundin. Hoffentlich sticht sie mich nicht aus, mein Schatz."

„Heute werde ich dich und Alisa genauestens begutachten und bewerten. Am Abend werde ich dann wissen, wer den Wettbewerb gewonnen hat. Streng dich also sehr an!"

„Hm, ich habe den Vorteil der Reife. Der ist dir sehr wichtig, das weiß ich."

„Dafür hat Alisa ihre jugendliche Frische in die Waagschale zu werfen. Ihr Alter plus mein Alter geteilt durch zwei gibt einen vernünftigen Durchschnitt."

„Und welche Zahl kommt da raus?"

„Ja, ja! Mein Schätzchen ist nicht dumm. Du könntest mein Alter ausrechnen, weil du das Alter von Alisa kennst."

Diese Neckerei endet, als sie vor dem Haus von Alisas Eltern ankommen. Sie sind zehn Minuten zu früh.

„Steig mit aus, mein Schatz! Dann sehen Alisas Eltern, wem sie ihre Tochter anvertrauen."

Sie gehen zur Haustür und klingeln. Gleich darauf öffnet sich die Türe und Güler, Alisas Mutter, begrüßt sie sehr herzlich. Paul bemerkt die leichte Verwunderung in Gülers Gesicht, als sie Lisa begrüßt. Es überrascht sie, dass Pauls Freundin noch so jung ist. „Alisa ist gleich soweit, kommen Sie doch herein! Ich freue mich, Paul, dass Alisa zu dieser Wanderung eingeladen wurde. Sie arbeitet jetzt schon ein paar Wochen und die frische Luft wird ihr gut tun." „Ich habe mit ihren Chef gesprochen. Er ist sehr zufrieden mit seiner neuen Kraft. Ab September beginnt Alisas Ausbildung. Sie können stolz auf Ihre Tochter sein, Güler!"

Alisa kommt aus ihrem Zimmer mit einem strahlenden Lächeln. Sie geht auf Lisa zu und begrüßt diese.

„Ich bin Alisa! Sie sind also Lisa. Ich freue mich, dass ich Sie jetzt kennenlernen darf. Sie sind eine sehr schöne Frau! Da hat mein Freund Paul das große Los gezogen."

Alisa geht die Sache sehr souverän an und Mona Lisa lächelt.

„Hallo Alisa! Auch ich freue mich, Sie endlich kennen zu lernen. Leo hat mir schon viel von Ihnen erzählt."

„Wer ist Leo? Den kenne ich nicht!"

„Entschuldigung! Das ist die Macht der Gewohnheit. Leo ist Paul. Ich nenne ihn so, seit wir uns kennen. Gelegentlich erzähle ich Ihnen, wie es dazu kam."

„Lisa, ich bin erst siebzehn Jahre alt. Sie sollten ,du' zu mir sagen. Ich bitte Sie darum."

„Dann duzen wir uns aber gegenseitig. Einverstanden?"

„Hoffentlich seid ihr euch nicht in allem so einig, sonst habe ich einen schweren Stand", sagt Paul lachend dazwischen. Nun begrüßt Alisa auch ihn. Sie küsst Paul dabei auf die Wange. Aus den Augenwinkeln heraus blickt er auf Lisa, die amüsiert ihn anlächelt.

Sie verabschieden sich von Güler, die ihrer Tochter noch einen Abschiedskuss gibt. Während sie losfahren, erklärt Paul seinen zwei Frauen wo es hingeht. Er hat für diese Wanderung den Odenwald ausgesucht. Sie müssen eine gute Stunde bis zum Ausgangspunkt fahren. Die Fahrt führt den Neckar entlang und sie genießen diese schöne Landschaft, wo sich der Fluss seinen Weg durch den Odenwald geschaffen hat. Links und rechts von den Höhen grüßen immer wieder Burgen herunter. Teils Ruinen, aber ab und an sieht man auch gut erhaltene Gemäuer. Gegen elf Uhr erreichen sie ihr Fahrziel, den Ort Strümpfelbrunn.

„Ich hoffe, es hat jeder seinen Regenschutz dabei. Den dürft ihr in meinen Rucksack stecken. Dort befindet sich auch ausreichend Proviant. Wir werden erst am Spätnachmittag in ein Gasthaus kommen." Paul hat seinen Rucksack geöffnet. Lisa muss dazwischen frotzeln:

„Leo, kennst du dich in dieser Gegend überhaupt aus? Oder müssen wir damit rechnen, eventuell heute Nacht durch den Wald zu irren, weil du den Durchblick verloren hast?" Lisas angebliche Sorge beantwortet Paul auf seine Art:

„Das wäre ja gar nicht so schlimm! Dein lautes Geheule würde man meilenweit hören, die Retter wären schnell da." Alisa lacht herzhaft und sagt:

„Ich würde auf jeden Fall mitheulen!"

„Aha! Die Solidarität unter den Weibern hat bereits begonnen."

„Du stehst auf verlorenem Posten, mein Liebling. Wir sind die stärkere Seite!" Lisa nimmt demonstrativ Alisa in die Arme und beide lachen vergnügt. Aber Paul denkt sich: ‚abwarten'. Dann gibt er den Wanderweg in grober Beschreibung bekannt:

„Wir wandern zuerst auf den ‚Katzenbuckel'. Das ist die höchste Erhebung im Odenwald. Vom dortigen Aussichtsturm hat man einen hervorragenden Rundblick. Bei klarer Sicht sieht man den ‚Taunus', den ‚Schwäbischen Wald', den ‚Nordschwarzwald' und weitere Erhebungen rundum. Dann wandern wir hinunter zur ‚Gaimühle' und weiter durch den ‚Höllgrund'. Dort steht eine ehemalige Mühle mit gutem Restaurant. Dort werden wir am Spätnachmittag ankommen und einkehren. Frisch gestärkt müssen wir dann den Berg hoch zu unserem Fahrzeug. Also, los geht's!"

Mit dem Wetter hat die kleine Wandergruppe Glück. Der Himmel ist den Tag über meist bedeckt. Manchmal lugt kurz die Sonne durch Wolkenlücken. Zum Wandern das ideale Wetter. Alisa hält sich wacker. Oft haben die beiden Frauen Paul in die Mitte genommen. Der legt seine Arme um die Hüften seiner schönen Begleiterinnen, wenn er diese auf eine Besonderheit am Wegesrand hinweist. Paul findet immer etwas, was erwähnenswert ist. Seine Mona Lisa gibt ihm dann einen flüchtigen Kuss auf die Wange und Alisa schmiegt sich unauffällig für Lisa an ihn. Paul hat den Eindruck, dass sich die beiden Frauen bestens verstehen. Es ist lustig anzuhören, wenn er einmal von der einen Seite mit Paul und von der anderen Seite mit Leo angesprochen wird. Vielleicht weiß er irgendwann selbst nicht mehr seinen richtigen Namen. „Mal heiße ich Paul, mal heiße ich Leo. Ist das nicht lustig?" Sie lachen alle drei. Alisa ist sehr wissbegierig. Sie befragt Paul nach den verschiedensten Dingen: Was ist das für ein Baum? Wie heißt dieser Vogel? Manche Frage kann er beantworten, die meisten jedoch nicht.

„Alisa, ich bin kein Naturkundler und weiß vieles nicht. Aber ich habe zu Hause ein dickes Buch, das alle deine Fragen beantworten wird. Ich leihe es dir aus wenn du willst."

„Das Angebot nehme ich gerne an und wenn wir dann später einmal wieder wandern, kann ich euch beiden einen Vortrag über Flora und Fauna halten", lacht Alisa.

„Alisa, bist du noch nie gewandert?"

„Meine Eltern kennen so etwas nicht. Die sitzen in ihrer Freizeit im Garten und da haben sie genügend zu tun. Ich denke, dass Türken allgemein dem Wandern nichts abgewinnen können. Vielleicht hat es mit den höheren Temperaturen in ihrem Heimatland zu tun. Wandern wäre dort viel anstrengender als hier. So vererbt sich die Abneigung auf die Nachfolgegeneration. Aber ich finde Gefallen daran und wäre sehr glücklich, wenn ich wieder einmal mitwandern dürfte."

„Mona Lisa, was meinst du dazu?"

„Alisa darf mit, wann immer sie will!"

Nachdem sie Waldkatzenbach und ein großes Wiesengelände durchquert haben, kommen sie an der Turmschänke vorbei dem ersten Ziel immer näher. Schließlich geht es an der kleinen Sprungschanze hoch und bald darauf stehen sie vor dem Aussichtsturm auf dem ‚Katzenbuckel‘.

„Meine Damen, wir besteigen den Turm! Die kleine Mühe wird reichlich belohnt."

Oben angekommen, hängen plötzlich seine Mädels an ihm wie Kletten und lassen ihrer Begeisterung freien Lauf.

„Hätten wir einen heißen Sommertag, wäre die Fernsicht nicht so toll", erklärt Paul. Er zeigt ihnen einige markante Punkte in der Landschaft: Den Königstuhl bei Heidelberg, den Pfälzer Wald in seiner ganzen Länge, Schwarzwaldberge und die Nordvogesen. Paul hat sein Fernglas weitergereicht und die Mädchen freuen sich, wenn sie in der Ferne etwas zuordnen können, und von Paul bestätigt bekommen. Am Fuße des Turms verzehren sie den ersten Teil ihres Proviants. Jetzt erst fällt Paul ein, dass sie ja eine Muslima bei sich haben, er aber nur Salami gekauft hat, die sicherlich auch Schweinefleisch beinhaltet. Als er aber sieht, mit welchem Genuss Alisa in die Semmel beißt, hat er kein schlechtes Gewissen mehr. Trotzdem sagt er Alisa seine Bedenken. Alisa lacht und klärt ihn auf:

„Paul, ich wurde zwar als Muslimin geboren, aber die Religion und ihre Dogmas sind mir völlig unwichtig. Ich lebe in Deutschland und sehe, dass die Leute hier genauso alt werden wie die Menschen in der Türkei. Also kann im Schweinefleisch nichts Ungesundes sein. Vielleicht esse ich heute Abend im Restaurant ein Schweineschnitzel mit Schwäbischem Kartoffelsalat."

Nachdem sie sich gestärkt hatten, richten sie ihre Schritte hinunter ins Tal. Es geht stetig bergab. Vom Turm bis Gaimühle müssen sie über vierhundert Höhenmeter hinabsteigen. Lisa und Alisa lassen Paul vorausgehen und quasseln unaufhörlich miteinander. Paul kann der Unterhaltung nicht folgen, er hat einen größeren Abstand zwischen sich und den Mädchen gelegt. Ihm fällt auf, dass auf dem Wanderpfad die großen Waldameisen in großer Zahl unterwegs sind. Da kommt ihm eine Idee. Als ein Stück voraus wieder eine stark frequentierte Ameisenquerung über den Wanderpfad sichtbar wird, steigt Paul auf einen Baumstumpf in unmittelbarer Nähe. Seine Damen, die da redselig daherkommen, blicken zu ihm hoch und würdigen dem Wanderpfad keinen einzigen Blick. Jetzt kann Paul seinen Plan ausführen.

„Meine Damen! Bleibt mal kurz stehen. Ich will euch etwas fragen: Stellt euch mal vor, ihr hättet euch verlaufen und findet nicht mehr den korrekten Weg aus dem dunkelsten Wald. Eine Hilfe wäre ein Kompass, aber den habt ihr nicht. Doch ohne die Himmelsrichtungen zu kennen, gibt es keinen Ausweg. Da die Sonne auch nicht scheint, ist diese Orientierungshilfe auch verbaut. Die Frage: Wie kann man trotzdem die Himmelsrichtungen feststellen?“

Die Mädchen schauen sich ratlos an.

„Lisa, du weißt es bestimmt!“ sagt Alisa.

„Nein Alisa! Ich habe keine Ahnung. Aber Leo wird es uns erklären.“

Paul bemerkt, dass zuerst Alisa mit einem Bein zuckt. Auf ihrer Jeanshose sieht er die ersten Ameisen hochkrabbeln. Ihr Zucken verrät, dass auch die Innenseite nicht mehr ameisenfrei ist. Dann zuckt auch Lisa kurz und gleich darauf wieder. Alisa führt bereits einen Veitstanz auf. Lisa schaut jetzt zu Boden und sieht die Hundertschaften dieser fleißigen Tierchen.

„Hier hat's Ameisen! Schnell weg von hier!“ Ruft, nein schreit sie. Dabei beginnt sie wild auf ihre Hosenbeine zu schlagen und rennt etliche Meter auf dem Weg weiter. Alisa hinterher. Paul steigt vom Baumstumpf und folgt ihnen.

„Es gibt nur ein Mittel, die Plagegeister loszuwerden", lacht Paul. „Wenn ihr sie erschlägt habt ihr blutige Beine. Besser, ihr zieht die Hose aus, dreht sie auf links und schüttelt kräftig."

Alisa ist die Erste, die auf Pauls Vorschlag reagiert. Ohne jegliche Scheu streift sie ihre Jeans nach unten und schlüpft heraus.

„Gib mir deine Hose, Alisa. Such du deine Beine ab, ich schüttle die Hose aus."

Lisa sieht Paul mit bösem Blick an, zieht ebenfalls die Hose aus und reicht sie ihm. Nachdem er auch Lisas Hose ausgeschüttelt hat; beide Mädchen stehen im Slip vor ihm; lacht er sich halb tot.

„Und wieso hast du keine Ameisen in der Hose?" fragt ihn Lisa.

„Weil ich als alter Trapper weiß, wie man sich im Wald verhält, Schätzchen."

Paul ergötzt sich noch an dem schönen Anblick seiner Mädchen, gibt dann die Hosen zurück und stellt fest:

„Ihr seid die schönsten Mädchen weit und breit! Zum anbeißen knusprig." Jede schlüpft wieder schnell in ihre Hose. Paul frägt:

„Nun, wer weiß wie man die Himmelsrichtungen bestimmen kann?"

„Halt bloß die Klappe! Das wirst du uns noch büßen, du hinterhältiger Kerl." Lisa versucht, ihn böse zurechtzuweisen, aber er merkt, dass es nur gespielt ist.

„Alisa, lass uns nachdenken, wie wir es diesem Schuft heimzahlen können."

„Aber Lisa, Paul kann doch nichts dafür, dass zufällig gerade dort die Ameisen waren, Er wollte uns doch etwas sagen. Ich finde es spaßig. Sonst wäre so eine Wanderung doch langweilig."

„Ich lass dich in deinem Glauben, Schätzchen." Lisa zeigt ihrem Leo die geballte Faust, die sie unter ihr Kinn hält. Alisa will aber trotzdem wissen, wie man die Himmelsrichtung feststellen kann. Also erklärt es Paul:

„Durch die Rotation der Erde entstehen Meeresströmungen. Unter anderen auch der Golfstrom im Atlantik. Der bestimmt mit seinem warmen Wasser, das er vom Süden heranbringt, unser

Wetter, indem das Wasser verdunstet und Wolken bildet. Diese Wolken ziehen mit Windunterstützung über Europa hinweg nach Osten. Über dem Kontinent, also auch über Deutschland regnen die Wolken ab. Wenn man nun die Baumstämme des Waldes genauer betrachtet, stellt man fest, dass alle Bäume auf derselben Seite des Stammes feucht und oft mit Moos bewachsen sind. Man nennt diese Seite die Wetterseite. Da der Regen durch den Wind vom Westen meist schräg fällt, ist die Wetterseite immer nach Westen ausgerichtet. Stellt euch mit dem Rücken an die Wetterseite des Baumes, dann blickt man geradeaus nach Westen, der rechte Arm zeigt nach Norden, der linke Arm nach Süden. Alles klar?"

„Ja, Herr Professor!" sagt Lisa mit spöttischem Unterton.

„Toll Paul, wie Sie es verständlich erklären können. Sie müssen uns noch viel mehr beibringen, was meinst du, Lisa?"

Fröhlich wandern sie weiter nach Gaimühle. Der kleine Ort gehört zur Stadt Eberbach am Neckar. In Gaimühle legen sie nochmals eine Rast ein und essen die Reste ihres Proviants. Nun geht es in den Höllgrund. Immer am Bach entlang zieht sich die Wanderstrecke ewig lang bis nach Oberhöllgrund. Gegen siebzehn Uhr erreichen sie müde, aber in bester Stimmung endlich das Mühlenrestaurant. Im Laufe des Nachmittags hat sich auch die Sonne durch die Wolken gearbeitet und es ist ein warmer Spätnachmittag geworden. Das veranlasst die kleine Wandergruppe, auf der Terrasse Platz zu nehmen. Die Gaststätte ist ein beliebtes Ausflugsziel und immer gut besucht. Weil der restliche Wanderweg zum Auto einen beschwerlichen Anstieg von über dreihundert Höhenmetern bedeutet, heißt das Zurückhaltung üben bei der Speisenauswahl. Deshalb begnügen sich die Drei mit jeweils einer Forelle ‚Müllerin-Art'. Dazu trinken sie alkoholfreie Säfte. Eine Stunde später nehmen sie den Anstieg in Angriff und erreichen schließlich total schlapp Pauls Auto. Den Tag lassen sie dann in der Heimat beim Italiener mit einer Pizza und einem Glas Wein ausklingen. Paul bietet Alisa das ‚Du' an, was sie auch mit voller

Freude annimmt. Dann kommen sie noch einmal auf den Vorfall mit den Ameisen zu sprechen. Alisa lacht sich dabei schief. Mona Lisa sagt lächelnd dazu:

„Alisa, jetzt hast du diesen Filou richtig kennen gelernt. Der hat es faustdick hinter den Ohren."

Später bringen sie Alisa nach Hause. Zum Abschied küsst die ihre Freunde und bedankt sich überschwänglich für diesen schönen Tag. Dann fahren auch Paul und Lisa zur Lisas WG. Die Müdigkeit lässt auch die Beiden nach kurzem duschen ins Bett kriechen. Aber für einen kurzen Dialog reicht die Kraft noch.

„Deine Alisa fährt voll auf dich ab!" Beginnt Lisa das Gespräch.

„Für die bist du ein Gott, mein Schatz."

„Nimm dir ein Beispiel, Liebling!"

„Warum hast du das mit den Ameisen gemacht, du perfider Kerl?"

„Ich hatte doch gesagt, dass du mit Alisa im Wettbewerb stehst. Ich musste doch Kriterien aufstellen, damit ich euch bewerten kann."

„Und welches Kriterium war das in diesem Fall?"

„Nun, wer von euch lässt am schnellsten die Hose runter", lacht Paul. „Alisa hat dich dabei deutlich abgehängt! Das musst du doch zugeben".

„Und wer hat nun den Wettstreit gewonnen, mein Filou?".

„Mit einem hauchdünnen Vorsprung du natürlich!" Paul nimmt seine Mona Lisa in den Arm und sie küssen sich wie sich eben Verliebte küssen.

„Und wie fällt nun dein Urteil über Alisa aus, liebe Mona Lisa?" will Paul wissen.

„Sie ist ein sehr angenehmes Mädchen. Ich mag sie sehr. Sie hat nur einen Fehler: Sie liebt dich, den größten Filou aller Zeiten. Aber ich werde sie schon noch konfirmieren".

Kommende Woche hat Lisa ihren Urlaub. Morgen, am Samstag kann Paul gegen Mittag das Wohnmobil in Empfang nehmen.

Er hat noch vieles vorzubereiten. Lisa muss heute noch ihren Job im Restaurant machen, so bleibt alles an ihm hängen. Er füllt zwei Klappkörbe mit allem, was man für die Zubereitung eines Frühstücks so braucht. Kaffeemaschine, Filterpapier, Kaffeepulver, Marmelade und Honig, Kaffeegeschirr, Besteck, große Teller und-und-und. Dann die persönlichen Dinge wie Wäsche, Schuhe usw. und nicht das Ladegerät für das Mobiltelefon vergessen. Sechs Flaschen ‚Lemberger' fallen ihm ein, aber er nimmt nur zwei Flaschen mit für den Hinweg. In Italien trinkt man denen ihr Wein. Paul hat sich eine Liste gemacht und checkt die nochmals durch. Dann stellt er sich unter die Dusche. Gegen achtzehn Uhr kommt Alisa. Sie umarmen sich zur Begrüßung. Seit der Wanderung im Odenwald zeigt Alisa Paul gegenüber noch weniger Scheu im Umgang miteinander. Alisa hat ihre Verliebtheit in Paul durch eine innige Freundschaft ersetzt. Mit Lisa besteht dadurch stillschweigende Akzeptanz zu deren Ansprüchen an Paul. Paul ist sehr froh darüber, dass dieses Thema und Achmeds Sorge damit gegenstandslos geworden ist. Alisa wird während Pauls Abwesenheit sein Haus hüten. Täglich die Pflanzen gießen wenn notwendig. Das Haus gut durchlüften, Briefkasten und Zeitungsrohr entleeren und was sonst noch so anfällt.

„Alisa, ich danke dir, dass du dich um das Haus kümmerst."

„Aber Paul, das ist doch selbstverständlich. Du kannst dich hundertprozentig auf deine Alisa verlassen. Es ist eine Ehrensache für mich, wenigstens eine winzige Kleinigkeit von Gutmachung zurückgeben zu können, die ich dir schulde."

„Nichts schuldest du mir. Hilf mit bitte noch beim Einladen der bereitgestellten diversen Dinge ins Auto. Als das erledigt ist, verabschieden sich Paul und Alisa voneinander. Paul überreicht Alisa den Hausschlüssel und flüstert ihr ins Ohr: „Ich bringe dir ein Geschenk aus Italien mit." Und Alisa flüstert zurück: „Ich wünsche dir und Lisa eine wunderschöne Woche in Italien. Kommt gesund wieder zurück! Und noch was: Lass bitte dein Mobiltelefon am Donnerstag eingeschaltet, damit ich Lisa zum Geburtstag gratulieren kann."

‚So, so! Also nächsten Donnerstag findet das große Ereignis statt.', denkt sich Paul im Stillen. Aber er lässt Alisa nicht merken, dass er das nicht wusste.

„Ich werde daran denken, Alisa. Lisa wird sich sehr freuen, über deinen Anruf."

Seine Mona Lisa wollte ihn also nächste Woche in Italien mit ihrem Geburtstag überraschen. Was hat sie sich bloß dabei gedacht? Er muss weiter den Ahnungslosen spielen, weil sonst ihr Plan, was immer sie auch vorhat, schief läuft. Er wird also an diesem Donnerstag ohne Geschenk dastehen. Wie kommt er sich dabei vor? Er kann nur hoffen, dass es an diesem Tag noch eine Gelegenheit gibt, etwas zu kaufen. Kommt halt darauf an, wo sie sich gerade befinden. Vor allem kommt es darauf an, wann, zu welcher Tageszeit sie ihren Geburtstag bekanntmacht. Paul ist mit Lisas Strategie nicht sehr glücklich und kann dieser Geheimnistuerei kein Verständnis entgegenbringen. Er will sich aber nicht weiter mit dieser Geschichte befassen. Er lässt es jetzt einfach auf sich zukommen und wird dann spontan entscheiden.

„Gutgelaunt fährt er zur Wohnung von Lisa. Sichtbare Teile des Urlaubsgepäcks nimmt er aus dem Auto und mit hoch in die Wohnung. Leider werden in letzter Zeit, besonders in dieser Wohngegend, wo etliche Mietskasernen stehen, Autos ausgeräumt. Deshalb sollten in abgestellten Fahrzeugen keine Wertsachen sichtbar deponiert werden. Mit Lisa hat Paul vereinbart, dass er zum Abendessen ins Restaurant des Sportzentrums kommt. Gegen zwanzig Uhr ist er dort. Das Restaurant ist noch gut besucht. Lisa hat heute eine Aushilfe, die den Service unten bei den Kegelbahnen und für den Skat-Klub im Nebenzimmer übernommen hat.

„Liebling, auf was hast du Appetit?" Fragt sie Paul bei seinem Eintreffen. Ein Glas Wein hat sie schon vor ihn hingestellt.

„Auf dich mein Schätzchen!"

„Hoffentlich werde ich dir nicht zu viel, wenn wir eine volle Woche zusammen sind. Hast du Stärkungsmittel für dich eingepackt?"

„Ich werde mir in Italien eine weitere Geliebte zulegen müssen, damit ich auf meine Kosten komme."

„Du Angeber!" Sag schon, was du essen willst, sonst lasse ich dich verhungern."

„Bring mir bitte eine große Salatschüssel. Ich möchte mir nicht den Bauch vollschlagen, denn ich hab noch etwas zu erledigen, heute Nacht!" Lisa gibt ihm ein Puff in die Seite und geht zur Küche. Paul sieht ihr nach und eine große Sehnsucht nach ihrem makellosen Körper überkommt ihn. ‚Wir werden eine wunderschöne Woche miteinander verbringen', sinniert er vor sich hin.

Pauls Traumfrau kann um dreiundzwanzig Uhr die Abrechnung machen. Sie verabschiedet sich vom anderen Personal. Alle wünschen Lisa einen schönen Urlaub. Dann fahren Paul und Lisa zurück zu WG. Lisa hat ihren Kleiderkoffer auch schon gerichtet. Paul berichtet ihr, was er alles eingepackt hat. Sie braucht sich deshalb nur um ihre persönlichen Dinge und das Bettzeug zu kümmern.

Als sie alles beieinander hat, fällt ihm ein, dass er seine Digitalkamera nicht eingepackt hat. Aber Lisa hat ja auch eine. Lisa entnimmt die Akkus und steckt diese ins Ladegerät. Dann stellt sie noch den Radiowecker auf neun Uhr und geht unter die Dusche. Als sie ihr Zimmer betritt, liegt Paul voller Erwartung unter der Bettdecke. Sie legt sich mit der vollen Länge ihres Körpers eng an ihn und er spürt ihre nackte, noch duschfeuchte Haut und in seine Nase steigt der betörende Duft ihres teuren Parfüms. Sie umarmen und küssen sich. Lisa beherrscht diese Disziplin, als hätte sie damit schon mal die Weltmeisterschaft gewonnen.

„Irgendwann wirst du mich zu Tode küssen, weil mir die Luft wegbleibt, mein Schatz. Achte immer darauf, dass ich noch atme.

Falls nicht, musst du mich schnell reanimieren." Lisa sagt lachend: „Die richtige Atemtechnik werde ich dir schon noch beibringen, mein lieber Leo."

Ihm wird ganz heiß, als sie mit ihren zarten Fingern am Hals beginnend seinen nackten Körper entlangstreicht. Paul muss ihrem Verlangen Taten folgen lassen. Als sie wieder zu Sinnen kommen, lacht Mona Lisa ihn kokett an: „Glaubst du, du hältst das eine ganze Woche mit mir aus, mein Schatz?"

„Du wirst vom Bergwandern am Abend hundemüde in die Heia gehen und ich muss mir im Dorf Ersatz suchen, damit ich auf meine Kosten komm. Leg dich deshalb immer auf die Bettkante und halte genügend Platz frei."

Am nächsten Morgen frühstücken sie reichlich, weil das Mittagessen ausfallen muss. Sie wollen sofort nach Übernahme des Wohnmobils ihre erste Etappe ins Allgäu hinter sich bringen. Als sie beim Vermieter eintreffen, stehen mehrere Fahrzeuge bereit. Sie werden zu einem mittelgroßen Wohnmobil geführt. Für zwei Personen bietet es reichlich Platz. Im Heck befindet sich, wie von Paul gewünscht, ein festes Bett. Das erspart das tägliche Umbauen am Abend und am Morgen. Das Fahrzeug ist frisch gereinigt, der Kraftstofftank gefüllt und die Wasserversorgung plus zwei Gasflaschen sind für den Einsatz bereit. Nach einer kurzen Einweisung vom Vermieter zur Bedienung von Gasherd, Kühlschrank und Heizung leeren sie Pauls Auto, das auf dem Betriebshof abgestellt werden kann und ordnen alles ins Wohnmobil. Dann können sie starten. Bevor Paul den Zündschlüssel dreht, fragt er seine Mona Lisa:

„Schätzchen, hast du auch alles eingepackt? Regencape, Zahnbürste, Pille…" Die antwortet auf ihre Art:

„Es wird nicht regnen, ich benütze deine Zahnbürste und die Pille setzte ich für eine Woche ab."

„Dann können wir ja losfahren", ist Pauls trockener Kommentar.

Samstags ruht der LKW-Verkehr bis auf wenige Ausnahmen. Deshalb wählen sie die Route über die Autobahn. Dadurch ist das Ziel ‚Hopfensee' in etwa drei Stunden erreichbar und werden am späteren Nachmittag dort eintreffen. Paul gewöhnt sich schnell an das Fahrzeug. Er fragt Lisa, ob sie auch mal das Steuer übernehmen möchte, aber sie winkt ab. Sie legt lieber ihre nackten Füße auf das Armaturenbrett und der Wind aus den Frischluftdüsen bläst ihren rutschigen Rock zum Gesicht.

„Musst du deinen hitzigen Zustand bekämpfen, mein Kätzchen?"

„Ich bin nicht hitzig, so wie du es meinst. Ich entspanne mich und genieße die herrliche Landschaft."

„Schatz, zieh bitte deinen Rock zu den Knien, sonst kann ich mich nicht auf den Verkehr konzentrieren. Wo bleibt deine Tugendhaftigkeit?"

„Wenn du die Straße im Blick hast und so soll es ja sein, wirst du nicht abgelenkt, Leo!"

„Du bringst mich noch um den Verstand, du kleine Hexe."

„Wo bleibt deine Selbstbeherrschung, Leo? Man muss sich doch auch mal zusammennehmen können."

Solche und andere Gespräche begleiten die Zwei auf ihrer Fahrt ins Allgäu bis zum Ziel. Paul halten sie wach und Lisa wird es nicht langweilig. In ihren Dialogen geht es immer unentschieden aus. Man schenkt sich gegenseitig nichts. Gegen siebzehn Uhr erreichen sie den Hopfensee. Am ersten Ort halten sie kurz vor einer Bäckerei. Lisa kauft Brot für das Frühstück am nächsten Morgen. Der Campingplatz liegt direkt am See und sie bekommen einen schönen Stellplatz für diese eine Nacht. Sie räumen ihre Siebensachen in die Staufächer im Wohnmobil und Lisa bezieht das Doppelbett. Zwei Stunden später treibt sie der Hunger in eines der vielen Restaurants. Sie treffen eine gute Wahl, speisen echt bayrisch und trinken dazu ein Maß Bier. Dann folgt noch eine Runde um den See, damit die steifen Beine wieder gelenkig werden. Dann folgt zum Abschluss des ersten

Urlaubstages der ganz gemütliche Teil im Wohnmobil bei einem Glas ‚Lemberger'.

„Leo, da wir heute ja nicht gewandert sind und demzufolge ich auch nicht hundemüde bin, muss ich trotzdem auf der Bettkante schlafen?"

„Nein! Meine kleine Hexe darf sich heute Nacht noch richtig ausstrecken."

Mona Lisa küsst Paul, so wie sie es immer tut, mit voller Leidenschaft. Sie brennt vor Liebe und ihm geht es nicht anders. Doch Autofahren macht müde. So sinken beide bald darauf in tiefsten Schlaf.

Nach einem guten Frühstück am Sonntagmorgen starten sie um neun Uhr zur zweiten Etappe. Über Reutte, Fernpass und Landeck fahren sie hoch zum Reschenpass. Als sie dort oben ankommen, sagt Paul zu Lisa:

„Liebling, ab jetzt sind wir in Italien."

„Si, Seniore. Buongiorno bella Italia!"

„Mein Schatz spricht italienisch? Dann kann ja nichts schiefgehen!"

„Ich gehe morgen früh in einen Panificio und kaufe Paninos für unser Frühstück, Compreso Seniore?" Paul lacht und sagt:

„Du gehst morgen in eine Bäckerei und kaufst ein paar Wecken. Wenn du die Verkäuferin italienisch ansprichst und sie merkt, dass du eine Deutsche bist, schaut sie dich nur dumm an."

„Es ist doch eine Hochachtung für das Land, wenn man sich in dessen Sprache verständigen kann, lieber Leo."

„Wir sind aber in Südtirol, Herzchen! Hier spricht man deutsch!"

„Vorhin hast du behauptet, wir wären jetzt in Italien."

„Sind wir auch. Aber Südtirol war bis zum Jahr 1918 ein Teil Österreichs. Die Bevölkerung, außerhalb der Hauptstadt Bozen ist größtenteils deutsch."

„Und warum gehört es jetzt zu Italien?"

„Weil die k.u.k-Monarchie Österreich-Ungarn und das deutsche Kaiserreich den 1. Weltkrieg verloren haben und Verlierer müssen halt Federn lassen. So kam Italien zu dem schönen Südtirol, ohne es je erobert zu haben. Und der ‚größte Feldherr aller Zeiten‘ hat seinem faschistischen Bruder ‚Duce‘ diesen Besitz zwanzig Jahre später auch noch bestätigt, leider! Noch vor fünfzig Jahren gab es immer wieder Bombenanschläge auf Hochspannungsmasten, weil die italienische Regierung die versprochene Autonomie für Südtirol lange Zeit nicht gewährt hatte."

„Warum weißt du das alles, mein Schatz?"

„Weil ich Bücher lese, zum Beispiel."

„Du musst mir noch vieles beibringen, damit ich gescheit werde."

„Das Wichtigste habe ich dir doch schon beigebracht, Herzchen."

„Du denkst natürlich wie immer nur an das Eine."

Mona Lisa öffnet das Handschuhfach und nimmt die Straßenkarte heraus. Da sieht sie auch den Mietvertrag für das Wohnmobil. Sie studiert ihn.

„Leo, bis heute wusste ich nicht deinen Nachnamen und wir kennen uns schon viele Wochen. Paul ‚Brenner‘ steht hier. Warum hast du dich nie mir vorgestellt?"

„Es gab dazu keinen Anlass. Du hast mich Leo getauft und meinen Familiennamen hast du nie erfragt."

„Du hättest dich mir vorstellen müssen. Das gehört sich so! Nur von Rudi weiß ich deinen Vornamen Paul."

„Weißt du, mein Schatz. Ich dachte mir, wenn du meinen Namen nicht kennst, kannst du mich auch nicht verklagen wegen seelischer Grausamkeit oder unerfüllter Liebe."

„Paul Brenner ist ein ausgekochter Filou!"

„Gefällt dir der Name ‚Brenner‘ nicht?"

„Er hat so etwas Gefährliches an sich, wo du doch ein lieber Kerl bist. Waren deine Vorfahren Mordbrenner und haben Häuser niedergebrannt?"

„Ich denke eher, es waren Kalkbrenner."

„Und was verbrennst du?"

„Ich verbrenne nichts, ich entzünde nur! Zum Beispiel die Liebe!"

„Aha! Wie oft hast du in letzter Zeit gezündelt?"

„Ich zündle täglich, mein Schatz."

„Ich weiß! Bei Alisa hast du gezündelt. Bei meiner hübschen Nachbarin willst du auch zündeln. Aber da hast du schlechte Karten. Da verbrennst du dir die Finger, Paul Brenner!"

„Wenn ich dich jemals heiraten sollte, mein Schätzchen, nehme ich deinen Nachnamen an, obwohl ich den auch nicht kenne. Du siehst, du bist auch nicht besser als ich."

„Du hast mich ja nie danach gefragt!"

„Und du hast mich auch nie nach meinem Alter gefragt."

„Ich wollte nicht das Risiko eingehen, einen Schock zu bekommen. Ich habe mich einfach auf dein Aussehen verlassen. Wie alt bist du, Paul Brenner?"

„Verlasse dich weiter auf mein Aussehen, Liebling."

Paul und Lisa fahren das Etschtal hinunter Richtung Meran. Dann kommt der Reschensee, aus dem noch der Kirchturm des überfluteten Dorfes aus dem Wasser ragt. Lisa muss das kopfschüttelnd kommentieren:

„Die Italiener sind schon ein komisches Volk. Einen Kirchturm ins Wasser stellen! Da muss man erst mal drauf kommen."

„Du irrst dich, Lisa. Der Kirchturm war vor dem Wasser da. Dieser See ist ein Stausee und wurde vor einigen Jahrzehnten angelegt. Dabei wurde ein ganzes Dorf überflutet. Nur das höchste Gebäude, eben der Kirchturm, ragt aus dem Wasser. Das Dorf wurde am Ufer neu aufgebaut. Wenn du geradeaus schaust, siehst du den höchsten Berg Südtirols, den ‚Ortler', der seine weißen Gipfel über das ganze Jahr behält."

Nun fahren sie durch den Vintschgau und die kilometerlangen Obstplantagen in diesem wunderschönen Landstrich lassen erahnen, wie einmalig schön es im Frühjahr während der Obstbaumblüte hier sein muss. Lisa hat spontan einen Kurzurlaub für das nächste Frühjahr festgelegt und Paul hat sofort zugestimmt. Gegen Mittag sind sie kurz vor Meran. Sie beschließen, in Meran eine Kleinigkeit zu essen und einen Stadtbummel zu machen. Sie finden einen schattigen Parkplatz unter Bäumen an einer Ausfallstraße. Zur Stadtmitte sind es nur wenige hundert Meter. Ein Restaurant in einem Innenhof findet ihren Zuspruch. Sie bestellen sich ein Nudelgericht und trinken dazu einen ‚Vernatsch‘, den sie mit viel Mineralwasser immer weiter verdünnen. Nachdem sie gegessen haben, beginnen sie den Stadtbummel durch Meran. Die durchgehenden Laubengänge schützen sie vor der jetzt im Zenit stehenden Sonne. Eine Stunde schlendern sie durch diese mittelalterlich anmutende Altstadt. Sie nehmen sich vor, wenn es mit dem Kurzurlaub im Frühjahr klappt, in Meran Quartier zu nehmen.

Am frühen Nachmittag fahren sie weiter zu ihrem heutigen Tagesziel. Doch die Fahrt endet bereits nach fünf Metern. Kaum, dass Paul angefahren ist, hören sie ein lautes Knirschen über sich. Sofort steht Paul auf der Bremse. Er stellt den Motor ab und steigt aus, um dem bedrohlichen Geräusch auf den Grund zu gehen. Auch Lisa steigt aus. Da sehen sie die Bescherung. Die am Heck des Wohnmobils angebrachte Leiter hat sich in den Ästen eines Baumes verfangen und wurde beim Anfahren verbogen. Ein abgerissener Ast liegt auf dem Dach des Fahrzeugs.

„Das kann nur mir passieren!“ schimpft Paul über sich selbst. „Ich hätte wissen müssen, dass dieses Gefährt drei Meter hoch ist. Nie hätte ich unter diesen niedrigen Bäumen parken dürfen. Verdammt noch mal!“

„Leo, reg dich nicht auf! So etwas kann passieren.“

Sie steigen wieder ein, nachdem Paul die Leiter vom Astwerk befreit hat. Drei Meter zurück und einen Meter hin zu Mitte der Straße. Jetzt kann nichts mehr schiefgehen, welch ein Irrtum! Wenden kann man auf dieser Straße nicht, also muss Paul in

Richtung Stadtgrenze weiterfahren. Von weitem sehen sie Häuser einer kleinen Ortschaft auftauchen. Als sie den Ort erreichen, befinden sie sich auf dem Dorfplatz. Es gibt drei Abzweigmöglichkeiten. Paul entscheidet sich für die Linke. Da sieht er beiderseits des Fahrweges tiefhängende, teils in die Straße reichende Hausdächer auf sich zukommen. Ihm wird klar, dass er hier nicht durchkommt. Er bremst abrupt. Lisa wird trotz Anschnallgurt kräftig durchgeschüttelt. Sie blickt Paul fragend an:

„Leo, hast du das Autofahren verlernt? Oder wolltest du mich aufwecken, weil ich die Lider geschlossen hielt?"

Er jedoch deutet mit der rechten Hand nach oben und Lisa folgt seinem unsicheren Blick.

„Schau dir das an. Hier komme ich nie und nimmer hindurch."

Der Vorfall unter den Bäumen hat Paul sensibilisiert. Er will kein Risiko eingehen und beschließt, wieder zurück nach Meran zu fahren. Kaum hat er den Rückwärtsgang eingelegt, ertönt ein lautes Hupkonzert. Pauls Blick nach draußen zeigt ihm, dass er von allen Seiten von Autos eingekesselt ist und alle Fahrer drücken auf die Hupe.

„Scheiß Italiener! Können die Idioten nicht warten?" Paul schwillt die Zornesader.

„Südtiroler, mein Schatz! Brave Südtiroler. Die Italiener wohnen in Bozen, hast du gesagt. Soll ich aussteigen und dich einweisen?"

Seine Mona Lisa lächelt ihn an.

„Nein, du bleibst sitzen!", faucht Paul. Mit voller Wut im Bauch fährt er nun rückwärts. Die Sicht nach hinten ist miserabel. Dann macht es auf einmal ‚bumm'. Was ist jetzt schon wieder? Paul steigt aus, die anderen Autos haben sich zwischenzeitlich am Wohnmobil vorbeigemogelt und sind weg. Er geht zum Heck und ihm wird fast übel. Er lässt einen Schrei.

„Scheiß Italien! Haben Straßen für Ochsenkarren, aber nicht für Autos, Guck dir das an!"

Lisa steht jetzt neben ihm und sieht das Loch in der Heckwand, wo die Styroporisolierung durchlächelt. Paul ist auf einen Hydranten aufgefahren. Zum Glück war der härter, sonst würden sie jetzt noch geduscht. Lisa nimmt ihren Leo in den Arm.

„Reg dich nicht auf, Leo. Sonst bekommst du noch einen Herzkasper. Alles halb so schlimm."

„Schatz, noch so ein Vorfall und wir fahren sofort nach Hause zurück."

„Von nun an wird uns kein Missgeschick mehr treffen. Wir haben unser Soll mehr als erfüllt", meint daraufhin seine Mona Lisa.

Über die Hauptstadt Bozen fahren sie nach Tiers am Rosengarten. Lisa ist überwältigt, als sie das mächtige Massiv vom Rosengarten über dem Dorf erblickt. Sie finden einen Stellplatz für das Wohnmobil. Mit dem Bordwerkzeug schraubt Paul die Heckleiter ab und versucht, diese auf den Boden gelegt, mit seinem Gewicht wieder gerade zu drücken. Da es nicht ganz gelingt, müssen auch noch die fünfzig Kilo von Lisa dazu helfen. Endlich ist das Ergebnis akzeptabel. Das eingedrückte Aluminiumblech im Heck kann er mit einem Draht herausziehen und plätten. Gelegentlich wird er ein Abziehbild darüber kleben, damit kein Wasser eindringen kann. Nach getaner Arbeit beschließen sie, sich ein paar Stunden auszuruhen. Paul schaltet das Autoradio ein. Damit sie nicht zu spät wach werden, stellt er die Lautstärke nur wenig herunter. Sie wollen ja noch essen gehen. Dann lassen sie sich halb ausgezogen auf das Bett fallen. Durch das Fahren ermüdet, schläft Paul schnell in den Armen von Lisa ein. Als er wieder wach wird, ist es bereits acht Uhr abends. Er weckt Lisa aus ihrem Tiefschlaf. Sie ziehen sich schnell an und gehen ins Dorf, um ein Restaurant aufzusuchen. Auf dem Weg entdeckt Paul eine Bushaltestelle. Dort notiert er sich die Abfahrtszeiten in Richtung Karerpass. Sie finden eine Gaststätte und kehren ein. Mit gutem Appetit essen sie sich satt und trinken dazu eine Flasche Südtiroler Rotwein. Dabei besprechen sie das Programm für den morgigen Tag. Paul schlägt vor, mit dem Linienbus bis zum Nigerpass zu fahren. Dort befindet sich ein schönes Wandergebiet auf 1700 Höhenmetern. Dort oben könne man sich gut akklimatisieren und auf eine Gebirgstour vorbereiten. „Liebling, wir werden uns nicht sehr anstrengen müssen. Es gibt auch einige Einkehrmöglichkeiten in Wanderhütten. Ich habe die Wanderkarte genau studiert. Vor allem haben wir den ganzen Tag immer einen Panoramablick auf den Rosengarten. Wenn wir wieder im Wohnmobil sind, zeige ich dir die Route auf der Karte."

„Ich gebe mich voll in deine Obhut, mein Schatz", lächelt Lisa ihren Leo an, die froh ist, dass er seinen Ärger wegen der Pannen überwunden hat. „Du siehst, Leo, ich habe allergrößtes Vertrauen in dich und deine Erfahrung. Ich werde als braves Schaf meinem Leithammel bedingungslos folgen, wohin es auch geht."

Sie frühstücken sehr zeitig, weil sie den Zehnuhr-Bus erreichen wollen. Den Rucksack brauchen sie nur für die Regencapes, man kann ja nie wissen. Zwanzig Minuten nach Abfahrt des Busses steigen sie auf dem Nigerpass aus. Am Ausgangspunkt der Wandertouren steht eine große Tafel mit den verschiedenen Routen. Paul kontrolliert seine uralte Wanderkarte auf Übereinstimmung mit der Tafel. Das tut sie noch. Dann marschieren sie los. Der Wanderpfad verläuft am Anfang meist durch den Wald. Aufgrund der Höhenlage ist es zu dieser Stunde noch sehr kühl, weshalb sie ihren Wanderschritt beschleunigen, um sich zu erwärmen. Die wenigen, mäßigen Steigungen werden immer wieder durch kurze Gefällstrecken ausgeglichen. Um die Mittagszeit erreichen sie die erste Wanderhütte ‚Beim Hagner'. Sie essen eine Kleinigkeit und ruhen sich auf einer Bank vor dem Haus auf. Zwischenzeitlich hat auch die Sonne das Regiment übernommen und es ist angenehm warm geworden. Lisa kann sich nicht satt sehen an der schönen Landschaft. Den sonnenbeschienenen Rosengarten in seiner ganzen Pracht vor der Brust und der überreiche Blumenschmuck der Wanderhütte nötigen ständig Pauls Schätzchen, die Digitalkamera zu zücken und drauflos zu knipsen. Doch dann endet die Ruhepause und sie müssen weiter der nächsten Station entgegen. Dieses Ziel erreichen sie nach kurzer Wanderung. Wandern macht durstig, deshalb verbleiben sie auch dort eine Weile und genießen den Ausblick auf das ,Latemar'- Massiv. Dann folgt ein langer Marsch, der sie zum Ausgangspunkt Nigerpass bringt. Da der Bus nach Tiers erst zu späterer Stunde abfährt, können sie im Restaurant der Nigerpasshütte zu Abend essen. Noch vor Untergang der Sonne stehen sie vor dem Wohnmobil. Paul macht sich sogleich daran, zwei Campingstühle mit Tisch neben dem Fahrzeug aufzustellen. Heute Abend wollen sie den Sonnenuntergang genießen und dazu eine Flasche Wein trinken. Doch zuvor müssen sie im Dorf noch einkaufen. Sie besorgen sich etwas zum knabbern und drei Flaschen Wein. Ihre Wahl fällt auf den weithin bekannten ,Bardolino'.

„Du wirst überrascht sein, wie schön der Rosengarten in der untergehenden Sonne leuchtet, während in den Tälern bereits die Dunkelheit Einzug hält. Du wirst deine Kamera nicht mehr aus der Hand legen, Mona Lisa."

„Ich lass mich überraschen, Leo! Die Wanderung heute hat mir viel Spaß gemacht. Ich denke, wir haben uns gut akklimatisiert und können morgen etwas Größeres unternehmen. Wie sehen deine Pläne aus, Liebling?"

„Morgen wirst du echt gefordert, aber ich noch mehr. Wir müssen früh mit dem Bus hochfahren bis zur Talstation der Seilbahn, die zur ,Kölner Hütte' führt."

„Darauf freue ich mich, Leo! Ich fahre gerne mit Seilbahnen. Da hat man immer so einen tollen Ausblick aus der Gondel. Hoffentlich gibt es keinen Nebel!"

Nachdem sie den Wanderstaub aus den Wanderklamotten geschüttelt und sich unter der Dusche etwas frisch gemacht haben, können sie dem Ereignis Sonnenuntergang entspannt entgegensehen. Paul hat die Wanderkarte für die morgige Tour aufgeschlagen, um mit Lisa darüber zu sprechen. Zuvor will er sich vergewissern, was er Lisa zumuten darf:

„Mein Engel, bist du eigentlich schwindelfrei?"

„Was fragst du? Habe ich dich jemals angeschwindelt, mein Lieber"?

„Also, du kleine Hexe: bekommst du Höhenangst?"

„Da lach' ich ja! Wie kann ein Engel Höhenangst bekommen, wenn er die ganze Zeit als Schutzengel herumfliegt und hast du noch nie gehört, dass eine Hexe mit dem Besen in die Luft abhebt? Also mein Schatz, ob Engel oder Hexe, du musst dir keine Gedanken machen."

So wäre diese Frage nach Lisa-Art auch beantwortet. Paul holt noch ein Mineralwasser aus dem Kühlschrank und entkorkt eine der Flaschen ‚Bardolino'. Dann gibt er Lisa einen kurzen Überblick über die anstehende Tour für den nächsten Tag. Es wird eine lange Wanderung werden. Paul hat vor sehr vielen Jahren diesen Weg schon einmal gemacht. Deshalb weiß er, dass sie zehn Stunden einschließlich Rasteinlagen unterwegs sein werden. Lisa sieht für sich keine Bedenken und mit schelmischem Blick auf Paul stellt sie ihm die Frage:

„Und wird Leo, der vierfache Opa das durchhalten?"

„Ich mach mir auch keine Gedanken. Mein Schutzengel wird mich vor einem Absturz bewahren und die kleine Hexe lässt mich auf dem Besen mitreisen, wenn mir die Kräfte versagen. Vergiss also nicht, den Besen mitzunehmen, Schätzchen!"

Zwischenzeitlich ist die Sonne aus dem Tal verschwunden. Bald wird sie hinter dem ‚Ritten', dem Hausberg von Bozen, untergehen. Dann wird sich für kurze Zeit ein wundervoller Anblick des Rosengarten-Massivs auftun. Es braucht noch einige Minuten, dann ist es soweit. Mona Lisa ist hin- und hergerissen, von diesem atemberaubenden Schauspiel, wie die untergehende Sonne das gesamte Bergmassiv in ein leuchtendes, feurigrotes Steinmeer verwandelt.

„Lisa, erinnerst du dich noch an die Sage von König Laurin? In diesen Minuten erblühen die Rosen in seinem Königreich, bevor sie in der einbrechenden Dunkelheit wieder zu Stein erstarren."

Lisa ist ständig am Fotografieren und sucht immer neue Vordergrundmotive. Zuletzt stellt sie die Weinflasche und halb gefüllte Gläser vor ihre Kamera. Die letzte Aufnahme, dann ist der ganze Spuk vorbei. Mona Lisa hat das Fotografieren zu einem ihrer Hobbys gemacht. Das wichtigste Hobby ist aber ihr Leo. „Leo. Wenn dieses Foto gelingt, werde ich es als Vergrößerung in meiner Wohnung aufhängen.

Paul und Lisa bleiben noch eine Zeitlang draußen sitzen, bis die abendliche Kühle sie ins Wohnmobil treibt. Paul packt den Rucksack mit dem Notwendigsten für die morgige Tour. Da sie sehr früh aus den Federn müssen, legen sie sich bald ins Bett und kuscheln und schmusen, bis ihnen die Augen zufallen.

Gegen halb sieben Uhr am nächsten Morgen stehen sie auf. Ein schnelles Frühstück und kurz vor acht Uhr stehen sie rechtzeitig an der Bushaltestelle. Fünfundzwanzig Minuten später steigen sie an der Talstation des Sessellifts zur Kölner Hütte aus. Viele Wanderer stehen schon in der Warteschlange, um sich hochtragen zu lassen. Der Rosengarten wird heute von etlichen Bergbegeisterten durchwandert werden. Auf der Bergstation angekommen, lassen Paul und Lisa ihren Blick hinüber zum ‚Karerpass‘ schweifen. Über dem Tal liegt noch Nebel und so schauen sie, wie bei einer Flugreise, auf die unter ihnen liegende Wolkendecke. Aber über ihnen scheint bereits die Sonne, die jetzt schon angenehm wärmende Strahlen aussendet. Der Wanderweg hoch zum ‚Tschagerjoch‘ ist gut markiert. Manchmal müssen riesige Felsbrocken umgangen, manchmal auch erklimmt werden, aber die Hilfsmittel in Form von Eisenklammern und Drahtseilen machen den Aufstieg möglich. Endlich haben sie das Joch erreicht. Paul und Lisa sind völlig durchgeschwitzt und müssen ihre Oberteile wechseln. Durch den Felsdurchgang zieht es unheimlich kalt und sie suchen sich eine windgeschützte Stelle um sich auszuruhen. Allmählich hat sich der Nebel im Tal aufgelöst und es bietet sich

ein grandioser Blick hinunter ins ‚Fassatal' und hinüber zum weißen Gletscher der ‚Marmolada' Lisa ist fortwährend beim fotografieren und Paul muss als Vordergrundmotiv herhalten.

„Liebling, sag bitte Cheese, damit ich abdrücken kann!"
„Ich bin weder Brite noch Amerikaner! Wenn du willst, sage
ich Käse."
„Du bist unmöglich! Dann guck halt doof in die Kamera."

Als die beiden wieder ihren Ruhepuls erreicht haben, machen sie
sich an den Abstieg zur ‚Vajoletthütte'. Dort angekommen müssen
sie feststellen, dass schon zahlreiche Wanderer diese schöne Hütte
bevölkern. Sie finden eine ruhige Ecke und machen eine längere
Rast. Sie essen einen Gemüse-Eintopf. So können sie frischgestärkt
die nächste Etappe angehen. Jetzt geht es auf gut begehbarem Weg
hinauf zur ‚Grasleitenpasshütte' auf 2600 Höhenmeter. Die Sonne
brennt jetzt unbarmherzig auf diesen schattenlosen Aufstieg. Erholen kann man sich nur durch stehenbleiben. Endlich erreichen
sie ihr Etappenziel. Die vorangegangene Anstrengung erfordert
wieder eine längere Rast.

Sie genießen die gewaltige Bergwelt mit den grandiosen ‚Vajo-
letttürmen', die viele Kletterer magisch anziehen. Paul ergänzt
den Getränkevorrat, denn nun erwartet sie die längste Wanderstrecke am heutigen Tag. Sie müssen das ‚Tschamintal' in seiner
gesamten Länge durchwandern. Lisa macht einen glücklichen
Eindruck, trotz der körperlichen Belastung. Sie als Sportlerin ist
noch längst nicht am Limit, aber Paul hat schon leichte Probleme
und spürt seine Füße brennen.

„Vielleicht brauche ich endlich neue Bergstiefel, denn das, was
ich an meinen Füßen trage, ist wenigstens fünfzehn Jahre alt", sagt
er zu Lisa. Diese letzte Etappe kennt keine Anstiege mehr. Es geht
nur noch bergab, aber kilometerlang.

„Lisa, hoffentlich halten meine Knie das aus. Lange Abstiege
waren immer mein Problem, wenn zuletzt jeder Schritt zur Qual
wird, als ob jemand mit einer Nadel in das Knie sticht."

„Leo, wenn du das weißt, frage ich mich, warum du diese Tour ausgesucht hast. Gestern gab es keine Probleme."

„Ich hoffe eben, dass es heute auch keine Probleme gibt."

Aber es gibt Probleme, wenn auch auf andere Art. Nicht die Knie sind die Ursache, sondern Pauls Wanderstiefel. Kaum haben sie die ersten zwei Kilometer der letzten Etappe hinter sich gebracht, bemerkt Paul, dass sich die Sohle am rechten Stiefel von vorne her langsam ablöst. Mit jedem Schritt ein paar Millimeter mehr und bald hängt die Sohle zur Hälfte ab. Das Gehen wird immer beschwerlicher. Damit die Sohle nicht vollends abknickt, hebt Paul sein rechtes Bein bei jedem Schritt besonders hoch und sein Geh-Stil erinnert an einen durch den Sumpf watenden Storch. Mona Lisa lacht schallend, als sie sein Malheur erkennt.

„Liebling, ich glaube, ich werde dich noch tragen müssen. Was wiegst du?"

„Doppelt so viel als das, was du tragen kannst, Schätzchen!"

„Wie können wir das Problem beheben, Leo?"

„Ich müsste die Sohle mit einem Draht oder einer Schnur am Schuh festbinden. Vielleicht schaffe ich es bis zur Tschaminschwaige."

„Leo, hast du deine Schuhe nicht kontrolliert, bevor wir in Urlaub gestartet sind? Oder warst du mal wieder schwäbisch sparsam?"

„Sag' doch gleich geizig, das meinst du doch damit! War ich je geizig?"

„Wenn es um mich geht, bist du die Großzügigkeit in Person, Liebling. Aber oft sind die Schwaben zu sich selber geizig, das meine ich."

„Rutsch mir den Buckel runter! Überlege lieber, wie du mir aus der Patsche helfen kannst.!

„Deine Lisa hat da eine Idee. Ob der Herr die gut findet, weiß ich allerdings noch nicht."

„Sag' schon! Alisa hätte schon längst den Helikopter angefordert. Das nächste Mal nehme ich sie an deiner Stelle mit."

„Gib mir mal den Rucksack, mein Held!"

Lisa kramt den Anorak hervor und zieht die Kordel aus der Kapuze.

„So! Damit kannst du die Sohle hochbinden. Falls die Kordel sich durchscheuert, nehmen wir die Kordel vom Bund. Irgendwie schaffen wir das, mein Liebling."

„Zu Not könnten wir auch deinen String nehmen, Schätzchen!" lacht Paul.

„Schätzchen zieht keine Strings an. Vielleicht Alisa."

„Nein, die auch nicht!", behauptet Paul.

„Woher willst du das wissen?"

„Im Odenwald hatte sie jedenfalls keinen String an."

„Ach ja, deshalb haben Alisa und ich noch ein Hühnchen mit dir zu rupfen."

Paul bindet mit der Kordel die Sohle hoch und nutzt die Rillen des Sohlenprofils aus, damit die Kordel länger hält. Dann geht er zu seiner Mona Lisa und gibt ihr einen dicken Kuss. Den hat sie auch mehr als verdient. Paul kann jetzt wieder problemlos dem Ziel ‚Tschaminschwaige entgegenwandern. Noch zwei Stunden liegen vor ihnen, dann haben sie es geschafft. Für diesen anstrengenden Tag belohnen sie sich mit einem guten Essen in diesem gemütlichen Lokal, das Paul aus früheren Jahren noch gut in Erinnerung hat. Zwischenzeitlich jedoch sehr gelungen modernisiert wurde. Rechtzeitig erreichen sie die Bushaltestelle und der Bus bringt sie nach Tiers und bald darauf erreichen sie den Campingplatz. Paul ist froh, endlich die Beine ausstrecken zu können.

„Mona Lisa, für heute bin ich geschafft. Geht es dir auch so?"

„Ich habe noch Kraftreserven, falls man die heute Nacht noch abrufen müsste. Aber daraus wird wohl nichts. Wenigstens muss ich nicht auf der Bettkante schlafen. Ist es so, mein Schatz?"

Sie setzen sich wieder nebeneinander auf die Campingstühle und genießen ihren Schlaftrunk. Lisa lässt den Tag Revue passieren. Es hat ihr viel Spaß gemacht, die Wanderung war für sie ein schönes Erlebnis und für die letzte Etappe bekommt Paul noch sein Fett ab. Lisa hat heimlich seinen Storchenschritt gefilmt und amüsiert sich köstlich, als sie die Bilder abruft.

„Wer den Schaden hat, braucht für den Spott nicht zu sorgen", sagt Paul.

„Aber deine Lisa hat mit ihrer Intelligenz dafür gesorgt, das Problem zu lösen."

„Ja Schätzchen! Was würde ich bloß ohne dich machen. Gäähn!"

„Und morgen fahren wir weiter zum Gardasee. So ist doch dein Plan, oder?"

„Richtig! Ab morgen wird gefaulenzt und jetzt geht es in die Heia."

Gegen zehn Uhr am nächsten Morgen haben sie das Wohnmobil startklar. Lisa will im Dorf noch einkaufen, deshalb machen sie noch einen Park-Stop auf dem Parkplatz eines Einkauf-Centers. Sie geht alleine und kommt schwer beladen mit einer überdimensionalen Plastiktasche zurück. Sie hat einiges an Getränken eingekauft und was man so braucht für ein reichhaltiges Frühstück für den nächsten Tag. Paul entdeckt in der Tasche auch zwei Flaschen Schampus. ‚Aha', denkt er, ‚heute Nacht werden wir in den Geburtstag hineinfeiern. Aber ich weiß ja von nichts. Mal sehen, wann sie sich mir offenbart'.

Auf der Fahrt zum Gardasee lassen sie es gemütlich angehen. Paul verzichtet auf die Autobahn, da für die kurze Strecke höchstens mit zwei Stunden Fahrzeit zu rechnen ist. Unterwegs halten sie immer dann an, wenn Lisa meint, ein schönes Motiv für ein Foto entdeckt zu haben. Am frühen Nachmittag erreichen sie den Gardasee. Paul fährt die östlichen Uferstraße Richtung Garda und kurz davor, bei Torri del Benaco kennt er einen kleinen Campingplatz, den er ansteuert. Sie haben Glück und bekommen einen schönen Stellplatz zwischen schattenspendenden Bäumen. Damit Paul nicht das gleiche Malheur passiert wie in Meran, hat er Lisa zur Einweisung aussteigen lassen. Der Campingplatz liegt am Fuße eines Berghanges, der über und über mit Olivenbäumen bepflanzt ist. Lisa ist begeistert von dieser wunderschönen mediterranen Landschaft.

Kaum haben sie ihr Wohnmobil fixiert und die hinteren Stützen ausgefahren, bekommen sie auch schon Besuch von einem typisch deutschen Camper. Nur in Badehose bekleidet stellt er sich vor und sagt, er komme aus Köln. Sein Dialekt hätte es ihnen auch so verraten. Auf jeden Fall muss er hier der Obercamper sein, denn er kommt, wie er erzählt, seit dreißig Jahren ohne Unterbrechung auf diesen Campingplatz und hat immer denselben Standplatz. Das wäre sein Privileg sagt er voller Stolz. Er ist mit dem Wohnwagen hier und hat ein großes Vorzelt aufgebaut. Darin befindet sich eine komplette Kücheneinrichtung. Der Boden ist mit einem Rasenteppich ausgelegt. Schließlich will er es auch im Urlaub gemütlich haben, wie er sagt, denn man verbringe hier immer mehrere Wochen, seit er Rentner ist volle sechs Wochen. Dann bietet er Paul noch eine Mitfahrgelegenheit an:

„Wenn Sie etwas aus dem Einkauf-Center in Garda benötigen, können Sie oder Ihre Tochter morgen Vormittag gerne mitfahren, dann brauchen Sie das Wohnmobil nicht bewegen."

Sie bedanken sich bei diesem zuvorkommenden Mann für sein Angebot. Da sie nicht lange bleiben, hätten sie alles an Bord, erklärt Paul. Dann geht der Herr aus Köln zurück zu seinem Platz und kehrt, wahrscheinlich jede Stunde einmal, seinen Rasenteppich sauber.

Lisa zieht es sofort zum Wasser. Im Nu hat sie sich umgezogen, Bikini an und ein Strandkleid darüber.

„Mach schon Papa, ich möchte schwimmen gehen!" sagt Lisa absichtlich laut und lacht vergnügt.

„Sei doch nicht so hektisch, Töchterchen. Apollo muss sich erst im Spiegel betrachten, ob er auch akzeptabel aussieht. Es liegen bestimmt schöne Frauen – die neun Musen – am Strand und die sollen hin- und hergerissen sein, wenn Apollo erscheint."

„Apollo! Dass ich nicht lache. Weißt du auch, dass keine Göttin, trotz seiner Schönheit, ihn liebte. Die sind vor ihm geflüchtet und Daphne hat sich sogar in einen Lorbeerbaum verwandeln lassen, nur damit sie ihn los war. Selbst Kassandra wollte ihn nicht haben und zur Strafe nahm er ihr die Glaubwürdigkeit ihrer Aussagen. Und weißt du auch, dass Apollo schwul war und sich einen Buben Namens Hiazinthe nahm?"

„Ich stelle fest, meine Mona Lisa hat sich ausgiebig mit der griechischen Mythologie befasst."

„Genau! Es ist deshalb besser, du bleibst wer du bist, mein lieber Leo. Für mich bist du aber auch ein Gott. Mein privater Eros sozusagen, schon etwas älter und manchmal etwas schwächelnd, aber sonst noch gut zu gebrauchen. Du musst den Bauch nicht einziehen. Die neun Musen werden nicht auf dich warten. Nur deine Lisa wird sich dir annehmen, mein Liebling. Also komm jetzt endlich!"

Sie müssen die Straße überqueren, um an den See zu kommen. Es erwartet sie kein Strand. Eine ungepflegte Uferzone, übersät mit großen Steinen. Kein Wunder, dass sie die einzigen Badegäste sind. Paul muss auf die neun Musen verzichten. Lisa stürzt sich sofort ins Wasser und schwimmt ein Stück weit hinaus.

„Komm schon, Leo! Es ist herrlich! Das Wasser ist gar nicht kalt".

Paul lässt sich animieren und steigt ebenfalls ins nasse Element. Mit dem Schwimmen hat er es nicht so. Seine Fähigkeit reicht gerade, um nicht zu ertrinken. Lisa schwimmt ihm entgegen. Als sie bei ihm ist, umarmt sie ihn, klammert ihre Beine um seinen Körper, küsst ihn und sagt:

„Leo, vielen Dank für diesen schönen Urlaub. Ich bin glücklich und liebe dich über alles". Ihre Augen strahlen Paul an und ihm wird ganz schwindlig von so viel Liebe. Lisa hält es eine ganze Stunde im Wasser aus. Sie ist, im Gegensatz zu Paul, eine hervorragende Schwimmerin. Er gibt nach einer viertel Stunde bereits auf und beobachtet vom Ufer aus, wie Lisa mit kräftigen Schwimmzügen durch das Wasser pflügt. Als sie endlich das nasse Element verlässt, ist sie kalt wie ein Fisch.

„Das hat unheimlich Spaß gemacht, mein Schatz. Morgen, noch vor dem Frühstück, werde ich wieder in See stechen."

„Bist du die Tochter von Poseidon, weil du so gerne im Wasser bist?"

„Schwimmen hat mir mein Papa beigebracht. Als Kind war ich oft mit meinen Eltern im Freibad und in den Ferien an einem Badesee. Später war ich eine Zeitlang im Schwimmverein, bis ich dann meine Liebe zum Volleyball entdeckte."

„Also meine liebe Wasserratte, ich werde beim Schwimmen immer in deiner Nähe bleiben, dann kannst du mich retten, wenn mich die Kräfte verlassen.

„Wie mir scheint, kann mein Leo dem nassen Element nicht viel abgewinnen. Dafür hast du aber andere Stärken."

„Stimmt! Doch du machst in horizontaler Lage immer eine gute Figur, egal ob im Wasser oder auf dem Trockenen. Hab ich recht, Schätzchen?" Lisa lacht und tippt mit ihrem Zeigefinger an seine Stirn.

Sie gehen wieder zurück zum Campingplatz. Lisa setzt die Kaffeemaschine in Betrieb und holt aus dem Kühlschrank zwei Stück Apfelkuchen, den sie heute Morgen eingekauft hat.

„Diese Zwischenmahlzeit wird uns bis zum Abend reichen, Leo. Am Abend gehen wir dann im Städtchen gepflegt essen."

Paul erinnert sich an ein hervorragendes Restaurant mit schöner Terrasse direkt am See. Er hofft, dass die Küche noch genauso gut kocht wie damals vor vielen Jahren. Dann wird Lisa begeistert sein. Berühmt war vor allem die große Auswahl an Fischgerichten.

„Was machen wir mit dem restlichen Nachmittag, Leo? Sollen wir einen Bummel machen in diesem hübschen Städtchen?"

„Wir wären sicher die Einzigen, die zu dieser Zeit durch den Ort flanieren. Lass uns das heute Abend machen. Dann sind auf jeden

Fall die Geschäfte geöffnet. Nachdem wir ausreichend geschwommen sind, könnten wir uns für zwei Stunden aufs Ohr legen und falls du nicht einschlafen kannst, machen wir etwas für unsere körperliche Fitness ."

„Und was schlägst du vor, Leo?"

„Nun Schätzchen, du machst Beinspreizübungen im Liegen und ich mache Liegestützen dazu."

„Blödmann!"

„Vorhin war ich noch dein Eros. So schnell änderst du deine Meinung!"

Doch dann haben sie auch ohne Fitnesstraining tief und fest geschlafen und sind erst gegen neunzehn Uhr aufgewacht. Eine Stunde später machen sie sich auf den Weg ins Städtchen. Dort angekommen, finden sie auch gleich das Restaurant am See, das Paul so positiv in Erinnerung hat. Es sind bereits etliche Gäste anwesend, was Paul mit Genugtuung registriert, lässt es doch darauf schließen, dass die Qualität der Küche immer noch stimmt. Lisa ist sehr angetan von der Lage direkt am See. Bunte Lichterketten verzaubern zusätzlich das Ambiente, denn die Dunkelheit der Nacht ist angebrochen. Eine leichte Brise weht den Berghang herunter und macht den Aufenthalt auf der Terrasse angenehm. Die Kellner sind sehr aufmerksam. Kaum haben Paul und Lisa Platz genommen, wird auch schon die Speisekarte gebracht und die Kerze auf dem Tisch angezündet. In Absprache mit Lisa bestellt Paul eine Flasche weißen Chardonnay, weil sie sich voraussichtlich für ein Fischgericht entscheiden werden. Dann studieren sie das Speisenangebot. Lisa entscheidet sich für einen Felchen, Paul für Carpione, eine Forellenart. Als Vorspeise nehmen sie etwas vom Büffet. Zum Fisch wählen sie Patate, also Kartoffeln mit einer herzhaften Kräutersoße. Sie essen mit großem Appetit. Alles schmeckt köstlich. Als Abschluss des vorzüglichen Essens lassen sie sich noch ein Dessert bringen. Lisa wählt Tiramisu, Paul Gelato al Caramello und zur besseren Verdauung folgt ein Grappa.

Paul fühlt sich auf der Terrasse pudelwohl und könnte den ganzen Abend dort verbringen. Aber Lisa hat andere Pläne. „Liebling, wir sollten uns mit Alkohol zurück halten. Denn wir werden heute Nacht noch mehr trinken", sagt Lisa so ganz nebenbei. ‚Aha', denkt sich Paul, ‚bald beginnt die Ouvertüre zur dem große Ereignis'. Er stellt sich dumm und fragt: „Gefällt es dir hier nicht mehr? Ich fühle mich pudelwohl und möchte die halbe Nacht hier verbringen."

„Nein Leo! Mir zuliebe werden wir die restliche Zeit dieses Tages in unserem Wohnmobil verbringen. Ich möchte mit dir ganz alleine diesen Tag beenden. Dann um Mitternacht mit einer Flasche Champagner auf ein Ereignis anstoßen."

„Und wann kommt das Kind auf die Welt, mein Schatz?"

„Wieso Kind? Ich dachte, dieses Thema haben wir für alle Zeit einvernehmlich abgehakt?"

„Bei Frauen weiß man nie, wie man dran ist. Also keine Schwangerschaft? Jetzt bin ich aber neugierig auf dieses Ereignis, Schätzchen."

„Deine Mona Lisa feiert morgen ihren Dreißigsten!"

„Was, schon so alt bist du? Alisa wird für mich immer interessanter."

Paul beugt sich zu Lisa hinüber und küsst sie.

„Jetzt stehe ich ohne ein Geschenk für dich da, vor lauter Geheimniskrämerei. Warum hast du mir das angetan?»

„Eben darum! Weil du mich bei deiner Großzügigkeit mit einem teuren Geschenk überrascht hättest. Das schönste Geschenk zu meinem Geburtstag ist diese Urlaubswoche allein mit dir, mein Liebling."

„Morgen kaufe ich dir dreißig rote Rosen, mein Schatz."

„Das wirst du nicht tun, Leo. Was soll ich mit Rosen anfangen, wenn wir morgen wieder losfahren? Die Vase in der Hand halten?!

„Was heißt hier morgen losfahren? Morgen ist Donnerstag. Es reicht, wenn wir uns am Freitag-Nachmittag auf den Heimweg machen. Das Wohnmobil muss ich doch erst am Samstag abliefern."

„Wir fahren morgen, wenn ich meine Runden im See ge-schwommen habe, gleich nach dem Frühstück nach Verona. Ein Stadtbummel dort muss sehr interessant sein. Am Abend gehen wir in die Arena und schauen uns eine Oper an."

„Ich glaube nicht, dass man so kurzfristig noch Karten be-kommt, auch wenn man Geburtstag hat, Schätzchen."

„Ja, deine Lisa denkt halt rechtzeitig an so etwas. Sie hat die Karten schon in der Tasche. Jetzt staunst du aber!"

„Bin ich ein Idiot! Da hätte ich auch draufkommen können, mit dir in die Arena zu gehen, wenn wir schon am Gardasee sind. Hast du noch weitere Überraschungen für mich?"

„Für heute reicht es. Übrigens, morgen steht ‚der Troubadour' auf dem Spielplan. Es wird bestimmt sehr schön, Liebling."

„Du bist unschlagbar, mein Schatz! Keine Frau der Welt kann dir das Wasser reichen. Ich erkläre hiermit feierlich, die schönste, intelligenteste und liebste Frau der Welt zur Partnerin zu haben."

„Arme Alisa! Sie wird traurig sein, wenn sie das von mir er-fährt."

Es ist eine Stunde vor Mitternacht, als sie sich auf den Weg zurück zum Wohnmobil machen. Paul legt voller Liebe seinen Arm um Lisas Schulter und drückt seine Mona Lisa fest an sich.

„Stütz dich nur ab, wenn deine Beine dir nicht mehr gehorchen wollen. Ich sagte doch, mach langsam mit dem Alkohol!"

Paul verzichtet großzügig auf eine Erwiderung.

Kurz vor Mitternacht holt Lisa den Champagner aus dem Kühl-schrank, stellt zwei Sektgläser auf den Tisch –an was sie alles ge-dacht hat!- und gibt Paul die Flasche zum Öffnen. Kaum dass die Gläser gefüllt waren, ertönt im Autoradio der Mitternachtsgong. Paul umarmt seine Mona Lisa und küsst sie, dann stoßen sie auf ihren runden Geburtstag an. Paul sagt:

„Meine liebe Mona Lisa, bleib immer gesund und so fröhlich wie bisher. Für deine neue berufliche Zukunft wünsche ich dir vollen Erfolg und wenn du für mich auch noch ein paar schöne Jahre übrig hast, bin ich der glücklichste Mensch. Dein Leben gehört dir ganz alleine. Gestalte es so, wie du es für richtig hältst. Du bist niemandem verpflichtet, auch mir nicht."

Wieder küssen sie sich und Paul spürt Tränen auf Lisas Wangen. „Leo, ich weiß nicht, ob ich je auf dich verzichten kann. Ich kann mir überhaupt nicht vorstellen, ohne meinen geliebten Filou zu leben. Durch dich hat mein Dasein eine nie gekannte Leichtigkeit bekommen. Kein Anflug mehr von Selbstzweifeln oder Traurigkeit. Wir wissen nicht, was noch auf uns zukommt, aber freiwillig gebe ich dich nicht mehr her."

Sie sitzen noch eine ganze Weile zusammen, schmusen, trinken die Flasche Schampus leer, öffnen eine zweite Flasche. Irgendwann haben sie die nötige Bettschwere und Pauls Schätzchen schläft ganz schnell in seinen Armen ein. Als sie aufwachen, ist der halbe Vormittag bereits um. Lisa möchte gleich zum See und ihre Runden schwimmen. Paul beschäftigt sich solange mit der Zubereitung des Frühstücks. Er bittet Lisa, nicht länger als eine halbe Stunde zu schwimmen. Da er das Frühstück schnell gerichtet hat, bleibt auch ihm noch etwas Zeit, sich im kühlen Wasser vom Restalkohol zu befreien. Als er am See ankommt, muss er lange suchen, bis er Lisa entdeckt. Wenigstens zweihundert Meter vom Ufer weg erspäht er sie endlich. Lisa hat ihren Leo ebenfalls entdeckt und schwimmt rekordverdächtig schnell ihm entgegen. Als sie ihn erreicht, ist er gerademal fünfzig Meter vom Ufer entfernt. Sie bleiben noch zehn Minuten im Wasser, dann lockt das Frühstück.

„Leo, wie sollen wir den Tag bis zum Besuch der Arena verplanen? Mach bitte einen Vorschlag."

„Eigentlich wollte ich das dir überlassen. Es ist dein Tag und wir machen das was dir gefällt, mein Liebling."

„Ich möchte sehr gerne einen Bummel durch Verona machen, allerdings nicht in der Mittagshitze."

„Dann schlage ich vor, dass wir erst gegen vierzehn Uhr unsere Zelte hier abbrechen. Wir fahren gemütlich am See entlang und wenn wir ein nettes Cafe entdecken, machen wir dort Pause. Vermutlich sind wir etwa um siebzehn Uhr in Verona und haben viel Zeit für einen Stadtbummel. Bei der Gelegenheit suchen wir ein feines Ristorante, wo wir unser Abendessen einnehmen. Beginn in der Arena ist um einundzwanzig Uhr. Wir werden also genügend Zeit haben."

„Ja Leo, so machen wir es. Ich möchte auch den berühmten Balkon von Julias Haus sehen. Unter diesem Balkon werde ich dann meinen Romeo küssen, denn wir sind genauso unsterblich ineinander verliebt wie Romeo und Julia. Aber uns verwehrt niemand unsere Liebe."

„Ja, meine geliebte Julia. Den Grafen Paris, den Banker, hast du schon lange in die Wüste geschickt. Hättest du auch so gehandelt, wenn wir uns nicht gefunden hätten?"

„Auf jeden Fall, geliebter Romeo, aber wegen dir hat sich die Sache beschleunigt."

Nachdem sie also bis zum Aufbruch noch viel Zeit haben, kann sich Paul ausgiebig mit seinem Geburtstagskind beschäftigen. Doch das Klingeln seines Telefons reißt sie abrupt auseinander.

„Wer kommt denn auf die Idee, mich heute anzurufen?" brummt Paul verärgert vor sich hin und nimmt das Gespräch entgegen.

„Hallo Paul, hier ist deine Alisa!" Sofort ist Pauls Ärger verflogen.

„Hallo mein Schätzchen! Sind meine Blumen schon verwelkt?"

„Aber Paul! Hast du kein Vertrauen zu mir? Gib mir bitte meine liebe Freundin Lisa, das Geburtstagskind."

Die Beiden unterhalten sich eine Weile, dann kehrt wieder Ruhe ein und sie können sich wieder einander widmen.

„Schätzchen, müssen wir mit weiteren Störungen rechnen? Deine Eltern und dein Bruder werden doch bestimmt auch noch anrufen?"

„Das machen sie erst am Abend, vielleicht während wir durch Verona bummeln oder beim Essen sind. Später nicht, denn sie wissen, dass wir in die Arena gehen."

„Wir? Was hast du denen erzählt, wer dich begleitet?"

„Ein Freund, einfach ein Freund. Aber ein ganz lieber Freund."

„So, so! Und wann musst du mich vorstellen, damit ich um deine Hand anhalten kann, geliebte Julia?"

„Man wird dich aus dem Haus werfen und mich in ein Kloster stecken, geliebter Romeo!"

„Du als züchtige Nonne? Wie ulkig, sich das vorzustellen. Wenn deine Eltern dich in diesem Moment sehen könnten! Unten nichts an und oben genauso wenig! Da würde dein Vater sagen: Nein Frau, das mit dem Kloster müssen wir wohl vergessen, sonst kommen wir nur ins Gerede."

„Gemeiner Kerl!"

Wie vorgesehen, kommen sie gegen siebzehn Uhr in Verona an, Schon bei der Einfahrt in die Stadt müssen sie auf Hinweisschilder achten, die sie zu einem Parkplatz für Wohnmobile geleiten. Sie kommen zu einem Platz, von dem aus das Stadtzentrum aber auch die Arena gut zu erreichen ist. Sie machen sich auch gleich auf den Weg, nachdem sie ihre Kleider gewechselt hatten. Legere Klamotten reichen, wenn man seinen Platz auf den Steinstufen der Arena gebucht hat. Sie finden das sehr angenehm. Im Zentrum angekommen, werden sie von einem Gewimmel von Menschen verschluckt. Für Paul geht das gar nicht. Menschenmassen geht er grundsätzlich aus dem Weg.

„Mona Lisa, willst du mich da durchboxen, nur um mich unter dem berühmten Balkon zu küssen? Lass uns über Seitenstraßen oder schmale Gassen die Sehenswürdigkeiten erreichen, bevor ich durchdrehe und jemanden erschlage."

Lisa öffnet ihre Umhängetasche und zieht ein zusammengefaltetes Papier hervor. Es ist ein Stadtplan der Veroneser Innenstadt, den sie schon zu Hause über das Internet ausgedruckt hatte. Irgendwann kommen sie in die Nähe von Julias Haus. Ein Pulk von Touristen befindet sich bereits vor der Fassade mit dem berühmten Balkon. Paul und Lisa wollen nicht weiter gehen.

„Wir küssen uns hier, mein Romeo und wir bilden uns ein, wir stehen unter dem Balkon."

„So machen wir es, geliebte Julia!"

„Ich bin unsterblich in dich verliebt, Romeo. Aber meine Eltern wollen, dass ich den Grafen Paris heirate."

„Ich liebe dich über alles, meine geliebte Julia. Den Grafen werde ich im Duell töten und Rosalinde liebe ich nicht mehr, seit ich dich gesehen habe."

„Du musst mich heiraten, geliebter Romeo!"

„Nichts sehnlicher als das, geliebte Julia."

„Heirate mich, Leo!"

„Kommt überhaupt nicht in Frage, verführerische, hinterhältige Mona Lisa!"

Sie küssen sich lange und intensiv nach Lisas Art und zur Erinnerung an diesen Moment möchten sie ein Foto davon. Dazu spricht Lisa einfach eine junge Frau an, welche neben ihnen steht. Für Lisa ist das kein Problem mit ihrem sympathischen Wesen. Paul drängt sich vor, weil er der jungen Frau die Kamera erklären will. Doch Mona Lisa versperrt ihm den Weg. Paul und Lisa wiederholen die Kussszene und die Fotografin achtet darauf, dass der Balkon mit ins Bild kommt. Lisa beabsichtigt, bei guter Qualität der Aufnahme eine Vergrößerung einzurahmen und in ihrer Wohnung aufzuhängen.

„Leo, was wolltest du eigentlich vorhin, als ich der jungen Frau die Kamera gab?"

„Ich wollte ihr zeigen, wo man reinguckt und abdrückt und falls sie es nicht kapiert hätte, wollte ich den Vorschlag machen, ich küsse die junge Frau an deiner Stelle und du machst das Foto, weil du mit deiner Kamera umgehen kannst."

„Leo, mit dir nimmt es mal ein schlimmes Ende. Irgendwann wirst du von einem eifersüchtigen Ehemann erschlagen. Übrigens, meine Kamera hat keinen Sucher, nur das Display, du Filou."

Lisas Handy macht auf sich aufmerksam. Jetzt kommt der erwartete Anruf der Familie. Vater, Mutter und Bruder erledigen ihre Geburtstagswünsche gleich zusammen. Paul hört, wie Lisa erklärt, wo sie gerade sind und dass sie nun ein Restaurant suchen. Dann ist das Gespräch zu Ende. Fröhlich ziehen sie weiter durch die stillen Seitengassen der Altstadt. Da entdecken sie ein kleines Restaurant mit einem schönen Hinterhof, indem schon mehrere Gäste beim Essen sitzen.

„Das sieht gut aus, Leo! Lass uns hier einkehren, abseits vom Touristenstrom der Stadt. Hier ist der Gast noch König und wird nicht abgefüttert, damit er schnell seinen Platz wieder freimacht."

„Du hast recht, Schätzchen. Die Ecke sieht sehr gemütlich aus. Lass uns reingehen."

Es war eine gute Wahl. Das Essen hervorragend. Sie hatten sich für ein leichtes Mahl entschieden, denn wenn man anschließend noch Stunden auf den Steinstufen der Arena sitzt, tut es einem vollen Magen nicht gerade gut. Sie sind jetzt auf dem Weg zur Arena in bester Stimmung. Lisa erspäht noch eine kleine Boutique und kauft für Alisa ein Geschenk, weil sie Pauls Blumen pflegt. Sie findet eine sehr schöne Bluse und probiert sie an. Lisa hat dieselbe Konfektionsgröße wie Alisa. Die Bluse gefällt auch Paul und der Kauf ist beschlossen. Lisa sucht noch einen passenden Halsschmuck zur Bluse. Den will sie als ihr persönliches Geschenk für Alisa aber selber bezahlen. Dann gehen sie weiter zur Arena und werden zu den oberen Rängen geschickt. Sie steigen etliche Stufen hoch und nehmen weit oben ihren Platz ein. Hier gibt es keine Nummerierungen. Man setzt sich hin wo es Platz hat. Lisa sagt, sie hätte mal gehört, dass die Akustik oben auf den Rängen wesentlich besser wäre als auf den teuer bezahlten Plätzen vor der Bühne. Viel Volk tummelt sich schon dort oben und jetzt fällt Paul ein, dass Sitzkissen nicht das Schlechteste jetzt wäre. Hätte man doch bloß daran gedacht.

„Ich nehme dich auf meinen Schoß, Schätzchen, wenn dein Sitz-fleisch durchgesessen ist", sagt Paul zu Lisa „und wir können ja immer wieder mal abwechseln."

„So machen wir es Liebling und nach Schluss der Vorstellung ziehst du eine Flunder zum Wohnmobil hinter dir her. Ob du dann noch Freude an mir hast?"

Die Atmosphäre ist schon großartig, wenn man von hier oben über die gesamte Arena blickt. Unten auf der ebenen Fläche vor der Bühne sitzt die bessere Gesellschaft in ihren Roben. Sicher haben diese Besucher einen hervorragenden Bühnenblick. Aber der grandiose Ausblick über das ganze Spektakel ist wesentlich interessanter.

„Leo, auch wenn der Musikgenuss hier oben vielleicht etwas zu kurz kommen wird, muss man trotzdem einmal hier gewesen sein. Die herrliche Musik können wir uns zu Hause zu Gemüte führen."

„Ich schließe mich deiner Meinung an, Mona Lisa. Es war eine tolle Idee von dir, hierher zu gehen. Ich danke dir, mein Schätzchen."

Dann ist es soweit. Das Spektakel beginnt. Paul und Lisa sitzen schon neunzig Minuten auf den Stufen. Aber wegen dem großen Andrang war es richtig, früh zu erscheinen. Zum Glück haben sie vom Stadtbummel Getränke mitgebracht, denn was in der Arena von den Verkäufern angeboten wird, ist weit überteuert. Mit Be-ginn der Vorstellung werden tausende Kerzen auf den Rängen entzündet. Das ist anscheinend Tradition, eine sehr schöne dazu. Die Musik kommt auf den Rängen widererwartet in akzeptabler Qualität an. Das Publikum verhält sich leise, trotz der Volksfest-stimmung zuvor.

Eine Stunde nach Beginn bekommt Lisa die ersten Sitzprobleme. Aufstehen geht nicht wegen den hinteren Nachbarn. Paul nimmt Lisa auf seinen Schoß und flüstert ihr leise ins Ohr:

„Schätzchen, endlich bin ich wieder dem angenehmsten Körperteil von dir sehr nahe." Lisa flüstert zurück: „Du wirst dich hoffentlich beherrschen können, Leo!" Endlich gibt es eine Pause. Nun können sie ihre Glieder strecken und Pauls Sitzfläche kann sich auch wieder erholen. Trotz der körperlichen Mühsal sind sie aber froh, hier zu sein. Die Handlung auf der Bühne unten können sie nur nachvollziehen, weil sie zuvor eine Kurzfassung des Inhalts gelesen hatten. Aber wichtiger ist ihnen die musikalische Darbietung. Die Interpreten sind alle hervorragend. Es ist ein wahrer Genuss. Als der vierte und letzte Akt zu Ende geht, ist es kurz vor Mitternacht. Weil Paul, ganz Kavalier, seiner Mona Lisa immer wieder als Sitzkissen dient, zieht nun sie eine Flunder hinter sich her aus der Arena. Eine Wohltat, als sie das Wohnmobil erreichen und Paul sich auf das Bett werfen kann. Sie waren beide für diese Nacht geschafft.

Heute ist Freitag und sie müssen sich auf den Heimweg machen. Bevor sie frühstücken, verlassen sie Verona und fahren zum Südufer des Gardasees. In einer kleinen Gemeinde will Lisa in eine Bäckerei gehen und Brötchen für das Frühstück holen.

„Schätzchen, jetzt kannst du deine italienischen Sprachkenntnisse anbringen. Hier spricht bestimmt niemand deutsch", ruft Paul ihr hinterher.

Sie lassen sich Zeit an diesem Vormittag. Nach dem Frühstück gehen sie noch zum See. Lisa will unbedingt noch einmal schwimmen. Paul hat keine Lust dazu und macht Fotos von seiner schönen Wassernixe. Gegen Mittag fahren sie endgültig los in Richtung Norden. Die wunderschönen Dolomitenberge, zuerst auf der linken Seite die ‚Brenta'-Dolomiten, später dann ‚Schwarzhorn', ‚Rosengarten','Schlern' auf der rechten Seite grüßen sie zum Abschied. Bald erreichen sie den Brenner, fahren weiter auf der Autobahn über Innsbruck, Kufstein, München. Die Heimat rückt immer näher. Dann kommt Paul die Idee:

„Mona Lisa, wir müssen diese wunderschöne Urlaubswoche

auch gebührend zu Ende bringen. Lass uns noch ein gutes Restaurant aufsuchen, damit wir mit einem guten Essen einen schönen Abschluss haben."

„Ja Liebling, das ist eine glänzende Idee! Aber wo fahren wir hin?"

„Ich weiß ein nettes Restaurant mit guter schwäbischer Küche in der Nähe von Ulm. Wir müssen nur ein paar Kilometer weg von der Autobahn."

Als sie dort ankommen, haben die meisten Gäste das Lokal bereits verlassen, aber der Wirt, der gleichzeitig auch der Koch ist, bietet ihnen an, alles aufzutischen, was sie aus der Speisekarte auch auswählen. Paul möchte nach einer Woche Italien ein typisch schwäbisches Gericht mit Spätzle auf dem Teller. Er bestellt sich ‚Schwäbischen Rostbraten mit Zwiebeln' und Spätzle. Lisa, die weniger auf Fleisch steht, bestellt sich Käsespätzle. Paul schüttelt den Kopf und sagt:

„Fällt dir nichts Besseres ein als so eine Pampe zu essen, die einem am Gaumen kleben bleibt, Liebling?"

„Du musst es doch nicht essen, Leo! Aber in zwei Stunden, wenn wir zu Hause sind und dein voller Magen jegliche Aktivität zunichtemacht, bist du frustriert, wenn deine Mona Lisa ihre Wünsche anmeldet."

„Hallo Martina, wie geht es Ihnen?" Lisas Nachbarin schaut Paul überrascht und mit großen Augen an.

„Woher wissen Sie jetzt meinen Vornamen?"

„Johanna hat es mir gesteckt." Paul deutet auf die Kleine, die sie an der Hand hält.

„Also mal ehrlich! Ich wusste nicht, dass Ihre Freundin Lisa meinen Vornamen kennt."

„Von ihr weiß ich ihn nicht."

„Also von wem?"

„Martina, wir leben in einem Land, in dem alles seine Ordnung hat. Selbst die Klingeln neben der Haustüre sind fein nach Etagen und Wohnungen angeordnet. Lisa musste mir nur sagen, welches Ihre Wohnung ist."

„Du meine Güte, daran hatte ich überhaupt nicht gedacht. Sie sind schon clever, Paul!"

„Sehen Sie? Jetzt sagen Sie doch Paul zu mir und das freut mich sehr."

„Sie geben wohl nie auf, wenn Sie sich etwas in den Kopf gesetzt haben."

„Das sehen Sie vollkommen richtig! Vor allem, wenn es um hübsche Frauen geht."

„Ach Paul, Sie sind charmant und ein netter Zeitgenosse. Jetzt verstehe ich auch, dass Sie bei Lisa landen konnten – trotz des erkennbar größeren Altersunterschiedes."

„Lisa und ich passen sehr gut zusammen. Wir haben viele Gemeinsamkeiten und darauf kommt es doch an!"

„Gibt es dann auch bald eine Hochzeit, Paul?"

„Aber nein! Da sind wir altersmäßig doch zu weit auseinander. Irgendwann bin ich ein alter Mann und Lisa befindet sich in den besten Jahren. Sie soll ihr Leben so gestalten wie sie will und nicht Rücksicht auf mich nehmen müssen. Ich zehre dann von den schönen Jahren mit ihr."

„Diese Einstellung ehrt Sie, Paul."

„Ich denke da halt anders als manche prominente Herren mit ihren jungen Frauen. So, jetzt gehe ich zu meiner Lisa hoch. Ich habe mich gerne mit Ihnen unterhalten, Martina und freue mich auf unser nächstes Zusammentreffen."

Martina reicht Paul die Hand, die er gerne ergreift.

„Auf eine gute Nachbarschaft, Paul!"

„Ja Martina, so soll es sein!" Er streichelt der kleinen Johanna über die hellblonden Jahre und steigt frohgelaunt die Stufen hoch zu seiner Mona Lisa.

„Hallo Schätzchen! Willst du wissen, wer meine neue Freundin ist?"

„Nun, wer ist die Unglückliche?"

„Sie wohnt hier im Haus. Sie heißt Martina. Sie nennt mich jetzt Paul!"

„So, so! Hast du sie jetzt doch rumgekriegt, du alter Casanova?"

„Martina hat gesagt, ich könne zu ihr kommen, falls du mich mal verlässt. Ich wäre ihr Traummann."

„Und ich dachte schon, ich hätte dich ewig am Hals."

Sie küssen sich zur Begrüßung. Lisa ist bereits ausgehfertig angezogen. Sie hat sich wieder sehr hübsch gemacht. Heute wollen sie sich mal richtig amüsieren. Paul hat Karten besorgt für ‚Caveman'. Die Veranstaltung findet in Stuttgart statt, also steht ihnen eine längere Autofahrt bevor. Mal sehen, was der Höhlenmensch ihnen alles zu sagen hat. Es ist eine ‚one-man-show' und feiert auf der ganzen Welt großen Erfolg.

Nach der Vorstellung sind sich Paul und Lisa einig. Die Fahrt nach Stuttgart hat sich gelohnt. Diese Komödie war unterhaltend und witzig. Jetzt weiß Paul seine Lisa besser einzuschätzen, wie er ihr sagt – und sie ihn, gibt sie zurück.

„Soll ich dich jetzt Lana nennen, Liebling?" fragt Paul verschmitzt.

„Dann sage ich zu dir nur noch Zottelbär", ist Lisas Retourkutsche. Bevor sie sich auf die Heimfahrt machen, müssen sie ihre trockenen Kehlen mit einem kleinen Bier belohnen.

Lisa und Paul hatten sich vor kurzem vorgenommen, ihr Stammlokal, dieses Restaurant mit den kleinen Gaststuben aufzusuchen, wo sie das erste Mal einen gemütlichen Abend zusammen verbrachten. Heute ist der Tag, diesen Plan umzusetzen. Paul hatte vor zwei Tagen telefonisch einen Tisch reservieren lassen, da an Samstagen viele Gäste dieses gemütliche Lokal ansteuern. Gegen neunzehn Uhr treffen sie dort ein. Lisa ist immer wieder von diesem einzigartigen Ambiente begeistert.

„Leo, wir müssen öfter hierher kommen. In diesem Haus begann unsere Liebe. Seit diesem Abend war ich mir sicher, dass aus uns beiden etwas wird."

„Stimmt! Aber ich liebte dich bereits seit diesem Volleyballspiel. Dieses Foto und dann dein Auftritt! Dieses Weibsbild will ich haben!"

„Dass ich nicht lache. Du warst nahe daran, mich zu vergessen. Der Zufall wollte es, dass ich die Stelle im Restaurant des Sportzentrums bekam. Nichts wäre es geworden mit diesem Weibsbild."

„Und du würdest immer noch diesem Bankheini hinterher laufen und wüstest heute noch nicht, was erfüllte Liebe ist. Stimmt's?"

„Ja, Liebling, ich bin sehr froh, dass ich damals so leichtsinnig war, mit diesem Filou Leo auszugehen. Du hast mich aus tiefster Verzweiflung gerissen und mir wieder einen Platz an der Sonne ermöglicht, du selbstloser Ritter!"

Es wird ihnen die Speisekarte gebracht und sie bestellen vorab ein Flasche von ihrem Lieblingswein. Dann studieren sie das Speisenangebot. Als Tagesspezialität wird ‚Spanferkel aus dem Backofen' angeboten. Sie sind sich schnell einig und entscheiden sich für diese schwäbische Köstlichkeit. Als Beilage gibt es handgeschabte Spätzle und ein kleines Maultäschle. Die Salattheke bietet verschiedenste Salatvariationen zur Auswahl an.

Die Kalorien wollen sie heute mal außer Acht lassen.

„Auf unsere Gesundheit, Mona Lisa!"

„Auf unsere Liebe, Leo!"

Sie haben denselben Wein von diesem gräflichen Weingut im Glas, wie bei ihrem ersten Besuch.

„Leo, nächste Woche habe ich für dich keine Zeit. Ich werde bei meinen Eltern sein und mit meinen Sportkameradinnen will ich meinen Geburtstag nachfeiern. Trifft es dich sehr hart, mein Schatz?"

„Ich werde es mit Leichtigkeit überstehen. Ich habe ja genügend Alternativen. Ich werde Alisa bitten, wieder abends und morgens meine Blumen zu gießen und damit sie den Weg nicht zweimal machen muss, kann sie bei mir übernachten. Aber bei dir bin ich mit nicht so sicher! Du hältst es doch keine Nacht ohne mich aus."

„Bilde dir bloß nicht so viel ein, sonst verlängere ich den Entzug für dich."

„Was ist der Grund für deine Flucht, mal abgesehen von der Geburtstagsfeier?"

„Das erfährst du, wenn ich zurück bin."

„Aha, ein Geheimnis! Ist dein Bankheini zurück und zieht dich aufs Standesamt?"

„Lass dich doch einfach überraschen, mein Schatz. Du wirst mich dann auf Händen tragen!"

„Oh je! Hockst du bei deiner Schneiderin und lässt ein Hochzeitskleid nähen? Und ich soll dich dann auf Händen über die Türschwelle tragen? Ich frag mich nur, über welche Türschwelle?"

„Vielleicht ziehe ich bei dir ein, Leo?"

„Das darfst du mir nicht antun! Wie stehe ich vor der Nachbarschaft da? ,Guck den alten Dackel an, holt der sich eine junge Frau ins Haus', werden alle sagen und meine Kinder fordern sofort ihren Erbteil!"

„Du schämst dich also mit mir?"

„Nein Liebling, aber man wird mit dem Finger auf mich zeigen und ich werde zum Gespött des Dorfes, vor allem der älteren Damen. Am besten, wir wandern aus. Auf einer kleinen Südseeinsel bauen wir uns eine kleine Hütte aus Bambus und Palmenblätter."

„Du bist mir so was von einem Feigling. Anstatt dich zu freuen, dass ich mein Leben mit dir verbringen will, kneifst du wegen der Nachbarschaft. Sonst immer eine große Klappe und dann den Schwanz einziehen!"

„Das Letztere kannst du aber nicht behaupten, Schätzchen."

„Du und deine Anspielungen."

„Also gut! Du kannst bei mir einziehen. Dann leben wir eben frei nach Wilhelm Busch: ,Ist der Ruf erst ruiniert, lebt es sich gänzlich ungeniert'."

Die nächste halbe Stunde sind sie mit dem Essen beschäftigt. Es schmeckt einfach himmlisch, was der Koch auf den Teller bringt. Das Fleisch ist so was von zart und fein durchgewürzt, dass die Geschmacksnerven einen Walzer tanzen. Sie verbringen noch weitere zwei Stunden in diesem wunderbaren Lokal und Lisa trinkt so viel weniger, als Paul mehr trinkt. Sie hat sich bereit erklärt, auf der Rückfahrt das Steuer zu übernehmen. Dann sagt Lisa so ganz nebenbei zu Paul:

„Leo, hast du eigentlich schon einmal daran gedacht, dass bald die Semesterferien zu Ende gehen und meine zwei WG-Mädchen wieder ihre Zimmer bewohnen werden?"

„Super! Dann kann ich jede Nacht von Zimmer zu Zimmer wechseln, wie es mir gefällt. Sind die Mädels hübsch?"

„Sie werden dich an die frische Luft setzen, wenn du nach zehn Uhr abends noch bei mir bist. Lass dir mal was einfallen."

„Ich werde auf Socken gehen und mich ganz still verhalten, dann merken die nichts von meiner Anwesenheit. Aber du solltest dann deiner lautstarken Begeisterung, du weißt schon was ich meine, Fesseln anlegen."

„Was bist du doch für ein gemeiner Kerl. Als ob du immer daliegst, als befindest du dich im Koma!"

„Hast du deinen Eltern schon von mir erzählt, Liebling?"

„Ich werde mich hüten."

„Wer ist jetzt der Feigling?"

„Meine Eltern werden mich nie nach meinen persönlichen Angelegenheiten hinterfragen. Schließlich bin ich eine erwachsene Frau. Aber dass sie nicht begeistert sein werden, wenn ich ihnen einen Partner vorstelle, der etwa dasselbe Alter hat wie sie selbst, ist doch nachvollziehbar, oder nicht?"

„Vielleicht ist deine Mutter so von mir begeistert, dass sie dich ausspannen will."

„Du bist unverbesserlich, mein Schatz. Hast du dein ganzes Leben lang nie ernsthafte Gespräche geführt?"

„Doch, doch! Es gab eine Zeit, da war mir das Lachen vergangen.

Aber seit ich mit dir zusammen bin, ist mein ehemals tristes Dasein einer überschäumenden Lebensfreude gewichen. Das habe ich ganz alleine dir zu verdanken. Ich werde dich nie mehr loslassen. Ich liebe dich über alles, mein Schatz, egal was kommt."

„Was soll kommen? Mir geht es genauso. Du musst nur auf deine Gesundheit achten. Ich möchte viele Jahre mit dir verbringen."

„Darauf trinken wir, Mona Lisa, auf unsere endlose Liebe!"

Gegen zweiundzwanzig Uhr verlassen sie ihr Lieblingslokal und Lisa setzt sich ans Steuer. Eine halbe Stunde später sind sie wieder in ihrer WG. Es wird eine der letzten Nächte sein, die sie hier zusammen verbringen können. Für Paul ist klar, dass sie ihr Liebesnest in sein Haus verlegen müssen. Wo sollten sie sonst hin? Seine Mona Lisa ist ihm wichtiger als die Nachbarn. Sollen die sich den Mund zerreißen. Irgendwann wird es ein neues Thema geben. So ist es halt in einem Dorf.

Am nächsten Morgen stehen sie sehr spät auf. Es ist Sonntag und sie überlegen sich, was sie aus diesem Tag machen könnten. Dann hat Paul die Idee, dass sie ein paar Stunden wandern und gegen Abend eine Besenwirtschaft aufsuchen könnten. Lisa ist einverstanden und macht den Vorschlag, Alisa zu fragen, ob sie mitwandern möchte. Paul gibt seine Zustimmung und Lisa ruft an. Alisa ist total aus dem Häuschen, weil man an sie denkt. Eine kurze Rückfrage bei ihrer Mutter und sie bekommt grünes Licht. Zwei Stunden später steigt sie zu Paul und Lisa ins Auto.

„Ich freue mich riesig, dass ihr mich mitnimmt." Sie begrüßt ihre Freunde mit einer Umarmung. „Paul, gibt es dort Ameisen?" fragt sie lachend.

„Es gibt überall Ameisen, denn wir wandern wieder in Wäldern. Vielleicht müsst ihr wieder die Hosen runterlassen." Paul lacht in Erinnerung an damals.

„Ich werde meine Augen ständig auf den Weg richten. Du hast dieses Mal kein Glück, uns zu veräppeln. Stimmt's Lisa?"

„So ist es, Alisa. Leo muss aufpassen, dass wir ihm keinen Streich spielen. Wir müssen uns etwas einfallen lassen, denn noch haben wir ihn für seine Gemeinheit nicht bestraft."

Paul fährt mit seinen zwei Mädchen zum Stromberg. Fröhlich wandern die Drei auf dem Rennweg, dann auf schmalen Wanderpfaden und Paul bemerkt, wie seine Begleiterinnen tatsächlich alle paar Meter die Augen zu Boden richten.

„Soll ich euch einen Vortrag über die Bäume des Waldes halten?" fragt er fröhlich.

„Warum nicht, mein Schatz? Dazu müssen wir ja nicht stehen bleiben. Du erklärst uns die Bäume, denen wir näherkommen, pflückst für jeden von uns ein Blatt ab. Das können wir zu Hause in ein Buch legen mit einer Beschreibung dazu."

„Aber ihr müsst euch auch die Rinde genau ansehen, denn sie ist ebenfalls ein wichtiges Merkmal", wirft Paul ein.

„Gib es auf, Liebling! Du bringst uns nicht vom Weg herunter."

„Alisa, du wolltest doch nach unserer letzten Wanderung mein Buch über die Pflanzen des Waldes ausleihen. Hast du das vergessen?"

„Ja Paul! Ich habe nicht mehr daran gedacht. Wenn ich am Abend nach Hause komme, bin ich meistens zu müde, um noch ein Sachbuch zu lesen. Aber ich hole es morgen Abend ab, falls du zu Hause bist."

„Ich bin Morgen zu Hause. Ich bin ab sofort jeden Tag zu Hause. Lisa verlässt mich nämlich."

Erschrocken schaut Alisa auf Lisa, die eine ernste Miene aufgesetzt hat.

„Stimmt das wirklich, Lisa? Ihr trennt euch?"

„Ja, Schätzchen! Ich bin froh, wenn ich dieses Scheusal los bin. Du kannst ihn haben, ich schenke ihn dir."

„Ich würde Paul gerne nehmen, wenn ich dreißig Jahre älter wäre."

„Als Achtzehnjährige bist du mir aber viel lieber, mein Schätzchen", lacht Paul. „Deshalb muss ich noch warten, bis der Welpen-Schutz abgelaufen ist. Ich spare gerade das Gold zusammen, damit ich dich kaufen kann."

„Mich muss man nicht kaufen, Paul. Ich bin keine Türkin mehr. Mich bekommst du geschenkt", lacht Alisa. „Und was ist das: Welpen-Schutz?"

„Lisa wird es dir sagen."

„Nein! Das musst du schon selbst tun."

„Also Alisa, es ist so: Junge Hunde in ihrem 1. Lebensjahr bezeichnet man als Welpen. Erwachsene Hunde vergreifen sich nicht an Welpen, erst wenn sie geschlechtsreif sind."

„Ich bin also in deinen Augen ein unreifer Hund? Jetzt hast du mich aber beleidigt, Paul."

„Nein Schätzchen, du bist weder unreif noch ein Hund, sondern meine liebe Alisa. Ich wollte damit nur sagen, dass du eben erst als Achtzehnjährige zu den Erwachsenen zählst."

„Siehst du Alisa! Jetzt hast du ihn mal kennen gelernt, diesen gemeinen Kerl."

„Paul hat es mir plausibel erklärt. Ich bin ihm deshalb nicht mehr böse, Lisa"

„Ja, so bist du! Dein Paul ist der liebe Gott für dich."

„Aber da ihr zwei mich veräppelt, wird eh' nichts aus uns beiden, Paul. Verreist du, Lisa?"

„Nein. Aber ich bin nächste Woche bei meinen Eltern. Leo kann sich von mir erholen. Nächstes Wochenende möchte ich einen ausgeruhten Leo vorfinden." Lisa legt den Arm um Paul und sagt zu ihm: „denk daran."

Sie wandern eine Zeit lang schweigend nebeneiner her, dann macht Paul den Vorschlag:

„Ich weiß da einen schönen Aussichtspunkt mit einer Bank. Sollen wir dorthin wandern?" Paul sagt es so nebenbei. Lisa schaut in an und zieht eine Grimasse.

„Ich bin dafür! Was meinst du, Lisa?" Alisa kann die Grimasse von Lisa nicht deuten.

„Wenn Leo müde ist, gehen wir selbstverständlich dort hin."
Nach zwanzig Minuten sind sie an der Abzweigung und gleich darauf stehen sie auf dem Felsen mit der grob gezimmerten Bank. Alisa ist begeistert von dem wunderbaren Ausblick.
„Paul, hier ist es wunderschön. Was meinst du, Lisa?"
„Ja, das stimmt, hier kann man es sehr lange aushalten. Vor allem, wenn man nicht gestört wird. Was meint Leo dazu?"
Leo lacht und gibt ihr Recht, während Alisa über diese Bemerkung nicht weiter nachdenkt. Sie setzen sich zu dritt auf die Bank. Paul nimmt in der Mitte Platz und legt seine Arme um die Mädels.
„Gibt es etwas Schöneres, als mit zwei wunderbaren Frauen hier zu sitzen und zu träumen?
„Und was träumst du, Leo?" Lisa schmiegt sich fester an ihn und gibt ihm einen Kuss.
„Träume verrate ich ungern und diesen schon gar nicht, mein Schatz."

Sie sind ungefähr drei Stunden gewandert, dann fahren sie zu einer Besenwirtschaft, welche Paul aus dem ‚Besenkalender' vorab ausgesucht hatte. Es sind schon viele Gäste da und alle Plätze sind belegt. Sie stellen sich an ein altes Fass, das als Stehtisch dient und warten, bis an einem Tisch drei Plätze freiwerden. In einer Besenwirtschaft ist ein ständiges Kommen und Gehen. Man muss deshalb nie lange warten, bis man einen Sitzplatz bekommt. Nach wenigen Minuten sitzen sie auch schon. Alisa war noch nie in einer Besenwirtschaft und fühlt sich trotz der Enge ganz wohl. Es dauert nicht lange und sie plaudert mit ihrer Nachbarin. Diese registriert Alisas südländisches Aussehen und fragt sie unumwunden:
„Sie sind bestimmt eine Italienerin, oder vielleicht auch eine Spanierin. Oder liege ich da falsch?" Alisa lacht und antwortet:
„Ja, da liegen Sie total daneben. Ich bin Deutsche mit türkischen Wurzeln."
„Dann sind Sie eine Muslimin?"
„Von Geburt ja, aber ich bin nicht religiös."

„Was sollten Sie ja hier auch essen, ist doch alles vom Schwein."

„Damit habe ich kein Problem. Ich esse auch ein Leberwurstbrot, wenn's mir danach ist", lacht Alisa.

Zwischenzeitlich beteiligen sich noch weitere Tischnachbarn an diesem Gespräch und Alisa ist der Mittelpunkt. Sie hat deutlich Spaß daran und ihr schlägt viel Wohlwollen entgegen. Nachdem die Drei sich gestärkt und auch dem Wein in verantwortlichen Maßen zugesprochen hatten, machen sie sich wieder auf den Heimweg.

„Jetzt warst du auch einmal in einer Besenwirtschaft, Alisa. Es hat dir anscheinend viel Spaß gemacht, habe ich den Eindruck."

„Oh, ja! Paul. Ich fand es toll, dass auf einmal so viele Leute mit mir geredet haben. Ich möchte jetzt noch öfters in eine Besenwirtschaft. Nehmt ihr mich wieder mit?"

„Selbstverständlich nehmen wir dich wieder mit", sagt Lisa, du bist doch unsere beste Freundin. Was meinst du, Leo?" Er nickt zustimmend: „So soll es sein!"

„Ich bin immer so glücklich, wenn ich mit euch zusammen bin. Ich liebe euch von ganzem Herzen."

„Wir lieben dich auch, Herzchen. Eine solche Tochter wünsche ich mir auch einmal", sagt Lisa.

Alisa verabschiedet sich von Paul und Lisa, bedankt sich noch einmal und küsst sie zum Abschied. Paul fährt mit Lisa zu seinem Haus. Es ist das erste Mal, dass er sie mit nach Hause nimmt.

„Leo, jetzt setzt du deinen Ruf aufs Spiel" sagt Lisa mit fröhlichem Grinsen.

„Gehe einfach neben mir her, so als wärst du eine Versicherungsagentin. Küssen kannst du mich, wenn wir im Haus sind."

Sie steigen aus dem PKW und seine kleine Hexe legt doch tatsächlich ihren Arm um ihn, als sie zum Hauseingang gehen.

„Dann kannst du mich auch gleich küssen. Jetzt glauben alle, ich hätte mir für heute Nacht eine Gespielin zugelegt."

„Ich werde auch diese Nacht hier bleiben. Oder jagst du mich aus dem Haus, damit dein Ruf nicht beschädigt wird? Aber es hat uns eh' niemand gesehen. Du hast doch ganz berechnend die einbrechende Dunkelheit genutzt, denn die Nachbarn sitzen um diese Zeit beim Abendbrot oder schauen auf die Nachrichten im Fernsehen. Das hast du sehr schlau eingefädelt, mein Lieber."

„Diese Gedanken hatte ich überhaupt nicht gehabt. Ich pfeife auf die Nachbarschaft! Die sollen doch denken was sie wollen! Gesehen haben uns bestimmt welche. Denn wenn ein Auto hält und Autotüren zuknallen, will man ja schließlich wissen, wer nach Hause kommt. Deshalb schicke ich dich morgen früh zum Bäcker, dann kannst du dich in das Getuschel einmischen und dich outen, mein Liebling. Und sag denen auch gleich, dass wir bald heiraten werden."

Und was mache ich, wenn da welche in Ohnmacht fallen?"

„Dann gehst du in die Metzgerei. Dort triffst du auch Ohnmachtsanfällige." Paul und Lisa betreten das Haus.

„Leo, du hast es hier aber schön und gemütlich. Viel moderner als ich vermutet habe. Wer berät dich in diesen Dingen?"

„Ich brauche niemanden, der mich berät. Wenn man eine junge Freundin hat, fühlt man sich auch nicht alt und das schlägt sich eben auch auf solche Dinge nieder wie die Umgestaltung des Umfeldes. Also fühl dich wohl bei mir, Mona Lisa."

Leo geht mit Lisa durch das ganze Haus, weil Lisa alles sehen will. Sie ist beeindruckt von der großzügig geplanten Einteilung der Zimmer.

„Und alles so sauber und ordentlich! Mir scheint, du bist ein richtiger Hausmann."

„Bitte keine falschen Lorbeeren, mein Schatz. Das habe ich der Oma von Alisa zu verdanken. Ich bemühe mich nur, ihre Ordnung aufrecht zu erhalten, mehr nicht."

„Und wie viele Frauen haben in diesem breiten Bett schon geturnt, Liebling?

„Du wirst heute Nacht die Hundertste sein. Das Ereignis feiern wir mit einer Flasche ‚Lemberger'."

Lisa umarmt ihren Leo und sie küssen sich, bis beide nach Luft japsen und sie flüstert ihm ins Ohr: „Liebling, lass uns etwas turnen, bevor wir uns über den ‚Lemberger' hermachen."

Sie sitzen anschließend noch gemütlich vor dem Fernseher, amüsieren sich über den Blödsinn verschiedener Sendungen und dann ist auf einmal der Wein ausgetrunken. Zeit zum Schlafengehen. Am nächsten Morgen geht Lisa zum Bäcker und zum Metzger, dann frühstücken sie gemütlich und gegen halb zehn Uhr fahren sie in die Stadt zu Lisas WG. Paul geht nicht mit hoch, weil Lisa eh' gleich losfahren wird in Richtung Heimat.

„Leo, ich rufe dich an, wenn ich wieder zurück bin. Vermutlich am Samstag-Nachmittag. Benimm dich anständig und lass die Finger von anderen Frauen!" Beide lachen und verabschieden sich voneinander.

Lisa geht kurz hoch in ihr Zimmer. Sie will ein paar Dinge in ihre neue Wohnung mitnehmen, die sie für die letzten Tage in der WG nicht mehr benötigt. In einem Plastikkorb verstaut sie ein paar Bilder und verschiedenen Kleinkram. Dann setzt sie sich in ihren Peugeot und fährt in ihr zukünftiges Domizil, in einem Ort nahe der Stadt. Unterwegs fährt sie noch bei einem Baumarkt vorbei und besorgt sich alles, was man so braucht, um eine frisch renovierte Wohnung vom Handwerkerschmutz zu befreien. ‚Mein Leo wird Augen machen, wenn ich ihn am Samstag im leeren WG-Zimmer empfange und noch mehr im Anschluss, wenn ich ihm mein neues Zuhause vorstelle', denkt sie und freut sich schon auf die gelungene Überraschung. Wenige Minuten später steht sie auch schon vor dem großen Terrassenhaus, wo sich in der vierten Etage ihre neue Wohnung befindet. Sie öffnet mit dem Hausschlüssel das elektronisch gesteuerte Tor zur Tiefgarage und steuert ihren PKW hinunter zu ihrem Stellplatz. Sie lässt den Aufzug kommen, stellt das Mitgebrachte hinein und fährt hoch in die vierte Etage. Als sie die Wohnung betritt, ist sie freudig überrascht, wie toll die neu gestrichenen Wände mit dem neuen Bodenbelag harmonieren. Die Handwerker haben gute Arbeit geleistet. Ab morgen wird der Umzug von einem Teil der Möbel erfolgen, die noch bei ihren Eltern deponiert sind. Am Freitag folgen dann die Möbel aus dem WG-Zimmer. Vater und Bruder werden das bewerkstelligen, deshalb muss sie unbedingt heute noch die ganze Wohnung reinigen. Am Samstag wird sie das WG-Zimmer reinigen und dem Vermieter übergeben, nachdem sie ihren lieben Filou mit dem leeren Zimmer überrascht hat.

Paul nimmt sich vor, in den nächsten Tagen den Besuch bei Fred im Werbestudio einzuplanen. Er beauftragt Alisa, bei Fred einen passenden Termin zu erfragen. Am Dienstagabend sucht Alisa ihn auf und gibt den Donnerstag-Nachmittag als Termin bekannt. Alisa leiht sich bei dieser Gelegenheit Pauls Pflanzenbuch aus. Sie macht Paul einen Vorschlag:

„Paul, wir könnten doch auch mal wieder miteinander Schach spielen. Was meinst du dazu?"

„Es spricht nichts dagegen, Schätzchen. Zeit habe ich jeden Abend."

„Lisa wird doch nichts dagegen haben, oder Paul?"

„Mit Sicherheit nicht. Sie hat großes Vertrauen in uns und du bist ja auch keine dreißig Jahre älter" lacht Paul in Anspielung auf ihre Aussage vom Sonntag. Sie vereinbaren, dass Alisa morgen Abend zum Schach spielen kommt. Dann radelt Alisa mit dem Buch auf dem Gepäckträger wieder nach Hause. Mittwochabend wartet Paul auf Alisa. Sie kommt wieder mit dem Fahrrad angeradelt und hat eine Stofftasche am Lenker baumeln. Sie klingelt und Paul lässt sie mit fragendem Blick eintreten. Alisa umarmt Paul zur Begrüßung und vergisst nicht den üblichen Kuss auf die Wange.

„Danke Paul für die Einladung! Ich habe für uns etwas mitgebracht:"

Für Alisa hat Paul Apfelsaft und Cola bereitgestellt. Für sich selbst hat er einen leichten Rotwein ausgesucht. Knabbereien in Schalen stehen auch auf dem Tisch.

„Paul, ich habe uns etwas zu Essen mitgebracht, schau mal!" Sie packt die Stofftasche aus und stellt eine Plastikbox auf den Tisch.

„Rate mal was da drin ist. Du magst es sehr!"

„Keine Ahnung, Schätzchen. Sag's schon."

„Gefüllte Weinblätter!"

Triumphierend hält sie ihm die geöffnete Box unter die Nase.

„Die habe ich meiner Mutter abgeluchst. Sie hat sie mir gerne für dich überlassen."

„Du bist ein Schatz, Alisa! Aber wir essen beide davon, einverstanden?"

„Eigentlich sind sie für dich alleine, hat meine Mama gesagt. Aber ich esse mit."

„Bediene dich selbst bei den Getränken."

„Wenn der Welpe darf, trinkt er auch ein kleines Gläschen von deinem Wein", sagt Alisa und lächelt kokett ihren Gastgeber an.

„Aha, es war wohl ein Fehler, dich in die Besenwirtschaft mitgenommen zu haben" lacht Paul. „Du hast Geschmack am Wein gefunden, stelle ich fest. Fall mir aber nicht vom Fahrrad, wenn du später nach Hause radelst."

„Nur ein kleines Gläschen, Paul. Und in die Besenwirtschaft möchte ich auch wieder mitgehen."

Dann spielen sie zwei Stunden Schach. Zuerst auf der Terrasse, dann, weil es kühler wurde, im Haus. Alisa spielt sehr konzentriert und trotzt Paul sogar ein Remis ab. Gegen zweiundzwanzig Uhr verabschiedet sich Alisa.

Donnerstag-Nachmittag fährt Paul zum Werbestudio. Fred und Claudia begrüßen ihn sehr herzlich.

„Du hast dir aber viel Zeit gelassen, meiner Einladung nachzukommen, Paul. Du als Rentner hast doch nichts zu tun, oder?"

„Hast du eine Ahnung, wie knapp meine Zeit bemessen ist."
„Dann freue ich mich umso mehr, dass du es jetzt ermöglichen konntest. Was darf ich dir zu Trinken anbieten, Paul?"
„Einen Kaffee nehme ich gerne an, Fred."
Fred schaut Claudia an, die sich schon auf den Weg macht.
„Claudia, sei so lieb und bringe auch den Cognac mit. Mit Kaffee kann man nicht anstoßen."
„Wie klappt es jetzt mit Alisa, Fred? Sie macht mir einen fröhlichen Eindruck, wenn sie mich besucht. Sie fühlt sich sichtlich wohl bei euch?"
„Das kann man wohl sagen! Die Arbeit macht ihr viel Spaß und ihr ist nichts zu viel. Bald schicke ich sie für drei Jahre aufs Berufskolleg für Grafik-Design. Ich werde mich an den Kosten für Ihre Ausbildung beteiligen, auch wenn ich während dieser Zeit auf sie verzichten muss. Es wäre sehr schade, wenn ein solches Talent nicht gefördert würde."
„Dann muss sie wohl in eine fremde Stadt gehen?"
„Nein, sie kann diese Schule hier in unserer Stadt besuchen. Ich habe sie bereits angemeldet."
„Hast du mit ihr darüber schon gesprochen? Und wie hat sie reagiert?"
„Sie weiß, sagt sie, dass drei Jahre Schule auf sie zukommen. Du hättest ihr damals nach dem Vorstellungsgespräch alles genau erklärt. Sie hat versprochen, dass sie mir mit einem guten Abschluss dafür danken will."
„Das habe ich wohl vergessen."

Claudia hat den Kaffee gebracht und stellt den Cognac und drei Gläser auf den Tisch. Fred schenkt ein und reicht Claudia und Paul je einen Schwenker. Paul ist eigentlich kein Cognac-Trinker. Der Alkoholgehalt ist ihm zu hoch, aber Fred zuliebe wollte er nicht ablehnen. Also fasst er das Glas so wie es üblich ist mit der Innenfläche seiner Hand und erwärmt dieses golden schimmernde Getränk mit kreisenden Bewegungen. Fred hebt sein Glas und spricht einen Toast aus:

„Trinken wir auf Alisa und ihr Talent. Trinken wir auch auf Paul, der mir Alisa angedreht hat. Dafür bin ich ihm dankbar. Prost!" Der feine Duft und diese betörenden Aromen dieses teuren Cognacs strömen in Pauls Nase und er nimmt einen guten Schluck. Beinahe hätte er sich verschluckt, als das Hochprozentige, ungewohnt für ihn, seinen Hals erreicht.

„Fred, Alisa wird dich nicht enttäuschen. Da bin ich mir absolut sicher!"

Nachdem sie ihre Gläser ausgetrunken haben, geht Fred an einen Bücherschrank und kommt mit einem großen Buch zurück.

„Paul, ich hatte doch gesagt, dass ich dir etwas schenken will. Dies ist mein Geschenk an dich. Ich hoffe, es trifft deinen Geschmack."

Paul nimmt das Buch entgegen und schlägt es ungefähr in der Mitte auf. Auf der Doppelseite ist eine atemberaubende, gewaltige Landschaft zu sehen. Es ist der Grand Canyon in den USA. Fred hat ihm einen Bildband geschenkt, der alle herausragenden Naturwunder der Erde in einmalig schönen Aufnahmen enthält. Paul ist begeistert.

„Fred, das ist ein großartiges Geschenk. Vielen Dank! Du hast meinen Geschmack bestens getroffen. Ich bin begeistert!"

Sie unterhalten sich noch eine halbe Stunde bei einer Tasse Kaffee über allgemeine Themen, dann hat Alisa Feierabend und Paul nimmt sie mit nach Hause.

„Wie war dein Gespräch mit meinem Chef, Paul?"

„Sehr angenehm. Schau mal, was er mir geschenkt hat."

Alisa blättert ein wenig in diesem Bildband und ist von den Aufnahmen ebenfalls begeistert.

„Darf ich mir das Buch auch mal ausleihen?"

„Selbstverständlich Schätzchen! Schließlich habe ich das Buch dir zu verdanken."

„Das verstehe ich jetzt nicht! Wieso mir, Paul?"

„Weil ich dich dem Fred angedreht hatte, wie er sagt. Er ist mit dir sehr zufrieden, Alisa! Ich habe dich zu Fred gebracht, deshalb das Geschenk."

„Eigentlich müsste ich dir ein großes Geschenk machen, lieber Paul!"

„Du hast mir doch ein Geschenk bereits gemacht. Das Bild mit der Schafherde. Hast du gesehen, wo es in meiner Wohnung hängt?"

„Ja Paul, in der Essecke."

„Siehst du! Es erinnert mich täglich an meine liebe Alisa."

„Ach Paul, warum bin ich keine dreißig Jahre älter? Lisa hat es gut!"

„Sei froh, dass du noch so jung bist und ein ganzes Leben vor dir hast", sagt Paul lachend.

„Wann werdet ihr heiraten, Paul? Darf ich eine Trauzeugin sein?"

„Ich habe nicht vor, Lisa zu heiraten, Alisa."

„Aber du liebst sie doch und sie dich auch?"

„Lisa studiert und will sich im Tourismus einer neuen Herausforderung stellen. Es ist also gut möglich, dass sie irgendwann einmal im Ausland arbeiten wird. Sie ist noch jung und soll ihr Leben so gestalten, wie sie es für richtig hält. Da wäre ich für sie nur ein Klotz am Bein. Und denke auch an den Altersunterschied! In zehn Jahren bin ich vielleicht ein alter Mann und gebrechlich. Man weiß ja nie, was auf einen zukommt. Wäre Lisa dann meine Frau, würde sie sich für mich verantwortlich fühlen und mich pflegen und das bei ihrem dann immer noch jugendlichen Alter. Für was hätte sie dann studiert? Deshalb Alisa, wird es wohl nichts mit einer Trauzeugin."

„Denkt Lisa genauso wie du, Paul?"

„Falls nicht, werde ich sie dazu bringen."

Paul fährt Alisa nach Hause und macht ihr einen Vorschlag:
„Morgen ist Freitag. Ich bin zu Hause. Wenn du Lust hast, können wir am Abend in einen ‚Besen‘ gehen."

Alisa strahlt über das ganze Gesicht. Sie nickt kurz, verabschiedet sich von Paul und geht ins Haus. Nachdem auch Paul zu Hause ist, telefoniert er mit seiner Mona Lisa. Er erzählt ihr von diesem Tag und fragt sie, was sie gerade macht. Lisa antwortet:

„Ich bin beim Saubermachen, Leo."

„Aha, du musst die Scherben der Geburtstagsorgie zusammen kehren. Waren deine Gäste einschließlich dir total betrunken?"

„Gerade habe ich meinen letzten Gast aus meinem Bett geworfen. Er wollte partout nicht nach Hause gehen, sondern bei mir bleiben für immer, Liebling!"

„Der Arme! Meine Freundin ist noch da. Sie hat eine anstrengende Nacht hinter sich, wie sie behauptet. Deshalb bleibt sie in meinem Bett und schläft noch eine Runde, um sich zu erholen und für die kommende Nacht Kraft tanken. Morgen Abend gehe ich mit Alisa in einen ‚Besen‘. Hast du etwas dagegen, Schätzchen?"

„Aber nein, Leo. Pass aber auf, dass sie nicht zu viel trinkt."

„Kommst du am Samstag zurück?"

„Ich denke ja. Ich rufe dich an. Jetzt muss ich aber weiter kehren, bevor ich in die zerbrochenen Wein- und Wodkaflaschen trete und mich verletze. Tschüss mein Schatz!"

Der Freitag-Vormittag gehört Pauls Garten. Zuerst setzt er den Rasenmäher ein und macht den tausend Löwenzahnblüten, die ihn frech anlachen, den Garaus. Dann wird der Wildwuchs von Unkraut zwischen den Büschen bekämpft und am Schluss muss er die verwelkten Blüten seiner vielen Rosenstöcke entfernen. ‚Ich darf meinen Garten nicht mehr so lange schleifen lassen‘, denkt er sich bei der mühseligen Arbeit des Ausstechens von Unkraut. ‚Meine Mona Lisa würde mich bestimmt gerne unterstützen, wenn ich sie bitten würde. Auch Alisa würde nicht nein sagen‘, ist Paul überzeugt. Als er endlich seine Arbeit mit wohlwollendem

Kopfnicken beurteilt und einstellt, muss er etliche Streck- und Dehnübungen durchführen, bis sein Körper die Strapazen halbwegs verdaut hat. Paul verspürt ein großes Hungergefühl. Da er mit Alisa vereinbart hat, am Abend zusammen in einen ‚Besen‘ zu gehen, begnügt er sich mit einer Kleinigkeit als Mittagsmahl. Er kocht sich eine Tütchen-Suppe. Das geht schnell. Nicht, dass er mit einer Küche nichts anzufangen weiß. Das Gegenteil ist der Fall. Es ist eine Leidenschaft von ihm, ein richtiges Mahl auf den Tisch zu bringen. Er hat sich vorgenommen, gelegentlich seine Mona Lisa zum selbstgekochten Essen einzuladen.

Gegen achtzehn Uhr kommt Alisa. Nicht mit dem Fahrrad, sondern zu Fuß.

„Hallo Paul, heute komme ich ohne Fahrrad. Dann kann ich auch nicht vom Rad fallen", sagt sie verschmitzt und begrüßt ihn wie üblich mit dem Wangenkuss.

„Ich werde schon darauf achten, dass der Wein dich nicht ertränkt, Schätzchen. Ich will keine Probleme mit deinen Eltern gekommen."

„Ich habe doch nur Spaß gemacht, Paul."

„Ich weiß, ich kann mich auf dich verlassen, Alisa."

Alisa hat die Bluse an, die Paul und Lisa in Verona für sie gekauft hatten. Dafür, weil sie Pauls Blumen täglich gepflegt hat. Auch den dazu passenden Schmuck hat sie angelegt.

„Wie gefalle ich dir, Paul?"

„Du bist eine Wucht, Schätzchen!"

„Hab‘ ich extra für dich angezogen, weil du es mir gekauft hast."

„Von Lisa ist der Halsschmuck, Alisa. Sie hat auch diese Bluse für dich ausgesucht."

„Lisa hat einen guten Geschmack. Es ist jetzt meine Lieblingsbluse."

Paul und Alisa fahren ins Nachbardorf in eine der drei Besenwirtschaften, die derzeit geöffnet haben. Es sind schon viele Gäste anwesend, aber es finden sich problemlos zwei Plätze für die beiden. Paul hat inzwischen mächtig Hunger angesammelt. So eine Suppe am Mittag hält ja nicht lange an. Er guckt sich die Speisenkarte an und entscheidet sich für eine ‚Schlachtplatte‘, eine typische ‚Besen‘-Spezialität. Alisa bestellt sich ein schwäbisches Gericht: geröstete ‚Maultaschen‘ mit Kartoffelsalat. Mit einem halben Liter Rotwein und einer Flasche Mineralwasser löschen sie den ersten Durst. Es dauert nicht lange, dann hat Alisa wieder Gesprächskontakt zu den Tischnachbarn. Hier im ‚Besen‘ spricht sie mit breitem schwäbischen Dialekt. Paul wird beglückwünscht zu so einer hübschen und freundlichen Tochter, „obwohl sie überhaupt nicht nach Ihnen gleichkommt“, meint eine ältere Dame am Tisch gegenüber. Alisa nimmt das zum Anlass, küsst Paul auf die Wange und verkündet: „Der beste Papa, den man sich wünschen kann“ und lächelt Paul fröhlich an. Den beiden gefällt die Stimmung und sie bleiben bis weit nach einundzwanzig Uhr. Nur der halbe Liter Rotwein war für diese lange Zeit zu wenig. Paul genehmigt sich deshalb noch ein zusätzliches Glas von diesem Rotwein. Alisa hat nur ein halbes Glas Wein getrunken und sich dann an Mineralwasser gehalten. Am Schluss waren es dann drei Flaschen.

„Alisa, du musst unbedingt den Führerschein machen, wenn du achtzehn Jahre alt bist. Dann kannst du fahren, wenn mein Durst zu groß war.“

„Für meinen lieben Papa mache ich das“, lächelt sie Paul an. Man sieht ihr an, wie glücklich sie ist. Paul bringt sie nach Hause und Alisa bedankt sich für die schönen Stunden. Für ihn geht dieser Tag auch bald zu Ende. Die Gartenarbeit hat doch Spuren hinterlassen.

Am Samstag-Vormittag um halb elf Uhr klingelt Pauls Telefon. Lisa ist dran. Er freut sich, ihre Stimme zu hören.

„Hallo Liebling, kannst du am Nachmittag gegen drei Uhr bei mir vorbeikommen? Und sieh zu, dass der Kofferraum deines Autos leer ist.“

„Hast du ein großes Geschenk für mich, Schätzchen?"

„Lass dich überraschen, Leo."

„Ich werde pünktlich sein. Du hast sicher großes Verlangen nach mir nach all den Tagen, da will ich dich nicht noch zusätzlich quälen."

Also ist Paul zur vereinbarten Zeit vor dem Haus mit Lisas Wohngemeinschaft. Seine stille Hoffnung, dass zufällig Martina unterwegs ist, erfüllt sich leider nicht. Er muss deshalb klingeln und Lisa drückt den Türöffner. Als er oben ankommt, steht Lisa in der Wohnungstür und umarmt ihn. Sie gibt ihrem Leo einen dicken Kuss und sagt:

„Leo, bitte nicht erschrecken!"

„Liegt ein Rivale in deinem Bett? Ich werfe ihn gleich aus dem Fenster!"

Lisa gibt die Tür frei und geht in ihr Zimmer. Leo folgt nach und erschrickt nicht wenig, als er das leere Zimmer sieht. Sichtlich aufgebracht mit gespielter böser Mimik sagt er:

„Lag' ich also doch nicht so daneben, als ich vermutet habe, dass dein Bankheini dich zurück zu sich holt, du treulose Seele. Was willst du jetzt noch von mir? Abschied feiern? Darauf verzichte ich gerne!"

Lisa schaut ihn etwas konsterniert an und antwortet:

„Leo, ist das dein Ernst? Du traust mir eine solche Gemeinheit zu?"

„Quatsch! Ich wollte nur feststellen, ob ich auch ein guter Mime geworden wäre. Ich bin sehr zufrieden mit meiner Schauspielkunst, Herzchen. Dass du mich nie verlassen wirst – da bin ich mir hundertprozentig sicher. Du gierst ja nach mir. Kein anderer Mann kann dieses von mir verwöhnte Luder zufrieden stellen", ist Pauls fröhliche Antwort.

„Hast du eine Einbildung! Das ‚Luder' nimmst du sofort zurück, du Schuft!"

„Ich ersetzte das ‚Luder' mit Goldschatz und du nimmst den ‚Schuft' zurück." Paul nimmt seine Mona Lisa in den Arm und fragt:

„Sind deine Möbel schon unterwegs zu mir?"

„Nein Leo, sie stehen in meiner neuen Wohnung. Wir fahren jetzt dort hin. Ich habe noch drei Umzugskisten hier, deshalb brauche ich den Kofferraum deines Fahrzeugs."

„Also werden wir zu dieser Stunde das letzte Mal in dieser Wohnung sein? Warum tust du mir das an? Dann sehe ich ja die Martina nicht mehr?"

„Wir werden bei ihr klingeln und uns verabschieden, Liebling. Aber zuvor tragen wir die Kartons nach unten."

Lisa hat fast ausschließlich Kleider und Krimskrams in die Kartons verpackt. Im Nu sind diese im Auto verstaut. Dann gehen sie ins Haus zurück und klingeln an der Wohnungstür von Martina. Gleich darauf hören sie Schritte und die Tür geht auf. Vor ihnen steht ein wahrer Herkules von einem Mann, der fast den ganzen Türrahmen ausfüllt. Paul kommt sich wie ein Zwerg neben ihm vor. Lisa lächelt diesen Koloss an und bittet ihn, seine Frau zu rufen, weil sie sich von ihr verabschieden wollen. Der Herkules brummt etwas vor sich hin, geht zurück in die Wohnung und gleich darauf erscheint Martina. Sie weiß von Lisas Auszug und wendet sich sogleich an Paul:

„Sehr schade Paul, dass Lisa ihr Zimmer aufgibt. Jetzt kann ich Ihnen nicht mehr die Tür aufhalten. Ich wünsche Ihnen beiden viel Glück für die Zukunft und noch sehr viele gemeinsame Jahre. Bleiben Sie gesund Paul – für Lisa."

Paul und Lisa wünschen Martina und ihrer Familie auch alles Gute und Lisa bedankt sich für die gute Nachbarschaft. Dann verlassen sie das Haus und gehen zu ihren Fahrzeugen. Paul dreht sich nochmals um und sieht Martina auf dem Balkon stehen. Sie hat Johanna auf dem Arm. Sie winken sich gegenseitig kurz zu. Paul sagt zu Lisa:

„Arme Martina!"

„Warum ist sie arm, Leo?"

„Möchtest du mit einem solchen Muskelprotz zusammenleben?"

„Warum nicht? Ich habe gehört, dass Muskelmänner sehr zärtlich sein können und vor allem – die machen nie schlapp!"

„Danke für die Blumen, Herzchen!"

„Leo, du fährst einfach hinter mir her. Wir fahren aus der Stadt hinaus in eine Nachbargemeinde. Bleib dicht hinter mir. Falls eine Ampel uns trennt, warte ich auf dich."

Nach zehn Minuten lassen sie die Stadt hinter sich und bereits bei der ersten Vorstadtgemeinde nimmt Lisa die Abfahrt von der Bundesstraße ins Dorf. Einige mal um Ecken und schon stehen sie vor diesem Wohngebäude, das Paul nicht unbekannt ist. Erinnerungen werden in ihm geweckt. Erinnerungen an Zeiten, die schon Jahrzehnte zurückliegen. Lisa hält an und zeigt Paul einen Parkplatz vor dem Haus, der zu ihrer Wohnung gehört. Sie selbst fährt in die Tiefgarage.

„Leo, ich bin gleich wieder da. Du kannst derweil die Kartons ausladen.

Bald darauf geht die Haustüre auf und Lisa sichert sie vor dem zuschlagen. Dann tragen sie die Kartons in den Aufzug, dessen offene Tür sie ebenfalls gesichert hat. Sie fahren hoch in die vierte Etage, nehmen die Kartons aus dem Aufzug und Lisa steuert auf eine Wohnungstür zu, durch die Paul schon viele hundertmal gegangen ist. So ein Zufall, denkt er sich. Lisa öffnet die Tür und zusammen tragen sie die Kartons in die Diele. In dieser Wohnung kennt Paul jede Ecke. Viele schöne Stunden hat er mit seiner Barbara hier verbracht. Wie kommt Lisa zu dieser Wohnung? Die Welt ist doch voller Überraschungen.

„Leo, das ist meine Überraschung. Wie gefällt dir mein neues Zuhause?"

„Ich bin sprachlos, mein Schatz. Das ist eine echte Überraschung. Du hast eine wunderschöne Wohnung ausgesucht. Vor allem die tolle Aussicht von dem großen Balkon. Das ganze Dorf liegt dir zu Füßen und von der anderen Talseite grüßt dich der bewaldete Höhenzug. Einfach herrlich!"

„Du hast meinen Balkon doch noch gar nicht gesehen? Woher weiß das mein Schatz?"

„Ich kenne diese Wohnung. Hat nicht ein Rollstuhlfahrer über die letzten Jahre hier gewohnt?"

„Stimmt! Der ist jetzt in einer Wohnanlage für betreutes Wohnen. Er konnte sich nicht mehr alleine versorgen. Du kennst ihn?"

„Nicht persönlich. Ich wusste nur, dass er hier wohnt bzw. wohnte."

„Woher kennst du dann die Wohnung?"

„Das ist eine lange und uralte Geschichte."

Sie gehen die Räume miteinander ab und Paul beglückwünscht seine Mona Lisa zu der gelungenen Ausstattung. Die Wände sind alle frisch gestrichen und die Auswahl der Wandfarben in den Räumen orientiert sich am neuen Bodenbelag. Passend auch zu ihren Möbeln aus der WG, die hier noch wesentlich besser zur Geltung kommen. Mona Lisa umarmt ihren Leo und flüstert ihm ins Ohr:

„Wir brauchen doch ein neues Liebesnest, wenn jetzt bald die Semesterferien zu Ende gehen. Und bei dir zu Hause? Ich weiß nicht recht, ob das vernünftig gewesen wäre, wo doch deine Kinder im selben Dorf wohnen."

,Liebesnest sagt sie. Wenn sie wüsste, dass hier schon vor langer, langer Zeit ein Liebesnest war', sind Pauls Gedanken.

„Schätzchen, kannst du dir die Wohnung überhaupt leisten? Die kostet doch wesentlich mehr als dein Zimmer in der Wohngemeinschaft."

„Im Gegenteil, es ist für mich billiger, denn ich muss keine Miete bezahlen, sondern nur die Nebenkosten für Strom, Heizung und Wasser."

„Das gibt es doch gar nicht! Hat dir ein Nabob die Wohnung zur Verfügung gestellt? Was ist deine Gegenleistung? Wie oft kommt er und holt seine Belohnung ab?"

„Plagt dich schon wieder die Eifersucht, Leo? Kein Nabob kommt und ich muss mich auch nur einmal im Monat zeigen, nämlich bei meinen Eltern. Die Wohnung gehört meiner Mutter, Liebling und irgendwann dann mir."

„Du kommst aus einem reichen Haus, wenn deine Mama für dich eine Wohnung kaufen kann. Ich freue mich für dich, Mona Lisa."

„Meine Eltern sind beide noch berufstätig. Geldsorgen haben sie nicht. Aber reich sind sie auch nicht. Meine Mama hat diese Wohnung nicht für mich gekauft. Die Wohnung gehört ihr schon seit vielen Jahren. Sie war eine junge Frau, hat meinen Vater noch nicht gekannt und hat mit dem Geld aus einer Erbschaft diese Wohnung gekauft. Mamas Familie stammt aus dieser Gegend, Leo."

Paul ist, als drückt ihn jemand mit aller Kraft gegen eine Wand. Ihm bleibt die Luft weg. Sein Herz pocht mit harten Schlägen und sein Kopf schein gleich zu zerspringen. Er hat das Gefühl, dass ihm die Beine weggezogen werden. Da sie im Schlafzimmer stehen, setzt er sich aufs Bett und schlägt die Hände vors Gesicht.

„Leo, was ist mit dir? Ist dir nicht gut? Du zitterst ja und dein Gesicht ist weiß wie die Wand. Leg dich bitte hin."

Lisa zeigt ein sehr besorgtes Gesicht. Sie legt Pauls Beine auf das Bett und knöpft ihm das Hemd ganz auf.

„Ich hole dir ein nasses kaltes Handtuch. Das lege ich zur Abkühlung auf deinen Kopf. Dann telefoniere ich nach dem Notarzt und Krankenwagen. Du hast bestimmt einen Infarkt."

Lisas Stimme zittert vor Aufregung und sie rennt in das Badezimmer, um das Besagte zu holen. Als sie mit dem nassen Handtuch zurück ist, hat sich Paul wieder etwas gefangen.

„Ich brauche keinen Arzt und keinen Krankenwagen. Es geht gleich vorbei. Danke für das Handtuch. Mach dir keine Sorgen, Schätzchen. So schnell werde ich nicht abtreten."

„Ich bin mit deiner Ansicht nicht zufrieden, Leo! Du hattest einen Anfall und damit ist nicht zu spaßen. Eine Untersuchung im Krankenhaus finde ich angebracht. Ich möchte mir keine Vorwürfe machen müssen, nicht richtig gehandelt zu haben."

Paul kämpft mit sich, ob er Lisa mit dieser dramatischen Erkenntnis konfrontieren soll. ‚Wie wird sie reagieren, wenn sie erfährt, dass ihre Mutter einst meine geliebte Barbara war? Wird sie damit fertigt, denselben Mann zu lieben wie vor langer Zeit ihre Mutter? Wird sie sich von mir trennen? Wenn ich es ihr nicht sage, dann ist es wie eine Lüge ihr gegenüber. Meiner lieben Mona Lisa kann ich nicht mehr in die Augen sehen, wenn ich dieses Geheimnis mit mir herumtrage. Ich muss es ihr sagen, ich muss aufrichtig sein, komme was da wolle‘. Paul atmet tief durch, schaut Lisa mit sorgenvollem Blick an und sagt leise:

„Mona Lisa, bitte setz dich zu mir ans Bett. Ich habe dir etwas zu erklären."

„Ich kann mir schon denken, was jetzt kommt. Du hast mir die ganze Zeit eine Krankheit verheimlicht. Stimmt's?

„Nein, das stimmt nicht! Ich bin gesund. Dein letzter Satz vorhin hat mich umgehauen, denn er brachte mir eine Erkenntnis."

„Und was sagte ich Leo, das dich so mitgenommen hat?"

„Du hast gesagt, dass die Wohnung schon seit vielen Jahren deiner Mutter gehört."

„Und das wirft dich um? Lisa sieht mit fragenden Augen an.

„Lass mich nachdenken. Du kennst die Wohnung, aber nicht den Rollstuhlfahrer. Der wohnte hier seit dreißig Jahren. Also kennst du die Wohnung von früher! Kennst du meine Mutter, Leo?"

„Und ob! Barbara war meine Geliebte. Jetzt weißt du es."

„Oh‘ Leo! Jetzt brauche ich den Notarzt! Das muss ich erst einmal verdauen. Mach mir Platz, ich lege mich zu dir."

„Ich wollte..."

„Sei bitte still, Leo! Ich möchte jetzt keine Gespräche, nur absolute Stille."

Sie liegen regungslos nebeneinander. Lisa atmet hörbar laut und als Paul verstohlen in ihr Gesicht blickt, sieht er Tränen über Lisas Wangen kullern. Seine arme Lisa, welch ein Schock für sie. Er musste ihr das antun. Ihm blieb doch nichts anderes übrig.

Eine halbe Stunde mag vergangen sein, ohne dass sich beide auch nur um einen Millimeter bewegt hätten. Das Atmen von Lisa ist wieder normal und gleichmäßig. Was ging ihr in dieser halben Stunde alles durch den Kopf? Wie kann sie in Zukunft damit umgehen? Wird ihre Liebe, die ihr doch so viel bedeutet, diese neue Situation aushalten oder steht sie unweigerlich vor dem aus? Wie soll sich Lisa zukünftig ihrer Mutter gegenüber verhalten? Das alles sind Fragen, die in ihrem Kopf ein Chaos anrichten und auf die sie keine Antwort weiß, noch nicht.

„Leo, bitte nimm mich in deine Arme. Ich fühle mich so allein gelassen."

Schweigend erfüllt er ihren Wunsch und drückt sie ganz eng an sich. So liegen sie noch eine Zeitlang beieinander und nur ihre kaum hörbaren Atemgeräusche unterbrechen die absolute Stille im Raum. Nach einer Weile beginnt Lisa zu sprechen:

„Leo, ich will und ich kann nicht ohne dich leben. Seit wir zusammen sind, besteht mein Leben aus Fröhlichkeit, Lebenslust und eitlem Sonnenschein. Das lasse ich mir nicht kaputt machen. Wir beide können nichts für diese Situation. Das Schicksal hat uns einen Streich gespielt, aber wir lassen uns nicht unterkriegen. Eigentlich ist es ganz ulkig. Zuerst liebst du die Mutter und als sie dir abhandenkommt, vergnügst du dich mit der Tochter. Ich wusste es schon immer, du bist ein ganz gerissener Filou!" Lisa lacht ihren Leo an und der freut sich über ihre wiedererwachte Fröhlichkeit.

„Schätzchen, mir wird jetzt vieles klar. Warum war ich so fasziniert, als ich dein Bild in diesem Programmheft sah? Weil du Gesichtszüge deiner Mutter hast, die in meinem Unterbewusstsein an Barbara erinnerten, was ich aber nicht mehr deuten konnte. Auch typische Verhaltensmerkmale von Barbara wurden dir vererbt. Aber all das wird mir erst heute bewusst. Als ich damals in dieser Sporthalle zuerst dein Foto und dann dich persönlich sah, hat meine bis dahin verborgene Erinnerung an Barbara ein Signal ausgesendet, das mein Interesse auf deine

Person gelenkt hat. Das kam alles aus dem Unterbewusstsein. Du musst wissen, dass ich Barbara sehr liebte und viele Jahre ging sie mir nicht aus dem Sinn. Eigentlich habe ich sie nie vollständig vergessen, doch meine Erinnerungen an sie sind im Laufe der Jahrzehnte verblasst. Ich wäre schon daran interessiert zu wissen, wie deine Mama heute aussieht. Kannst du mir gelegentlich ein Foto von ihr zeigen?"

„Das könnte ich wohl, aber ich weiß nicht, ob ich es tun werde. Leo. Du wirst sie nie persönlich zu Gesicht bekommen. Das ist dir doch klar? Stell dir vor, sie erfährt, wer der Geliebte ihrer Tochter ist. Nie würde sie diese Beziehung akzeptieren. Unsere Liebe werde ich in meinem Elternhaus als lockere Beziehung darstellen, die ein persönliches Kennenlernen nicht notwendig macht. Dann muss ich aufpassen, dass ein versehentliches Zusammentreffen in dieser Wohnung ausgeschlossen bleibt."

„Und wenn uns jemand aus deiner Verwandtschaft sieht, die es hier in der Heimat deiner Mutter ja gibt?"

„Nun, die kennen dich nicht und wissen auch nichts von der früheren Beziehung."

„Hast du eine Ahnung! Es gibt ein Cousin deiner Mutter, welcher viele Jahre mein Arbeitskollege war. Zwar weiß er nichts von meiner Beziehung zu Barbara, ich bilde es mir wenigstens ein, aber ich gab ihm einmal einen Hinweis, dass Barbara und ich uns kennen."

„Was hast du ihm damals gesagt, Leo?"

„Es war bestimmt schon zehn Jahre nach Barbara, da hatte ich ihn an Barbaras Geburtstag gefragt, ob er seiner Kusine schon gratuliert hätte."

„Ach Liebling, wenn einer nach zehn Jahren noch den Geburtstag einer angeblich harmlosen Bekanntschaft in Erinnerung hat, muss tatsächlich mehr dahinter stecken. Wer aus meiner Verwandtschaft war das?"

„Er heißt Robert."

„Leo, ich habe keine Lust, mich mit dir zu verstecken. Ich will mich weiterhin frei mit dir bewegen können. Deshalb überlassen wir das dem Schicksal. Zweimal wird es uns keinen Streich spielen und wenn, dann werde ich um dich kämpfen. Auch gegen meine Mutter, wenn es denn sein müsste."

„Es wäre für mich das Schlimmste, wenn durch mich Unfrieden in deine Familie käme. Eine traurige Barbara möchte ich keinesfalls ein zweites Mal verursachen, denn meine Liebe zu dir, liebe Mona Lisa, ist auch zum Teil die Liebe zu Barbara, die nie ganz erloschen ist und in meinem Unterbewusstsein weiterlebte. Diese Erkenntnis hat mir der heutige Tag gebracht. Eigentlich ist Barbara an allem Schuld und dafür bin ich ihr unendlich dankbar, aber sie weiß es nicht und wird es niemals wissen."

„Wie hast du meine Mutter eigentlich kennen gelernt, Leo?"

„Ich will dir von damals berichten. Es war vor über fünfunddreißig Jahren":

Ich bin zu einer ärztlichen Untersuchung in die Stadt bestellt. Als ich die Praxis wieder verlasse und mich auf den Weg zu meinem PKW mache, den ich etwas außerhalb der City geparkt hatte, bemerke ich eine junge Frau so um die Zwanzig, die ratlos vor ihrem kleinen Auto steht mit Blick zum rechten, vorderen Reifen. Sofort erkenne ich ihr Malheur – der Reifen ist platt. Ich bleibe stehen und frage die hübsche Dame, ob ich ihr meine Hilfe anbieten dürfte, da ich ihren hilflosen Gesichtsausdruck zu deuten weiß.

„Wie ich sehe, brauchen Sie unbedingt Hilfe. Darf ich Ihnen meine Hilfe anbieten?" sage ich.

„Oh' ja, ich habe keine Ahnung, wie man ein Rad wechselt."

„Ich werde Ihnen beistehen, wenn Sie es wünschen."

„Ihr Hilfsangebot nehme ich gerne an, aber nur, wenn für Sie wichtige Erledigungen nicht darunter leiden."

„Was zu erledigen war ist gemacht. Ich befinde mich auf dem Rückweg zu meinem Fahrzeug. Ich habe also Zeit für Sie und Ihr Problem." Dankbar blickt sie mich an und sagt:

„Ich werde genau verfolgen, wie Sie vorgehen. Dann kann ich

mir bei einer zukünftigen Panne selbst helfen – hoffe ich jedenfalls."

„Ich bin sicher, dass Sie es dann alleine können."

Ich hatte diese Reifenpanne an ihrem Fahrzeug behoben und meine Vorgehensweise und Handgriffe genau erklärt. Als der Weiterfahrt der jungen Frau nichts mehr im Wege stand, fragt sie mich, „wie kann ich mich bei Ihnen bedanken? Nehmen Sie ein Trinkgeld an?"

„Aber ich bitte Sie!" sage ich. Ich habe Ihnen gerne geholfen, das ist doch selbstverständlich und ein Kavalier nimmt doch kein Geld."

„Ich kann Sie so nicht gehen lassen. Die für Sie so selbstverständliche Hilfe ist heutzutage eben nicht mehr so selbstverständlich. Was kann ich also für Sie tun?"

„Ich mache Ihnen einen Vorschlag, den Sie wahrscheinlich nicht annehmen werden. Es ist jetzt die Mittagszeit. Ich lade Sie ein, mich in ein Restaurant hier in der Stadt zu begleiten, falls Sie die Zeit dafür aufbringen können."

Sie denkt kurz nach und sagt zu meiner Überraschung:

„Ich bin damit einverstanden, aber ich bestehe darauf, dass ich die Rechnung übernehme."

„Das besprechen wir dann vor Ort."

Ich hatte überhaupt nicht vor zu akzeptieren, dass sie für mich die Rechnung übernimmt. Es wäre das erste Mal in meinem Leben, dass ich eine Frau für mich bezahlen lasse.

„Was darf ich Ihnen vorschlagen? In der Nähe haben wir eine reichliche Auswahl: Deutsche Restaurants, gute Italiener, ein kroatisches Restaurant?"

„Ich plädiere für einen Italiener. Mit einem Pasta-Gericht werde ich meiner Esskultur am ehesten gerecht", sagte meine Begleiterin.

Ich stimme zu und wir gehen zu Fuß zu diesem italienischen Restaurant, das nur zwei Querstraßen weiter entfernt ist. Es hat einen guten Ruf, entsprechend ist dort bereits reger Betrieb. Wir haben Glück und bekommen ein Zweiertischchen an der großen Glasfront zur Straße. Die junge Frau nickt mir zustimmend zu. Das Ambiente gefällt ihr. Sie lobt mich für die gute Wahl: „Ich kenne dieses Restaurant nicht. Das Lokal gefällt mir. Wenn die auch so gut kochen wie sie ihren Betrieb in Schuss halten, dann sind wir hier richtig."

Wir studieren zuerst die Speisenkarte, die eine junge Italienerin uns vorlegt. Ich bestelle mir ein vorab ein Pils, meine Begleiterin ein Wasser. Aus der Karte wähle ich eine Pizza, sie entscheidet sich für Spaghetti Bolognese. Jetzt habe ich Zeit, die junge Frau etwas näher unter die Lupe zu nehmen. Ihre Freundlichkeit und ihr Äußeres hinterlassen bei mir einen sehr positiven Eindruck. Sie hat lange dunkle Haare, braune Augen und wirkt sehr gepflegt. Irgendwelches Makeup erkenne ich nicht an ihr. Bei ihrer Jugend hat sie das auch nicht nötig. Angenehm empfinde ich zudem diese Ungezwungenheit, wie sie sich mir gegenüber verhält. Wir plaudern miteinander, als würden wir uns nicht erst seit einer Stunde kennen. Irgendwann, wir haben bereits gegessen, frage ich sie nach ihrem Namen, indem ich mich selbst vorstelle:

„Ich heiße übrigens Paul. Darf ich Ihren Namen erfahren?"

„Natürlich. Ich heiße Barbara."

„Die ‚Heilige Barbara' ist die Schutzheilige der Bergleute. Arbeitet Ihr Vater vielleicht im hiesigen Salzbergwerk?"

„Nein, nein! Ich weiß nicht, warum man mir diesen Namen gab. Aber er gefällt mir."

„Ja, es ist ein schöner Name. Aber wehren Sie sich, wenn einer ‚Bärbel' oder gar ‚Barbie' zu Ihnen sagt."

Barbara lacht und sie bestätigt mir, dass jeder ihrem Namen Respekt zollt. Unsere Unterhaltung geht dem Ende zu, denn ich beobachte, dass Barbara den Blickkontakt zur Bedienung sucht. Diese bemerkt es und kommt an unseren Tisch. Barbara sagt mit Nachdruck im Ton:

„Ich möchte gerne die Rechnung. Alles zusammen!" Die Italienerin nickt und geht. Ich versuche einen Einspruch, aber ohne Erfolg:

„Barbara, ich möchte die Rechnung begleichen. Für mich war Ihre Begleitung ein riesiges Dankeschön für die kleine Hilfe, die ich Ihnen geben konnte."

„Kommt ja gar nicht in Frage. Ihre Hilfsbereitschaft hat mich vor einem großen Problem bewahrt. Deshalb sollten Sie es so akzeptieren, Paul!"

Ich empfinde für diese Barbara eine große Zuneigung. Sollte diese Begegnung in den nächsten Minuten ein für alle Mal Geschichte sein? Das möchte ich nicht und wage deshalb einen kaum erfolgversprechenden Vorstoß:

„Barbara, ich würde Sie gerne noch einmal treffen. Sie sind eine angenehme Gesprächspartnerin. Ich werde Sie vermissen! Habe ich eine Chance?" Barbara lacht und meint dazu:

„Auch ich habe mich gerne mit Ihnen unterhalten, Paul. Sie sind ein charmanter Zeitgenosse. Machen wir es so: Sie geben mir Ihre Telefon-Nummer. Ich überlege es mir und vielleicht rufe ich Sie mal an. Einverstanden?"

„Mir bleibt wohl nichts anderes übrig, Barbara. Ich werde hoffen!"

Die Bedienung bringt die Rechnung und Barbara begleicht. Ich gebe ihr meine geschäftliche Visitenkarte. Dann wird sie, falls sie überhaupt anruft, mich an meinem Arbeitsplatz erreichen. Wir gehen gemeinsam zu ihrem Auto und verabschieden uns.

„Ich werde voller Ungeduld auf Ihren Anruf warten, Barbara. Lassen Sie mich bitte nicht ewig zappeln."

Barbara schwingt sich in ihr kleines Auto und startet den Motor. Sie lächelt mir freundlich zu und fährt los. Hebt nochmals kurz die Hand zum Abschied und weg ist sie. Ich gehe weiter zu meinem Fahrzeug und sinniere über diese Begegnung mit Barbara nach: ‚Warum habe ich meinen Wunsch auf ein Wiedersehen überhaupt ausgesprochen? Was will ich eigentlich von dieser netten Person? Ich bin doch glücklich verheiratet, habe eine hübsche Frau und zwei kleine, gesunde Kinder. Warum habe ich wieder einmal den Charmeur gespielt? Eigentlich muss ich mir wünschen, Barbara ruft nie an, den sonst bekomme ich ein Problem'.

Es sind vier bis fünf Wochen vergangen. Weil in den ersten Wochen kein Anruf von Barbara kam, hatte ich diese Episode abgehakt und Barbara vergessen. Umso überraschter bin ich, als an einem Freitag-Nachmittag gegen sechzehn Uhr mein Telefon klingelt und sich Barbara meldet:

„Hallo Paul! Hier ist Barbara. Erinnern Sie sich noch an mich?

Im ersten Moment war ich perplex. Dann finde ich wieder die Worte und sage:

„Hallo Barbara, welch eine Überraschung. Natürlich erinnere ich mich an Sie. Wie könnte ich Sie auch jemals vergessen?"

„Paul, ich würde Sie gerne mal wieder sehen. Wenn es Ihnen genauso geht wie mir, dann kommen Sie nächsten Montag gegen siebzehn Uhr auf den Parkplatz bei den Tennisplätzen am Sonnenbrunnen. Darf ich Sie erwarten?"

„Barbara, zuerst vielen Dank, dass Sie sich noch an mich erinnern. Ich habe nicht mehr damit gerechnet, je wieder von Ihnen zu hören. Ich bin total überrascht. Selbstverständlich möchte ich Sie wieder treffen. Ich werde pünktlich sein, Barbara. Überpünktlich!"

„Sehr schön, Paul. Also bis nächsten Montag. Ich wünsche Ihnen ein schönes Wochenende. Bis dann!"

Barbara hat den Hörer aufgelegt. Jetzt sitze ich in der Falle. Warum habe ich mich bloß darauf eingelassen? Barbara hat angerufen, also hat sie Interesse an mir. Wie soll ich ihr jetzt begegnen? Ich muss am Montag die Karten auf den Tisch legen. Sie muss wissen, dass ich verheiratet bin. Sie wird sich von mir abwenden und alles ist wieder in Ordnung. Leider! Über das ganze Wochenende beschäftigt mich Barbara und bringt mich aus dem seelischen Gleichgewicht.

Es ist Montag siebzehn Uhr. Seit fünf Minuten parke ich auf der vereinbarten Stelle. Pünktlich fährt der Kleinwagen von Barbara auf den Platz neben mir. Sie winkt mir zu und wir beide steigen aus und begrüßen uns mit Handschlag.

„Schön, sie wieder zu sehen, Barbara. Vielen Dank für dieses Rendezvous."

„Ich wollte Sie einfach wieder sehen, Paul. Haben Sie sich überlegt, was wir mit diesem Spätnachmittag anfangen könnten?"

„Auf jeden Fall entführe ich Sie in ein gemütliches Restaurant mit einem hübschen kleinen Biergarten, denn ich habe etwas gutzumachen. Ich hoffe, Sie haben genügend Zeit eingeplant, Barbara?

„Da gibt es kein Problem. Mein Terminkalender gibt mir für den Rest des Tages frei, Paul."

Barbara lächelt mich an und ich bin aufs Neue von ihr verzaubert. ,Werde ich wieder schwach und kann mich nicht dagegen wehren', sind meine Gedanken. Ich öffne die Beifahrertür meines Wagens und bitte Barbara einzusteigen. Ich starte den Motor und wir verlassen den Parkplatz.

„Wir müssen ein paar Kilometer hinter uns bringen. Barbara, darf ich Sie fragen, wo Sie wohnen? Ihr Fahrzeug trägt ein Landkreis-Kennzeichen."

„Ich wohne in Neckarsulm, arbeite aber in Heilbronn und komme direkt aus der Arbeit. Wo wohnen Sie, Paul?"

„Ich wohne in Weinsberg. Also ganz in Ihrer Nähe."

„Sind Sie verheiratet, Paul?"

Aha, jetzt kommt früher als ich erwartet habe die Gretchenfrage.

„Ja, ich bin verheiratet. Wir haben zwei hübsche Kinder."

„Das ist schön für Sie. Ich bin mit meinen zweiundzwanzig Jahren noch zu jung, um zu heiraten."

„Aber einen Freund haben Sie?"

„Ja schon, aber die Beziehung bewegt sich auf einer rein freundschaftlichen Ebene."

Wir unterhalten uns zwanglos und sind nach einer knappen halben Stunde am Ziel. Wir überlegen uns, ob wir im Biergarten bleiben sollen, entscheiden uns dann aber für den Gastraum. Dort suchen wir uns einen kleinen Tisch aus, der etwas abseits von Theke und Eingang steht. Die Bedienung begrüßt uns und bringt auch gleich jedem die Speisenkarte. Ich frage Barbara, ob sie einen Wein trinken möchte, was sie bejaht und für einen Rotwein plädiert. Die Auswahl überlässt sie mir. Ich bestelle eine Flasche Spätburgunder der leichteren Sorte. Wir studieren die Speisenkarte. Barbara bestellt für sich ‚Forelle blau' mit Petersilienkartoffel und Sahnemeerrettich, für mich ein kleines Rumpsteak mit Folienkartoffel und Kräuterbutter.

„Barbara, ist es für Sie ein Problem, mit mir auszugehen, jetzt wo Sie wissen, dass ich verheiratet bin?"

„Warum solle ich ein Problem damit haben? Ich will Sie ja schließlich nicht heiraten? Ich bin gerne mit netten Menschen zusammen und Sie sind mir sehr sympathisch. Ihre Ehe ist also nicht in Gefahr, Paul."

„Es könnte aber sein, dass ich mich in Sie verliebe. Und dann?"

„Das wäre dann Ihr eigenes Problem. Oder soll ich jetzt kratzbürstig zu Ihnen sein, damit das nicht passiert? Das könnte ich nie glaubwürdig rüberbringen, Paul", lacht Barbara.

„Ich habe also keine barbarische Barbara zu befürchten?"

Wir lachen beide und prosten uns zu:

„Auf uns beide, dass wir gesund bleiben und unsere Wünsche in Erfüllung gehen.

Mindestens zwei Stunden verbleiben wir in diesem gemütlichen Gasthof. Unsere Unterhaltung dreht sich um alle möglichen Themen. Um den Arbeitsplatz, um Hobbys, Musik usw., wie es eben üblich ist. Als wir das Gasthaus verlassen, schlage ich vor, noch einen kurzen Spaziergang zu machen. Der Gasthof liegt außerhalb des Dorfes und man kann auf kurzem Weg in die Weinberge kommen und in den darüber liegenden Wald. Barbara ist einverstanden, ihr Schuhwerk lässt auch einen Waldspaziergang zu. Es ist ein lauer Frühlingsabend. Jetzt, Anfang Mai stehen die Wälder in vollem, frischen Grün. Gemächlichen Schrittes gehen wir durch die Weinberge und den ansteigenden Weg hoch in den Wald. Dort ist die Luft wesentlich frischer. Ich bemerke, dass es Barbara leicht fröstelt. Deshalb ziehe ich mein Jackett aus und hänge es Barbara über ihre Schulter. Dankbar blickt sie mich an und hängt sich bei mir ein. Ihre Berührung verursacht in mir ein Glücksgefühl und eine angenehme Wärme durchströmt meinen ganzen Körper. Jetzt schmiegt sie sich ganz fest an mich und legt ihren Kopf auf meine Schulter. Wir bleiben stehen und schauen uns tief in die Augen und in Barbaras Augen lese ich ein verlegenes Verlangen. Barbara lächelt leicht verschämt. Mit meiner rechten Hand fasse ich in ihre schöne dunkelbraune duftende Haare und ziehe langsam ihren Kopf zu mir heran. Als unsere Nasen sich leicht berühren, öffnet sie leicht den Mund, um meinen Kuss zu empfangen und wir küssen uns, wie es intensiver nicht geht.

„Ich liebe dich, Paul, seit ich dich das erste Mal sah. Bitte verzeih mir, aber ich kann nicht anders."

Lisa, jetzt kennst du die Geschichte, wie ich deine Mutter kennen gelernt habe. Wir wurden ein Liebespaar und unsere Liaison dauerte sechs Jahre."

„Sie hat dich eindeutig verführt, Leo."

„Das würde ich so nicht sagen. Zur Verführung gehören immer zwei. Ich war ja wahrlich nicht abgeneigt und Barbara hat auch mich vom ersten Augenblick an total verzaubert und schließlich war ich es, der das gemeinsame Essen nach der Reifenpanne vorgeschlagen hatte."

„Wie konntest du diese Liebschaft so lange neben deiner Ehe durchhalten?"

„Ich hatte natürlich dafür gesorgt, dass unsere Beziehung nicht publik wurde. Barbara hat von Anfang an akzeptiert, dass ich an meiner Ehe festhalten wollte. Sie hat mich deshalb besonders geschätzt, weil ich meine Verantwortung schon alleine der Kinder wegen höher stellte als unsere Liebe."

„Du und Barbara wurden trotzdem zu Ehebrechern!"

„Ach Lisa, was für ein schreckliches Wort. Es wurde keine Ehe gebrochen! Es war ein Treuebruch gegenüber meiner Frau. Was kann man schon gegen seine Gefühle, wenn diese den Verstand in eine Ecke drücken."

„Meiner Mutter ging es also damals genauso, wie mir dreißig Jahre später. Wir beide sind deinem Charme erlegen. Dafür können wir wahrlich nichts. Leo, du warst schon früher ein schlimmer Filou, aber ein ganz lieber."

„Hat deine Mutter dir nie etwas aus ihrer Vergangenheit erzählt? Es ist doch üblich, dass Mütter ihren Töchtern, wenn diese in die Pubertät kommen oder ihren ersten Freund haben, etwas von ihren eigenen ersten Liebschaften erzählen?"

„Nie hat meine Mutter darüber gesprochen. Als ich einmal nachfragte, ging sie nicht darauf ein, als ob sie etwas zu verschweigen hätte. Sie war ja schon um die Achtundzwanzig, als sie meinen Vater kennen lernte und ihn bald darauf heiratete. Leo, warst du ihr erster Mann? Du weißt was ich meine."

„Ja! Ob sie davor harmlose Liebschaften hatte, weiß ich nicht. Eher nicht."

„War das Auseinandergehen nach so vielen Jahren der Vernunft geschuldet oder gab es Streit?"

„Auch darüber will ich dir berichten":

Eines Tages komme ich zu Barbara, ich glaube, es war ein Freitag.

Sie war bester Laune. Sie berichtete mir, dass sie übers Wochenende nicht zu Hause sein wird. Da ich an Wochenenden sowieso nur ganz selten Zeit für sie hatte, war ich froh, dass sie etwas unternehmen will. Ich fragte sie, wohin die Reise denn geht: Sie antwortete mir in fröhlicher Stimmung:

„Paul, ich habe eine Bekanntschaft gemacht. Wir haben uns vor ein paar Wochen beim Sport kennen gelernt. Ich werde meine Wochenenden zukünftig bei ihm verbringen. Er wohnt in der Gegend von Stuttgart.“

„Jetzt bin ich aber überrascht, mein Schatz. Kann etwas Festes daraus werden?“

„Kann schon sein. Aber mit uns zwei hat das nichts zu tun. Während der Woche bin ich ja hier.“

„Ja, kannst du denn zwei Männer gleichzeitig lieben?“

„Es funktioniert, Paul. Ich möchte an diesem Zustand festhalten, denn ohne deine Liebe möchte ich nicht leben.“

„Wie groß ist denn die Liebe zu dem anderen?“

„Meine große Liebe gehört dir, mein Schatz. Da ich aber keine Möglichkeit sehe, mit dir mein ganzes Leben zu verbringen, habe ich mich für die bescheidenere Variante entschlossen. Wir, Walter und ich harmonieren gut zusammen.“ Barbara lächelt verschmitzt und sagt noch: „Würde ich jetzt schwanger werden, ich wüsste nicht wer der Vater ist.“

Ich tat mich sehr schwer mit dieser von Barbara so unkompliziert vorgetragenen Situation. Ich entgegnete ihr:

„Du musst verstehen Barbara, dass ich mit dieser Situation erst mal fertig werden muss. Das ist schon eine Überraschung, die du mir da bereitest. Einen Kommentar möchte ich deshalb noch nicht abgeben.“

„Paul, sieh es doch einfach so: Du liebst zwei Frauen seit Jahren gleichzeitig, ich liebe jetzt zwei Männer gleichzeitig. Wo ist da der Unterschied? Lass uns damit glücklich sein, mein lieber Paul.“

„Ganz so einfach sehe ich das nicht, Barbara. Als wir uns kennen lernten, war ich bereits verheiratet und du wusstest es. Trotzdem hast du an mir festgehalten. Doch jetzt konfrontierst du mich mit einem zweiten Liebhaber und erwartest von mir, dass ich damit einig gehe.“

„Paul, bist du eifersüchtig auf den anderen? Ich war nie eifersüchtig auf deine Frau!“

„Wenn ich ehrlich bin muss ich schon zugeben, dass auch die Eifersucht etwas an mir nagt. Andererseits verstehe ich dich. Du siehst mit Recht keine Perspektive mit mir für die Zukunft. Auch mich bedrückt dieser Zustand schon eine ganze Weile und ich habe oft ein schlechtes Gewissen dir gegenüber, weil du deine Jugend wegen mir vorüberfahren lässt, anstelle die Weichen in Richtung eigene Familie umzulegen. Insgeheim bin ich deshalb froh, dass diese Einsicht bei dir eingekehrt ist. Dass du aber an beiden Partnern festhalten willst? Das geht bestimmt schief, Liebling. Es gibt nur einen Ausweg! Wenn dein neuer Partner dich liebt, davon gehe ich aus, dann solltest du diese Chance nützen. Aber mich musst du dann abhaken."

„Paul, ich liebe dich über alles, du warst mein erster Mann, ich kann ohne deine Liebe nicht leben – niemals!"

„Siehst du, das ist das Problem. Diese Liebe, die auch gestillt sein will, wird in deiner neuen Partnerschaft immer eine Gefahr darstellen. Es geht ja nicht an, dass du hier wohnen bleibst, zur Arbeit gehst und nur am Wochenende die neue Partnerschaft pflegst. Wie soll da etwas daraus werden? Jetzt bist du noch in einem Alter, wo eine Neuausrichtung problemlos gelingt. Du bist eine wunderschöne Frau und begehrt. Ich verliere dich ungern und ich werde dich immer lieben und in meinem Herzen tragen und sollte ich hundert Jahre alt werden, will ich auch im hundertsten Lebensjahr mit Wehmut an dich zurück denken. Wir haben gemeinsam schon so viel erlebt. Das schweißt zusammen, ein Leben lang, mein Schatz!"

Nachdenklich sitzen wir stundenlang auf der Couch. Ich sage zu diesem Thema nichts mehr und Barbara will sich auch nicht mehr äußern. Jeder hängt jetzt seinen Gedanken nach. Irgendwie steht jetzt zwischen uns eine unsichtbare Barriere, die uns hindert, einander in die Arme zu nehmen und zu liebkosen, wie wir dies bei jedem Zusammentreffen bisher zu tun gewohnt waren, Meine liebe Barbara muss heftige Kämpfe in diesen Stunden ausgefochten haben. Als ich mich wieder auf den Heimweg machen will und mich von Barbara verabschiede, kullern ihr Tränen aus den Augen. Wir küssen uns flüchtig und vereinbaren ein nächstes Treffen am Dienstag der kommenden Woche.

Das ganze Wochenende über beschäftigt mich diese neue Situation. Welche Reaktion meinerseits ist richtig? Soll ich es so weiterlaufen lassen wie bisher? Für mich wäre es eine Leichtigkeit, denn es ändert ja nichts an unserer Beziehung und ich müsste nur die Existenz des Rivalen ignorieren. Doch wird mein Ego das dauerhaft aushalten? Ich liebe Barbara über alles. Eine Trennung wird mich in ein tiefes Loch fallen lassen. Das weiß ich. Aber muss ich nicht an Barbaras Zukunft denken? Glaubt sie wirklich, auf zwei Hochzeiten gleichzeitig tanzen zu können? Wenn ich nur wüsste, ob sie mit dem neuen Liebhaber auch eine echte Zukunft hat. In mir reift langsam eine Entscheidung. Barbara muss die Chance wahren und ich will nicht dazwischen stehen. Nur wenn sie auf mich verzichtet, ohne Wenn und Aber, hat sie die nötige Freiheit, sich eine zukunftsorientierte Partnerschaft zu schaffen. Das werde ich ihr am Dienstag beibringen müssen. Eine Herkulesaufgabe wartet auf mich.

Es ist Dienstag. Ich fahre zur gewohnten Stunde zu Barbara. Mir ist nicht wohl in meiner Haut, aber ich habe mir ganz fest vorgenommen, von meinem endgültig gefassten Standpunkt nicht abzuweichen. Wir begrüßen uns wie üblich mit einer Umarmung und einem Kuss und begeben uns ins Wohnzimmer. Meine Barbara wirkt sichtlich aufgeräumt und macht ein freundliches Gesicht.

„Was darf ich dir zu trinken anbieten, Paul?

„Etwas ohne Alkohol. Ich brauche einen klaren Kopf heute."

„Was hast du heute noch vor, Liebling?"

„Ich habe eine wichtige Entscheidung bei klarem Verstand zu treffen, Barbara."

An ihrem augenblicklich veränderten Gesichtsausdruck sehe ich, dass sie ahnt, dass es eine Fortsetzung unseres Freitaggesprächs geben wird. Ich komme auch gleich zur Sache. „Liebling, du weißt, wie sehr ich dich liebe. Ich habe mir das ganze Wochenende über den Kopf zerbrochen, wie es mit uns weitergehen soll. Ich habe einen Entschluss gefasst. Heute sehen wir uns das letzte Mal."

„Und das..." Barbara schießen die Tränen in die Augen und mit erstickter Stimme vollendet sie den Satz, „sagst du einfach so daher?"

„Ich habe mir die Entscheidung wahrlich nicht leicht gemacht. Aber es ist für dich das Beste. Ich sehe eine gute Chance für dich, einen neuen Lebensabschnitt in einer zukunftsorientierten Partnerschaft zu beginnen. Ich kann dir diese Perspektive nicht bieten, das weißt du. Aber denk daran, dass auch du älter wirst. Du liebst deinen neuen Partner, sonst würdest du mit ihm nicht ins Bett gehen. Vergiss mich einfach und blick nach vorne."

„Wie kann ich dich je vergessen, Paul? Das geht bei mir nicht. Ich werde jeden Tag an dich denken und meine unerfüllte Sehnsucht nach dir wird mich krank machen."

„Wir beide werden eine schwere Zeit durchmachen. Es wird für mich nicht leichter. Aber wir werden das durchstehen und die Zeit tut das Übrige. Ich hoffe nur, dass dieser Mann der Richtige für dich ist. Wie siehst du ihn, Barbara? Bist du von ihm überzeugt?"

„Er ist ein lieber Mensch. Er will, dass ich zu ihm ziehe."

„Er zieht also ein ständiges Zusammenleben einer Wochenendbeziehung vor. Das ist schon sehr positiv. Barbara, das ist deine Chance. Bitte nutze sie!"

Meine liebe Barbara tut mir unendlich leid, wie sie mit verheultem Gesicht neben mir sitzt. Doch ich will nicht den Tröster spielen und sie mit Umarmungen und Liebkosungen aus ihrer Traurigkeit herausholen.

„Barbara, ich habe nichts einzuwenden gegen gelegentliche Telefonate, auch wenn diese dem Vergessenwollen widersprechen. Ab und zu deine Stimme zu hören, würde mich sehr freuen. Denk daran."

Ich stehe auf um mich zu verabschieden. Barbara erhebt sich auch. Ich reiche ihr die Hand zum Abschied. Barbara weint wieder bittere Tränen.

„Es tut mir so leid, Barbara. Aber bitte sieh auch du ein, dass es so besser ist für uns beide."

Barbara nickt mit dem Kopf, zum Sprechen ist sie nicht in der Lage.

„Alles Gute für die Zukunft, mein Liebling." Schnell wende ich mich ab und verlasse die Wohnung. Barbara soll meine Tränen nicht sehen.

Lisa hat die Erzählung sichtlich mitgenommen. In ihren Augen schimmern Tränen. Paul reicht ihr sein Taschentuch.

„Meine arme Mama damals."

„Sei froh, sonst gäbe es dich nicht, Schätzchen."

„Jetzt weiß ich wenigstens, was mich einmal erwartet, du böser Kerl!"

„Ach Lisa, was glaubst du, wie oft ich mir Vorwürfe gemacht habe, dass ich so kompromisslos gehandelt hatte. Nie wieder habe ich von Barbara ein Lebenszeichen vernommen. Ich habe Jahre lang auf einen Anruf von ihr gewartet. Es war umsonst. Barbara war einfach weg. Ich brauchte Jahre, um darüber hinwegzukommen. Tausende Nächte hatte ich von ihr geträumt und in diesen Träumen waren wir immer ein verliebtes Paar und dann wachst du auf und das Traumgebilde stürzt in sich zusammen und die Realität hat dich wieder einmal eingeholt."

„Hast du von dir aus nie den Versuch gemacht, einen Kontakt zu ihr herzustellen, Leo?

„Nein! Ich war davon überzeugt, dass sie mit mir abgeschlossen hat. Vielleicht hatte ich sie zu sehr enttäuscht. Ja, so wird es wohl gewesen sein. Ich habe dir doch von diesem Robert erzählt wegen Barbaras Geburtstag. Ich fragte ihn einmal, das war wieder viele Jahre später, wie es Barbara denn ginge. Er antwortete mir: ‚Soweit ich aus Gesprächen innerhalb der Familie gehört habe, geht es ihr gut‘. Auf meine Frage, ob Barbara verheiratet sei, bekam ich die Antwort: ‚Barbara ist damals Knall auf Fall weggezogen und hat innerhalb weniger Wochen geheiratet. Das hat die gesamte Verwandtschaft überrascht‘. Ich fragte weiter nach Kinder und bekam zur Antwort: ‚Ja, sie hat zwei Kinder. Die Tochter dürfte heute etwa fünfzehn Jahre alt sein, der Sohn ist einige Jahre jünger‘. Das war die einzige Nachricht in über dreißig Jahren. Aber ich war sehr glücklich über diese Nachricht. Meine Barbara hat eine Familie mit zwei Kindern. Genau so wollte ich es haben.“

Paul und Lisa bleiben noch eine Weile liegen. Sie hängen ihren Gedanken nach. Paul träumt von Barbara und ist glücklich, dass er die kleine Barbara neben sich liegen hat. Dann sagt er zu Lisa: „Was meinst du, wie deine Mutter heute über mich denkt?“

„Vergessen hat sie dich nicht. Davon bin ich felsenfest überzeugt und nachdem sie zu einer Familie kam, was ja der Grund für die Trennung von dir war, ist sie dir eher dankbar, als auf dich böse zu sein.“

„Wie war das Familienleben bei euch zu Hause, Lisa?“

„Ich habe keine negativen Erinnerungen. Es war harmonisch und äußerst selten gab es mal Zoff. Dann wegen uns Kinder. Die Eltern verstehen sich bis heute sehr gut. Ich war immer der Liebling meiner Mutter. Eigentlich ist es heute noch so. Es gab für Mama überhaupt keine andere Überlegung als die, dass ich diese Wohnung, nachdem der langjährige Mieter ausgezogen war und ich in Heilbronn studiere, zu übernehmen hatte. Nachdem meine Möbel hier aufgestellt waren, hat sie mich beim Reinemachen unterstützt. Als die Arbeit beendet war und ihre Rückfahrt nach Hause anstand, nahm sie mich in die Arme und sagte zu mir: ‚Werde in dieser Wohnung glücklich, mein Liebling‘. Dabei lächelte sie mich mit einem verklärten Blick an. Ich fragte zurück: ‚Mama, warst du denn in dieser Wohnung glücklich‘? Sie sagte nur ein Wort: ‚Sehr‘! Leo, seit heute kann ich mit dieser Bemerkung etwas anfangen. Damit ist deine Frage wohl beantwortet."

Was für ein ereignisreicher Tag. Da wurde das Seelenleben von Paul und Lisa aber mächtig durcheinander geschüttelt. Was hält das Schicksal noch an Überraschungen für die Beiden bereit? Paul ist glücklich, dass seine Mona Lisa sich schnell mit der neuen Situation abgefunden hat. Sie wird ihm also erhalten bleiben und er kann mit der Gewissheit, dass es seiner Barbara über die vielen Jahre hinweg immer gut ging, endlich sein schlechtes Gewissen beruhigen. Lisa, die immer noch in seinen Armen ruht, lächelt ihn listig an und sagt:

„Leo, habe ich zukünftig eine Nebenbuhlerin mit im Bett liegen, wenn wir uns lieben?"

„Nachdem ich nun weiß, dass es Barbara all die Jahre gut ging und sogar eine wunderschöne Tochter geboren hat, werde ich mich voll und ganz der Tochter widmen, denn diese verkörpert all die köstlichen Vorzüge von beiden Frauen auf das Vortrefflichste."

„Ich stelle fest, mein Filou kommt aus der ganzen Geschichte ohne Blessuren heraus. Im Gegenteil, er hat dabei noch etwas gewonnen, nämlich einen ordentlichen Schuss Balsam auf seine ach so geschundene Seele zur Beruhigung seines schlechten Gewissens."

Mona Lisa küsst ihren Leo, dann bittet sie ihn, zusammen mit ihr die Kartons auszuräumen und den Krimskrams einzuordnen. Sie vereinbaren, nach dieser Arbeit ihr Lieblingsrestaurant aufzusuchen, um mit einem guten Essen und einem Glas ‚Lemberger‘ den Einzug in die neue Wohnung zu feiern, Paul will der Wiederentdeckung von Barbara gedenken, und sie möchten diesen erkenntnisreichen Tag in Harmonie ausklingen zu lassen.

Am frühen Abend sind sie in ihrem Lieblingslokal angekommen. Sie lassen die Ereignisse des Tages Revue passieren. Lisa ist trotz allem wieder die Fröhlichkeit in Person und für Neckereien mit Leo bestens aufgelegt:

„Wenn mir jemand vor einem halben Jahr gesagt hätte, was der heutige Tag für mich bereithalten wird, hätte ich demjenigen einen Besuch beim Psychiater empfohlen. So aber ist es kein Wunder, wenn man mit dem größten Filou aller Zeiten verbandelt ist. Leo, mit dir ist das Leben nicht langweilig. Ich bin gespannt, welche Überraschungen du für mich noch auf Lager hast!"

„Wer hat da wen mehr überrascht? Zuerst dein leeres WG-Zimmer, dann musste ich mich von meiner neuen Freundin Martina verabschieden, was mir sehr nahe geht und anschließend führst du mich in eine Wohnung, auf deren Wände, unsichtbar für andere, mein Sündenregister plakatiert ist. Du hattest beinah einen Herzinfarkt verschuldet. Ja, Schätzchen, um das alles wieder in Ordnung zu bringen, wird von dir heute Nacht eine Doppelschicht abverlangt!"

„Ach Leo, damit habe ich kein Problem wie du weißt. Aber wecke keine Erwartungen in mir, denen du nicht gerecht werden kannst, mein Schatz", sagt Lisa lachend. Paul lacht zurück und sagt:

„Eigentlich ist Barbara an allem schuld. Du hast die Gene deiner Mutter geerbt, deshalb ist es naturgemäß, dass du denselben Mann liebst wie einst die junge Barbara. Ihr beide hattet einfach das Glück am Schopf gepackt und die große Chance genutzt, den begehrenswertesten Mann der Welt als Liebhaber zu bekommen."

„Du alter Angeber!"

Nachdem sie wie immer mit gutem Essen verwöhnt wurden, fahren sie zurück in das neue Liebesnest. Noch ein Glas Wein soll diesen Tag gemütlich beschließen. Da sie sich eine volle Woche nicht gesehen haben, gab es noch etwas zu erledigen. Ob Mona Lisa eine Doppelschicht leisten musste, sei hier mal verschwiegen.

Den Sonntag lassen sie langsam angehen. Um zehn Uhr fährt Paul zum Bäcker und besorgt Brötchen fürs Frühstück. Als er zurück ist, ruft ihn Lisa ins Badezimmer. Als er eintritt, steht sie splitternackt vor ihm.

„So gefällst du mir am besten, Schätzchen. Soll ich mich auch ausziehen?"

„Halt die Klappe, Leo. Ich komme gerade aus der Dusche. Stell dich mal mit mir vor den Spiegel."

„Ich weiß, dass ich schön bin", ist Pauls trockener Kommentar.

„Bitte schau geradeaus in den Spiegel so wie ich und bitte ohne Grimassen zu schneiden."

„Was sind wir doch für ein schönes Paar, Mona Lisa. Wusstest du das nicht?"

„Es geht um etwas anderes, Leo. Schau uns beiden ins Gesicht. Was fällt dir auf?"

„Was soll mir da auffallen, Schätzchen?"

„Welche Ähnlichkeiten zwischen uns entdeckst du?"

„Vom Hals an abwärts überhaupt keine, stimmt's?"

„Bleib ernsthaft, Leo. Es ist mir sehr wichtig und dir sollte es auch wichtig sein. Also, was fällt dir auf?"

„Nun, ich sehe vier schöne blaue Augen."

„Was noch?"

„Nichts"

„Vergleiche einmal unsere Nasen. Was fällt dir auf?"

„Ich muss mir heute noch die Nasenhaare zurückschneiden."

„Siehst du denn nicht, dass wir ähnliche Nasen haben? Und die Konturen unserer Ohren sind ebenfalls identisch!"

„Sag schon, was du damit bezwecken willst, mein Schatz!"

„Das will ich dir nur ungern sagen, aber es könnte sein, dass ich deine Tochter bin!"

„Hurra! Ich habe noch eine Tochter. Leider ist die etwas plemplem." Paul lacht laut auf und legt einen Arm um seinen Liebling.

„Leo, ich werde der Sache auf den Grund gehen. Ich brauche Klarheit. Es sind nicht nur die äußerlichen Merkmale, denen wir uns gleichen. Dass ich von meinem angeblichen Vater so gut wie keine Merkmale aufweise, spricht doch Bände. Denk doch mal darüber nach an die vielen Gemeinsamkeiten die uns beide verbinden. Wir haben auch bei vielen Themen dieselben Ansichten. Wir lieben die gleiche Musik und noch etliche andere Übereinstimmungen könnte ich aufzählen."

„Ja, Schätzchen, wir lieben sogar denselben Wein und dass wir beide sehr viele gleiche Ansichten haben, kommt daher, weil wir vernünftige Menschen sind, aber nicht durch gleiches Blut Unsere Nasen und Ohren sind identisch mit Millionen Nasen und Ohren anderer Menschen, weil wir derselben Rasse entstammen."

„Leo, ich verstehe, dass du dich dagegen wehrst, meine Theorie zur Kenntnis zu nehmen. Denn wäre sie richtig, wäre unsere Liebesbeziehung am Ende. Dann hätte ich nur noch einen lieben Papa, aber keinen Partner mehr im Bett."

„Jetzt kann ich auch deinen unruhigen Schlaf der letzten Nacht deuten. Hast du überhaupt geschlafen, Lisa? Oder dich nur mit diesem Blödsinn beschäftigt?"

Paul nimmt seine Mona Lisa liebevoll in die Arme und sagt zu ihr: „Erstens, Liebling: Barbara hat immer die Pille genommen. Zweitens kann das ja gar nicht möglich sein, denn eine Schwangerschaft dauert neun Monate und du bist im August geboren während ich mich im Herbst von Barbara getrennt hatte. Also vergiss das alles. Im Übrigen, frag doch einfach deine Mutter!"

„Von ihr werde ich nichts erfahren. Da bin ich mir sicher. Ich muss das selbst klären. Weißt du noch, wann du zuletzt mit meiner Mutter geschlafen hast?"

„Geschlafen? Ja glaubst du denn, wir hätten diese kostbare Zeit mit Schlafen verbracht? Wir waren immer sehr wach, wenn wir beieinander lagen."

„Bleib ernsthaft, Leo. Also, wann habt ihr das letzte Schäferstündchen wach gelegen?"

„Blöde Frage! Wie kann ich das nach über dreißig Jahren noch wissen?"

„Wenn man sich so heftig geliebt hat wie ihr Zwei, dann erinnert man sich sein Leben lang an jede Minute."

„Okay, okay! Es war am dreiundzwanzigsten November kurz vor neunzehn Uhr. Zufrieden?"

„Abgesehen davon, dass du mich veräppelst, aber das Datum würde passen: 23.11. plus 9 Monate macht 23.8.. Mein Geburtstag ist der 26.8."

„Lisa, wir hatten gestern einen sehr aufregenden Tag. Soll sich das heute fortsetzen? Warum tust du uns das an?"

„Ja wäre es dir egal, mit der eigenen Tochter zu schlafen, Leo?"

„Solange ich es nicht weiß? Warum nicht? Du weißt es auch nicht! Es ist nur eine verrückte Hypothese von dir. Verrenne dich nicht. Du landest nur in einer Sackgasse und deine Zweifel werden ewig zwischen uns stehen, Liebling. Willst du unsere Liebe wirklich aufs Spiel setzen?"

„Ich werde auf jeden Fall beim nächsten Besuch in der Heimat versuchen, von meiner Mutter etwas in Erfahrung zu bringen. Direkte Fragen bringen nichts, das ist mir klar. Aber ich weiß schon, wie ich es anstellen muss, dass sie sich verrät."

„Siehst du, Lisa, schon sprichst du von Verrat. Verraten kann man nur, was andere nicht wissen dürfen. Also gehst du schon davon aus, dass deine Vermutung richtig ist. Arme Lisa, so kenne ich dich gar nicht?"

„Es wäre mir nichts lieber, als dass meine Vermutung falsch ist. Ich liebe dich über alles, Leo. Aber ich brauche Klarheit und was ich mir in den Kopf gesetzt habe, führe ich grundsätzlich aus. Doch jetzt lass uns frühstücken, mein Schatz."

Während des Frühstücks unterhalten sie sich über allgemeine Geschehnisse. Lisa berichtet Paul, dass sie jetzt wieder regelmäßig am Training teilnehmen muss. Also wird sie einmal in der Woche nach Hause fahren. Wenn der Spielbetrieb beginnt, muss Paul auch am Samstag auf seine Mona Lisa verzichten. Eigentlich wird zwei Mal die Woche trainiert, aber man nimmt Rücksicht auf ihren derzeitigen Wohnort und die Belastung mit dem Studium. Ihren Job als Kellnerin will sie weiterhin ausüben, strebt jedoch an, am neuen Wohnort eine Stelle zu bekommen. Bald beginnt das neue Semester.

Eigentlich wollte Paul nach dem Frühstück Lisas Bilder in der Wohnung aufhängen, doch er verschiebt das auf Montag wegen der Sonntagsruhe. Am Nachmittag setzten sie sich auf die schöne Terrasse, welche schon damals vor über dreißig Jahren Paul und Barbara herrliche Stunden bescherte. Lisa hat zum Einzug von ihren Eltern eine Garnitur schöner, bequemer Terrassenmöbel bekommen. Paul wird ihr verschiedene Kübelpflanzen zum Einzug schenken. Sie wollen aus dieser Terrasse ein Schmuckstück machen.

Die leidige Diskussion vom Vormittag ist für den restlichen Tag ausgeblendet. Sie sitzen auf der Terrasse und durch die offene Tür hören sie herrliche Musik von einer CD, die Lisa aufgelegt hat. Es ist Musik zum Entspannen. Gerade richtig für einen erholsamen Nachmittag. Lisa hält ihrem Leo die meiste Zeit die Hand und oft legt sie ihren Kopf an Leos Schulter. Lisa liebt Paul über alles. Es muss für sie fürchterlich sein, die Ungewissheit mit sich herumzutragen.

Am Abend lassen sie den Pizzaservice kommen. Eine Flasche Wein hat Lisa noch aus der WG mitgebracht. Morgen wollen sie Lebensmittel kaufen und selbst ein Essen zubereiten. Paul hat Lisa versprochen, am kommenden Samstag den Kochlöffel zu schwingen und für den Abend etwas Feines auf den Tisch zu bringen. Alisa wollen sie auch dazu einladen. Sie wird sich bestimmt sehr freuen. Dann kann sie gleich Lisas neue Wohnung bestaunen.

Der Abend vergeht wie im Fluge. Nach dem Essen liegen sie beieinander auf der Couch und schauen sich einen Spielfilm an. Als der Wein ausgetrunken ist, zeigt die Uhr kurz vor Mitternacht. Zeit zum Schlafen gehen. Lisa legt sich im Bett ganz nah an Paul. Sie will die ganze Nacht seine Nähe spüren.

Am nächsten Morgen macht sich Paul mit Hammer und Nägeln daran, Lisas Bilder in der Wohnung aufzuhängen. Sie hat ihm genau gesagt, wo sie welches Bild haben möchte. Unter den Bildern ist auch die Aufnahme vom glühenden Rosengarten. Dieses Bild, stark vergrößert, aber trotzdem noch mit scharfen Konturen, möchte sie über der Essecke haben. Die Aufnahme der Kussszene vor Julias Haus in Verona lassen sie vorerst noch auf der Speicherkarte.

„Liebling, soll ich Pflaster für den Daumen und Riechfläschchen bereithalten?" Lisa lächelt Paul ganz lieb an.

„Eine hübsche Krankenschwester zur Seite gestellt wäre mir tausendmal lieber, Schätzchen!"

Nachdem die Arbeit erledigt ist, fahren sie in ein Einkaufscenter und besorgen sich Lebensmittel. Heute wollen sie sich selbst versorgen. Lisa kocht Spaghetti Bolognese und Paul macht eine große Schüssel Salat mit allerlei Zutaten, wie verschiedene grüne Salate, Tomaten, Gurken, Paprika, Mozzarella, Oliven und sogar Shrimps.

Wie jeden Donnerstag fährt Lisa am späten Nachmittag zum Volleyball-Training. Trainiert wird bis zweiundzwanzig Uhr. Sie beschließt, die Nacht bei ihren Eltern zu verbringen. Da ihr Papa wie immer am Donnerstag-Abend zu seiner Skatrunde geht, und erst gegen Mitternacht nach Hause kommt, wird sie ihre Mutter alleine antreffen.. Lisa sieht eine gute Möglichkeit, weitere Aufklärung zu ihren brennendsten Fragen zu bekommen. Sie muss es nur geschickt anstellen mit ihren Fragen, damit ihre Mutter nicht sofort abblockt.

Als Lisa nach dem Training ihr Elternhaus erreicht, sieht sie, dass noch Licht brennt. Gewohnheitsmäßig drückt sie zweimal kurz auf den Klingenknopf, dann schließt sie die Haustür auf. Dieses Klingenzeichen signalisiert, dass ein Familienangehöriger nach Hause kommt. Nur zur Schlafenszeit wird darauf verzichtet.

Barbara ist gerade im Begriff, zu Bett zu gehen. Deshalb empfängt sie Lisa im Nachtgewand.

„Hallo Mama, schön dass du noch wach bist. Lisa geht auf ihre Mutter zu und küsst sie zur Begrüßung. Ich werde heute Nacht hier schlafen. Ich bin zu müde für die Rückfahrt."

„Ich freue mich an jedem Tag, wenn du dein Elternhaus besuchst. Komm nur sooft es dir möglich ist. Kann ich dir noch etwas zu trinken anbieten?"

„Da ich heute Nacht nicht mehr fahren muss, würde ich gerne ein gekühltes Bier trinken."

„Dann trinke ich auch eines mit und du erzählst mir, wie es dir in der neuen Wohnung so geht."

„Bestens Mama! Ich habe mich bereits eingelebt", ruft Lisa ihrer Mutter nach, die zur Küche geht um die Getränke zu holen und ergänzt: „Ich fühle mich dort schon pudelwohl. Es ist eine sehr schöne Wohnung und ich bin dir dankbar, Mama, dass ich darin wohnen darf."

„Niemand hätte mehr Rechte an der Wohnung als du. Mit dir lebt meine Wunschperson jetzt dort."

Lisa gibt diese Antwort zu denken. Warum gerade ich? Barbara kommt aus der Küche zurück, stellt die Gläser auf den Tisch und schenkt das Bier ein.

„Es war schon immer mein Wunsch, dass du einmal die Wohnung übernimmst. Erst wenn du eine Familie mit Kindern hast, wird die Wohnung zu eng. Dann kannst du sie verkaufen und hast eine solide Grundlage für eine Neuanschaffung."

„Wie viele Jahre hast du dort gelebt, Mama?"

„Ich habe die Wohnung als Neubau gekauft und wohnte dort etwa sieben Jahre."

„Du hattest mir vor kurzem gesagt, dass du sehr glücklich in dieser Wohnung warst. Aber ganz allein und trotzdem glücklich? Ich kann es mir nur schwer vorstellen. Hattest du damals einen Freund?

„Das ist alles schon sehr lange her. Ja, ich hatte einen Freund, der mich oft in dieser Wohnung besuchte, aber nicht bei mir wohnte."

„Du warst ja damals noch sehr jung und anscheinend war dein damaliger Freund nicht der richtige Partner. Ich bin froh, dass du Papa kennengelernt hast, denn sonst wäre ich ja nicht vorhanden."

„Ja, mein Liebling. Mit dir war ich all die Jahre eine sehr glückliche Mutter. Als ich die Wohnung kaufte, war ich tatsächlich noch sehr jung. Als ich auszog, war ich immerhin schon achtundzwanzig Jahre alt."

„Warum hast du damals die Wohnung nicht verkauft, als du zu Papa gezogen bist?"

„Ich hing sehr an dieser Wohnung. Sie war mein Eigen. Außerdem war sie für mich eine Sicherheit, falls meine Ehe nicht so verlaufen wäre, wie ich es mir gewünscht hatte."

„Mama, ich habe mal nachgerechnet. Als du Papa geheiratet hast, war ich bereits unterwegs. Früher sagte man dazu, es ist eine Mussehe. Hast du das damals so empfunden?"

„Ach Lisa, es war damals so üblich, dass man heiratet, wenn sich in einer Beziehung ein Kind ankündigt. Im Übrigen waren wir uns schon vorher einig, dass wir heiraten, auch ohne Schwangerschaft."

„Wenn deine Ehe gescheitert wäre, wärst du also mit mir in deine Wohnung zurück und dort wo ich heute wohne, wäre meine eigentliche Heimat."

„Genauso ist es, mein Kind. Dann wären wir dort miteinander glücklich geworden. Allerdings darfst du deinen Bruder nicht vergessen, der halt ein paar Jahre nach dir geboren wurde. Der wäre dann auch dabei."

„Mama, ich hatte immer das Gefühl, dass du mich meist meinem Bruder vorgezogen hast. Ich war immer dein Liebling und jeder Wunsch wurde mit erfüllt. Hat das damit zu tun, weil ich das Erstgeborene war?"

„Ich bin mir nicht bewusst, Unterschiede gemacht zu haben. Wenn du es so empfunden hast? Du warst immer ein sehr liebes Kind und ich habe Freude an dir bis heute."

„Ich habe viele Merkmale im Aussehen von dir geerbt. Aber

meine blauen Augen sind weder nach dir noch nach Papa. Ist doch komisch, oder?"

„Da kann ich auch nichts dazu sagen. Es ist halt so. Sei stolz auf deine schönen Augen. Das ist dein besonderes Merkmal."

‚Viel erfahren habe ich ja nicht', denkt sich Lisa. Weiterbohren will sie auch nicht. Was hängen bleibt ist die Aussage mit dem besonderen Recht an der Wohnung. Ist das ein Fingerzeig? Es könnte ein Anhaltspunkt sein. Barbara hatte damals mit zwei Männern geschlafen. Das hatte sie Paul gegenüber ja ausgesagt. Sie wurde schwanger. Aber wann und von wem? Bevor oder nachdem Paul die Beziehung abgebrochen hatte? War es vorher, dann war Paul mindestens noch den gesamten November mit Barbara zusammen und hat von der Schwangerschaft nichts gewusst. Barbara vermutlich auch noch nicht. Dass Lisa vielleicht zu früh geboren ist, wurde nie angedeutet. Sie muss also in der zweiten Novemberhälfte gezeugt worden sein. Aber von wem? Barbara hatte nach Kenntnis ihrer Schwangerschaft nur die eine Chance und das war Walter. Lisas Vater, wenn er es denn ist. So muss es gewesen sein. Von wem Barbara nun tatsächlich schwanger wurde, wird sie vermutlich selbst nicht wissen. Man kann jedoch annehmen, dass in Barbara immer der Wunsch vorherrschte, Lisa ist Pauls Tochter. Gezeugt in der Wohnung, in der Lisa heute lebt. Dadurch besteht ein besonderes Anrecht auf diese Wohnung. Mit diesem Gedankengut darf Lisa ihre Mutter auf keinen Fall konfrontieren. Es ist Lisas Interpretation und die muss ja noch lange nicht richtig sein.

Zwischenzeitlich ist es sehr spät geworden und die Müdigkeit zehrt an den beiden Frauen. Sie beenden ihren Dialog und gehen schlafen.

Paul ist froh, dass seine Mona Lisa am heutigen Tag nicht bedienen muss. So haben sie ein ganzes Wochenende für sich. Paul hatte versprochen, heute seine Kochkünste zu demonstrieren. Alisa wird auch am Abendessen teilnehmen. Sie hat sich riesig über die Einladung gefreut. Nun liegt es an Paul zu überlegen, mit was er seine Mädels verwöhnen soll. Große Lust, den Kochlöffel zu schwingen, verspürt er allerdings nicht, doch er will ja nicht sein Gesicht verlieren. Sonst würde Lisa ‚große Klappe und nichts dahinter‘ sagen. Nun überlegt er also ein Gericht, doch seine Fantasie hadert mit ihm. Er nimmt ein Kochbuch zur Hand und blättert darin herum. Da entdeckt er das Rezept für ein Käsefondue. Mit Käse hat Paul nichts am Hut, aber das Stichwort ‚Fondue‘ hilft ihm weiter. Er wird ein Fleischfondue machen. Irgendwo in einem Schrank muss ein Fondue-Set schlummern. Er gräbt es aus. Noch originalverpackt kommt es nach vielen Jahren ans Tageslicht und soll endlich seinem hehren Zweck dienen. Paul macht sich auf zum ‚Metzger seines Vertrauens‘, wie man so sagt und besorgt schöne Filetstücke von Rind und Schwein. Im Feinkostladen besorgt er sich verschiedene Soßen, beim Bäcker kauft er Weißbrotstangen. Seine einzige Arbeit beschränkt sich auf die Herstellung von vier verschiedenen Salaten.

Am Spätnachmittag fährt er mit seiner Gerätschaft und einigen vollen Schüsseln zu Lisas Wohnung. Sie begrüßen sich auf ihre Art und als er wieder frei atmen kann, bringt er seinen vollen Tragekorb in die Küche. Lisa hilft ihm beim Auspacken und als sie sieht, was es am Abend zu essen gibt, ist sie hellauf begeistert. „Da hat sich mein Schatz was Tolles ausgedacht. Alisa wird es auch freuen und mein Leo hat sich viel Arbeit dabei erspart", sagt sein Herzchen extra noch hinterher.

Dann berichtet Lisa von dem nächtlichen Gespräch mit ihrer Mutter. Nachdem sie mit dem Bericht zu Ende ist, sind sich beide darin einig, nicht viel an neuen Erkenntnissen gewonnen zu haben. „Aus ein paar Bemerkungen deiner Mutter könnte man schließen, dass du meine Tochter bist, aber es kann auch nur das Wunschdenken von Barbara sein, die damit die Erinnerung an ihren geliebten Paul erhalten wollte: „Lisa ist für Barbara auch

Paul. Oder gibt es einen Mutterinstinkt, der eindeutig auf den tatsächlichen Erzeuger hinweist?"

„Ich weiß es nicht, Leo! Ich bin ja noch keine Mutter und kann das nicht beurteilen. Was machen wir jetzt, Leo?"

„Wenn es nach mir geht, vergessen wir einfach die Geschichte. Wir lieben uns und lassen darüber keinen Zweifel aufkommen. Wir haben glückliche Monate hinter uns und in diesem Glück möchte ich mit dir weiterleben. Selbst wenn es zutreffen würde, dass du meine Tochter bist, was ich mir nicht vorstellen kann, wäre es ohne negative Folgen, wenn wir daran festhalten, keine Kinder zu zeugen."

„Unter den gegebenen Umständen darf uns da nichts passieren, Liebling. Aber trotzdem möchte ich Gewissheit haben."

„Dann gibt es nur noch eine einzige Möglichkeit: den Vaterschaftstest!"

„Und wenn der ungünstig für uns ausgeht? Was machen wir dann?"

„Dann musst du entscheiden, wie wir damit umgehen wollen. Die Tatsache einer Vater-Tochter-Beziehung würde unsere Liebe auf Dauer nicht durchhalten können, wenn wir uns nicht absolut einig sind über unser weiteres Zusammenleben. Deshalb wäre mir ein bloßer Verdacht bei weitem lieber."

„Ach Leo! Warum musste das gerade uns passieren? Das Schicksal kann schon ungerecht sein. Wir sind doch unschuldig in diese Lage hinein geschlittert. Wir waren so glücklich die ganze Zeit und jetzt müssen wir dieses große Problem mit uns herumtragen. Ich möchte jetzt für einige Tage komplett abschalten. Nichts mehr hören wollen, die ganze Misere totschweigen und dann werden wir beide eine Entscheidung treffen."

„Ja Schätzchen, so wollen wir es halten. Ab jetzt ist das Thema für einige Tage tabu." Paul nimmt seine Mona Lisa in die Arme und drückt sie ganz fest an sich.

„Dass heute Abend Alisa bei uns ist, macht mich froh. Die Unterhaltung mit ihr wird uns ablenken. Alisa ist so ein fröhliches

und angenehmes Wesen. Sie wird uns auf andere Gedanken bringen. Ich freue mich auf sie. Wer von uns holt sie ab, Leo?"

„Wenn du es übernehmen könntest? Dann kann ich alles für
das Fondue vorbereiten, Schätzchen."

Zwei Stunden später, Paul hat bereits den Tisch gedeckt kommt
Lisa mit Alisa im Schlepptau an. Gemeinsam tragen sie eine riesige Grünpflanze in die Wohnung.

„Leo schau, was mit Alisa zum Einzug geschenkt hat. Ist sie
nicht verrückt, so viel Geld auszugeben?"

„Ich bin nicht verrückt! Schließlich verdiene ich auch bei Fred",
lacht Alisa und begrüßt ihren Paul mit einer herzlichen Umarmung. „Dank dir, lieber Paul" und sie küsst ihn, wie sie es immer
tut, wenn sie sich begrüßen.

Anschließend führt Lisa die liebe Freundin durch die Wohnung. Alisa ist begeistert. So eine Wohnung möchte sie auch
einmal haben, hört Paul sie sagen, ‚Wenn du wüstest, wie viel
Verdruss uns die Wohnung schon gebracht hat', denkt sich Paul
bei Alisas Begeisterung.

So ein Fleischfondue-Essen ist eine kommunikative Angelegenheit.
Es bleibt viel Zeit zum Reden, solange das Fleisch auf deiner Fon-
duegabel im sprudelnden Fett brutzelt. Aber wehe, du hast großen
Hunger. Es dauert eine Ewigkeit, bis dein Magen versöhnlich ge-
stimmt ist. Paul hat jetzt mächtig Hunger, denn sein bescheidenes
Frühstück liegt mittlerweile neun Stunden zurück. Die drei sitzen
um den Fonduetopf herum und tauchen den ersten Fleischbissen ins
flüssige Fett. Da erfolgt das Grummeln eines mittleren Erdbebens.

„Unser Löwe hat wohl großen Hunger" spöttelt Lisa und Alisa
lacht dazu.

„Wir sollten ihn füttern, bevor er uns auffrisst", macht Alisa
den Vorschlag.

„Euch vernasche ich zum Nachtisch! Zuerst das zarte Lämmchen
neben mir, bevor ich mir am Schaf womöglich die Zähne ausbeiße."

„Bist du aber gemein zu Lisa! Paul schäme dich! Lisa lass es dir nicht gefallen!"

„Ach weißt du, der alte Löwe brüllt nur deshalb, weil kein junger Rivale in der Nähe ist. Und seine Zähne fallen ihm aus, weil sie schon lange wackeln. Aber werfen wir ihm trotzdem ein paar Bissen hin, damit er nicht verhungert."

Wie auf Kommando legt jede der beiden ein fertiggegartes Fleischstück auf Pauls Teller. „Du siehst, wir lieben dich trotzdem, Löwe!" sagt Lisa.

„Du bist auch kein Schaf, mein Schatz, sondern ein hervorragender Leckerbissen. Deshalb vernasche ich dich mit Vorliebe. Das zarte Lämmchen dagegen muss noch etwas reifen, bevor ich mich darüber hermache."

„Ich weiß" lacht Alisa, „ich habe ja noch den Welpen-Schutz, gell Paul?"

Volle zwei Stunden sitzen sie beim Essen. Lisa und Alisa loben Paul für seine Idee mit dem Fondue. Nach dem Essen räumen die beiden Frauen den Tisch ab. Bald ist die erste Flasche Lemberger leer. Alisa hält schon wacker mit. Sie erzählt von ihrer Arbeit im Werbestudio und dass sie dort sehr glücklich ist. Fred zahlt ihr einen guten Lohn mit dem sie sehr zufrieden sein kann. Sie möchte viel auf die hohe Kante legen, damit sie die drei Studienjahre finanziell überbrücken kann. Den Führerschein will sie auch bald angehen. Alisa möchte gerne die Urlaubsbilder sehen. Also holt Lisa die DVD und lässt die Aufnahmen über den Fernseher ablaufen. Besonders die Bilder vom Rosengarten haben es Alisa angetan. Sie hat noch nie ein richtiges Gebirge gesehen. Als die kurze Filmsequenz kommt, in der Paul mit kaputtem Schuhwerk im Storchenschritt daherkommt, lacht sie Tränen.

Auf einmal ist es nicht mehr weit bis Mitternacht. Alisa sollte nach Hause gebracht werden. Wer fährt? Zwei leere Weinflaschen sprechen eine beredte Sprache.

„Eigentlich kann keiner von uns beiden noch fahren", meint Lisa. Paul muss ihr beipflichten und macht den Vorschlag, Alisa soll bei ihnen übernachten. Die Couch wäre groß genug. Aber Alisa will sich von Vater oder Mutter abholen lassen, da sie ja nichts für eine Übernachtung dabei hat. Es ist Paul peinlich, so spät die Eltern bemühen zu müssen, nur weil sie sich gedankenlos dem Wein hingegeben haben. Alisa sieht das gelassener. „Meine Eltern gehen kaum vor Mitternacht schlafen. Macht euch also keine Gedanken."

Ein kurzer Anruf zu Hause und Alisa gibt grünes Licht. Fünfzehn Minuten später steht ihre Mutter vor dem Haus. Paul hat Alisa hinunter begleitet und entschuldigt sich bei Güler für den Umstand, den er ihr bereitet. Doch Güler lacht und sagt: „Wenn ich meine Alisa so anschaue, muss es ein schöner Abend gewesen sein. Das freut auch mich."

Als Paul wieder hochkommt in die Wohnung, liegt sein Schatz bereits im Bett. Er geht noch kurz unter die Dusche. Als er im Schlafzimmer aus seiner Reisetasche den Schlafanzug herausnimmt, bekommt er von seiner Mona Lisa einen eindeutigen Beweis ihrer momentanen Stimmung:

„Leo, mein Schatz, den brauchst du heute Nacht nicht. Ich werde dich die ganze Nacht warm halten."

„Noch zwei Jahre mit dir, dann bin ich ein verbrauchter Mann. Du wirst mich verstoßen, weil ich dir nicht mehr genüge, Schätzchen."

„Mach dir keine Sorgen, Leo. Ich habe gelesen, dass die Liebe einen jung hält."

„Sofern man noch jung ist so wie du. Aber ich füge mich meinem Schicksal. Dann mach mich halt kaputt."

Sonntagmorgen gegen elf Uhr klingelt Lisas Handy. Sie sitzen gerade beim Frühstück, weil sie spät aufgestanden sind. Lisa nimmt das Gespräch entgegen, blickt zu Paul und legt den Zeigefinger auf ihren Mund. Es ist ihre Mutter, die anruft. Gleich darauf hört Paul Lisa sagen:

„Ja, ich bin allein. Ich frühstücke gerade. Wann wollt ihr kommen?" Kurz darauf: „Also gegen sechzehn Uhr. Ich werde zu Hause sein. Tschüss Mama." Lisa lächelt ihren Leo an und sagt: „Liebling, meine Eltern werden mich am Nachmittag gegen vier Uhr besuchen. Sie bringen noch ein paar Küchenutensilien vorbei."

„Das ist super! Endlich nach über dreißig Jahren sehe ich meine Barbara wieder."

„Nichts da! Du wirst schön verschwinden, bevor sie kommen."

„Ich möchte aber meine Barbara nach so langer Zeit wieder sehen. Vielleicht erkennt sie mich gar nicht? Dann kannst du ja sagen, ich sei ein Professor von der Hochschule, der dich überraschend besucht hat."

„Sie würde dich erkennen, Leo. Da bin ich mir ganz sicher. Einen solchen Filou vergisst man ein Leben lang nicht. Meine Eltern bleiben nur kurz, denn sie wollen weiter nach Heidelberg. Ich werde dich anrufen, sobald die Luft wieder rein ist."

„Müssen wir jetzt des Öfteren mit dem Besuch deiner Eltern rechnen? Vielleicht kommen sie einmal sehr früh am Tag? Muss ich dann in den Kleiderschrank?"

„Unangemeldet kommen sie nie. Einen Wohnungsschlüssel haben sie auch nicht. Also mach dir keine Sorgen, dass sie dich in Unterhosen oder in gar nichts überraschen, mein Schatz."

Wie kann Paul es bloß anstellen, dass er endlich seine alte Liebe zu Gesicht bekommt? Soll er im Auto aus sicherer Entfernung ihre Ankunft abwarten? Lisas zweiten Parkplatz vor dem Haus muss er ja freimachen. Er entschließt sich, einfach auf der gegenüberliegenden Straßenseite zu parken und mit einer Zeitung sein Gesicht verdecken. Er wird aber sein Vorhaben Lisa nicht verraten. Als die Uhr halb vier zeigt, drängt ihn seine Mona Lisa zum Aufbruch.

„Leo, du solltest jetzt gehen. Meine Eltern könnten auch früher eintreffen und ich möchte keine Konfrontation zwischen dir und

Mama. Stell dir doch vor, welche peinliche Situation das für Barbara wäre in Gegenwart meines Vaters. Denk auch an mich. Also Liebling, husch, husch ins Auto und fort mit dir!"

„Du solltest dann aber auch meine Spuren tilgen, Schätzchen." „Ins Schlafzimmer werden sie nicht gehen und dein Schlafanzug ist ja noch in der Sporttasche."

„Aber vielleicht sind in der Duschwanne noch ein paar Schamhaare von mir. Barbara wird sie sofort erkennen."

„Verschwinde endlich, du Blödmann." Lisa kann ein Lachen nicht unterdrücken.

Wie geplant fährt Paul seinen Audi vom Parkplatz, dreht eine Runde um den Block und parkt dann etwas versetzt auf der gegenüberliegenden Straßenseite. Eine Zeitung hat er nicht, deshalb legt er eine Straßenkarte auf dem Beifahrersitz bereit. Auch die Sonnenbrille wird er aufsetzen, wenn das ihm fremde Auto mit dem ‚ES'-Kennzeichen angefahren kommt. Paul schaut auf die Uhr. Noch fünfzehn Minuten bis sechzehn Uhr. ‚Hoffentlich sind die halbwegs pünktlich. Ich möchte nicht eine halbe Stunde oder länger im Auto sitzen, denn das macht Anwohner argwöhnisch', geht ihm durch den Kopf. Aber Barbara war schon früher die Pünktlichkeit in Person. Zwei Minuten nach Vier sieht er im Rückspiegel einen dunkelblauen BMW mit ‚ES'-Kennzeichen die leicht ansteigende Straße hochfahren. Das müssen sie sein. Paul setzt die Sonnenbrille auf und faltet die Straßenkarte auseinander. Der BMW schwenkt da auch schon auf Lisas Parkplatz ein. Paul hält die Straßenkarte vors Gesicht. Er ist aufs äußerste gespannt und seine Hände zittern vor Erregung. Die Autotüren öffnen sich und auf der Fahrerseite steigt seine geliebte Barbara aus. Zuerst sieht er weiß/blaue Sommerschuhe und dann lange Beine in einer hellen Jeans, dann endlich Barbaras Gesicht, umrahmt von fast schwarzem Haar mit einem Rotschimmer. Sie trägt einen Kurzhaarschnitt. Natürlich muss sie in ihrem Alter die Haare färben. Ihr Gesicht hat sich altersbedingt verändert aber die Gesichtszüge sind die der jungen Barbara noch sehr ähnlich. ‚Du hast dich gut gehalten, mein Liebling‘, sinniert Paul vor sich hin. Ja, Barbara ist immer noch eine sehr attraktive Frau mit einer schlanken Figur. Immerhin wird sie bald die Sechzig erreichen. ‚So wird auch meine Mona Lisa einmal aussehen. Aber das erlebe ich ja nicht mehr‘ sind seine Gedanken. Aber mit der heutigen Barbara könnte er sich ein Leben ohne weiteres vorstellen. Wie Barbara wohl über Paul denken würde, wenn sie ihn sehen könnte?

Nachdem Barbara und ihr Mann ausgestiegen sind, nehmen sie aus dem Kofferraum einen größeren Karton heraus. Da werden die Küchengeräte drin sein. Nachdem sie die Haustüre erreicht haben, startet Paul seinen PKW und fährt nach Hause. Lisa soll ihn nicht sehen, falls sie ihren Eltern entgegenkommt. Erst jetzt wird Paul bewusst, dass er keinen Blick für Barbaras Ehemann hatte. Zu sehr hat ihn Barbara in ihren Bann gezogen. Eine Stunde später klingelt Pauls Telefon und Lisa meldet ‚reine Luft‘. Er macht Lisa den Vorschlag, heute Abend in eine Pizzeria zu gehen. Sie ist einverstanden und er wird um neunzehn Uhr bei ihr sein.

Sie sitzen in der Pizzeria und unterhalten sich über den Besuch von Lisas Eltern. Paul ist überglücklich, dass er nach so langer Zeit endlich seine Barbara zu Gesicht bekam. Nie hätte er daran geglaubt, jemals etwas von ihr zu hören, geschweige denn sie zu sehen. Wie oft hatte er sich in den vielen zurückliegenden Jahren gewünscht, rein zufällig seiner Barbara zu begegnen. Die Welt ist doch zwischenzeitlich so geschrumpft, dass man an jeder Ecke Bekannte treffen kann. Wenn man dann gerade mal fünfzig Kilometer auseinander wohnt, ist die Chance doch tausendmal größer. Doch dann muss er, oh gütiges Schicksal, Barbaras Tochter begegnen und sich in diese verlieben und jetzt steht er vor der Schicksalsfrage: ‚Habe ich zusammen mit Barbara eine Tochter‘?

„Jetzt weiß ich auch, wie du in dreißig Jahren einmal ausschauen wirst, Schätzchen."

„Das habe ich mir doch gedacht, dass du irgendwo lauerst, um meine Mutter zu sehen. Wo hast du sie abgepasst?"

„Ich habe ihr die Haustüre aufgehalten und höflich gegrüßt."

„Das sehe dir zwar ähnlich, aber ich glaube es trotzdem nicht."

„Brauchst du auch nicht. Ich habe auf der anderen Straßenseite geparkt und die Ankunft deiner Eltern einfach abgewartet."

„Und? Ist sie noch nach deinem Geschmack, meine Mama?"

„Sie ist immer noch eine wunderschöne Frau. Ich werde um sie buhlen, falls du mich mal aussortieren solltest."

„Dann wären ja meine richtigen Eltern wieder zusammen."

„Sag' doch so etwas bitte nicht mehr! Ich will nicht dein Vater sein, sondern dein Geliebter. Dafür verzichte ich gern auf Barbara, Liebling."

„Leo, wir müssen demnächst den Vaterschaftstest machen lassen. Wenn er günstig für uns ausgeht, also negativ, können wir uns gegen die Meinung meiner Mutter zur Wehr setzen. Denn irgendwann wird sie von unserer Liaison erfahren und uns die Hölle heißmachen, von wegen Vater-Tochter-Beziehung."

„Und wenn der Test positiv ausfällt? Was dann, Schätzchen?"

„Dann bricht für mich die Welt zusammen. Wie ich damit fertig werde, weiß ich noch nicht. Vielleicht suche ich mir einen anderen Studienort, denn mein Studium will ich unbedingt zu Ende bringen. Später möchte ich dann ins Ausland gehen. Auf jeden Fall müssten wir uns voneinander entwöhnen. Das geht nur durch räumliche Entfernung. Später können wir uns dann ab und zu besuchen. Natürlich wie Vater und Tochter. Hoffentlich muss es dazu nicht kommen, Leo." In Lisas Worten schwingt große Besorgnis mit.

„Wir könnten auch nach Frankreich, Belgien oder Holland auswandern. Da ist Inzest zwischen Erwachsenen nicht verboten. Im Übrigen, wir sind schuldlos in diese Situation hineingeschlittert und niemand weiß um unsere verwandtschaftliche Beziehung, wenn es denn so wäre. Ich könnte damit umgehen. Da wir uns darüber einig sind, keine Kinder zu zeugen, gehen wir ja keine erbbiologischen Risiken ein. Es liegt eher an dir Liebling, damit fertig zu werden. Warum sollen wir unsere harmonische Zweisamkeit in Frage stellen, nur weil unser Gesetzgeber in liberalen Ansichten immer den anderen Ländern hinterher hinkt? Mit der Kirche haben wir beide eh' nichts im Sinn. Was also hindert uns so weiterzuleben wie bisher? Und deine Mutter? Die wird sich hüten, ihre frühere Beziehung zu mir an die große Glocke zu hängen und mich als deinen Vater benennen. Ich glaube kaum, dass sie ihre Ehe riskieren wird."

„Du magst das richtig sehen. Lass uns trotzdem den Test machen. Wenn wir Glück haben, löst sich das Problem in Wohlgefallen auf und wir können unbeschwert unsere Zweisamkeit fortsetzen. Wenn nicht, müssen wir uns einig werden, wie es weitergehen soll. Du weißt Liebling, dass ich dich nur im äußersten Fall freiwillig hergeben werde."

„Dann lass uns nächste Woche im Internet recherchieren, wer solche Tests anbietet. Aber jetzt lass uns darauf anstoßen, dass wir gut aus dieser Situation heraus kommen. Prost Mona Lisa!" Paul beugt sich zu Lisa hinüber und sie küssen sich.

Am nächsten Tag verlässt Paul Lisa gegen elf Uhr. Sie wird die nächsten drei Tage ihrem Job im Restaurant nachgehen. Am Donnerstag hat sie frei, muss jedoch am Spätnachmittag zum Training. Sie vereinbaren, dass Paul vorher zu ihr kommt, um über seine Recherchen im Internet zu berichten. Zu Hause angekommen, setzt er sich vor den Computer und meldet sich im Internet an. Über ‚Google' sucht er unter dem Stichwort ‚Vaterschaftstest' nach Informationen. Das Angebot vieler privater Labore erschlägt ihn beinahe. Wichtig wird sein, dass man einen seriösen Anbieter auswählt. Doch diesen Anspruch gibt sich jedes Unternehmen. Die Mutter muss dem Test zustimmen, steht hier. Über das Gericht geht es auch ohne deren Zustimmung. Was soll das? Seine

Mona Lisa ist dreißig Jahre alt. Also bestimmt sie selbst. Die absolut sicherste Variante der Vaterschaftsbestimmung wäre, wenn beide mutmaßlichen Väter am Test teilnehmen. Aha, jetzt wird es interessant. Ob Lisa ihren Vater dazu bringt? Das scheidet also aus. Sie müssen davon ausgehen, dass ‚nur‘ zu 99,99% eine Vaterschaft bestätigt werden kann. Ein minimaler Zweifel bleibt also immer bestehen. „An dem müssen wir uns festhalten", wird Paul Lisa erklären. Da die Nichtvaterschaft aber zu 100% festgestellt werden kann, ficht ihn alles andere nicht mehr an. Er macht noch ein paar Ausdrucke von diversen Anbietern.

Am späten Nachmittag klingelt Pauls Telefon. Am Apparat ist sein Sohn.

„Hallo Papa, dass man dich auch mal erreicht. Die meiste Zeit bist du ja nicht zu Hause. Kann ich heute noch kurz vorbeikommen? Ich habe ein paar Fragen an dich."

„Ich bin heute zu Hause. Du kannst kommen wann du willst."

„Dann bin ich in einer Stunde bei dir. Bis später."

Andreas hat aufgelegt. Paul ist gespannt, welche Fragen sein Sohn an ihn hat. Pauls Kinder wohnen mit ihren Familien im selben Dorf, aber sie sehen sich selten. Nur bei Geburtstagen kommen sie zusammen, oder wenn ‚die Jungen‘ einen Ratschlag ihres Vaters brauchen. Das Verhältnis untereinander ist konfliktlos. Jeder lebt sein eigenes Leben. Eine Stunde später steht Andreas vor der Türe. Paul öffnet ihm und sie gehen ins Wohnzimmer.

„Andreas, was darf ich dir zu trinken anbieten? Ich habe noch ein paar kleine Pils im Kühlschrank."

„Keinen Alkohol! Ich muss noch heute zu einer Sitzung des Sportvereins."

„Sehr vernünftig. Ich bringe dir ein Mineralwasser."

„Ja, ja die Vernunft. Die hast du uns anerzogen all die Jahre. Mein ganzes Leben ist von Vernunft geprägt. Ich habe das so verinnerlicht, dass ich zu keinen spontanen Entscheidungen fähig bin. Alles muss stets gut überlegt sein."

„Ich denke, damit bist du immer gut gefahren. Jede Unbedachtheit rächt sich. Entweder sie bringt Ärger ein oder kostet Geld. Hab' ich recht?‘"

„Es kann auch negative Auswirkungen haben, Papa. Es gibt auch Situationen, wo schnelle Entschlüsse gefragt sind. Wer lange nachdenkt und abwägt, kann auch ins Hintertreffen geraten. Meine Schwester hat sich von diesem Zwang zwischenzeitlich befreit."

„Weil sie einen unvernünftigen Partner hat. Für den kann ich nichts."

„Simone macht mir einen glücklichen Eindruck. Die Beiden kommen ganz gut zurecht. Georg hat es auch zu etwas gebracht, trotz der Unvernunft, die du ihm unterstellst."

„Dann hat er halt viel Glück gehabt. Ich bin froh darum, Simone und der Kinder wegen."

„Aber kommen wir zu dir, Papa! Kann sein, dass sich im Alter die Vernunft verflüchtigt?"

„Du willst mir unterstellen, dass mir die Vernunft abhanden ging? Werde bitte konkreter, Andreas."

„Im Dorf spricht man davon, dass in deinem Haus junge Mädchen verkehren."

„Da hat das ‚Dorf‘ nicht ganz unrecht." Paul kann sich ein Lächeln nicht verkneifen. Andreas macht ein ernstes Gesicht.

„Meine Mutter ist schon einige Jahre tot. Ich verstehe, wenn du nach Jahren der Einsamkeit eine neue Beziehung anstrebst. Schließlich bist du in einem Alter, wo man bei einigem Glück noch zwanzig Lebensjahre vor sich hat. Aber junge Gespielinnen hätte ich dir nie zugetraut. Es wird behauptet, dass ein Türkenmädchen aus dem Dorf sehr oft mit dir und bei dir gesehen wird."

„Und was sagt deine Schwester dazu, mein Sohn?"

„Die lacht darüber. Lass Papa nur machen, alles dummes Gerede, ist ihr Kommentar."

„Da hat sie vollkommen recht mit ihrer Meinung. Alisa ist die Enkelin meiner türkischen Putzfrau. Als sie noch keine Ausbildungsstelle hatte, kam sie jeden Mittwoch-Vormittag mit ihrer

Oma in mein Haus. Vermutlich wollte ihr Opa das so. Oma putzte und ich unterhielt mich mit Alisa. Sie ist ein sehr intelligentes und angenehmes Mädchen. Manchmal spielten wir Schach miteinander. Nachdem sie lange, aber immer vergebens um einen Ausbildungsplatz bemüht war, habe ich ihr durch meine Beziehungen weitergeholfen. Jetzt macht sie eine Ausbildung zur Grafikerin. Soweit meine Beziehung zu Alisa."

„Diese Alisa muss aber täglich bei dir verkehrt sein, nicht nur mit Oma am Putztag."

„Während meiner Urlaubsreise nach Italien hat sie täglich meine Pflanzen versorgt. Sie bekam von mir einen Hausschlüssel."

„Du musst großes Vertrauen in sie haben. Kam dir nie der Gedanke, dass auch jemand aus deiner Familie die Blumen hätte versorgen können?"

„Alisa hat sich angeboten und sie hat mein vollstes Vertrauen. Wir nehmen sie oft mit, wenn wir am Wochenende wandern oder in ein Restaurant gehen. Wenn du so willst: Alisa ist eine sehr gute Freundin. Alle anderen Spekulationen verbieten sich von selbst. Ich hoffe, dass du bei Gelegenheit dem ‚Dorf' widersprichst."

„Du sprichst von ‚wir', Papa. Wie darf ich das verstehen?"

„Mit ‚wir' meine ich meine Partnerin und mich. Überrascht?"

„Man wird dir von der Familie keine Vorhaltungen machen. Es ist dein Leben. .Besteht die Beziehung schon lange?"

„Wir kennen uns jetzt sechs Monate."

„Ist es eine ernste Sache? Und wird sie irgendwann hier einziehen?"

„Das glaube ich kaum; oder besser gesagt, weder sie noch ich wollen das. Lisa hat erst vor kurzem eine eigene Wohnung bezogen. Es kann auch sein, dass sie nach ihrem Studium eine Zeit lang ins Ausland geht. Vielleicht gehe ich dann mit?"

„Studium?" Andreas Gesichtsausdruck spricht Bände. „Wie alt ist sie denn? Eine vom Alter her passende Frau für dich studiert doch nicht mehr?" Andreas verblüffter Gesichtsausdruck lässt Paul schmunzeln.

„Was wäre aus deiner Sicht das richtige Alter einer Partnerin für mich, mein Sohn?" So langsam macht Paul das Frage- und Antwortspiel sichtlich Spaß.

„Ich denke da an mindestens fünfzig Jahre. Mit jüngeren Frauen kannst du eh' nichts mehr anfangen."

„Das also sagt mir mein Sohn. Aber ich sage ihm, dass Lisa um ein paar Jahre jünger ist als er selbst. Jetzt kannst du an die Decke springen, mich dem Psychiater melden und meinen Verstand anzweifeln. Es ändert aber nichts an der Tatsache, dass ich glückliche Monate hinter mir habe und ich mir dieses Glück auch in Zukunft von niemandem nehmen lasse."

„Dir ist also doch tatsächlich die Vernunft abhandengekommen. Dem großen Vernunftprediger! Nun ja, es ist dein Leben. Mach damit was du willst. Irgendwann gibt es ein böses Erwachen für dich. Aber damit musst du natürlich selbst fertig werden. Viel Glück, Papa."

Andreas steht auf und ohne einen weiteren Abschiedsgruß verlässt er das Haus. So, jetzt weiß er Bescheid. Er wird dies auch Simone mitteilen. Morgen wird sie ihren Vater anrufen, um alles Nähere zu erfahren. Vorwürfe hat Paul von seiner Tochter nicht zu erwarten. Zu ihr hatte er schon immer einen guten Draht. Sie war immer sein Liebling und hat es entsprechend zurückgegeben. Andreas hat sich mehr an seine Mutter gehalten. Als Kind war er ein Muttersöhnchen. Paul wird Simone anbieten, Lisa kennen zu lernen. Sie uns Lisa sind in etwa ähnlich gestrickt. Fröhlich und unkonventionell. Paul erschrickt, als ihm diese Gemeinsamkeit der beiden auf einmal bewusst wird. Ist das auch ein Hinweis auf gleiche Abstammung? ‚Lass dich nicht verrückt machen, Paul' meldet sich seine innere Stimme.

Ab sofort hat Paul keinerlei Skrupel mehr, Lisa mit sich nach Hause zu nehmen, wenn es die Situation erfordert. Wichtig ist ihm vor allem, dass sein Verhältnis zu Alisa geklärt ist. Nicht vorstellbar, wenn dummes Dorfgerede dieses liebe Mädchen beschädigt hätte. Wenn er sich vorstellt, Andreas wüsste, dass Lisa und sein Vater derzeit über einen Vaterschaftstest nachdenken müssen, wo er nun doch weiß, dass die Geliebte seines Vaters jünger ist als er selbst? Wahrscheinlich würde er den Kontakt zu seinem Vater für immer abbrechen und sich dessen schämen.

Pauls neue ‚Aufgabe‘ besteht also nun darin, seine verloren gegangene Vernunft wieder aufzuspüren und einzufangen. Lisa muss ihn unbedingt bei der Suche unterstützen, wird er ihr sagen. Paul muss den Kopf schütteln darüber, was so ein Volleyballspiel an Verwicklungen in ein bis dahin beschauliches, aber auch langweiliges Leben bringen kann. Ihn überkommt eine riesengroße Sehnsucht nach seiner Mona Lisa. Morgen ist Kegeldienstag und er wird seinen Schatz wieder sehen. Vielleicht geht er noch für eine Stunde hoch ins Restaurant, um ihr nahe zu sein.

Am nächsten Tag erwartet er den Anruf von Simone. Und tatsächlich! Gegen zwei Uhr am Nachmittag ruft sie an:
„Hallo Papa, wie geht es dir? Von dir hört man ja schöne Sachen!" Simone sagt es betont fröhlich.
„Wann hat dein Bruder dir Bescheid gesagt, mein Liebling?"
„Stell dir vor, er hat noch gestern Nacht um halb elf bei mir angerufen. Er ist außer sich, weil du eine junge Geliebte hast. Ist sie schön, Papa?"
„So schön und fröhlich wie du. Ihr könntet Schwestern sein."
„Besser nicht Papa, weil wir dir dann einen Seitensprung ankreiden müssten."
„Lisa ist eine wundervolle Frau. Du solltest sie unbedingt einmal kennen lernen, Simone."
„Warum nicht? Ich habe keine Berührungsängste mit der Geliebten meines Vaters. Dass sie aber noch jünger ist als deine Kinder, überrascht natürlich auch mich. Hast du sie mit deinem Charme eingefangen? Oder sie dich? Ein gutaussehender Mann bist du ja noch. Muss ich irgendwann mit einer jungen Stiefmutter rechnen? Wie lustig, wenn ich daran denke."

„Du verurteilst mich also nicht, so wie dein Bruder?"

„Warum sollte ich? Mir ist wichtig, dass mein Papa glücklich ist. Im Übrigen unterstelle ich dir, dass du weißt, was für dich das Beste ist. Wenn die Lisa einem Zusammentreffen mit mir zustimmt, musst du den Termin mit ihr festlegen. Am liebsten wäre mir ein Restaurant-Besuch. Da kann man sich ungezwungen unterhalten und ist auf neutralem Boden. Ich werde Lisa auf keinen Fall ausfragen."

„Ich werde Lisa am Donnerstag von meinen Gesprächen mit Andreas und dir berichten. Sie wird viel Verständnis für die Reaktion von Andreas aufbringen, aber einen Einfluss auf unsere Beziehung wird sie kategorisch zurückweisen. Lass dich von Lisa überraschen, Simone."

„Also Papa, ich warte auf deinen Anruf. Ich freue mich darauf. Tschüss Papa." Simone beendet das Telefonat.

So locker wie Paul vermutet hat, war Simones Reaktion auf dieses Thema. Eine Stunde später macht er sich auf in die Stadt, zuerst ins Sportstudio, anschließend in die Stammkneipe der Kegelfreunde. Er freut sich auf den Rostbraten, denn sein Frühstück liegt schon etliche Stunden zurück. Lisa wird er heute noch nicht über die Gespräche mit seinen Kindern berichten. Am Donnerstag hat er genügend Zeit dafür. Er ist gespannt auf die Reaktion von ihr.

Nach dem Kegeln verbringt Paul eine gute Stunde im Restaurant. Lisa kann sich ab und zu mit ihrem Leo kurzen Gesprächen widmen. Es sind nicht viele Gäste anwesend. Er gibt einen kurzen Bericht über seine Recherchen zum Thema Vaterschaftstest. Am Donnerstag muss das weitere Vorgehen festgelegt werden. Paul ist in dieser Sache wesentlich entspannter, seit er bemerkt hat, dass auch seine Mona Lisa etwas gelassener an die Thematik herangeht, als zu Beginn. Nachdem Paul sein Glas Wein ausgetrunken hat, verabschiedet er sich von Lisa. Es hat ihm gutgetan, seinen Schatz gesehen zu haben.

Am Donnerstag fährt Paul nachmittags gegen vierzehn Uhr zu Lisa. Als er ankommt, ist sie gerade fertig mit dem Frühstück. Sie hat sich mal richtig ausgeschlafen, wie sie ihm versichert. Sie begrüßen sich wie immer mit einem herzhaften Kuss. Sein Schatz hat noch den Schlafanzug an. Das animiert seine Hände. Doch er bekommt eine schnelle Abfuhr.

„Finger weg! Das geht heute nicht, mein Liebling."

„Aha! Ein jugendlicher Liebhaber hat dir heute Nacht zu viel abverlangt", sagt er provozierend. Doch er kennt den wahren Grund.

„Sei froh, dass du keine Frau bist, mein Schatz.."

Dann informiert Paul Lisa über die Gespräche mit seinen Kindern. Sie nickt etwas nachdenklich und sagt:

„Ein gewisses Verständnis kann man deinem Sohn entgegen bringen. Er wird mich wahrscheinlich nie akzeptieren in deiner Familie. Schade!"

„Dafür wird Simone mit dir klarkommen. Davon bin ich hundertprozentig überzeugt. Ihr beide seid euch sehr ähnlich, was die Ungezwungenheit und Lebensfreude angeht."

„Hoffentlich gibt es keine anderen Ähnlichkeiten, oder?"

„Nein mein Schatz. Simone hat hellblonde Haare. Die hat sie von mir. Als Kind war ich ein richtiger Blondschopf. Es sind nur Verhaltensmerkmale, die ich euch beiden zuschreiben kann. Du bekommst also keine Stiefschwester, höchstens eine Stieftochter, hahaha!"

„Das wird sich noch herausstellen, Leo. Darüber müssen wir heute auch noch reden."

„Simone möchte dich gerne kennenlernen. Ich habe ihr zugesagt mit dir darüber zu sprechen. Ihr wäre ein gemeinsamer Restaurantbesuch am liebsten. Was ist deine Meinung dazu, mein Schatz?"

„Du kennst mich, Leo. Ich sehe diesem Abenteuer fest in die Augen. Nachdem Simone so gelassen auf das Liebesverhältnis ihres Vaters reagiert hat, ist mir vor dieser Zusammenkunft überhaupt nicht bange. Im Gegenteil, ich freue mich darauf. Wenn es Simone recht ist, können wir ihr den übernächsten Sonntag anbieten. Was meinst du?

„Ich werde mit ihr sprechen. Sie wird sich diesen Termin freihalten. Da bin ich mir sicher. Schließlich ist sie auch nur eine Frau und wird bald platzen vor Neugierde, gell' mein Schatz?"

„Ich weiß, Macho! Männer sind selbstverständlich nie neugierig. Die nehmen Neues so wie es ankommt. Wohin sollen wir mit Simone gehen? Vielleicht in unser Lieblingslokal? Dort sitzen wir auf jeden Fall alleine an einem Tisch. Zuhörer brauchen wir keine. Hast du einen anderen Vorschlag, Leo?"

„Dein Vorschlag ist gut. Ich werde heute Abend mit Simone telefonieren. Wenn sie zustimmt, lasse ich gleich den Tisch im hintersten Gastraum reservieren. Jetzt aber zu dem anderen Thema, mein Liebling."

„Ach ja, das muss auch noch geklärt werden. Ich bekomme immer ein flaues Gefühl im Magen, sobald ich nur daran denke. Geht es dir auch so, Leo?"

„Ja Schätzchen. Du hättest besser nicht diese fixe Idee gehabt. Jetzt sind wir in diesem Thema unsere eigenen Gefangenen. Ich könnte auf den Test verzichten – nach dem Motto: was ich nicht weiß, macht mich nicht heiß."

„Wenn es bei mir auch so einfach wäre." Lisa seufzt leise vor sich hin. „Leo, sehen wir zu, dass wir es hinter uns bringen. Besorge von irgendwo die Testunterlagen. Anbieter gibt es ja genug, hast du gesagt."

„Ich werde es erledigen. Aber jetzt wollen wir dieses Thema vergessen. Wir haben nur ein paar Stunden für uns, bevor du zum Training fährst. Sollen wir einen kleinen Bummel über die Felder machen? Ich weiß einen riesigen Nussbaum. Der müsste jetzt seine Früchte abschütteln. Er steht auf neutralem Gebiet. Wir begehen dort keinen Diebstahl, wenn wir uns die Taschen vollstopfen."

„Wenn mein Leo das Frühstücksgeschirr abräumt, kann ich mich derweil anziehen und ausgehfertig machen." Lisa steht auf, küsst ihren Leo und entschwindet.

Zwei Stunden später haben sie ihren Beutezug beendet und tragen eine prall gefüllte Plastiktüte voller Walnüsse nach Hause. Für Lisa ist es jetzt Zeit, zum Training aufzubrechen. Sie verabschiedet sich von Leo und fährt los. Sie wird die Nacht in ihrem Elternhaus verbringen. Für den Samstag haben sie vereinbart, zusammen zum anstehenden Volleyball-Match zu fahren. Lisa will ihren wesentlich älteren Lebenspartner nicht ewig vor ihren jungen Teamkolleginnen verstecken.

Am Abend ruft Paul seine Tochter an. Mit dem Terminvorschlag ist Simone sofort einverstanden. Paul nennt ihr das Restaurant und gibt ihr eine Wegbeschreibung als sie darauf besteht, mit dem eigenen Auto hinzufahren. Simone freut sich sehr auf dieses Treffen. Nun befasst sich Paul mit dem Vorhaben Vaterschaftstest. Aus dem Internet wählt er ein österreichisches Unternehmen aus. Per online bestellt er das Test-Set, das innerhalb weniger Tage eintreffen wird. Als Empfängeranschrift nennt er Lisas Adresse. Eine reine Vorsichtsmaßnahme, denn der örtliche Briefträger in Pauls Wohnort hat die Angewohnheit, Post für Paul, welche nicht in den Briefkasten passt, bei seinem Sohn abzugeben. Das Briefgeheimnis ist zwar auch Andreas heilig, aber ein versehentliches öffnen ist nie auszuschließen. Paul muss schmunzeln, als er sich das Gesicht von Andreas vorstellt, wenn der davon erfahren würde, dass sein Vater ein Abstammungsgutachten mit seiner jungen Geliebten anstrebt. Vermutlich wäre das Vater-Sohn-Verhältnis für alle Zeit zutiefst zerrüttet.

Jetzt, wo Lisa mit ihrem Studium, Training, Wettkampf und zudem an vier Tagen mit ihrem Job im Restaurant belastet ist, haben die beiden nicht mehr so viel Zeit füreinander. Ihnen bleibt nur noch der Sonntag und während der Woche ein bis zwei Abende. Gemeinsame Nächte sind ebenfalls rar. Paul hat seiner Mona Lisa den Vorschlag gemacht, sie soll ihren Job als Kellnerin aufgeben oder wenigstens reduzieren. Seine finanziellen Möglichkeiten würden es zulassen, Lisa unter die Arme zu greifen. Aber sie lehnt seinen Vorschlag kategorisch ab. Er will zu einem späteren Zeitpunkt in dieser Sache einen erneuten Vorstoß wagen. Da die Tage immer kürzer werden, derzeit wird es um achtzehn Uhr bereits dunkel, widmet er sich wieder mehr seinen Büchern. Die aufkommende Winterzeit ist ihm von jeher ein Graus. Er kann einfach der dunklen Jahreszeit nichts Positives abgewinnen. Wie schön wäre es, wenn er am Abend mit Lisa gemütlich auf der Couch sitzend und jeder mit einem Glas Wein der wunderbaren Musik aus ihrer reichhaltigen CD-Sammlung lauschen könnten. Er würde seine geliebte Mona Lisa im Arm halten, sie würde ihn unablässig küssen und irgendwann würden sie unter die Bettdecke schlüpfen. Er muss diesen Gedanken wegwischen, sonst kotzt ihn das Alleinsein noch mehr an.

Endlich ist der Sonntag da, an dem sie sich abends mit Simone treffen werden. Lisa ist am Samstag gleich nach dem Wettkampf zurück gefahren. Ursprünglich wollte Paul sie ja zu diesem Match begleiten, aber sein Heizöllieferant hat kurzfristig den Samstag zur Anlieferung festgelegt. Lisa und Paul haben die Nacht auf Sonntag miteinander verbracht. Sie bleiben bis zur Mittagszeit liegen. Lisa schläft sich so richtig aus. Paul bereitet ein spätes, reichhaltiges Frühstück, das beide bis zum Abendessen mit Simone aushalten wird. Dann legt er sich noch kurz zu Lisa ins Bett, um sie mit viel Zärtlichkeit in den neuen Tag zu holen. Als sie wach wird, lächelt sie ihn glücklich an:

„Liebling, ich habe von uns geträumt. Ich bin so glücklich mit dir. Ich liebe dich über alles. Lass mich nie allein. Hörst du?"

„Wie könnte ich je auf dich verzichten, mein Schatz. Aber in letzter Zeit habe ich nicht viel von dir. Können wir das ändern?"

„Dann müsste ich auf irgendetwas verzichten, Leo. Mein Studium ist mir sehr wichtig. Das möchte ich zu Ende bringen. Aber auch den Sport kann ich nicht aufgeben. Ich habe meiner Mannschaft versprochen, während dieser Wettkampfsaison auf jeden

Fall zur Verfügung zu stehen. Mit meinem Job im Restaurant erhalte ich mir die finanziellen Möglichkeiten."

„Du liebst mich über alles, mein Schätzchen. Ich soll dich nie alleine lassen, sagst du. Doch wer lässt wen so oft alleine? Ich bin nicht mehr der Jüngste. Wie viele Jahre meine Vitalität noch anhält, kann ich nicht sagen. Aber sollten wir nicht jeden Tag nützen, an dem wir zusammen sein können? Gib deinen Job auf und wir haben vier zusätzliche Tage füreinander. Wir könnten wie ein Ehepaar zusammenleben. Tagsüber bist du in der Hochschule, andere müssen ja auch zur Arbeit. Die zwei Abende für deinen Sport stehen nicht zur Debatte, die brauchst du als Ausgleich. Also mein Schatz, denk mal darüber nach."

„Eigentlich hast du ja recht mit der begrenzten Zeit die uns bleibt. Meine finanziellen Ansprüche halten sich ja in Grenzen. Ich brauche nicht jeden Monat ein neues Kleid oder ein Paar neue Schuhe. Ich werde weiterhin sparsam wirtschaften. Lass mich noch bis Ende des Monats meinen Job im Restaurant machen. Ich werde zum Monatsende kündigen. Du hast mich rumgekriegt, mein lieber Filou."

Zärtlich drückt Paul sich fordernd an seine Mona Lisa und zur Besiegelung dieser Vereinbarung bleiben sie noch eine Stunde im Bett. Der Kaffee wird in der Thermoskanne ja nicht kalt.

Die Wetterlage am Nachmittag verändert urplötzlich ihr Gesicht. Auf einmal ziehen gewaltige Wolken auf, wo noch kurz zuvor im Wechsel mit kleineren Wolkenfeldern immer wieder die Sonne über die längst abgeernteten Felder strich. Es wird zusehends dunkler und die Wolken stehen bedrohlich über diesem sonst so idyllischen Landstrich. Normalerweise verlassen sie bei einer solchen Wetterkonstellation nicht mehr ihre vier Wände. Aber heute treffen sie sich mit Simone in ihrem Stammlokal. Auch Lisa beäugt diesen Wetterumschwung mit Argwohn.

„Das wird hoffentlich kein böses Omen sein für unser Treffen mit deiner Tochter. Was meinst du, Leo? Wird Simone mich mögen?" „Nenne mir jemand der dich nicht mag, mein Schätzchen."

„Ich werde mir auf jeden Fall Mühe geben, so nett und vorteilhaft aufzutreten, dass ich dir keine Schande mache."

„Ich würde sagen, du benimmst dich so wie immer. Verbiege dich bloß nicht. Simone ist eine ganz normale, umgängliche Frau und entstammt einer ganz normalen, rechtschaffenden Familie. Ihr werdet einander verstehen. Da bin ich mir ganz sicher."

Dann verkündet Lisa, dass sie sich ab jetzt für den Abend richtet. Paul vertieft sich in seine Lektüre in Form eines Kriminalromans. Nach einiger Zeit registriert er, dass Lisa sich bereits seit wenigstens einer Stunde im Bad aufhält. Ab und zu huscht sie durch die Wohnung, küsst ihren Leo beim Vorübergehen, aber einen Fortschritt in ihrer Toilette für den Abend kann Paul nicht erkennen. Nach wie vor bewegt sie sich im Slip durch die Wohnung. Er kann sich einen Kommentar dazu nicht verkneifen: „Schätzchen, wenn du mich weiterhin halbnackt animierst, sage ich den Termin mit Simone ab und schlüpfe lieber mit dir unter die Bettdecke."

„Gib nicht so an, Leo. Du musst dich ja noch von vorhin ausruhen."

Seine Mona Lisa bleibt ihm nie etwas schuldig. Sie gibt ihm immer zurück. Das macht diese Zweisamkeit so unterhaltsam. Das gegenseitige Frotzeln ist immer wie eine Liebeserklärung an den anderen. Böse Worte haben sie in ihrer nun halbjährigen Beziehung noch nie gewechselt. Über Fehler des anderen sehen sie höflich hinweg oder versuchen mit ungekünstelter Liebenswürdigkeit darauf hinzuweisen. Das geht dann ungefähr so: „Mir gefällt dieses Grün der Ampel auch nicht, aber trotzdem solltest du jetzt losfahren wegen den anderen Verkehrsteilnehmern hinter dir!"

Gegen sechzehn Uhr erkennt Paul endlich einen kleinen Fortschritt bei Lisa. Denn jetzt hat sie auch einen BH an. Sie kommt mit der Frage auf ihn zu, was sie denn anziehen soll. Seine Antwort darauf:

„Wenn dein Kleiderschrank nichts hergibt, holst du einfach den Schlafanzug unter dem Kopfkissen hervor." Sein Schätzchen tippt ihm kurz gegen die Stirn und meint:

„Was hältst du von dem roten Kleid? Ich ziehe eine schwarze Strumpfhose an und schlüpfe in die schwarzen Stiefel. Zusammen mit dem schwarzen Bolero schafft das einen schönen Kontrast zum roten Kleid."

„In Ordnung, mach das so! Und was soll ich anziehen?"

„Das weiß ich doch nicht! Frag mich was Leichteres!"

Paul muss laut lachen. Da wird seinem Schätzchen die Situation auf einmal klar. Sie lächelt verlegen, kommt auf ihn zu und gibt ihm einen Kuss. Paul gibt, mehr flüsternd, von sich: „So sind die Weiber" und laut sagt er:

„Warum treibst du so einen Aufwand, Mona Lisa? Jetzt bist du bald zwei Stunden im Bad! Du hast keine Audienz bei einer Königin. Hast du je einen solchen Aufwand betrieben?"

„Und ob! Als ich das erste Mal mit einem gewissen Paul Brenner verabredet war."

„Das war es auch wert. Oder nicht?"

„Für meinen Leo ist mir nichts zu viel."

Paul fährt für eine gute Stunde zu sich nach Hause. Er muss sich ebenfalls für den Abend richten. Bei ihm dauert das Duschen höchstens zehn Minuten. Die Rasur genau solange. Damit er nicht zu sehr von Lisas Erscheinung abfällt, wählt er ebenfalls bessere Kleidung aus. Auf eine Krawatte verzichtet er. Simone wird ihm das verzeihen. Als er wieder bei Lisa ankommt, hat sein Schätzchen ihre Toilette beendet und ist startbereit. Sie machen sich sogleich auf den Weg zu ihrem Lieblingsrestaurant. Lisa fragt Paul während der Fahrt ständig nach Simone aus. Sie will alles Mögliche über sie wissen. Welche Fragen wird sie wohl stellen und wie sie auf Simone wirken wird usw. Paul ist etwas genervt und sagt:

„Auf jeden Fall wird Simone wissen wollen, wie viele Kinder du von mir haben möchtest."

„Dann sage ich, ‚von mir aus zehn, aber der Herr weigert sich'."

„Und ich bitte dich, gelassen dieser Unterhaltung entgegen zu sehen. Wir werden uns angenehm unterhalten. Also mach dir keine Gedanken, Liebling. Sing von mir aus jetzt ein Lied oder pfeif dir eins."

Als sie an ihrem Lieblingsrestaurant ankommen, kann Paul Simones Auto noch nicht entdecken. Sie sind also zuerst da. Der Wirt begrüßt seine Stammgäste sehr herzlich und begleitet sie in den hintersten Gastraum. Er hat zwei Zweiertische zusammengestellt. Er gibt Paul zu verstehen, dass er nur bei unumgänglicher Notwendigkeit weitere Gäste in diesen Raum platzieren werde. sie also ungestört bleiben so lange es geht. Paul bedankt sich für diese Geste. Da nicht vorauszusehen ist, wie lange sie noch auf Simone warten müssen, bestellt Paul eine Flasche Mineralwasser. Seine Mona Lisa zeigt nun doch eine gewisse Unruhe vor diesem Treffen.

„Bleib cool, wie ich es von dir gewohnt bin, Lisa. Simone ist nur sechs Jahre älter. Ihr könntet Freundinnen sein. Vielleicht werdet ihr es auch?"

„An mir soll es ja nicht liegen, sofern sie in mein Schema passt. Kommt ganz darauf an, wie sie sich mir gegenüber verhält."

Lange müssen sie auf Simone nicht warten. Der Gastwirt, das Mineralwasser auf dem Tablett, geleitet Simone an den Tisch. Sie hat sich hübsch gemacht. Ein grasgrünes Kostüm, eng geschnitten, lässt ihren makellosen, schlanken Körper voll zur Geltung bringen. Ihre hellblonde Lockenpracht wippt bei jedem Schritt lustig auf und ab. ‚Ja, so sind die Frauen. Sich immer gegenseitig ausstechen wollen' kommt Paul in den Sinn. Fröhlich lachend kommt Simone daher. Typisch für sie, ihrer positiven Erscheinungsform stets voll bewusst, geht sie direkt auf Lisa zu und streckt ihr die Hand entgegen. Lisa steht auf, die Erleichterung über den unkonventionellen Auftritt von Simone sieht man ihr deutlich an. Lisa ergreift lächelnd die Hand. Anscheinend passt Simone in Lisas Schema.

„Darf ich die Damen miteinander bekannt machen?" versucht Paul sich einzubringen.

„Das können wir schon selbst!" sagt Simone schnippisch. „Ich bin Simone, die Tochter von diesem Herrn und freue mich, dessen Sonnenschein kennenlernen zu dürfen."

„Der Sonnenschein heißt Lisa und freut sich ebenfalls, Leo's schöne Tochter kennen zu lernen."

„Leo? Seit wann heißt du Leo Papa?"

„Das ist eine lange Geschichte. Gelegentlich werden wir sie dir erzählen", antwortet Paul seiner Tochter.

„Leo steht für Leonardo. Ich gab Ihrem Papa diesen Namen, weil er mich von Anfang an ‚Mona Lisa' genannt hat."

„Er übertreibt da kein bisschen, Sie sind wirklich schön wie Mona Lisa. Wie hast du das angestellt Papa, Lisa zu gewinnen?"

„Nichts einfacher als das. Ich habe ihr gesagt: ‚Wenn du nicht zugreifst, tut es eine andere'. War es so mein Schatz?"

„Alter Angeber!" Lisa pufft ihn in die Seite. „Sein Charme hat mich überrumpelt. Ich bin sehr glücklich mit Leo."

Simone wendet sich nun ihrem Papa zu. Sie gibt ihm zur Begrüßung einen flüchtigen Kuss auf die Wange und setzt sich Lisa gegenüber. Paul fragt seine Tochter was er ihr zu trinken bestellen darf. Sie antwortet:

„Ich halte mich vorerst auch ans Wasser. Aber zum Essen möchte ich einen guten Rotwein. Ihr habt ein sehr schönes Lokal ausgesucht. Hier war ich noch nie."

„Du wirst auch mit der Küche zufrieden sein, Simone. Lisa und ich sind hier Stammgäste."

„Auf jeden Fall freue ich mich, dass mein Papa seine Einsamkeit aufgegeben hat, auch wenn diese Partnerschaft –bitte verzeiht mir diese Ansicht- etwas gewöhnungsbedürftig ist. Der Altersunterschied ist doch immens. Werden irgendwann die Hochzeitsglocken läuten und ich eine junge Stiefmutter bekommen?" Simone fragt das vergnüglich lachend mit Schalk in der Stimme.

„Das wird wohl nicht passieren" wirft Lisa ein. „Leo will mich nicht heiraten. Sie bekommen also keine Stiefmutter, Simone."

„Was hält dich zurück, Papa?"

„Eben der Altersunterschied. Lisa soll ihren beruflichen Weg gehen. Sollte ich dabei ein Hemmschuh sein, werde ich mich zurückziehen. Wir beide haben viele glückliche Stunden miteinander verbracht. Ich werde von diesem Glück in meinen restlichen Lebensjahren zehren. Aber Lisa muss ihren Weg gehen. Sie hat das ganze Leben noch vor sich. Natürlich freue ich mich über jeden Tag den wir zusammen sind. Meine Mona Lisa hat mein Seelenleben total umgekrempelt. Ich hätte nie gedacht, dass mich die Liebe noch einmal so gefangen hält."

„Sie sehen, Simone, ich habe keine Chance auf eine Ehe. Gegen Leos ‚Vernunft' komme ich nicht an. War Ihr Papa schon immer so rational eingestellt?"

„Ich kenne ihn nicht anders. Sein ganzes Leben wurde durch die Vernunft geprägt. Auch emotionale Verhaltensmerkmale waren recht selten. Es wundert mich deshalb ein wenig, wie Sie bisher damit zurechtkamen. Ich schätze Sie nämlich als sehr emotional ein."

„Leo kann sehr wohl Gefühle zeigen. Dann hat er sich wohl mir angepasst. Ist es so, mein Schatz?"

„Schluss jetzt mit dem dummen Geschwätz!" Paul mimt den Verärgerten. „Nehmt die Speisekarte zur Hand und sucht euer Essen aus. Ich habe Hunger!"

Seine zwei Herzchen reagieren amüsiert auf seinen Einwurf. Aber sie befolgen seinen Rat und suchen sich etwas Feines aus der Karte aus. Sie bestellen die Tages-Spezialität ‚Waldpilze-Ragout mit Semmelknödel. Paul braucht etwas Herzhaftes und bestellt ein Rindersteak vom Angus-Rind und Ofenkartoffel. Da Simone ebenfalls auf Rotwein steht, lässt Paul eine Flasche Lemberger bringen. Die aufmerksame Kellnerin, die zwischenzeitlich ihren

226

Dienst aufgenommen hatte, bringt den Lieblingswein aus dem gräflichen Weingut. Paul muss nicht mehr gesondert darauf hinweisen, wenn er einen Rotwein bestellt. Sabrina, so heißt die hübsche Kellnerin, schenkt ein, nachdem Paul probiert hat und Simone steht auf, um einen Toast auszusprechen:

„Lieber Papa, liebe Lisa. Ich wünsche euch beiden noch viele glückliche Stunden miteinander. Ich freue mich sehr, weil mein Papa eine liebe Partnerin gefunden hat. Wenn Lisa nichts dagegen hat, biete ich, als die Ältere, ihr das DU an."

Lisa und Paul sind ebenfalls aufgestanden. „Kein Einspruch" sagt Lisa „ich bin sehr froh, dass Leos Tochter mich auf Anhieb akzeptiert. Das konnte ich ja nicht unbedingt erwarten. Umso größer ist jetzt meine Freude. Simone ich danke dir."

Die Frauen stoßen miteinander an. Dann erinnern sie sich auch an Paul und stoßen auch mit ihm an. ,So, das wäre geschafft' sind Pauls Gedanken. ,Jetzt muss nur noch Andreas konfirmiert werden. Simone wird mir dabei helfen, denn von der Meinung seiner Schwester hält Andreas viel'.

Die anschließende Unterhaltung zwischen den Frauen schließt Paul fast gänzlich aus. Lisa erzählt aus ihrem bisherigen Berufsleben und warum sie zur Studentin wurde. Simone hört gespannt zu und zu Pauls Freude zeigt sie große Hochachtung vor diesem radikalen Schritt. Da liegen die beiden auf einer Wellenlänge. Simone würde sich ebenfalls nie verbiegen lassen. Als sie wieder heimwärts fahren, lässt Lisa ihrer Begeisterung für Simone freien Lauf.

„Leo, du hast eine fantastische Tochter. Ganz der Papa!"

„Und du hast die Prüfung mit Bravour bestanden, Schätzchen! Ganz die Mutter!"

„Ach ja, Barbara! Wenn die wüsste, was ihre Tochter so treibt. Vor allem mit wem?" Lisa sagt das mit einem hintergründigen Grinsen.

„Sie wäre bestimmt sehr eifersüchtig auf dich, Liebling."

„Du Schuft! Du hast sie damals einfach abserviert. Das kannst du nur an mir wieder gutmachen. Da musst du dich aber sehr anstrengen."

„Ich werde mein Bestes geben. Barbara wäre begeistert von mir."

Am Montag kommt das Päckchen des österreichischen Labors an. Die Rechnung liegt auch dabei, die sofortige Vorauszahlung des Betrags wird gefordert. Vor Geldeingang gibt es keine Auswertung der einzureichenden Speichelproben. Also marschiert Paul am Nachmittag zur Bank und überweist den Betrag auf das deutsche Konto wie gefordert. Mona Lisa kommt am Spätnachmittag von der Hochschule und Paul zeigt ihr den Inhalt des Päckchens.

„Oh Leo. Es wäre mir lieber, all das müsste nicht sein."

„Es war dein Wunsch, Lisa. Ich kann mit der Ungewissheit leben."

„Dann lass es hinter uns bringen. Was muss ich tun, Leo?"

„Jeder von uns muss mit den sterilen Wattestäbchen Speichelproben aus dem Mund nehmen und in den Glasröhrchen deponieren. Wir müssen sorgfältig damit umgehen. Jeder darf nur seine Testunterlagen berühren. Wir müssen deshalb genau auf die Bezeichnungen achten. Wenn wir uns schon dieser Prozedur unterwerfen, soll alles seine Richtigkeit haben."

Sie studieren nochmals sehr genau die Vorgehensweise, dann nimmt jeder bei sich selbst die Speichelproben ab. Am nächsten Morgen bringt Paul das Päckchen zur Poststelle. Jetzt heißt es abwarten. Laut Hinweis auf dem Merkblatt wird das Ergebnis in zwei bis drei Wochen vorliegen. Paul eilt es nicht. Von ihm aus kann es Monate dauern. Auch bei Lisa hat er den Unwillen bemerkt, als sie die Speichelproben an sich abnahm. Aber unerbittlich rückt der ungefähre Zeitpunkt näher, an dem die Post aus Österreich eintreffen wird. Eines Tages ist es soweit. Lisa ist noch in der Hochschule, als der Postbote den Brief bringt. Als Lisa am

Nachmittag zurück ist, liegt der Brief auf dem Esstisch. Missmutig nimmt sie ihn in die Hand.

„Du hast ihn ja noch nicht geöffnet, Leo?"

„Das überlasse ich dir, mein Schatz."

„Ich habe jetzt keine Lust dazu, Leo. Vielleicht morgen."

„Ich werde ihn auch morgen nicht öffnen, Schätzchen."

„Und ich traue mich nicht. Ich habe Angst vor dem Ergebnis."

„Legen wir ihn also in die Schublade. Vielleicht müssen wir irgendwann auf ihn zurückgreifen. Ich kann mit der Ungewissheit gut leben, mein Herzchen."

„Deine Gleichgültigkeit möchte ich auch einmal haben. Aber zurzeit finde ich nicht den Mut. Es wäre mir lieber gewesen, du hättest mich schon an der Tür freudestrahlend empfangen, mich hochgehoben und gesagt: 'jetzt können wir heiraten, Mona Lisa'."

Der Brief wird nicht am Folgetag geöffnet und auch nicht am darauffolgenden. Nicht mehr in dieser Woche, auch nicht in der Folgewoche. Da ist sich Paul sicher. So bleibt der Laborbericht in der Schublade und behält sein Geheimnis für sich.

Lisa hat ihren Job im Restaurant aufgegeben und sie haben nun vier zusätzliche Abende für sich. Während des Tages, wenn Lisa in der Hochschule ist, verweilt Paul meistens bei sich zu Hause. Es gibt immer etwas zu tun. Den Garten hat er abgeräumt und für den Winter vorbereitet. Alisas Großmutter kommt nach wie vor jeden Mittwoch-Vormittag zum Staub wischen und saugen. Eigentlich könnte er das auch selbst machen, aber ein lärmender Staubsauger ist ihm ein Graus und seit Urzeiten ein willkommener Grund, das Haus zu verlassen. Auch möchte er Alisas Oma den kleinen Verdienst nicht wegnehmen. Der heimische Herd bleibt nahezu unbenützt, weil die Mahlzeiten bei Lisa gekocht und eingenommen werden. Lisa isst während der Schultage in der Mensa. Paul kocht ab und zu für den Abend. Manchmal lassen sie auch eine Pizza kommen, aber meistens essen sie am Abend kalt.

Man kann sagen, Paul und Lisa leben wie ein Ehepaar zusammen. Kein dunkles Wölkchen ist am Himmel ihrer Liebe zu erkennen. Doch eines Tages wird alles ganz anders.

Lisa hatte vor drei Wochen gesundheitliche Probleme. Sie vermutete einen Infekt. War das Essen in der Mensa nicht in Ordnung? Auf jeden Fall musste sie an zwei Tagen hintereinander kurz nach dem Frühstück spucken. Dann war alles wieder in Ordnung. Zwei Wochen waren seit damals vergangen als sie fühlbare Veränderungen in ihrem Körper bemerkt. Vor allem in den Brüsten verspürt sie zunehmende Spannungsgefühle. Auf einmal hat sie einen unbändigen Appetit. Mitten in der Vorlesung überfällt sie einen nie gekannten Heißhunger und kann das Essen in der Mensa kaum erwarten. Sofort bringt sie diese Veränderungen mit einer Schwangerschaft in Verbindung.

‚Aber es kann doch nicht sein. Ich nehme mit äußerster Sorgfalt jeden Morgen immer zur selben Stunde meine Pille ein‘ sind ihre Gedanken und wischt die Möglichkeit einer Schwangerschaft beiseite. Doch gibt es ihr keine Ruhe, als auch die Folgetage dieselben Symptome zeigen. ‚Ich muss sicher gehen‘, sagt sie sich und holt in der Apotheke einen Schwangerschaftstest, den sie noch am selben Tag durchführt. ‚Positiv‘ zeigt das Ergebnis und Lisa fällt aus allen Wolken. ‚Wie kann das sein? Was wird Leo dazu sagen? Er wird mir Vorwürfe machen! Wir sind uns doch einig, nie Kinder zeugen zu wollen. Was mache ich bloß mit dieser Situation‘? Lisa hadert mit ihrem Schicksal. Leo soll nichts davon erfahren, nimmt sie sich vor. Sie wird einen Weg finden, das Problem alleine zu lösen. Nichts anderes beschäftigt sie jetzt mehr als ihre Schwangerschaft. Sie wird aktiv und sitzt in jeder freien Minute vor ihrem Laptop, bis sich eine Lösung abzeichnet. Ein paar Telefonate und die weiteren Wege sind eingeleitet.

Mona Lisa verabschiedet sich an einem Donnerstag nach dem Frühstück und eröffnet Paul, dass sie gleich nach der Hochschule zum Training fährt. Ihre Sporttasche hat sie mitnahmebereit im Flur stehen. Sie wird, wie an jedem Trainingsabend, nicht vor dreiundzwanzig Uhr zurück sein. Paul wünscht ihr einen schönen Tag und küsst sie zum Abschied. In der Nacht, es ist bereits nach Mitternacht, ist von Lisa weit und breit nichts zu sehen. Paul rechnet mit ihrem baldigen Erscheinen und bleibt wach. Es vergeht eine weitere Stunde und noch immer ist Lisa nicht zu Hause. Paul wird unruhig und macht sich Sorgen. Er befürchtet einen Unfall. Die Unruhe treibt ihn aus dem Bett. Er ruft auf ihrem Handy an, doch der Anruf wird nicht angenommen. Was ist bloß los? Voller Sorgen läuft er in der Wohnung hin und her. Dann vernimmt er die Geräusche des Aufzugs. Gleich darauf geht die Wohnungstür auf.

„Hallo! Noch nicht im Bett?" ist Lisas kurze Begrüßung. Der übliche Kuss bleibt aus.

„Ich habe mir große Sorgen gemacht, mein Schatz! Warum ist dein Handy ausgeschaltet?

„Vielleicht ist der Akku leer, kann ja mal vorkommen."

„Warum wurde es heute so spät, Lisa? Ich dachte, du bist in einen Unfall verwickelt."

„Wir haben nach dem Training noch lange palavert und dann musste ich ja noch heimfahren. Ich möchte jetzt keine langen Reden führen sondern schlafen gehen. Ich bin hundemüde. Gute Nacht Leo." Lisa entschwindet im Schlafzimmer. Fünf Minuten später folgt Paul nach. Normalerweise gibt es einen Gutenachtkuss, aber auch der bleibt aus, denn Lisa schläft bereits oder tut so. Am Morgen, Paul ist soeben aufgewacht und liegt noch in den Federn, hört er Lisa in der Küche rumoren. Er steht auf um den Tisch zu decken. Das tut er jeden Morgen. Als er die Küche betritt, nimmt Lisa gerade den letzten Schluck aus ihrer Kaffeetasse. Sie ist ausgehfertig angezogen und sagt zu Paul:

„Ich muss heute früher weg und heute Abend haben wir eine Studentenfeier. Es kann spät werden. Tschüss Leo!" und weg war sie.

Was soll Paul von diesem Benehmen halten? Etwas stimmt nicht. Er frühstückt zum ersten Mal allein. Dann bringt er die Wohnung in Ordnung und fährt zu sich nach Hause. Lisas ungewohntes Benehmen verfolgt ihn den ganzen Tag. Am Abend fährt er wieder zu Lisas Wohnung. Da er nicht so lange aufbleiben will bis Lisa in der Nacht kommt, geht er nach dem Krimi und noch vor den Tagesthemen schlafen. Als er das erste Mal in dieser Nacht aufwacht, ist es auf dem Radiowecker drei Uhr. Lisas Bettseite ist noch leer. Sein Handy auf der Nachtkonsole blinkt. Eine SMS-Nachricht von Lisa. Er liest sie ab:

,Hallo Leo, ich schlafe bei einer Freundin. Von ihr aus fahre ich direkt zum Wettkampf. Meine Sportsachen sind noch im Auto. Dann bleibe ich über das Wochenende bei meinen Eltern und schlafe dort auch von Sonntag auf Montag. Ich komme deshalb erst am Montag nach der Hochschule nach Hause. Lisa'. Kein ,lieber Gruß' Am Morgen beschließt Paul, das Wochenende in seinem Haus zu verbringen. Er ist tief betrübt über das Verhalten von Lisa. Er kann einfach nicht glauben, dass ein Mensch sich innerhalb von Stunden total verändert. Ständig ist er am Grübeln, was er wohl falsch gemacht haben könnte, dass sie ihn auf einmal so schneidet. Paul wird klar, dass nur ein anderer Mann dahinter stecken kann. Er will Klarheit. Am Montag wird sie ihm reinen Wein einschenken müssen. Ob Lisa überhaupt ihrem Sport nachging? Ist sie vielleicht mit einem Kerl auf einem fröhlichen Wochenendtrip? Die Eifersucht stellt sich bei Paul ein und frisst sich übers Wochenende tief in sein Herz. Doch immer wieder sagt ihm seine innere Stimme: ,reg' dich nicht auf, es wird eine simple Erklärung dafür geben. Lisa liebt dich doch über alles'. So kämpft er unablässig gegen seine Stimmung, die sich einem Fischkutter gleich im aufgewühlten Meer auf und ab bewegt.

Am Montag-Vormittag setzt er sich an seinen Computer. Er ruft die Internetseiten von Lisas Sportverein auf. Dieser Großverein hat viele Sparten. Ein paar Klicks und er befindet sich auf den Seiten der Volleyball-Abteilung. Schnell entdeckt er den Spielbericht vom Wettkampf am Samstag. Paul liest: '...und es hat sich gezeigt, dass der Ausfall einer Leistungsträgerin wie Lisa ein großes Loch reißt, das derzeit von keiner anderen Spielerin zufriedenstellend zu schließen ist. So wurde nur mit viel Mühe ein mittelmäßiger Gegner knapp im fünften Satz besiegt. Unserer Lisa wünschen wir eine baldige Genesung'. Den Bericht liest Paul ein zweites Mal. Lisa hat nicht nur ihn versetzt, sondern auch ihre Sportkameradinnen. Jetzt ist für Paul alles klar. Eine große Niedergeschlagenheit überkommt ihn. Noch am Vormittag fährt er mit seiner Sporttasche zu Lisas Wohnung. Er sucht seine Siebensachen zusammen. Dann nimmt er ein leeres Blatt Papier aus einer Schublade. Da liegt auch der Brief vom österreichischen Labor, immer noch ungeöffnet. Den Brief nimmt er an sich. Auf den Zettel schreibt Paul nur fünf Worte. ,Der Wohnungsschlüssel liegt im Briefkasten'. Keine Anrede, keinen Gruß. Dann verlässt er die Wohnung, schließt ab und wirft den Schlüssel durch den Schlitz in den Briefkasten mit dem Namensschild von Lisa Mahler.

„So, das war es", sagt er halblaut vor sich hin. Eine riesige Einsamkeit überkommt ihn. Auf der Heimfahrt rinnen ihm die Tränen nur so über das Gesicht. Er fährt Umwege, bis der Tränenfluss halbwegs versiegt ist. Andreas hatte also doch recht, er hat seinen Vater gewarnt. Er wird sich bestätigt fühlen. Wie wird Simone darauf reagieren? Doch Paul will sein Schicksal nicht sofort an die große Glocke hängen. Er muss alleine damit fertig werden.

Die Tage danach sind mit die Schlimmsten, die er je erlebt hat. Nur vergleichbar mit damals, als seine geliebte Frau starb. Paul verlässt jeden Tag das Haus. Macht lange Spaziergänge. Doch sein depressiver Zustand lässt sich damit auch nicht kurieren. Jetzt, in dieser schon kalten Jahreszeit mit den frühen Abenden kann er sich nicht durch Arbeiten ablenken. Ein Buch lesen klappt auch nicht. Es fehlt die Konzentration. So hängt er seinen Gedanken nach. Er kann es einfach nicht fassen, was Lisa ihm angetan hat.

Nie hätte er ein solches Ende einer doch so großen Liebe für möglich gehalten. Oder war das alles von ihr nur gespielt? Aber diesen Gedanken verwirft er sofort. Nein, die Liebe war schon echt. Der Banker kommt ihm in den Sinn. Kann sein, dass die Liebe zu diesem bei Lisa doch noch glomm und einen Neuanfang fordert? Tausende Gedanken zermartern sein Hirn und auf keinen weiß er eine plausible Antwort. Telefonate nimmt er nur entgegen, wenn er die eingeblendete Nummer auf dem Display kennt.

Zwei Wochen sind seit Lisas Verrat vergangen. Von ihr war nicht das geringste Lebenszeichen zu vernehmen. Sein Gemütszustand bessert sich allmählich, wenn auch nur in kleinsten Schritten. ‚Zeit heilt Wunden', wie wahr! An einem Samstag-Nachmittag klingelt Pauls Telefon. Wird es Lisa sein? Auf dem Display seines Festnetzanschlusses steht eine ihm unbekannte Nummer. Soll er das Gespräch annehmen? Seine innere Stimme drängt ihn dazu. Er nimmt den Anruf entgegen. Mit Freude hört er die Stimme von Alisa.

„Hallo Paul! Endlich bekomme ich dich an die Strippe. Ich habe die letzten Tage immer versucht, dich zu erreichen. Leider immer vergebens. Die Nummer von Lisa kenne ich nicht, sonst hätte ich es dort versucht. Ich wollte mal wieder deine Stimme hören. Wie geht es dir und Lisa?"

„Hallo Schätzchen! Ich freue mich riesig über deinen Anruf. Hast du ein neues Handy? Die Nummer kenne ich nicht."

„Das Handy hat mir Claudia geschenkt. Sie hat sich ein neues gekauft. Du musst diese Nummer gleich einspeichern."

„Das mache ich sofort. Was hältst du davon, mich zu besuchen?"

„Das ist eine gute Idee. Hast du denn Zeit für mich, Paul?"

„Ich bin zu Hause. Du kannst jeder Zeit kommen. Von mir aus schon heute."

„Das mache ich doch prompt. Ist es dir recht gegen achtzehn Uhr?"

„Ich freue mich auf dich, Alisa."

Pünktlich um sechs steht Alisa vor der Tür. In Erwartung seiner lieben Freundin hat sich Paul's Stimmung soweit aufgehellt, dass er sie mit freudigem Gesichtsausdruck begrüßen kann. Alisa umarmt und küsst ihn wie sie es immer tut zärtlich auf die Wange.

„Komm herein mein Schätzchen. Was darf ich dir zu trinken anbieten?"

„Ich trinke dasselbe wie du."

„Das wäre also geklärt. Ich habe noch Pizzas im Gefrierschrank. Hast du Appetit drauf?"

„Ich will dir keine Umstände machen, Paul. Ist Lisa verreist, weil du zu Hause bist?"

„Zwischen Lisa und mir herrscht Funkstille." Paul verspürt bei diesen Worten einen großen Kloß im Hals. Er ist den Tränen nahe.

„Oh, Paul!" Alisa ist wie vom Schlag getroffen. „Sag', dass es nicht stimmt, bitte, bitte!"

„Ich wäre froh, wenn es nicht so wäre. Ich habe schlimme Tage hinter mir. Umso mehr freue ich mich, dich zu sehen. Du bist ein Sonnenstrahl in dieser tristen Welt."

„Darf ich die Ursache erfahren, Paul? Du und Lisa – ihr habt euch doch immer so toll ergänzt. Wie konnte es bloß dazu kommen?"

Paul erzählt Alisa die Ereignisse aus seiner Sicht. Immer wieder schüttelt Alisa ungläubig den Kopf und stöhnt auf. Sie weint stille Tränen.

„Mein lieber Paul. Nie hätte ich gedacht, dass Lisa zu so einem Verhalten fähig ist. Hat sie uns so getäuscht? Gibt es vielleicht doch einen plausiblen Grund für Lisa? Hat sie Druck von den Eltern bekommen wegen dem Altersunterschied? Wurde sie vor die Wahl gestellt – entweder oder?"

„Ihre Eltern haben von meiner Existenz doch kein Wissen! Das scheidet also aus. Außerdem: Mit mir kann man reden! Alisa, ich habe mir nie etwas vorgemacht. Es war mir von vornherein klar, dass unsere Beziehung irgendwann mal enden wird. Ich wollte ihr nie im Wege stehen, wenn es ihre beruflichen Ziele behindert hätte. Aber dieser Abgang von ihr ist meiner nicht würdig. Da ging bei mir etwas kaputt, das nicht zu kitten ist. Aber jetzt, mein Schätzchen, wollen wir nicht mehr Trübsal blasen. Du bist heute bei mir und die Welt sieht schon wieder positiver aus."

„Das freut mich, Paul. Vergessen wir mal die traurige Geschichte. Aber irgendetwas sträubt sich in mir zu glauben, dass Lisa dich wegen eines anderen Mannes verlassen hat. Nun, ich habe dir umso erfreulicheres zu berichten. Ich habe mich bei der Fahrschule angemeldet. Jeden Abend büffele ich die Fragebögen durch. Mit den Fahrstunden lasse ich mir jedoch noch Zeit. Ich will zuerst in der Theorie völlig sicher sein. Im Frühjahr werde ich Achtzehn und zum Geburtstag möchte ich den Führerschein in Empfang nehmen. Zum Thema Fahrstunden habe ich eine Bitte an dich. Ich dachte mir, bevor die Fahrstunden anstehen, wäre es doch von Vorteil, wenn ich auf dem Verkehrsübungsplatz vorab die Funktionsweise eines Autos kennenlernen würde. In dich, Paul, habe ich größtes Vertrauen. Könntest du mir dabei helfen? Ich würde selbstverständlich die Benzinkosten übernehmen."

„Du kannst auf mich zählen. Für meine liebe Alisa mache ich das mit dem größten Vergnügen und das Wort Benzinkosten möchte ich nicht mehr hören. Dein Fahrlehrer wird neben dir einschlafen, weil er dir nichts mehr beibringen kann. So! Jetzt nehmen wir einen guten Schluck, sonst vertrocknet der Wein im Glas. Prosit mein Schätzchen! Wie sieht es eigentlich bei dir mit der Liebe aus? In deinem Alter hat man doch üblicherweise schon einen Freund?"

„Aber Paul! Du kennst mich doch. Für mich ist das noch lange kein Thema. Jetzt erst recht nicht, wenn ich sehe, was mit dir geschehen ist. Und guck dir die heutigen jungen ‚Männer‘ mal an." Das ‚Männer‘ spricht sie sehr verächtlich aus, die haben doch nur eines im Sinn, nämlich das Mädchen sofort in die Kiste zu ziehen und nach jeder erfolgreichen Eroberung machen sie sich eine Kerbe in den Penis und prahlen damit."

„Aua!" Alisa und Paul lachen sich halbtot über diese Anmerkung.

„Um dich habe ich keine Angst, Alisa. Du wirst dir schon mal den richtigen Mann aussuchen."

„Er muss so sein wie du, Paul. Aber meinem Alter entsprechend."

„Deine Ausbildung ist jetzt wichtiger. Wie geht es der Firma?"

„Sie haben viel zu tun, Paul. Die Aufträge bleiben nicht aus. Wenn nur der Termindruck nicht so gewaltig wäre. Ich musste auch schon an Samstagen aushelfen. Jetzt bin ich ja in der Schule und habe während der Woche keine Zeit. Aber wenn Fred mich braucht, komme ich gerne samstags. Ich bin mit Spaß dabei."

„Fred wird sich über dein Engagement sehr freuen. Er hält viel von dir."

„Ja, das stimmt. Er behandelt mich so, als wäre ich seine Tochter. Auch Claudia ist mir sehr zugetan. Wusstest du eigentlich, dass die beiden liiert sind?"

„Ich habe mir das immer gedacht. Fred hat vor vielen Jahren seine Frau verloren. Es war ein schrecklicher Verkehrsunfall. Das hat ihn damals sehr mitgenommen. Eine Zeit lang hat er vor lauter Verzweiflung seinen Betrieb vernachlässigt. Er stand kurz vor der Pleite. Doch Fred fing sich wieder und seine Stammkundschaft, dazu gehörte auch ich, wurden ihm nicht untreu. Er hat uns das nie vergessen. Vielleicht auch deshalb hat er mir meine Bitte, dich bei ihm unterzubringen, nicht abgeschlagen. Heute ist er froh, dich in seinen Reihen zu wissen. Fred hat keine Kinder und irgendwann muss er sich um die Nachfolge Gedanken machen. Ich habe da eine Vision, wie er das vielleicht angehen könnte."

„Du denkst an mich, Paul?"

„Du hast es richtig erkannt, Alisa. Ich glaube, er setzt auf dich. Enttäusche ihn nicht."

„Und das habe ich alles meinem lieben Freund Paul zu verdanken."

„Nein mein Schätzchen! Das hast du zu allererst deinen Eltern zu verdanken, weil sie dich sehr gut erzogen haben. Oder glaubst du, ich hätte einer frechen Göre meine Aufmerksamkeit geschenkt? Deine Begabung war ebenfalls ausschlaggebend. Du kannst stolz auf dich sein, weil du mir bei Fred keine Schande machst. So, jetzt lege ich die Pizzas in den Backofen."

Alisa bleibt lange bei Paul. Als sie sich gegen zweiundzwanzig Uhr verabschiedet, bittet sie Paul um die Handy-Nummer von Lisa.

„Die bekommst du heute nicht von mir. Ich weiß, was du vorhast. Der Lisa den Marsch blasen."

„Jemand muss ihr doch sagen, was für eine fiese Person sie ist!" sagt sie voller Empörung.

„Gute Nacht mein Herzchen. Besuche mich bald wieder. Wir können auch mal zusammen eine Wanderung machen, wenn du Lust dazu hast." Sanft drückt er seine junge Freundin Richtung Haustüre. Alisa umarmt ihn, wie sie es immer tut, aber diesmal viel, viel länger.

„Mein armer Paul, wäre ich doch älter" sagt sie mit Schalk in der Stimme und ihr Wangenkuss war noch nie so zärtlich wie jetzt. Bestimmt sollte er Paul nur Trost spenden.

„Hau endlich ab, bevor mich mein Verstand verlässt und was Dummes passiert." Paul gibt ihr noch einen Klaps auf den Po und schiebt sie vollends aus dem Haus.

„Tschüss Paul! Nächstes Wochenende wandern wir." Fröhlich schwingt sich Alisa auf ihr Fahrrad und fährt davon.

‚Süße kleine Hexe' murmelt Paul ihr hinterher.

Am Sonntag frühstückt Paul sehr spät. Dann macht er sich auf für eine größere Wanderung. Der Witterung angepasst, verlässt er kurz nach der Mittagszeit das Haus. Die frische, kalte Luft tut ihm gut. Nach dem Besuch von Alisa ist er ein anderer Mensch.

Er hat wieder Freude am Dasein. Was so ein junges Leben doch bewirken kann. Am Spätnachmittag kehrt er in einen Landgasthof ein und lässt es sich gut gehen. Am frühen Abend ist er wieder zu Hause. Auf seinem Telefon blinkt es. Vergebliche Anrufe eines ihm unbekannten Festnetzanschlusses. Wer kann es sein, der ihn unbedingt sprechen will? Paul ruft nicht zurück. Nach der Tagesschau klingelt das Telefon. Er sieht die ominöse Nummer auf dem Display. Neugierig geworden drückt er die grüne Taste und meldet sich. Eine leise Stimme erreicht sein Ohr.

„Hallo Leo, ich bin's, Lisa." Ihre Stimme klingt unsicher, abgehackt und sehr erregt. Paul durchströmt ein Wonnegefühl und aller Ärger der letzten Wochen tritt in den Hintergrund, wird auf einmal unwichtig. Er liebt Lisa noch immer. Das wird ihm schlagartig bewusst. Er muss sich anstrengen, seiner Stimme einen harten, gleichgültigen Ton zu verleihen, als er Lisa antwortet:

„Ach, du erinnerst dich? Bist du bei deinem neuen Liebhaber? Ich kenne die Telefonnummer nicht!"

„Ich bekam während der Woche meinen Festnetzanschluss. Leo, ich möchte dich besuchen, bitte lehne es nicht ab."

„Leo will dich nicht sehen, aber Paul kannst du besuchen. Wann willst du kommen?"

„Wenn es dir passt, heute noch!"

„Von mir aus. Ich bin noch wach."

„Bis gleich, Leo. Danke!"

„Nenn mich Paul, bitte!"

Keine zehn Minuten später fährt Lisas Peugeot vor das Haus. Nachdem sie die Klingel betätigt hat, öffnet er ihr. Paul erschrickt bei ihrem Anblick. Das ist nicht mehr seine Mona Lisa. Die Haare unsortiert. Das Gesicht schmal, blass, deutlich sichtbare Augenringe und am ganzen Körper zitternd.

„Ich kann nicht mehr, Leo!" Du musst mich anhören."

„Nenn mich Paul, bitte. Leo ist nicht in der Lage, mit dir zu reden. Er ist tief verletzt."

„Dann berichte ich eben Paul, wie alles kam."

„Jetzt setz dich mal und nimm einen Schluck Wasser. Ich selbst wünsche mir von dir, reinen Wein eingeschenkt zu bekommen, aber wirklich sehr reinen Wein, wenn's recht ist!"

„Ich war die letzten Wochen nicht in der Hochschule. Ich gehe auch nicht zum Sport. Ich bin nur zu Hause und immer am Weinen. Ich habe so vieles falsch gemacht."

„Dann erzähle mal, wie alles gekommen ist. Aber ich lege Wert auf eine strikte Trennung von Dichtung und Wahrheit, wobei mich nur die Wahrheit interessiert."

„Ich habe dich damals angelogen. Ich war weder beim Training noch in der Schule, auch nicht beim Wettkampf noch bei meinen Eltern."

„Stimmt! Deine Mannschaft hat nur mit großer Mühe das Match gewonnen, weil Lisa gefehlt hat."

„Bist du denn dort gewesen, Paul?"

„Nein, aber dein Verein hat eine tolle Homepage. Da kann man den Spielbericht nachlesen. Also bis jetzt entsprach alles der Wahrheit."

„Paul, es war kein anderer Mann im Spiel."

„Aha, jetzt beginnt "die Dichtung."

„Nein Paul! Alles was ich sage, ist die reine Wahrheit. Ich war an den ominösen Tagen in Holland…" Paul unterbricht Lisa: „Wohl in Sachen Drogen? Wenn ich dich so anschaue, kommt mir das sehr naheliegend vor."

„Oh Paul! Wie kannst du so etwas von mir denken! Ich war in Utrecht in einer Privatklinik. Donnerstags zum Vorgespräch und bereits am Freitag wurde der Eingriff vorgenommen. Dazwischen musste ich nochmals nach Hause fahren, weil ich auf einen so schnellen Termin nicht vorbereitet war. In dieser Klinik wurde ein Schwangerschaftsabbruch an mir vorgenommen."

„Bist du noch bei Trost?" Paul schreit das mit hochrotem Kopf laut heraus: „Welcher Saukerl hat dich geschwängert?" Er ist außer sich.

„Denk mal darüber nach, was du eben gesagt hast", gibt Lisa zurück.

„Du hast recht, das war eben blöd von mir. Unüberlegt vor lauter Überraschung. Den Saukerl kenne ich doch. Aber du hast mir immer wieder versichert, dass du die Pille nimmst. Wir waren uns doch einig zu diesem Thema. Wie konnte das passieren? Warum hast du mich nicht informiert?"

„Ich weiß selbst nicht, wie es passieren konnte. Am Anfang des neuen Semesters hatte ich ein paar problematische Tage. Mir war es morgens immer übel und ich musste spucken. Vielleicht habe ich die Pille ausgebrochen, die ich ja immer frühmorgens nach dem Aufstehen zu mir nehme. Ich habe keine Ahnung, ob es so war."

„Du hättest mich informieren müssen. Warum diese Heimlichkeit?"

„Ich dachte, ich könnte die Sache alleine in Ordnung bringen. Ich hatte dir gegenüber ein schlechtes Gewissen. Ich war so blauäugig zu glauben, die Angelegenheit problemlos lösen zu können. Ein Kind wollte ich auf keinen Fall. Ich hatte auch Angst davor, ein behindertes Kind zu gebären, falls ich tatsächlich deine Tochter bin."

„Du hättest den Brief vom Labor öffnen können und alle Zweifel wären behoben gewesen."

„Ich habe mich nicht getraut, die Wahrheit zu erfahren. Du – mein Vater! Ich wäre daran verzweifelt. Ich liebe dich doch als Mann und nicht wie einen Vater."

Lisa hat ihre Handtasche geöffnet und entnimmt ihr ein paar Papiere.

„Hier Paul. Die Rechnung der Klinik und die Rechnung des Hotels, in dem ich mich über das Wochenende erholt hatte."

„Ich glaube dir. Was du mir berichtet hast, ist schlüssig. Du hättest den Eingriff doch auch in Deutschland durchführen lassen können? Warum nach Holland?"

„Ich wollte diese Beratungsgespräche nicht. Ich bin im besten Alter, Kinder zu gebären. Die hätten mich vielleicht umgedreht. In

Holland fragt dich keiner. Und vor allem: Hätte ich denen sagen sollen, dass der Vater des Kindes vielleicht mein eigener Vater ist? Du siehst Paul, an Holland führte kein Weg vorbei."

„Warum hast du mich damals so kalt behandelt? Kein nettes Wort, kein Kuss zum Abschied! Das war ich von dir nicht gewohnt."

„Ich hatte riesige Angst vor einer Unterhaltung mit dir. Das war mein schlechtes Gewissen. Stell dir vor, du hättest zu mir gesagt, dass du zum Wettkampf kommen würdest. Wie hätte ich reagieren können? Ich wollte so schnell wie möglich aus deinem Gesichtskreis verschwinden, um so Fragen aus dem Weg zu gehen. Denn jede Frage hätte ich mit einer Lüge beantworten müssen. Das hätte ich nicht durchgehalten."

„Du hast über zwei Wochen gebraucht, mich aufzuklären. Warum nicht gleich nach deiner Rückkehr?"

„Als ich den Zettel las, dass sich der Wohnungsschlüssel im Briefkasten befindet und ich gewahr wurde, dass alle Dinge von dir in der Wohnung fehlten, war ich mir sicher, dass unsere Beziehung zu Ende ist. Für mich brach eine Welt zusammen. Da wurde mir endlich bewusst, welche Dummheit ich begangen hatte. Mein Leo hat mich fallen lassen – und ich war selbst schuld daran. Ich war dem Zusammenbruch nahe. Ich war nicht mehr in der Lage, in die Hörsäle zu gehen. Ich war nur noch zu Hause und weinte. Wenn das Telefon klingelte und es war nicht deine Nummer auf dem Display, habe ich nicht abgenommen. Auch nicht beim Anruf meiner Eltern. Aber jetzt hielt ich es nicht mehr aus. Ich weiß nicht, was ich gemacht hätte, wenn du meinen Besuch abgelehnt hättest. Ich bin so froh, dass ich endlich die ganze Geschichte erzählen konnte."

„Wenn du wüstest, wie mir zumute war, als ich die Internetseite deines Sportvereins gelesen hatte. Das war für mich der Anlass, meine Habseligkeiten aus deiner Wohnung zu holen und von den vier Wänden, in denen ich viele glückliche Stunden verbrachte, zum zweiten Mal Abschied zu nehmen. Mit Sicherheit hätte ich nie wieder den Kontakt zu dir gesucht. Ich war zutiefst enttäuscht von meiner Mona Lisa. Im Nachhinein erkenne ich auch meine sture Reaktion. Ich hätte bleiben müssen und dich zur Rede stellen. Dann hätten wir diese schrecklichen Wochen nicht durchmachen müssen. Doch meine notorische Eifersucht hatte den Verstand gelähmt. Aber jetzt ist alles wieder in Ordnung. Ich bin wieder dein Leo, mein Schatz. Eine solche verrückte Geschichte darf sich nie und nimmer wiederholen." Paul nimmt seine Mona Lisa ganz fest in die Arme und sie küssen sich unendlich lange, um all das Versäumte nachzuholen. Dann fahren sie gemeinsam zu Lisas Wohnung. Die zerzauste Lisa bringt sich in Ordnung. Die erschreckende Blässe in Lisas Gesicht ist verschwunden und ihre Augen zeigen bereits wieder den listigen Blick, den Paul so sehr an ihr liebt. Wenn sie jetzt noch ein richtiges Essen bekommt und zwei Glas Wein getrunken hat, wird sie die alte Lisa sein. Als sie ihre Toilette beendet hat, fahren sie trotz vorgerückter Stunde zu ihrem Lieblingslokal. Während der ganzen Fahrt hält Lisa Pauls Hand. Die wird sie nicht mehr so schnell loslassen. Obwohl die Küche um zweiundzwanzig Uhr schließt, sie kommen um fünf Minuten zu spät, dürfen sie noch etwas aus der Speisekarte auswählen. Das ist echter Service für Stammgäste.

Natürlich sind die Ereignisse der letzten Wochen das Hauptthema an diesem Abend. Lisa kann sich einfach nicht davon losmachen. Zu tief hat sich ihr Fehlverhalten in ihr Seelenleben eingefressen. Paul versucht ständig das Thema zu wechseln. Für ihn ist diese Episode nun Vergangenheit. Erst als sie von Paul erfährt, dass niemand aus seiner Familie Kenntnis von der Geschichte hat, atmet sie erleichtert auf.

„Ich hätte mich vor Simone sehr geschämt, Leo."

„Aber Alisa weiß Bescheid. Sie hat mich am Samstag überraschend besucht. Ich musste auf ihre Frage nach dir wahrheitsgemäß antworten. Alisa war sehr niedergeschlagen und hat geweint. Sie wollte dich anrufen und dir ordentlich den Kopf waschen. Ich habe es vereitelt, indem ich deine Handynummer nicht herausrückte. Morgen, während ihrer Mittagspause werde ich Alisa anrufen. Sie wird sich sehr freuen, dass alles wieder in Ordnung ist.

Als sie sehr spät von ihrem Stammlokal zurückkehren und Paul sein Fahrzeug auf dem Parkplatz abgestellt hat, öffnet Lisa ihre Handtasche und entnimmt ihr einen einzelnen Schlüssel.

„Hier Leo, bitte schließe mit diesem Schlüssel die Tür auf. Es ist dein Schlüssel. Nie wieder möchte ich diesen Schlüssel aus dem Briefkasten holen müssen. Dafür werde ich alles tun, das verspreche ich dir."

Diese Nacht mit Mona Lisa wird Paul ewig in Erinnerung bleiben. Lisa klebt förmlich an ihm. Sie hält sich an ihm fest, als ob jemand versuchen würde, sie von ihrem geliebten Leo loszureißen. Schon im Halbschlaf, sagt sie noch zu ihm: „Leo, heirate mich. Bitte, bitte." Kurz darauf vernimmt er ihre gleichmäßigen Atemzüge. Sein Schatz ist eingeschlafen. ‚Ja, Mona Lisa. Ein Leben an deiner Seite wird bestimmt nie langweilig, aber eine Heirat? Wie sollen wir Barbara gegenüber diese vertreten'? denkt er sich im stillen.

Am Montagmorgen macht sich Lisa endlich wieder zur Hochschule auf. Sie ist fröhlich wie früher. Keine Spur mehr von der Niedergeschlagenheit am Abend zuvor. Ihr Gesicht strahlt in gewohnter Schönheit und als sie ihren Leo zum Abschied küsst, sagt sie:

„Leo, ich werde den ganzen Tag vor Sehnsucht nach dir sterben."

„Man kann nicht den ganzen Tag sterben, sondern nur einmal und kurz, Liebling. Komm also bitte lebend heute Nachmittag zurück."

„Du hast wie immer Recht, alter Angeber."

Jetzt weiß Paul, Mona Lisa ist endgültig wieder seine Traumfrau. In der Mittagszeit ruft er Alisa auf ihrem Handy an. Sie meldet sich sofort.

„Hallo mein lieber Paul. Du hast Sehnsucht nach mir. Stimmt's?"

„Und ob! Am Samstag wandern wir. Wir beide allein. Zum Schluss gehen wir in eine Besenwirtschaft. Lisa kann nicht mitkommen, sie muss ja am Samstag ihre Volleyballmannschaft zum Sieg führen."

„Oh Paul! Ich freue mich riesig, dass zwischen euch alles wieder in Ordnung ist. Es ist doch so, oder?"

„Ja Herzchen. Ich werde dir am Samstag die ganze Geschichte erzählen. Du bist doch unsere beste Freundin. Deshalb sollst du als Einzige die Hintergründe erfahren."

„Ich bin sehr glücklich, Paul. Nun ist diese kritische Phase ausgeräumt. Es war also doch ein Missverständnis zwischen euch?"

„Eher eine heimliche Aktion von Lisa. Aber am Samstag erfährst du mehr. Komm um vierzehn Uhr zu mir. Tschüss, mein Schätzchen."

Die nächsten Wochen leben Paul und Lisa in völliger Glückseligkeit. Lisa büffelt am Spätnachmittag wenn sie von der Hochschule kommt noch zwei Stunden in ihren Lehrbüchern. Ab und an stellt sich Paul während diesen Stunden an den Herd und bereitet eine Mahlzeit vor. Sie leben ihre Zweisamkeit wie richtige Eheleute. Am Abend machen sie je nach Wetterlage noch einen Spaziergang über die Felder oder nutzen die Zeit bis zum Schlafengehen für Spiele, hören gute Musik oder lesen sich gegenseitig aus einem Buch vor. Der Fernseher wird nach der Tagesschau oft abgeschaltet, wenn nicht etwas Außerordentliches angekündigt wurde.

Bald beginnt die neue Volleyballsaison. Bei den vergangenen Pokalwettkämpfen hat Lisas Mannschaft einen achtbaren 2. Platz erzielt. Lisa fährt jetzt wieder regelmäßig zum Training und besucht anschließend ihre Familie. Als sie wieder einmal spät abends zurückkehrt, überrascht sie Paul mit der Ankündigung, dass ihre Mutter sich für den Sonntag zu einem Besuch angemeldet hat. Barbara ist Strohwitwe, weil ihr Mann für drei Wochen zur Kur gefahren ist.

„Leo, ich konnte ihr den Wunsch nicht abschlagen. Sie war schon geraume Zeit nicht mehr bei mir."

„Na ja, ich werde diesen Sonntag anderweitig verbringen. Vielleicht frage ich Alisa, ob sie schon etwas vorhat. Sie freut sich immer, wenn wir an sie denken."

„Ich habe einen anderen Plan, Liebling. Meine Mutter kommt ja alleine. Wäre es nicht eine gute Gelegenheit, ihr meinen Schatz vorzustellen?"

„Du hast nicht alle Tassen im Schrank, Lisa!" Barbara würde mich doch sofort erkennen. Wie stellst du dir das vor?"

„Wir können aber auch nicht ewig Verstecken spielen. Ich will mit dir zusammenleben und meiner Familie ist es nicht einerlei, wenn sie meinen Partner nicht kennt. Es ist besser, wenn Barbara als Erste erfährt, wem das Herz ihrer Tochter gehört. Wir können dann offen über alles reden, was im Beisein meines Vaters nicht möglich wäre."

„Sicher hast du nicht Unrecht. Irgendwann müssen wir die Karten auf den Tisch legen. Ich dachte immer, du würdest in einem Vieraugengespräch Barbara schonungsvoll darauf vorbereiten."

„Ich habe ihr bereits am Donnerstag eine Überraschung angekündigt, ohne konkret zu werden."

„Also wird deine liebe Mama mit großer Neugierde ihrem Besuch bei dir entgegenfiebern. Sie wird mit allem rechnen, aber nicht mit dem, was du ihr zumuten willst. Ich weiß nicht, ob dein Plan aufgeht. Vielleicht endet die Geschichte in einem riesigen Chaos und ich bin mitten drin. Nicht gerade angenehm, sich das vorzustellen."

„Ja, mein Lieber! Aber schließlich bist du ja nicht ganz unschuldig an diesem Zustand. Hättest die Finger von mir lassen müssen, oder noch besser: Hättest vor dreißig Jahren nicht den charmanten Kavalier spielen sollen."

„Und du würdest ein tristes Leben neben deinem Bankheini fristen. Du wüstest heute noch nicht, was echte Liebe ist."

„Sofern es mich überhaupt geben würde ohne das Zutun dieses allergrößten Filous aller Zeiten, genannt Leo. Was wäre mir da alles erspart geblieben. Aber jetzt müssen wir die Herausforderung annehmen, mein Schatz."

„Ich bin an und für sich kein Feigling, aber vor diesem Zusammentreffen habe ich einen gehörigen Bammel."

„Ich weiß Leo, dass ich dir einiges zumute. Aber mir selbst mute ich nicht weniger zu. Jetzt müssen wir da durch, komme was da wolle."

„Ich werde die nächsten Nächte nicht mehr in den Schlaf finden. Über mir erscheint eine Barbara mit dem erhobenen Schwert, bereit zuzuschlagen für meinen Verrat vor dreißig Jahren. Und nun habe ich ihr auch noch ihre geliebte Tochter gestohlen. Ich muss alles tun, damit sie mich nicht erkennt. Beim Optiker kaufe ich mir eine große Hornbrille, die tägliche Rasur fällt die nächsten Tage aus. Vielleicht gelingt es mir meine Stimme zu verstellen. Und dass du mich nicht versehentlich Paul nennst. Was kann ich noch tun, mein Schatz?"

„Nichts wirst du tun. Ich will doch, dass sie dich erkennt. Zeig dich von deiner besten Seite. Sei charmant und liebenswürdig. So wird meine Mama schnell kapieren, dass ich unentrinnbar in deinem Netz verfangen bin, wie sie vor dreißig Jahren. Ich werde dich vorstellen mit: ‚Mama, das ist mein lieber Leo. Sein richtiger Name ist aber Paul Brenner. Er behauptet dich zu kennen. Stimmt das, Mama'?" Lisa lacht dazu vergnügt.

„Dir wird das Lachen schon noch vergehen, wenn die Reaktion deiner Mutter einsetzt. Halt ja Riechfläschchen bereit, falls sie in Ohnmacht fällt."

Ihre Diskussion nimmt lange kein Ende. Doch irgendwann übermannt sie der Schlaf. Einige Male wacht Paul in der Nacht auf und sofort sieht er das Damoklesschwert über sich schweben. Sein Schätzchen aber schläft wie ein Murmeltier. Die Tage bis Sonntag vergehen viel zu schnell und die Stunde der Wahrheit rückt unentwegt näher. Paul wundert sich immer mehr über seine Lisa, mit welchem Gleichmut sie dem Sonntag entgegen sieht. Sie war es doch, die noch vor ein paar Wochen es kategorisch ausschloss, ihn der Familie vorzustellen. Befürchtet sie auf einmal keine Auseinandersetzung mit ihrer Mutter? Am Sonntagmorgen macht er Lisa folgenden Vorschlag:

„Liebling, ich habe mir folgende Taktik ausgedacht. Deine Mutter kommt gegen fünfzehn Uhr. Ich werde vorher verschwinden und komme eine halbe Stunde nach deiner Mutter. Ich werde klingeln und du drückst den Türöffner. So weiß sie nicht, dass ich einen Hausschlüssel besitze. Du sagst ihr, dass du noch einen Gast eingeladen hast um sie zu überraschen. Dann erscheine ich und begrüße deine Mutter mit ‚hallo Barbara, schön, dich nach so langer Zeit wieder zu sehen‘. Deine Mutter wird überrascht sein und ihr werden die Worte fehlen. Dann kannst du sagen: ‚Mama, das ist mein Freund Leo, der behauptet, dich aus früherer Zeit zu kennen‘. Alles Weitere wird sich geben. Ich werde dich zur Begrüßung allerdings nicht küssen."

„Du bist mir ein Held! Ich werde sagen: ‚Mama, das ist Leo, mein Geliebter. Gefällt er dir‘? Aber ich werde deiner Seelenqual gerecht und nehme den Vorschlag an. Aber eines sage ich dir, Mama muss mit dem Wissen über unsere tatsächliche Verbundenheit nach Hause fahren. Das ist mein Ziel. Ich will und werde Klarheit schaffen. Und dann, Liebling, können wir heiraten!" Lisa lächelt Paul verschmitzt an.

„Erzähle deiner Mutter bloß nichts von Heirat. Übrigens, habe ich dir je versprochen, dich zu heiraten?"

„Das musst du auch nicht, denn du wirst geheiratet. Basta!"

„Was habe ich mir da bloß angelacht. Warum nur ging ich zu diesem Volleyballspiel. Hätte ich zu Hause ein Buch gelesen und mein Leben wäre wie gewohnt ruhig und beschaulich. Einmal die Woche würde mich Alisa besuchen und mein Seelenleben für die nächsten sechs Tage auf Hochstimmung bringen."

„Man nennt das Schicksal, mein Schatz." Lisa lächelt ihn an und

küsst ihn zärtlich und all seine Gegenwehr löst sich in Wohlgefallen auf. Dann ist die Stunde der Wahrheit da. Vereinbarungs-
gemäß kommt Paul um halb Vier am Nachmittag bei Lisa an.
Zuvor hat er sich für das große Wiedersehen zurechtgemacht. Von
wegen unrasiert und mit dicker Hornbrille. Barbara soll staunen,
wie gut er sich gehalten hat. Schließlich ist sie ja auch noch eine
adrette Frau. Er drückt die Klingel und gleich darauf brummt der
Türöffner. Der Fahrstuhl steht auch schon bereit. Wann gab es
das zuletzt? Meistens wartet man ewig lange. Paul kommt es vor,
als würde er sich heute doppelt so schnell nach oben bewegen als
sonst. Dann steht Paul vor Lisas Wohnungstür, die nur angelehnt
ist. Er atmet noch einmal tief durch und betritt den Flur. Seine
Mona Lisa kommt ihm entgegen und was sagt sie, die kleine Hexe?

„Hallo mein Schatz, schön dass du da bist!" Sehr laut und ver-
nehmbar bis in den hintersten Winkel der Wohnung. Seine vor
Aufregung feuchten Hände imitieren das Auswringen nasser Wäsche. Sie weiß das zu deuten, doch sie lacht, fällt ihm um den Hals
und küsst ihn. Paul antwortet darauf:

„Küsst du jeden Gast der dich besucht?" So versucht er die Begrüßung abzuwerten.

„Nur den ich liebe." Paul gibt sich geschlagen. Gleich darauf
betreten sie das Wohnzimmer. Barbara sitzt auf der Couch und
blickt amüsiert auf die beiden.

„Mama, das ist mein lieber Leo. Er sagt, er kennt dich aus früherer Zeit. Erinnerst du dich an ihn?"

Barbara steht auf und geht Paul entgegen.

„An diesen Leo erinnere ich mich sehr genau. Ihn würde ich
unter Millionen herausfinden. Früher nannte er sich allerdings
Paul."

Barbara und Paul schauen sich lange in die Augen, dann umarmen sie sich.

„Du Lump, musstest du dich ausgerechnet an meine Tochter
ranmachen und dann noch mit falschem Namen?"

„Erstens hat sich Lisa an mich rangemacht. Zweitens weiß sie seit Beginn unserer Freundschaft, dass ich Paul heiße und drittens weiß ich erst seit Lisas Einzug in diese Wohnung, dass sie deine Tochter ist. Du siehst, Barbara, ich bin vollkommen unschuldig."

„Was hast du ihr erzählt über uns, Paul-Leo?"

„Alles, Barbara. Ich freue mich sehr, dich endlich nach so vielen Jahren wieder zu sehen. Ich habe dich nie vergessen. Das musst du mir glauben. Mit Lisa bekam ich ein Stück Barbara zurück."

„Konntest du dir keinen anderen Liebhaber aussuchen?" wendet sich Barbara an ihre Tochter. „Paul ist doch ein alter Mann! Oder hattest du vielleicht eine Reifenpanne?" Lisa lacht und entgegnet: „Nein, keine Reifenpanne. Bei mir hatte er sich eine andere List ausgedacht. Er hauchte mir ein betörendes ‚hallo Mona Lisa' entgegen und ich antwortete mit ‚hallo Leonardo'."

„Aha, deshalb heißt er jetzt Leo."

„Mama, mein Leo ist kein alter Mann. Die Zahl seiner Lebensjahre ist mir unwichtig. Mit ihm wurde ich das erste Mal seit ich erwachsen bin glücklich, ja überglücklich! Ich hatte mal einen jungen Mann und das hat mir gereicht, Mama. Und das Wichtigste: Mit Leo bin ich auch deshalb glücklich, weil wir viele gleiche Interessen haben. Wir sind auf einer Wellenlänge, wie man so sagt und bei ihm fühle ich mich bestens aufgehoben."

„Das ist gut möglich", sagt Barbara. Ist das ein erster Hinweis auf Lisas brennendste Frage? Lisa hakt nach:

„Wieso hältst du das für möglich, Mama?" Barbara lächelt hintergründig und sagt:

„Weil ich Paul kenne und weiß um seine Vorlieben. Er wird sich nicht geändert haben und deine Vorlieben kenne ich ja auch zur Genüge." Paul schaltet sich wieder ein:

„Barbara, eigentlich bin ich sehr erstaunt darüber, dass unser Zusammentreffen dich kaum überrascht hat. Du konntest ja nicht wissen, welche Überraschung dich bei Lisa erwarten würde?"

„Irrtum, Paul! Als mir Lisa sagte, dass sie noch jemand erwartet, als Überraschungsgast sozusagen, habe ich sofort an dich gedacht. Ich bin ja damals in diese Wohnung gezogen als Fremde in diesem Ort. Es gab für mich nur dich und das all die Jahre hier. Wer also könnte es sonst sein als derjenige, der mich damals so unbarmherzig verjagt hatte? Kannst du dir eigentlich vorstellen, wie lange ich daran gelitten hatte, du Scheusal? Aber dass du der Liebhaber meiner Tochter bist, verschlägt mir doch den Atem."

„Ich hatte nicht weniger gelitten, Barbara. Aber du hast dadurch eine Familie bekommen mit einer wunderschönen Tochter."

„Die sollte ich dir zur Strafe streitig machen. Aber wahrscheinlich würde ich gegen Windmühlen reden. Ich kenne die Hartnäckigkeit meiner Tochter. Die wurde ihr vererbt!"

„Mama, das kann wohl nicht stimmen. Weder du noch Papa waren je hartnäckig. Ich bekam von euch jeden Wunsch erfüllt, auch wenn er manchmal eher abwegig war."

„Ich bleibe bei meiner Meinung" ist Barbaras kurzer Kommentar.

„Da kann ich mich ja auf etwas gefasst machen in unserer weiteren Beziehung", lässt Paul verlauten und blickt lächelnd seine Mona Lisa an.

„Und ich bin mal gespannt wer von euch zuerst aufgibt", belustigt sich Barbara. Wieder so ein versteckter Hinweis von Barbara? Sie hält Paul ebenfalls für hartnäckig, ergo hat er Lisa die Hartnäckigkeit vererbt. Lisa hat ebenfalls aufgehorcht und denselben Gedanken wie Paul. Sie stößt heimlich mit dem Fuß gegen Pauls Bein.

„Ihr werdet aber hoffentlich keine Kinder wollen und von dir, Lisa, erwarte ich, dass du das Studium erfolgreich hinter dich bringst und deinen Traumberuf ausübst. Und an dich Paul richte ich die Bitte, Lisa dabei nicht zu behindern. Kinder verbieten sich wohl von selbst. In deinem Alter wird man nicht mehr Vater. Man kann keinem Kind zumuten, dass ein alter Mann den Sohn oder die Tochter im Kindergarten abholt oder später zum Elternabend in die Schule geht. Stimmst du mir zu?"

„Mit ‚alter Mann' beleidigst du mich aber! Doch ich habe dieselbe Ansicht, dass ich als Vater nicht mehr tauge. Aber sag das mal deiner Tochter. Schließlich ist sie es, die es steuern kann."

„Das stimmt nur bedingt! Hast du schon mal was von Vasektomie gehört?"

„Keine Ahnung. Kläre mich auf."

„Das ist die Sterilisation beim Mann. Auf jeden Fall sicherer als die Pille. Da ist ein für alle Mal Schluss mit der Zeugung." Barbara sieht Paul etwas spöttisch an und sagt noch: „Jetzt habe ich wohl deiner Männlichkeit arg zugesetzt, mein lieber Paul."

„Du willst also, dass ich zum Kapaun oder Ochsen werde? Kommt überhaupt nicht in Frage, du böses Weib", erwidert Paul entrüstet. kann aber ein Grinsen nicht unterdrücken.

„Aber Paul! Das tut deiner Männlichkeit doch keinen Abbruch. Aber was sag ich, du weißt es genauso gut wie ich, du Schelm!"

Lisa ist in die Küche entschwunden und kümmert sich um den Kaffee.

„Ich hoffe, dass meine Tochter so vernünftig ist", setzt Barbara nach. „Ich werde auf jeden Fall auf sie einwirken. Aber eine andere Frage: Bist du geschieden?"

„Nein Barbara, ich bin seit sechs Jahren Witwer."

„Das tut mir sehr leid, Paul."

„Ich habe es endlich mit Lisas Hilfe überwunden. Mit ihr hat mein Leben wieder einen Sinn bekommen. Wie waren deine Ehejahre? Warst du glücklich in deiner Ehe?"

„Nachdem ich meinen Traummann nicht bekommen konnte, musste ich mich mit der zweiten Wahl zufrieden geben. Es war nicht die ganz große Liebe, aber wir führten trotzdem eine gute Ehe, bis heute."

„Das beruhigt mich. Lisa hatte es mir auch schon angedeutet, dass euer Familienleben insgesamt sehr harmonisch verlief."

„Ich hatte meine Erinnerungen und davon zehrte ich. Meinen Paul konnte und wollte ich nie vergessen. Dass aber meine Tochter sich anschickt, meinen Traummann einmal zu meinem Schwiegersohn zu machen, das übersteigt meine Vorstellungskraft. Wehe dir, wenn du das nicht verhinderst."

„Verlasse dich auf mich, Barbara. Ich will auch, dass Lisa ihr Studium zu Ende führt und in den neuen Beruf einsteigt. Ich werde mich dann zurückziehen, wenn ich merke, dass ich ihr im Wege stehe."

Lisa hat still und leise den Kaffeetisch im Esszimmer gedeckt. Leise, damit sie auch jedes Wort versteht, was im Wohnzimmer gesprochen wird. Der Kaffeeduft verströmt sein feines Aroma durch die Wohnung. Lisa ruft an die Kaffeetafel. Auf dem Tisch steht eine halbe ‚Schwarzwälder Kirschtorte' und macht Paul an.

„Schatz, wann hast du die Torte besorgt? Ich bekam das gar nicht mit?"

„Das konntest du auch nicht. Die Torte hat Mama mitgebracht. Die macht sie nämlich selbst. Da ist sie einsame Spitze. Wenn du öfters Appetit darauf hast, müssen wir sie nur oft einladen."

„Barbara, ich hätte dich doch heiraten sollen. Schon die Torte alleine wäre es wert gewesen. Aber du kannst uns auch ohne Torte besuchen, wann immer du willst", lacht Paul.

„Einspruch!". Meldet sich Lisa. „Wenn ihr euch zu oft begegnet, dann entwickelt sich vielleicht etwas, das nicht in meinem Interesse ist."

„Wird meine Mona Lisa eifersüchtig auf die eigene Mutter?"

„Wenn ich eure Vorgeschichte nicht kennen würde, dann nicht", lacht sie.

„Deine Mama ist immer noch eine sehr schöne Frau. Einer Neuauflage unserer ehemaligen Beziehung wäre ich nicht abgeneigt – wenn es dich nicht geben würde, mein Schatz."

Während der Kaffeetafel erzählt Paul seine Version, wie er Lisa kennen und lieben gelernt hatte. Dann erzählt Lisa ihre Geschichte, warum sie auf ihren Leo hereingefallen ist, wie sie es ausdrückt. Barbara schüttelt immer wieder den Kopf. Sie hat noch nicht verdaut, dass ausgerechnet die eigene Tochter ihren einstigen Traummann zum Geliebten hat. Wahrscheinlich gibt ihr noch etwas anderes zu denken, aber das behält sie für sich.

„Wie soll ich das nur deinem Vater beibringen? Der dreht durch, wenn er erfährt, dass seine Tochter einen Lebensgefährten hat, der älter ist als er selbst."

„Du musst ja nicht unbedingt Leos Alter verraten. Sag' ihm, Leo sieht nur älter aus als er ist."

„Ja, sag ihm das Barbara", mischt sich Paul ein „und sag ihm auch, die unersättlichen erotischen Ansprüche seiner Tochter hätten mich alt werden lassen."

„Du gemeiner Kerl! Mama glaube ihm nicht. Hatte er schon früher so ein loses Mundwerk?"

„Dein Leo ist ein ausgekochter Filou. Da sind die vielen Frauen mit verantwortlich, die ihn immer anhimmelten, direkt und indirekt."

„Was erzählst du da meiner Mona Lisa? Wenn mich die jungen Frauen anhimmelten, ließ mich das immer kalt!" gibt Paul zurück. „Meistens jedenfalls", fügt er noch lächelnd hinzu. „Doch einmal konnte ich nicht widerstehen. Das junge Ding hat mich total verzaubert und meiner Moral erheblich zugesetzt."

„Aha, der Herr outet sich!" ruft Lisa dazwischen. „Erzähle die ganze Geschichte, ich will sie wissen", fordert sie Paul auf.

„Jetzt bist du dran, Barbara. Erzähle ihr, wie es weiter ging."

„Willst du behaupten, dass nach meiner Mutter du ein braver Ehemann wurdest?"

„Sicher mein Schatz. Eine Doppelbelastung mit zwei Frauen wollte ich mir nicht mehr zumuten."

„Wahrscheinlich war er froh, mich endlich los zu sein" sagt daraufhin Barbara.

Der Besuch von Barbara verlief also zugunsten der Verliebten. Kein Aufschrei, kein Gezeter, wo sie doch allen Grund dazu gehabt hätte. Nein! Barbara hat Paul seine damalige Kompromisslosigkeit verziehen. Sie hat zwar ihrem Leben eine wichtige Wendung geben müssen, aber es war zu ihrem Vorteil. Und Lisa? Die hat die Reaktion von Barbara richtig vorausgesehen. Nur Paul hatte einen riesigen Bammel vor diesem Zusammentreffen. Barbara hat sich gegen achtzehn Uhr wieder auf den Heimweg gemacht. Bevor sie sich verabschiedet, hat sie Paul und Lisa zu einem Sonntagsessen eingeladen, sobald der Herr des Hauses aus der Kur zurück ist. Sie will, wie sie ihnen versichert, klare Verhältnisse schaffen. Lisas Vater soll wissen, mit wem die Tochter verkehrt. Sie wird ihren Ehemann schonend darauf vorbereiten.

„Sagst du ihm auch, wie wir beide zueinander standen?" fragt Paul mit spitzbübischem Gesicht, als er Barbara zur Tür begleitet. „Wer wird schon seine früheren Sünden offen legen. Zumal mit einem solchen Filou wie du es bist." Sie umarmen sich und Barbara sagt zum Abschied: „Paul Brenner, wehe dir, wenn du meine Lisa unglücklich machst."

Nachdem Barbara gegangen ist, hängt sich Lisa an Pauls Hals. „Und? Wie habe ich das gemacht, Liebling?" Paul antwortet mit einem Kuss.

„Das war aber gemein von dir, du Schuft! Mein Sexualleben in so einem negativen Licht darzustellen. Ich werde dir eine Auszeit von mindestens vier Wochen verordnen."

„Du meinst sicher vier Stunden, mein Schätzchen" und wieder folgt ein sehr, sehr langer Kuss.

Adventzeit hat begonnen. Paul und Lisa verbringen während der Woche nahezu jeden Abend zu Hause. Nur Lisa fährt am Trainingstag in ihre Heimat. Zu den letzten Wettkämpfen vor den Feiertagen wird sie von Paul begleitet. Die gemeinsamen Abende verbringen sie ab und zu mit kochen und probieren immer wieder neue Variationen ihrer Kochkunst aus. Am Morgen besprechen sie, was sie am Abend auf den Tisch zaubern wollen. Paul besorgt dann während des Tages die Zutaten, soweit nicht vorhanden. Seine Mona Lisa ist bei weitem die kreativere Köchin. Wenn ihnen etwas besonders gut gelungen ist, rufen sie Alisa an und laden sie zum Essen ein. Alisa ist überhaupt oft bei ihnen. fühlt sich sehr wohl bei Paul und Lisa. Paul versucht derzeit den zwei Frauen das

Skatspiel beizubringen. Beide sind sehr gelehrig und mit großer Begeisterung dabei. Sie schwärmen bereits von dem Tage, an dem sie zusammen ihrem Lehrer das Fell über die Ohren ziehen werden. Über Nacht hat es kräftig geschneit. Am Morgen liegen zwanzig Zentimeter Schnee. Für diese Gegend hat eine solche Schneemenge Seltenheitswert. Auf den Autobahnen ist der Teufel los. Kilometerlange Staus bringen die Verkehrsteilnehmer zum Verzweifeln. Obwohl es bereits Dezember ist, sind immer noch Autos mit Sommerreifen unterwegs. Paul kümmert das alles nicht. Das ist wieder der Vorteil als Rentner. Ihn zwingen keine Termine ins Auto. Lisa fährt mit der Stadtbahn zur Hochschule. Ihr kleines Auto steht tagelang unbenützt in der Tiefgarage. Nur für die Fahrt zum Training braucht sie es. Solange die Schneepracht anhält, wollen sie jeden Nachmittag oder frühen Abend eine Schneewanderung machen. Dass der Schnee länger als eine Woche liegen bleibt, ist unwahrscheinlich. Deshalb wollen sie jeden Tag ausnützen. Alisa hat sich für den kommendem Sonntag angemeldet. Sie will mitwandern. Gemeinsam werden sie dann durch die weißen Wälder ziehen und am Schluss in eine Waldgaststätte einkehren. Lisa sollte eigentlich zum Training fahren. Auf Pauls Bitte hin, der Straßenverhältnisse wegen darauf zu verzichten, bleibt sie zu Hause. In den nächsten Tagen wollen sie mit der Weihnachtsbäckerei beginnen. Alisa will dabei sein und mithelfen. Lisa trägt schon eifrig die verschiedensten Rezeptvorschläge zusammen. Sie überlegen sich auch, an einem der Festtage Simone mit ihrer Familie und Alisa zum Festtagsbraten einzuladen. Vor allem Alisa wegen planen sie, einen Weihnachtsbaum aufzustellen. Alisa soll eine typisch deutsche Weihnacht erleben. Stellt sich noch die Frage, ob sie die Festtage bei Paul oder bei Lisa verbringen wollen. Bei Paul wäre zweifellos mehr Platz für Gäste und Tannenbaum. Aber Lisa plädiert für ihre Wohnung, weil sie dort die meisten Tage verbringen werden und sie den Weihnachtsbaum bis zum 6. Januar, der Stimmung wegen, bei sich haben möchte. Paul erfüllt ihr den Wunsch. Jetzt müssen sie sich noch auf den Fest-tagsbraten einigen.

„Liebling, ich bin für einen Gänsebraten. Wenn wir die Gans zusätzlich noch füllen, reicht es bestimmt für alle am Tisch."

„Ich könnte mir auch einen Rehbraten vorstellen, Schätzchen", ist Pauls Vorschlag.

„Das mag nicht jeder, Leo."

„So, so! Aber dein Gänsebraten mag selbstverständlich jeder-mann. Woher willst du das so genau wissen, mein Schnattergäns-chen?"

„Wenn in Millionen deutschen Küchen die Weihnachtsgans brutzelt, wird es wohl so sein, mein brunftiger Rehbock."

„Dann machen wir einen Truthahn. Den schmücken wir mit der US-Flagge.

„Lass den Amerikanern ihren Truthahn. Man muss denen nicht alles nachmachen, Leo. Mir reichen schon die blinkenden Fen-sterbeleuchtungen und die kletternden Weihnachtsmänner an den Hausfassaden."

„Da kann ich dir zustimmen. Aber ich finde die kletternden Rotkittel amüsant. Die hängen da wochenlang am Geländer der Balkone und schaffen doch nie den Schwung darüber. Für mich ist das symptomatisch für die große Weltmacht. Sie wollen die Welt befrieden, schaffen es aber nicht und eher das Gegenteil ist der Fall. Kannst du überhaupt eine Gans zubereiten, Schätzchen?"

„Ich werde meine Mutter um Rat fragen."

„Wenn es nicht hin haut, sind wir blamiert. Wir könnten den Lafer oder den Lichter ins Haus holen?"

„Und was hältst du davon: Wir laden meine Eltern ein? Meine Mama wäre die beste Hilfe in der Küche und du könntest solange meinem Papa Rede und Antwort stehen, wie und warum du mich eingefangen hast."

„Eingefangen? Du hast dich regelrecht aufgedrängt, Schätz-chen! Aufgrund meiner lebenslangen sozialen Einstellung habe ich dem Druck nachgegeben. Ich kann unglückliche Menschen nicht leiden sehen."

„Ob eine Gans dann überhaupt reicht? Mit meinen Eltern wären wir ja neun Personen, wenn Simones Kinder nicht gerade etwas anderes vorhaben."

„Dann laden wir Simone eben nicht ein."

„Kommt überhaupt nicht in Frage, Leo. Simone ist mir wohlgesinnt. Sie ist mir sehr wichtig für unsere Beziehung. Mein Schatz."

„Also gehen wir den sicheren Weg und machen zusätzlich noch einen Rehbraten."

„Das passt doch nicht zusammen, Leo. Was hast du bloß für Geschmacksnerven!"

„Als ich dich einfing, hat mein Geschmack für schöne Frauen mich nicht im Stich gelassen, mein Herzchen. HEUREKA – ich hab's! Wir brutzeln noch zusätzlich zwei Gänsekeulen! Einverstanden?"

„Das ist die Lösung, mein kluger Archimedes. Hoffentlich läufst du jetzt nicht wie er splitternackt durch das Dorf und verkündest deinen Geistesblitz."

„Es wäre eine Augenweide für die Frauen des Dorfes. Du bekämst viele Rivalinnen, Schätzchen."

„Es wäre wohl eher eine Volksbelustigung. Wir machen zum Gänsebraten die traditionellen Kartoffelklöße mit Rotkohl. Das wird zur Sättigung beitragen. Aber wir bekommen ein anderes Problem, Leo. Wie bringen wir neun Personen an meinen Esstisch?"

„Dann müssen wir doch zu mir nach Hause. Ich kann mit dem Tischauszug zehn Personen an den Tisch bringen."

„Wie soll sich Mama in einer fremden Küche zurechtfinden? Lass uns eine andere Lösung suchen."

„Ich werde mich darum kümmern, mein Schatz. Ruf bitte heute noch deine Eltern an und lade sie ein und vergiss nicht deiner Mutter zu sagen, dass der Kochlöffel auf sie wartet. Ich werde mit Simone telefonieren und Alisa werden wir übermorgen bei der gemeinsamen Wanderung einladen."

Nach dem Telefonat mit Simone ist auch das Platzproblem gelöst. Georg wird seinen breiten Biertisch zur Verfügung stellen. Paul wird von zu Hause vier Stühle seiner Essecke mitbringen. Simone hat sich sehr gefreut über die Einladung. Nach kurzer Rücksprache mit Georg ihr Kommen zugesagt. Lisas Eltern haben ebenfalls zugesagt und Barbara wird Lisa in der Küche unterstützen.

Zwei Wochen vor den Festtagen beginnen Lisa und Alisa mit der Weihnachtsbäckerei. Paul hält sich außen vor. Alisa ist mit Begeisterung dabei. Über vier Abende beschäftigen sie sich damit. Von jeder neuen Kreation die aus dem Ofen kommt, nimmt Alisa ein paar Plätzchen für ihre Eltern mit nach Hause. Wenn Paul versucht, für den einsamen und oft langweiligen Fernsehabend einige dieser Köstlichkeiten zu stibitzen, bekommt er von seiner Lisa auf die Finger.

„Kannst du nicht warten bis zum Fest?"

Großzügig gewährt sie ihm von jeder Sorte zwei Plätzchen zur Verkostung. Dann werden die rechteckigen Blechdosen, welche Lisa extra gekauft hat, befüllt.

„Liebling, soll ich mit einer Panzerkette und Vorhängeschloss die Dosen sichern?"

„Ich verlass mich darauf, dass du dich zusammennimmst und deinen Klauinstinkt bekämpfst, mein Bester!

„Bei mir zuhause war man nicht so geizig. Da konnte ich jeden Tag davon essen. Das möchte ich nur mal gesagt haben."

„Ach ja? Wie viele Plätzchen waren an Weihnachten noch übrig?"

„Keine."

„Dachte ich mir. Und was habt ihr euren Gästen dann vorgesetzt?"

„Plätzchen natürlich. Vom Bäcker gegenüber."

Paul wird also an Weihnachten Lisas Vater kennenlernen. Barbaras Einladung zum Essen, die sie bei ihrem Besuch ausgesprochen hatte, hat noch nicht stattgefunden, weil die Kur ihres Mannes um weitere Wochen verlängert wurde. Da Barbara für die Vorbereitung des Festessens in der Küche gebraucht wird, kommen Lisas Eltern bereits am frühen Vormittag. Das bedeutet, dass Paul etliche Stunden mit Walter alleine verbringen muss. Hoffentlich hat Barbara ihren Mann auf Paul vorbereitet. Paul ist gespannt, wie er auf ihn reagieren wird. Eine Woche vor Heiligabend veranstaltet Lisas Sportverein eine Weihnachtsfeier. Das hat schon viele Jahre Tradition. Lisa fragt Paul, ob er sie begleiten möchte, aber er lehnt ab. Bei dieser Weihnachtsfeier werden auch Lisas Eltern anwesend sein, weil auch sie Mitglieder im Verein sind. Paul möchte Barbaras Mann erst am Weihnachtsfest kennenlernen. Lisa freut sich auf die Feier. Sie wird wieder viele Bekannte treffen, die sie seit Beginn ihres Studiums nicht mehr gesehen hat. Also fährt sie an diesem Freitag vor Weihnachten am Spätnachmittag alleine Richtung Heimat. Die vermutlich kurze Nacht wird sie bei ihren Eltern verbringen. Bevor sie ins Auto steigt, umarmt sie ihren Leo und sie küssen sich, als ob sie sich für Wochen trennen müssten. Die Abwesenheit von Lisa veranlasst Paul, zu sich nach Hause zu fahren und dort die Nacht zu verbringen. Er plant, am Sonntag mit Lisa das Mittagessen in einem Restaurant einzunehmen.

Lisa fährt in gemütlicher Fahrt Richtung Heimat. Heute nimmt sie die Autobahn als Wegstrecke. Ihrer guten Stimmung entsprechend legt sie eine CD mit klassischen Opernchören aus Verdis bekannten Werken ins Autoradio ein. Da sie viele dieser Lieder fast auswendig kennt, singt sie laut mit. Nach dreißig Minuten nähert sie sich der Autobahnabfahrt, die sie immer ansteuert, wenn sie zu ihren Eltern fährt. Von weitem sieht sie eine Ansammlung von Fahrzeugen, die ebenfalls die Autobahn hier verlassen werden. Ständig leuchten die Bremslichter vor ihr auf. Es hat sich ein Stau gebildet, der nur langsames Weiterfahren ermöglicht. Lisa fährt rechtzeitig auf die rechte Fahrspur, weil sie nicht sicher ist, ob man sie weiter vorne einfädeln lässt. Als sie den Stau erreicht, rollt sie im Schritttempo hinter einem LKW her. Aus ihrem Autoradio ertönt gerade der Gefangenenchor aus Verdis ‚Nabucco' und Lisa singt aus vollem Halse mit. Ein Blick in den Rückspiegel über ihr lässt sie schlagartig verstummen und erstarren. Dann spürt sie einen gewaltigen Schlag und es wird Nacht um sie.

Paul sitzt vor dem Fernseher, als sein Telefon klingelt. Er schaut auf die Uhr, die zeigt 19.40 Uhr. Gleich werden die Landesnachrichten ausgestrahlt, welche er sich nie entgehen lässt, wenn er zu Hause ist. Es wird Alisa sein, denkt er sich. Er nimmt den Hörer ab und meldet sich. Zuerst hört er nur ein herzzerreißendes Schluchzen und dazwischen unverständliches Gestammel. Es ist eine Frauenstimme. Nein, das ist nicht Alisa. Ist es Lisa? Er fragt: „Hallo Schätzchen, bist du es? Was ist passiert?" Wieder vernimmt er nur leises Wimmern und ein paar abgehackte unverständliche Worte, die wieder in lautes schluchzen übergehen. Paul bekommt panische Angst und seine Brust zieht sich heftig zusammen.

„Hallo Lisa! Was ist passiert? Hattest du einen Unfall? Bitte fange dich oder gib mir jemand aus deiner Nähe!" Dann meldet sich eine Männerstimme:

„Mein Name ist Mahler, ich bin der Vater von Lisa. Meine Frau ist nicht in der Lage, Ihnen die schreckliche Nachricht mitzuteilen. Ich spreche doch mit Paul Brenner?"

„Ja, ich bin Paul Brenner. Was ist mit meiner Lisa passiert?

„Lisa wurde in einen schweren Verkehrsunfall verwickelt. Auf der Autobahn, kurz vor der Abfahrt, die sie immer nimmt, Sie müssen jetzt stark sein, Paul!"

„Lisa ist tot!?" Paul schreit es heraus.

„Nein Paul, aber sehr schwer verletzt. Sie liegt im Robert-Bosch-Krankenhaus in Stuttgart."

„Kommt sie durch? Was sagen die Ärzte?"

„Es steht nicht gut um sie. Eine Prognose ob sie überlebt geben die Ärzte zu diesem Zeitpunkt nicht ab. Paul, wir können nur hoffen."

Paul ist ganz benommen von dieser schrecklichen Nachricht. Ihm dreht sich alles im Kopf. Dann sinkt er zu Boden. Das Telefon entgleitet ihm aus der Hand. Er schreit, nein er brüllt sein Leid heraus. Der eiserne Ring um seine Brust wird unerträglich enger. Er schnappt nach Luft. Dann wird es Nacht um ihn. Als er nach einiger Zeit wieder zu sich kommt, sieht er das Telefon neben sich liegen. Sofort wird ihm wieder bewusst, was geschehen ist. Er durchlebt Höllenqualen. Sieht seine Mona Lisa vor sich mit zerschundenem Körper, das schöne Gesicht ist voll Blut und nicht mehr zu erkennen. Sein Seelenschmerz macht ihn halb wahnsinnig. ‚Warum meine Mona Lisa? Warum gerade sie? Vor einer Stunde noch die Fröhlichkeit in Person, als sie sich von mir verabschiedete‘, schluchzt er vor sich hin. Eine große Traurigkeit überkommt ihn und er ist nicht in der Lage, sich vom Boden zu erheben. Es ziehen Bilder der Erinnerung an ihm vorüber: Mona Lisa auf der Treppe im Sportzentrum, das Tablett mit den Gläsern balancierend. Mona Lisa mit Rucksack auf dem Rücken und der blau-weiße Tupfen-Rock schwingt verführerisch bei jedem Schritt hin und her. Mona Lisa im Bikini aus dem Gardasee steigend. Mona Lisa und er vor dem Balkon von Julia in Verona. Dann endlich ist er so weit gefasst, dass er das Telefon in die Hand nehmen und die Kurzwahl von Simone drücken kann. Gleich darauf meldet sich seine Tochter. Als er zum Sprechen ansetzten will, versagt ihm die Stimme. Er schluchzt nur vor sich hin. Er nimmt einen neuen Anlauf und es gelingt ihm ‚Lisa‘ zu sagen. Aber es antwortet ihm niemand. Zusammengekauert sitzt er auf dem Boden und sein Blick geht ins Leere. Jetzt kommen die Tränen, die Unaufhörlichen, die sich nicht mehr stoppen lassen. Plötzlich fasst ihn jemand an der Schulter. Er blickt auf und sieht verschwommen durch die Tränen seine Tochter und seinen Schwiegersohn vor ihm stehen.

„Georg, rufe den Notarzt und Krankenwagen. Papa was ist passiert? Du hast vermutlich einen Herzinfarkt erlitten. Gut, dass du noch anrufen konntest. Wir sind gleich los zu dir. Es wird alles wieder gut werden. Sie werden dich wieder hochpäppeln.“

Nachdem Georg den Notruf erledigt hat, legen sie den Vater auf die Couch. Simone fühlt ihm den Puls und erschrickt über die hohe Schlagzahl. Paul, immer noch in Tränen aufgelöst, bringt endlich ein Wort hervor: „Lisa", dann versagt ihm wieder die Stimme.

„Papa, wir werden Lisa sofort anrufen. Georg schau nach, ob die Telefonnummer von ihr eingespeichert ist." Paul schüttelt heftig mit dem Kopf und bringt ein weiteres Wort heraus: „Unfall!"

„Papa, willst du uns sagen, dass Lisa einen Unfall hatte?"

Er nickt und wieder erfolgt ein neuer Tränenfluss. Simones Gesichtsausdruck verändert sich schlagartig. Ihr zuvor sorgenvoller Blick wechselt in Fassungslosigkeit um dann in schmerzerfüllt überzugehen. Wieder klingelt das Telefon. Georg nimmt das Gespräch an. Dann hört Paul ihn antworten:

„Ja, wir sind bei ihm. Ich bin der Schwiegersohn…der Krankenwagen ist angefordert…wir vermuten Herzinfarkt…ich rufe zurück, nachdem er abgeholt ist."

Georg hat den Heulton des Krankenwagens vernommen. Der Notarzt ist fast gleichzeitig eingetroffen. Die üblichen Maßnahmen werden durchgeführt, dann liegt Paul auf der Trage und wird zum Krankenwagen gebracht. Simone wird ihren Vater ins Krankenhaus begleiten. Nach eingehender Untersuchung wird ein Kreislaufkollaps diagnostiziert. Pauls körperlicher Zustand erholt sich zusehends, aber man will ihn drei Tage im Krankenhaus behalten, nachdem die Ärzte den Auslöser des Zusammenbruchs erfahren haben. Apathisch lässt Paul die einzelnen Untersuchungen über sich ergehen. Auf Fragen gibt er kaum Antworten. Es ist ihm einfach alles egal. Würde man ihm seinen baldigen Tod ankündigen, würde er das als völlig bedeutungslos hinnehmen, wenn dadurch Lisas Leben gerettet werden könnte. In ihm ist eine große Leere. Simone verbringt viele Stunden an seinem Bett. Ein Gespräch findet kaum statt, weil er mit völliger Interesselosigkeit jeden Versuch einer Unterhaltung abwürgt. Nur einmal sagt er einen kurzen Satz: „Sag' Alisa Bescheid."

Am zweiten Tag seines Krankenhausaufenthalts besucht ihn Alisa. Sie erscheint schon am Vormittag. Sie umarmt Paul und ihre Tränen veranlassen auch bei ihm einen erneuten Weinkrampf. Dann fängt sich Alisa wieder. Sie trocknen beide ihre Tränen und Alisa sagt, dass sie Fred um ein paar freie Tage gebeten hat. Da jetzt Schulferien sind, hat sie im Werbestudio mitgearbeitet. Sie ist nicht in der Lage, bei diesen Vorkommnissen kreativ zu arbeiten. Alisa ist voll von Traurigkeit und hält Paul die ganze Zeit die Hand. Sie reden wenig. Es gibt kein Gesprächsthema. Beide sind tunlichst bemüht, über das was geschehen ist, auch nur ein Wort zu verlieren. Jeder befürchtet einen neuen Ausbruch ihrer aufgewühlten Gefühlslage. Alisa findet keine Worte um Trost zu spenden. Was sollte sie auch sagen? Die Zeit wird Paul wieder aufrichten und der Lebenswille wird auch zu ihm wieder zurückfinden. Vielleicht hat Alisa mit ihrem Besuch schon etwas bewirkt. Am Nachmittag kommt Simone ans Krankenbett. Nachdem Alisa mit dem Versprechen, am nächsten Tag wiederzukommen, sich verabschiedet hat, erzählt Simone ihrem Vater, was sie über Lisas Vater erfahren hat. Dass Lisa immer noch im Koma liegt. Noch weiß man nicht, ob sie überlebt. Aber die Ärzte tun ihr Allermöglichste, um das junge Leben zu retten. Pauls erste Besucher am Vormittag des dritten Tages, es ist der Sonntag, und auch sein Entlassungstag, sind Barbara und ihr Mann. Barbara stellt ihren Mann vor:

„Paul, das ist Walter, mein Mann und Lisas Vater."

Paul antwortet an Walter gewandt:

„Ich freue mich Sie kennen zu lernen. Hätte mir jedoch einen anderen Anlass gewünscht."

Paul erkennt in Walters Gesicht ein unverhohlenes Erstaunen, als der jetzt zum ersten Mal Lisas Partner zu Gesicht bekommt. Natürlich überrascht ihn der Altersunters zu Lisa. Barbara hatte also ihren Mann noch nicht auf Paul vorbereitet. Von den Beiden erfährt Paul den Unfallhergang, wie ihn die Polizei rekonstruiert hat. Lisa hatte sich, vermutlich aufgrund der dichten Verkehrslage, frühzeitig auf die rechte Fahrspur begeben, um die Abfahrt von der Autobahn nicht zu verpassen. Ein ‚Sprinter‘, wie er von vielen Kleinspediteuren zum Einsatz kommt, ist mit hoher Geschwindigkeit dem Stau entgegen gerast und konnte nicht mehr rechtzeitig zum Stehen gebracht werden. So fuhr er mit voller Wucht ins Heck von Lisas Kleinwagen. Diese Kleinlaster können eine hohe Geschwindigkeit erreichen und sind verhältnismäßig oft in schwere Verkehrsunfälle verwickelt. Meist werden diese ‚Geschosse‘ von jungen Fahrern gesteuert. Durch den Aufprall wurde Lisas Auto auf den Vordermann geschleudert. Ihr kleiner Peugeot wurde regelrecht zusammengedrückt. Man konnte Lisa nur mit dem Einsatz einer Rettungsschere aus dem Wrack herausschneiden. Der Unfallverursacher wurde ebenfalls schwer verletzt, ist aber außer Lebensgefahr. Was Paul fast rasend vor Wut macht. Dieser Mistkerl hat seine Mona Lisa auf dem Gewissen! Wehe dem, wenn seine geliebte Lisa stirbt. Lisas Eltern wurden von der Polizei aus dem Festsaal gerufen, nachdem man in Lisas Wohnung niemanden erreichen konnte. Man fand in Lisas Handtasche die Papiere und auch die Anschrift der Eltern. So waren sie die Ersten, die von dem Unfall ihrer Tochter erfuhren. Nun sitzen sie an Pauls Krankenbett und können das Unfassbare genauso wenig wie Paul verarbeiten. Bevor sie den Krankenbesuch beenden, stellt Barbara an Paul folgende Frage:

„Paul, wenn du heute Nachmittag entlassen wirst, könnten wir doch gemeinsam zu Lisa ins Krankenhaus gehen? Vielleicht wissen die Ärzte dann mehr über ihren Zustand. Bist du damit einverstanden?"

„Oh ja. Das machen wir, Barbara. Ich will unbedingt meine Mona Lisa sehen. Es ist gut, wenn ich dabei nicht alleine bin. Ich weiß nicht, ob ich den Anblick von Lisa verkraften kann."

„Wir müssen fest daran glauben, dass Lisa durchkommt. In diesen schweren Stunden dürfen wir nicht verzweifeln, Paul. Die ärztliche Kunst hat mein vollstes Vertrauen. Es ist jetzt schon der dritte Tag nach dem Unfall und Lisa lebt. Wir sollten diese

Tatsache als gutes Omen sehen. Frag doch bitte deine Tochter, ob sie dich begleiten kann. Dann bist du in guter Obhut und kannst ihr das Fahren überlassen."

„Ich werde Simone darum bitten, wenn sie mich später hier abholt. Wann sollen wir uns vor dem Stuttgarter Krankenhaus treffen? Simone und ich könnten gegen sechzehn Uhr dort sein." Dann machen wir diese Uhrzeit fest, Paul."

Barbara und ihr Mann verlassen das Krankenhaus. Sie wollen noch zu Lisas Wohnung fahren. Am Montag wird Barbara die Verwaltung der Hochschule über Lisas Unfall informieren. So muss sich Paul nicht darum kümmern. Gegen vierzehn Uhr kommt Simone, um ihren Vater abzuholen.

„Hallo Papa, hast du Nachricht über Lisa? Ich habe heute Früh im Krankenhaus angerufen, aber sie gaben mir keine Auskunft. Nur die nächsten Angehörigen werden informiert."

„Lisas Eltern waren hier. Sie möchten gemeinsam mit mir heute Nachmittag zu Lisa ins Krankenhaus. Barbara meint, es wäre besser wenn du mitkommst und das Fahren übernimmst. Über den Zustand von Lisa werden wir dann mehr erfahren. Hoffentlich kommt sie durch. Ich bin unendlich traurig."

„Natürlich gehe ich mit, Papa. Wir sind alle noch sehr geschockt und können es nicht fassen. Ich habe auch Andreas von diesem Unglück berichtet und dass du ein paar Tage im Krankenhaus verbringen musstest. Er war tief bestürzt und hofft mit uns, dass Lisa überlebt. Papa, wir alle müssen fest daran glauben, dass Lisa durchkommt. Jede Stunde, jede Minute will ich an nichts anderes denken. Ich werde täglich mit dir nach Stuttgart fahren. Alles andere ist mir unwichtig. Alisa müssen wir auch mitnehmen. Sie braucht diese Woche nicht arbeiten, hat sie gesagt. So sind immer Lisas liebste Menschen bei ihr und wenn sie aus dem Koma erwacht, wird es ihr Kraft geben."

Paul und Simone fahren noch kurz nach Hause, bevor sie sich auf den Weg nach Stuttgart machen. Fünf Minuten nach sechzehn Uhr erreichen sie den Parkplatz am Robert-Bosch-Krankenhaus.

Barbara und deren Mann treffen sie in der Eingangshalle. Gemeinsam gehen sie in die Abteilung ‚Unfallchirurgie'. Auf dem Flur kommt ihnen eine Stationsschwester entgegen, die Barbara vom letzten Besuch am Vortag kennt.

„Hallo Schwester Stefanie! Wie geht es unserer Lisa? Ist sie wach?"

„Nein, die Patientin wurde in eine Langzeit-Narkose versetzt. Es ist besser so. Sie wird dadurch die Nachwehen der Operationen nicht spüren."

„Wie beurteilen Sie den momentanen Zustand unserer Tochter, Schwester Stefanie?"

„Es hat sich stabilisiert, wenn man die heutigen Messdaten der Überwachungsgeräte mit denen von gestern vergleicht."

„Wird unsere Tochter durchkommen?"

„Diese Frage kann ich nicht beantworten. Sie müssen das Gespräch mit den Ärzten abwarten. Aber wir tun das Menschenmögliche, Frau Mahler."

„Wird das Gespräch mit den Ärzten noch heute stattfinden?"

„Der Stationsarzt wird Ihnen vermutlich noch keine klare Aussage machen können. Warten Sie einfach bis Montag, Dann sind die Chirurgen wieder anwesend, die Lisa zusammengeflickt haben."

Im Vorraum der Intensivstation bleiben sie vor der Tür mit dem großen Schild stehen. Dieses Schild verwehrt ihnen den Zutritt: ‚Zutritt nur nach Absprache mit dem Arzt! Bitte klingeln'. Barbara drückt den Klingelknopf. Durch die Tür hören sie einen Summton. Es dauert einige Sekunden, dann öffnet sich die Tür. Die Überwachungsschwester steht vor ihnen. Barbara kennt sie nicht. Gestern hatte eine andere Schwester auf dieser Station Dienst.

„Guten Tag Schwester. Wir sind die Angehörigen von Lisa Mahler und möchten die Patientin besuchen. Falls es geht, möchten wir auch gerne mit dem Stationsarzt reden."

„Ich werde den Arzt verständigen. Sie müssen jedoch vor dem Eintreten sterile Schutzkleidung anziehen. Sie finden die Sachen in diesem Schrank. Ich werde in fünf Minuten wieder zu Ihnen kommen."

Mit diesen Worten schließt sie wieder die Tür. Barbara kennt die Prozedur vom Vortag. Sie geht zum Schrank und holt die Schutzkleider für jeden. Sie dienen dem Schutz der Patienten, nicht dem Schutz der Besucher. Als alle mit dem Outfit ausgestattet sind, man könnte sie für vier Chirurgen halten, warten sie auf das Erscheinen der Schwester. Doch zuerst kommt der Stationsarzt durch die Türe, die zum Flur führt.

„Mein Name ist Bauer. Ich bin hier der Stationsarzt."

Er gibt jedem die Hand zur Begrüßung.

„Sie sind also die Familie von Lisa und möchten etwas über den Zustand unserer Patientin hören. Bitte nehmen Sie auf den Besucherstühlen gegenüber Platz." Er zeigt auf eine Sitzgruppe mit einem kleinen Tischchen, auf dem etliche Zeitschriften unsortiert herumliegen. Dr. Bauer angelt sich selbst einen Stuhl und setzt sich den Besuchern gegenüber.

„Ich will Ihnen zuerst über die Verletzungen von Lisa berichten", beginnt er seine Ausführungen. „Lisa hat an beiden Beinen Knochenbrüche. Frakturen an beiden Kniescheiben. Dazu einen Beckenbruch und mehrere Rippenbrüche. Quetschungen an der Wirbelsäule, ein Lungenriss, mittelschweres Schädel-Hirn-Trauma, ein gebrochener Arm und viele Hämatome am gesamten Körper. Nur ein Körperteil ohne größere Verletzung ist der Kopf. Hier haben die Airbags wohl ausgezeichnete Arbeit geleistet. Lisa befindet sich jetzt in einer Langzeit-Narkose. In den Medien wird auch der Ausdruck ‚künstliches Koma' gebraucht. Die Narkose ist unbedingt notwendig, damit der Körper die Ruhe hat und die Heilung einsetzen kann. Was wir jedoch noch nicht wissen: Es fehlt bis jetzt noch ein klarer Befund der Wirbelsäulenverletzungen und ob sich daraus eventuell eine spätere Behinderung ergibt. Aus der Sicht der Ärzte, die an der Behandlung von Lisa beteiligt sind, wird sie mit dem Leben davonkommen. Etliche Wochen im Krankenhaus stehen ihr auf jeden Fall noch bevor.

Ich wünsche mir, dass mein Bericht Ihnen die große Befürchtung, welche ich Ihren Gesichtern entnahm, ausräumen konnte. Lisa wird überleben! Daran besteht kein Zweifel mehr." Mit diesen Worten reicht er jedem die Hand und verabschiedet sich. Paul spürt, wie der Ring um seine Brust, dieses beklemmende Gefühl, das seit der Nachricht vom Unfall ihn einzuschnüren drohte, sich auflöst. Ihm kommen Tränen der Freude und des Glücks. Er ist nicht der Einzige, der seinen Tränen freien Lauf lässt. Alle sind in Tränen aufgelöst. Endlich ist die schlimmste Befürchtung weggeblasen. Zuerst umarmt ihn Simone, dann löst sich Barbara aus den Armen ihres Mannes und Paul nimmt Lisas Mutter in die Arme, die ihm glücklich zuflüstert: „Unsere Lisa wird bestimmt wieder ganz gesund, Paul."

Zwischenzeitlich hat sich die Schwester der Intensivstation dazugesellt, hält sich jedoch verständnisvoll zurück, weil sie den Gefühlsausbrüchen Zeit lassen will. Nachdem sich jeder wieder gefangen hat, führt sie die Besucher in die Intensivstation und an das Bett von Lisa. Hätte es den beruhigenden und hoffnungsvollen Bericht des Stationsarztes vorab nicht gegeben, wären sie beim Anblick ihrer lieben Lisa wohl in tiefste Depression verfallen. Regungslos mit geschlossenen Augen liegt sie im Bett. Schläuche und Kabeln wohin man blickt. Über und neben dem Bett eine Vielzahl von Monitoren und über die Bildschirme flimmern Zahlenreihen, Zickzacklinien und noch andere, für Laien unverständliche Daten. Die halbe Lisa liegt in Gips, Luftschläuche in der Nase, Infusionsschläuche, Schläuche für Wundflüssigkeit, Schläuche vom Katheder, die Kabeln für das Langzeit-EKG und, und...
„Meine arme Mona Lisa", flüstert Paul. Er wagt nicht laut zu sprechen. Simone hat ihren Vater untergehakt.
„Lisa wird wieder ihre volle Gesundheit zurückbekommen. Daran glaube ich felsenfest, Papa. Ihr habt noch viele schöne Jahre vor euch."

„Danke für deinen Zuspruch, Simone. Auch ich will die Hoffnung nicht aufgeben. Und sollte Lisa mit einer Behinderung leben müssen, werde ich keinen Schritt von ihrer Seite weichen."

Täglich fährt Paul zum Krankenhaus und setzt sich neben das Bett seiner geliebten Mona Lisa. Alisa fährt immer mit, weil sie noch frei hat. So verbringen sie ein paar Stunden im Krankenhaus und sind jeden Tag froh, wenn sich am Zustand von Lisa nichts verschlechtert hat. Am späten Nachmittag, wenn Barbara und Walter eintreffen, fahren sie zurück nach Hause und besuchen unterwegs einen Gasthof, um etwas zu essen; und die Gespräche drehen sich immer um Lisa.

Weihnachten liegt hinter ihnen. Paul ist darüber sehr froh. Für ihn und die anderen Betroffenen waren diese Feiertage keine Freudentage. Paul hat die weihnachtliche Stimmung nicht an sich herangelassen. Zu groß wäre der Schmerz gewesen. Am Dienstag nach den Feiertagen fährt Paul alleine nach Stuttgart. Simone hat keine Zeit und Alisa hat ihre Arbeit wieder aufgenommen. Paul bleibt bei seiner Mona Lisa, die immer noch im Koma liegt, so lange, bis Barbara nach der Arbeit ins Krankenhaus kommt. Sie begrüßen sich wie immer mit einer festen Umarmung. Seit Lisas Unfall sind Paul und seine frühere Geliebte in inniger Freundschaft verbunden. Paul fragt Barbara nach dem Befinden ihres Mannes und sie antwortet: „Walter ist seit dem Unfall in ein tiefes Loch gefallen. Er spricht nur wenig und seine Traurigkeit haftet an allem, was in seiner Umgebung ist. Er denkt unablässig an seine geliebte Tochter."

Paul nimmt Barbaras Hände in die seine, schaut Barbara fest in die Augen und sagt:

„Seine Tochter?" Das Wort ‚seine' betont er besonders.

„Zweifelst du daran, Paul?" Barbara sagt das ganz leise, mehr in sich hinein.

„Ich frage dich! Deine Tochter hat so ihre Zweifel. Vielleicht kannst du diese Zweifel ausräumen?"

„Oh, Paul! Sie denkt also, dass du...?"

„So ist es, Barbara. Und diese Ungewissheit tragen wir schon einige Zeit mit uns herum. Du kannst dir vorstellen, dass uns das sehr belastet. Auch wenn wir es immer wieder verdrängen."

„Ich kann eure Zweifel nicht ausräumen. Einfach deshalb, weil ich es nicht weiß, wer Lisas Vater ist. Walter oder du, jemand anderes kommt ja nicht in Frage. Ich wurde gleich nach der ‚Ausweisung aus dem Paradies‘, Barbara lächelt bei diesen Worten, mit der Schwangerschaft konfrontiert. Das erklärt auch meine schnelle Entscheidung, zu Walter zu ziehen. Denn dich hatte ich ja endgültig verloren."

„Barbara, ich wollte dich nicht vollkommen aus den Augen verlieren. Ich dachte immer, du rufst mich mal an. Diese Hoffnung habe ich erst nach vielen Jahren aufgegeben. Dass meine geliebte Barbara so konsequent mich aus ihrem Gedächtnis streicht, hätte ich nicht für möglich gehalten."

„Von wegen aus dem Gedächtnis gestrichen. Du hast mich noch Jahre lang in meinen Träumen verfolgt. Meine Tochter Lisa habe ich in deren ersten Lebensjahren dir zugeschrieben. Sie wurde so zum Paulersatz und hat all die Liebe, die ich dir nicht mehr geben konnte, an deiner statt empfangen. Lisa hat dadurch alle Vorzüge genossen. Doch sie war auch immer ein sehr braves Kind. Ja Paul, so war es die ganzen Jahre. Aber ob du tatsächlich Lisas Vater bist, kann ich nicht beantworten. Es war damals einfach mein Traum."

„Lisa hat von Walter überhaupt keine Merkmale vererbt bekommen. Das ist doch seltsam. Oder denk mal an die blauen Augen! Niemand von euch hat blaue Augen. Aber ich hab welche."

„Das will nichts heißen, Paul. Lisas Großmutter, also meine Mutter, hatte auch blaue Augen. Meine Mama starb sehr früh. Du erinnerst dich, dass ich mit dem Geld aus dem Erbe diese Neubauwohnung gekauft hatte. Übrigens, mein Sohn sieht mir ja auch nicht ähnlich und ich bin seine leibliche Mutter."

„Lisa will mich auf keinen Fall verlieren. Aber sie tut sich schwer, die Ungewissheit zu verdrängen. Ich bin da bei weitem gleichgültiger. Ich kann damit leben nach dem Motto: ,was ich nicht weiß, macht mich nicht heiß'".

„Ach Paul, wir sollten jetzt einfach mit der Hoffnung leben, dass Lisa wieder gesund wird. Das ist vordergründig das Wichtigste. Wer weiß, wie Lisa nach Überwindung dieses Schicksalsschlages über ihr zukünftiges Leben denkt. Ich kann mir gut vorstellen, dass sie ,jetzt erst recht' ihr Leben genießen will und da bist du der richtige Eckpfeiler, der sie stützt. Sie liebt dich über alles. Sie ist halt meine Tochter!"

„Schön Barbara, dass wir heute über dieses Thema reden konnten. Es bleibt selbstverständlich unter uns. Es wäre mir recht, wenn du zu einem späteren Zeitpunkt auch mit Lisa darüber reden würdest."

Paul sagt kein Wort über den noch ungeöffneten Brief mit dem Laborgericht. Er erhebt sich, um sich von Lisa zu verabschieden. Er geht an ihr Bett und streichelt sachte über ihr Gesicht, die davon überhaupt nichts mitbekommt. Dann wendet er sich Barbara zu. In seinen Augen stehen ein paar Tränen. Er umarmt Barbara zum Abschied. Paul wird auch morgen wieder ein paar Stunden bei Lisa verbringen. Drei Wochen sind seit dem Unfall vergangen. Die Ärzte denken daran, Lisa aus der Narkose zu holen. Sie werden den Zeitpunkt mit Paul und Lisas Eltern absprechen, denn diese sollten auf jeden Fall anwesend sein, damit Lisa bekannte Gesichter sieht, wenn sie aufwacht.

Der Chefarzt legt den Beginn der Weckphase auf Dienstag fest. Die Narkosemittel werden jeden Tag mehr und mehr reduziert. Am Donnerstag soll Lisa vollkommen wach sein. Paul fiebert diesem Tag entgegen. Endlich wird er mit seiner geliebten Mona Lisa wieder reden können. Wird Lisa sich erinnern, was vorgefallen ist? Wie wird sie mit der Situation, im Krankenhaus zu liegen, fertig?

Paul hat mit Barbara und Walter abgesprochen, dass sie sich gegen 14 Uhr am Hauptportal des Krankenhauses treffen. Gemeinsam gehen sie ihren gewohnten Weg zur Intensivstation. Dort angekommen, werden sie von einer Stationsschwester zu einem Patientenzimmer geführt. Vor der Tür klärt sie die Besucher auf: „Lisa wurde hierher verlegt. Sie braucht die Intensiv-Versorgung jetzt nicht mehr. Die Narkosemedizin wurde am Vormittag in kleinster Dosis verabreicht. Wir rechnen damit, dass Lisa in den nächsten zwei Stunden vollends aufwacht. Bitte sprechen Sie nicht zu viel mit ihr. Lisa braucht auch weiterhin sehr viel Ruhe. Sie wird sehr glücklich sein, wenn sie ihre Besucher erkennt." Dann öffnet sie die Tür und lässt die Besucher eintreten. Lisa ist die einzige Patientin im Zimmer. Gemeinsam treten sie ans Bett und betrachten Tochter und Geliebte. Lisa liegt noch immer im Gipskorsett wegen dem Beckenbruch. Beine und Arme sind vom Gips befreit, werden jedoch in Stabilisierungsvorrichtungen gehalten. Auch die Schläuche für Nahrung, Sauerstoff und Katheder sind weiterhin notwendig. Lisa befindet sich bereits in einer Phase, in der sie selbständig atmen kann. Geringe Körperreflexe sind bereits erkennbar. Paul und Lisas Eltern nehmen sich Stühle ans Bett. Ihre Unterhaltung führen sie mit gedämpfter Stimme. Paul meint: „Wir sollten eigentlich in normaler Lautstärke sprechen. Wenn Lisa zu sich kommt, wird sie bekannte Stimmen hören. Dann weiß sie sofort, wer in der Nähe ist."

Nach einer Weile geht die Tür auf und der zuständige Stationsarzt tritt ein. Er begrüßt Lisas Besucher und wendet sich seiner Patientin zu. Er prüft den Puls an der Halsschlagader und misst die Körpertemperatur im Ohr. Er zeigt ein befriedigendes Kopfnicken und gibt eine Erklärung ab:

„Ein Patient in Vollnarkose reduziert die Körpertemperatur. Es ist wichtig, dass in der Aufwachphase wieder die Normaltemperatur erreicht wird. Bei Lisa konnte ich den normalen Verlauf feststellen. Der Puls ist regelmäßig. Es gäbe die Möglichkeit, mit einer Injektion die Aufwachphase zu verkürzen, aber ich vertrete die Meinung, dem Patienten die Zeit zu geben, die sein Körper zum Wachwerden braucht. Es kann sein, dass Sie noch eine gute

Stunde warten müssen. Wenn Sie das Erwachen bemerken, bitte ich Sie, den roten Klingelknopf neben der Tür zu drücken. Ich möchte gerne dabei sein."

Dann verlässt er das Zimmer. Barbara macht den Vorschlag, über belanglose Dinge zu reden, auch wenn Lisa erwacht ist und dem Gespräch folgen kann. Paul kann seiner Unruhe kaum Herr werden. Mal steht er auf und geht ans Fenster, dann setzt er sich wieder, um im nächsten Augenblick erneut aufzustehen und in einem Wandkalender zu blättern. Er kann es nicht erwarten, seiner geliebten Mona Lisa nach Wochen des Bangens und Hoffens wieder in die Augen sehen zu können. Als er zum x-ten Male wieder am Kalender steht, hört er Barbara sagen: „Paul, drücke den roten Knopf, Lisa erwacht."

Ein paar Schritte zur Tür und dann zu seinem Stuhl sind in Sekundenschnelle gemacht. Lisas Augenlider zucken, sie öffnen sich um gleich darauf wieder zu schließen. Das geschieht eine ganze Weile so. Doch dann bleiben die Lider oben. Lisas Blick richtet sich starr zur weißen Zimmerdecke. Nach einer Weile bemerkt man Bewegungen der Pupillen. Lisa beginnt sich langsam umzublicken. Zwischenzeitlich sind Arzt und Stationsschwester ins Zimmer getreten. Auch sie verfolgen Lisas Augenbewegungen. Endlich geht ihr Blick zur Seite und haftet an den Menschen neben ihr. Es braucht wieder eine Weile, bis in ihrem Gesicht Regungen erkennbar werden. Ihr Mund formt sich zu einem verhaltenen Lächeln. Jetzt hat sie ihre Besucher erkannt, die seit Lisas Erwachen jegliche Unterhaltung eingestellt hatten. Vergessen war Pauls Vorschlag, die Unterhaltung fortzuführen. Gespannt richten sich alle Augen auf Lisa, deren Lippen sich zum Sprechen formen:

„Was ist los? Warum steht ihr an meinem Bett? Habe ich verschlafen?" Lisa wendet sich Paul zu. „Leo, hast du die Weihnachtsgans schon abgeholt? Vergiss nicht die zusätzlichen Keulen mitzubringen."

„Wird erledigt mein Schatz", antwortet Paul.

„Mama, du weißt doch, dass du mich in der Küche unterstützen musst?"

„Natürlich helfe ich dir, Lisa."

„Die Lichter!" Lisas Augen weiten sich schlagartig und das Entsetzen steht in ihrem Gesicht. Barbara ergreift Lisas Hand und spricht in ruhigem Ton:

„Es wird alles wieder gut, mein Mädchen."

„Mama, wo bin ich?"

„Du bist im Krankenhaus und bald bist du wieder ganz gesund. Stimmt es Herr Doktor?"

„So ist es! Lisa, die Lichter gehören wahrscheinlich zu dem Auto, das Ihren PKW von hinten gerammt hat. Sie wurden schwer verletzt und hatten das Bewusstsein verloren. Aber wir Ärzte wissen, dass Sie wieder völlig gesund werden. Aber Sie müssen noch ein paar Wochen bei uns bleiben. Morgen beginnen wir mit der Physiotherapie. Bald werden Sie wieder auf den Füßen sein." Lisa blickt lange an ihren Besuchern vorbei. Ihr Blick geht ins Leere. Es kommt die Erinnerung an die Zeit vor dem Unfall. Dann sagt sie auf einmal: „Diese Lichter! Rasend schnell herankommend. Ich dachte, ich werde sterben. Ein fürchterlicher Schlag. Dann weiß ich nichts mehr. Was ist passiert?"

Paul beantwortet Lisas Frage:

„Der Fahrer eines Sprinters hat zu spät den Stau an der Autobahnausfahrt bemerkt. Er konnte nicht mehr rechtzeitig bremsen und rammte deinen Peugeot. Du wurdest sehr schwer verletzt. Aber jetzt bist du auf dem Wege, wieder ganz gesund zu werden. Das macht uns alle sehr, sehr glücklich, mein Schatz."

„Werde ich zu Weihnachten wieder zu Hause sein? Ich freue mich so auf die Feiertage und auf den Gänsebraten und vor allem auf meine lieben Gäste." Jetzt mischt sich Barbara ein:

„Wir werden ein riesengroßes Fest veranstalten, wenn du wieder zu Hause bist, mein Mädchen. Nur, Weihnachten wird es nicht sein. Weihnachten ist schon lange vorbei. Man kann Gänsebraten auch außerhalb der Weihnachtstage essen."

„Wie? Weihnachten ist schon vorbei? Wie lange bin ich schon hier?" Lisa macht ein bekümmertes Gesicht. Nun meldet sich wieder der Arzt zu Wort:

„Ja, Lisa. Ihre schweren Verletzungen veranlassten uns, Sie in eine Langzeitnarkose zu setzen. Sie haben drei Wochen lang geschlafen. Heute haben wir Sie aufgeweckt, nachdem sich Ihr körperliche Zustand soweit gebessert hat, dass wir mit den noch anstehenden Behandlungen fortfahren können."

Walter ist die ganze Zeit nur dagesessen. Er hat nichts gesagt, hat aber eine Hand Lisas immerfort gestreichelt und in seinen Augen glitzerten die Glückstränen. Erst jetzt glaubt er daran, dass seine geliebte Tochter mit dem Leben davon kommt. Man sieht ihm an, wie seine wochenlange Niedergeschlagenheit von ihm weicht und Platz macht für eine freudige, aber stille Befreiung der erlittenen Seelenqualen. Dann sagt er an den Arzt gewandt:

„Danke Doktor, ein großes Dankeschön all denen, die sich so um unsere Lisa gekümmert haben, dass unsere liebe Tochter bald wieder in unserer Mitte weilen kann." Barbara beugt sich hinüber zu ihrem Mann und küsst ihn.

Lisas Besucher werden nach einer Stunde gebeten, den Besuch zu beenden. Paul verabschiedet sich von Lisa und verspricht, morgen wieder zu kommen. Barbara und Walter werden keine Zeit haben. Sie müssen zur Arbeit gehen. Als Paul am nächsten Tag das Krankenzimmer betritt, ist eine junge Therapeutin mit Lisa beschäftigt. Sie bewegt Lisas Beine in gleichmäßigem Rhythmus. Als sie nach zwanzig Minuten die Therapie beendet, kann Paul endlich seine Mona Lisa begrüßen. Mit Freude stellt er fest, dass nur noch der Schlauch für Sauerstoff in Lisas Nase das schöne Gesicht verunziert. Seinen Begrüßungskuss beantwortet Lisa, indem sie Pauls Zunge mit den Zähnen festhält. Als sie ihn wieder freigibt, ist Pauls Kommentar:

„Schätzchen, wenn du so schnell zu alter Stärke zurückfindest wie beim Küssen, dann bist du bald wieder vollkommen gesund."

„Ja, mein lieber Leo. Ab sofort musst du mit dieser Lebensbedrohung wieder leben. Du wurdest lange genug geschont, wie ich gestern erfahren habe. Ach Leo! Warum geht das Schicksal so grausam mit uns um? Was kommt wohl als Nächstes?"

„Schlimmer kann es nicht mehr kommen, mein Schätzchen. Deshalb gehe ich davon aus, dass wir in Zukunft nicht mehr behelligt werden. Du musst nur bald gesund werden. Du weißt doch, wir wollen zur Apfelblüte nach Südtirol."

„Oh ja, darauf freue ich mich riesig. Die letzten Wochen müssen schlimm für dich gewesen sein, mein Schatz."

„Sehr schlimm! Ich war jeden Tag an deinem Bett und habe dich immerzu nur angesehen. Ab und an deine Hand gehalten, als ob ich dir damit neue Lebenskraft übertragen könnte. Deine Eltern kamen jeden zweiten Tag nach Arbeitsschluss und am Wochenende hat mich mal Simone, mal Alisa begleitet. Du warst keinen Tag alleine. Wir haben auf dich aufgepasst, Liebling, als wärst du der größte und reinste Diamant der Welt."

„Bin ich doch auch, oder nicht?"

„Ich bin sehr glücklich, dass in meinem wertvollsten Diamant das bekannte Feuer wieder lodert."

„Leo, was haben wir heute für ein Datum?"

„Zwölfter Januar. Warum? Ist das Datum für dich wichtig? Du hast alle Zeit, gesund zu werden."

„Mir fehlen drei Wochen meines Lebens. Ein komisches Gefühl, wenn ich darüber nachdenke. Ich hatte mich so auf Weihnachten gefreut. Wie geht es Alisa?"

„Nachdem sie weiß, dass du bald wieder gesund wirst sein, geht es ihr besser. Der Unfall hat sie sehr mitgenommen. Sie wollte während der Schulferien arbeiten, weil es bei Fred viel Arbeit gab. Aber es war ihr nicht möglich, kreativ zu arbeiten. Fred hat sie nach Hause geschickt. Aber es war sowieso die Woche vor den Feiertagen, da konnte Fred auf sie verzichten. Jetzt büffelt Alisa die Fragebögen für die Führerscheinprüfung durch. Sie will unbedingt mit null Fehler durchkommen. Du kennst ihren Ehrgeiz.

Nächste Woche hat sie die schriftliche Prüfung. Dann beginnen die Fahrstunden. Sie hat mich gebeten, mit ihr auf dem Verkehrsübungsplatz zusätzlich zu üben. Ich habe ihr zugesagt. Im März wird sie Achtzehn. Da möchte sie den Führerschein in Empfang nehmen. Sie hat das Geld zusammen, um ein kleines, gebrauchtes Auto zu kaufen. Ich soll sie dabei beraten. Ich habe ihr gesagt, dass ihr Papa dabei sein muss."

„Ja, ja, unser Schätzchen! Ihre Eltern können an ihr große Freude haben. Alisa geht ihren Weg!"

Einige Tage nach Lisas Erwachen wird sie an der Wirbelsäule untersucht. Mit Genugtuung stellen die Ärzte fest, dass während der Narkosephase die Verletzungen fast ausgeheilt sind. Bleibende Schäden werden nicht festgestellt. Nachdem Lisa auch vom Gipskorsett befreit wird, kann die Physiotherapie Zug um Zug auf den gesamten Körper ausgedehnt werden. Die Ärzte legen die restliche Verweildauer im Krankenhaus auf drei Wochen fest. Bis dahin muss Lisa in der Lage sein, selbständig zu gehen. Anschließend werden die Rehabilitationsmaßnahmen in einer Kurklinik erfolgen. Auf Wunsch von Lisa und Paul wurde eine Klinik in einem nahen Kurort ausgewählt. So hat Paul nur wenige Kilometer zu fahren, um Lisa zu besuchen. Die restlichen Tage im Krankenhaus verlaufen sehr positiv für Lisas Gesundung. Lisa kann sich zwischenzeitlich ohne Hilfe im Bett aufrichten. Sie kann bereits selbständig essen. Eine Woche später kann sie mit Gehhilfen die Flure entlang gehen. Paul ist begeistert über die Fortschritte. Die Therapeuten bringen Lisa nach und nach in ein normales Leben zurück. So sehr die physische Heilung erstaunt, die psychische Heilung hinkt noch hinterher. Lisa hängt oft ihren Gedanken nach. ‚Warum muss ich das Alles ertragen? Warum spielt mir das Schicksal so sehr mit'? Sie hadert mit ihrem Schicksal und sie macht sich so ihre Gedanken, wie ihr Leben wohl weitergehen wird. Dann kommt der Tag der Entlassung aus dem Krankenhaus. Paul ist schon früh um 8 Uhr dort. Er möchte seine Mona Lisa so bald als möglich in ihre eigenen vier Wände zurück bringen. Bevor er losfuhr, hat er die Heizung hochgedreht. Er hat sich der Aufgabe gestellt, für seine Traumfrau jede Minute seines Lebens zu opfern. Nichts anderes wird für ihn zukünftig wichtiger sein. Gegen zehn Uhr hat Lisa ihr Krankenzimmer geräumt. Der kleine Koffer mit den persönlichen Dingen ist gepackt. Die Stationsschwester hat noch ein Gespräch mit dem Arzt angekündigt. Also heißt es warten. Es dauert noch einige Zeit, bis der Arzt endlich Zeit für das Gespräch findet. Er überreicht Lisa Briefe für den Hausarzt und für die Rehaklinik. Dann geht er auf den momentanen Zustand seiner bisherigen Patientin ein:

„Ich freue mich sehen zu dürfen, wie Sie, Lisa, in den letzten Wochen bedeutende Fortschritte im Heilungsprozess erzielt haben. Nur deshalb ist es jetzt möglich, Sie in die Rehabilitation weiterzureichen." Dann verweist er auf die derzeitige Situation und erklärt: „Sie sind noch lange nicht gesund. Bis Sie die vollständige Gesundung erreicht haben, ist noch ein langer Weg zurückzulegen. Es erfordert noch Wochen der Geduld. Man kann heute noch keine Prognose abgeben, ob Sie jemals den Volleyballsport wieder ausüben können. Eher nicht. Der erlittene instabile Beckenbruch hat im Unterleib Veränderungen verursacht. Die Operation ist soweit gelungen und durch die frühzeitig eingeleitete Physiotherapie wird auch dieses Problem hoffentlich bald behoben sein. Hier sind weitere Behandlungen durch den Gynäkologen erforderlich. Alles in allem muss man froh sein, dass Sie Lisa, trotz der schweren Verletzungen in relativ kurzem Zeitraum die Lebensbedrohung abwenden konnten. Das haben Sie sicherlich Ihrer sportlichen Konstitution zuzuschreiben."

Der Arzt steht auf und reicht Lisa die Hand zum Abschied und entlässt sie mit folgenden Worten:

„Lisa, ich wünsche Ihnen von ganzem Herzen eine baldige vollständige Genesung. Sie waren trotz der Schwere Ihrer Verletzungen eine angenehme Patientin. Unser ganzes Team auf dieser Station hat Sie liebgewonnen. Leben Sie wohl. Alles Gute für die Zukunft." Nun reicht er auch Paul die Hand zum Abschied. Paul hat für das Stationsteam eine Packung Kaffeepulver und etliche Stück Kuchen mitgebracht, zum Dank für die liebevolle Betreuung seiner Mona Lisa. Auf dem Stationszimmer wird Lisa mit reichlich guten Wünschen und Umarmungen verabschiedet. Ja, Lisa war eine beliebte Patientin.

Am frühen Nachmittag sind Paul und Lisa im eigenen Heim. Unterwegs wurde in einem Restaurant das Mittagessen eingenommen. Für den Abend haben sich Simone und Alisa angesagt. Zu viert wollen sie Lisas Rückkehr feiern. Den restlichen Nachmittag verbringen Paul und Lisa auf der Couch, unterbrochen von Lisas kleinen Wanderungen durch die Wohnung. Sie hat noch keine Ausdauer und muss sich ständig hinsetzen. Aber trotzdem hat sie Beine und Füße bereits wieder gut im Griff. Etwas anderes vermisst Paul. Was noch fehlt ist die von Paul immer so sehr geschätzte Lisa-typische Fröhlichkeit. Hier muss er noch viel Aufbauarbeit leisten. Zu sehr hängt Lisa ihren Gedanken nach. Wenn sie neben Paul auf der Couch sitzt, klammert sie sich schweigend an ihn. Paul bemerkt ihren oft starren Blick auf irgendeinen Punkt in der Wohnung. Seine Versuche, mit lustigen Gesprächen Lisa aufzumuntern und zum Dialog herauszufordern, scheitern kläglich. Lisa sieht ihn dann nur an und schmiegt sich noch stärker an ihren Leo. Paul würde viel dafür geben, wenn er wüsste, mit welchen Gedanken sich seine Mona Lisa beschäftigt. Gegen achtzehn Uhr erscheinen fast gleichzeitig Simone und Alisa.

Simone hat in Pauls Auftrag vier Pizzas mitgebracht. Die Frauen begrüßen sich überschwänglich und Alisa weint vor Freude, als sie Lisa umarmt. Paul deckt den Tisch mit großen Pizzatellern und Weingläsern. Eine Flasche Chianti gehört zu einem Pizzaessen. Das ist für ihn Usus. Und siehe da! Seine Lisa wird auf einmal gesprächiger. Ja, sie vergisst dabei zu essen und Paul mahnt sie des Öfteren an, ihre Pizza zu essen, solange diese noch warm ist. Lisas gesprächiger Zustand gibt Paul zu denken. ‚Warum spricht sie nicht mit mir? Die ganze Zeit im Krankenhaus seit sie aus dem

Koma geholt wurde, haben wir uns doch immer sehr viel erzählt'. Jetzt ist es Paul, der seinen Gedanken nachhängt. Alisa ist diejenige, welche die Schweigsamkeit von Paul bemerkt.

„Paul, warum beteiligst du dich nicht an unserer Unterhaltung? Wir sind doch alle so sehr glücklich, endlich unsere liebe Lisa wieder bei uns zu haben. Fühlst du dich nicht gut?"

„Mach dir keine Sorgen, Schätzchen. Ich höre gerne auch mal zu. Und bei drei Weibern hat ein Mann eh' keine Chance, zu Wort zu kommen."

Den ganzen Abend über belässt es Paul aufs zuhören. Von Lisa kommt weder eine Frage noch eine Aufforderung an ihn. Ihm scheint, dass Lisa froh ist, nicht allein mit ihm zu sein. Gegen Mitternacht brechen Simone und Alisa zur Heimfahrt auf. Alisa kann mit Simone mitfahren, weil der letzte Bus schon lange abgefahren ist. Als beide weg sind, erklärt Lisa, dass sie sehr müde ist und deshalb gleich schlafen geht. Sie gibt Paul einen flüchtigen Kuss und begibt sich ins Schlafzimmer.

„Geh' nur, mein Schatz. Der Tag war für dich sehr anstrengend. Ich komme später nach. Schlaf gut."

Paul lächelt verständnisvoll seine Traumfrau an, die ihm auf einmal so rätselhaft erscheint. Er schaltet den Fernseher ein, dreht die Lautstärke weit zurück, damit seine Lisa nicht gestört wird und schaut sich einen Krimi an. Danach geht auch Paul ins Bett. Lisa schläft in dieser ersten Nacht im eigenen Bett sehr unruhig. Paul geht es genauso. Es ist mehr ein Halbschlaf, obwohl die Müdigkeit an ihm nagt. Aber dieses unerklärliche Verhalten von Lisa beschäftigt ihn ununterbrochen. Erst gegen Morgen findet er in den Tiefschlaf. Als er gegen neun Uhr wach wird, ist das Bett neben ihm leer. Er hört Lisa in der Küche rumoren. Sie wird das Frühstück richten, sind seine Gedanken. Das ist jedoch nicht in seinem Sinne. Er möchte seine Mona Lisa verwöhnen in den zwei Tagen, bis sie zur Reha in das naheliegende Kurstädtchen geht. Paul geht in die Küche. Lisa ist gerade dabei, die Kaffeemaschine in Gang zu setzen.

„Guten Morgen, Liebling! Du hättest im Bett bleiben sollen. Für das Frühstück bin ich zuständig. Du sollst nichts tun. Überlasse alles mir."

Paul küsst Lisa, aber diese belässt es mit einem kurzen Gegenkuss. Der von Paul erwartete atemraubende Intensivkuss bleibt aus. Irgendetwas hemmt Lisa, aus sich heraus zugehen. Wenn Paul nur wüsste, was die Ursache ist. Er nimmt sich vor, am Frühstückstisch mit seiner Lisa darüber zu sprechen. Paul deckt den Tisch und Lisa bringt den Kaffee und eine Tüte mit Brötchen, was Paul überrascht fragen lässt:

„Sag' bloß du warst schon beim Bäcker! Bist du schon so früh aufgestanden, Liebling?"

„Warum soll ich so lange im Bett bleiben? Oder habe ich etwas versäumt?", ist Lisas schnippische Gegenfrage.

„Was stimmt mit dir nicht, Lisa? Seit wir das Krankenhaus verlassen haben, hast du dich total verändert. Kannst du mir das erklären?"

„Vielleicht muss ich mich erst wieder daran gewöhnen, mit dir zusammen zu sein. Ich war mehr als fünfzig Tage im Krankenhaus."

„Diese Antwort lasse ich nicht gelten, Lisa. Jeder ist froh, das Krankenhaus verlassen zu dürfen. Oder bin ich dir im Wege? Dann sag' es bitte!"

Paul sieht Lisa misstrauisch an und bemerkt, wie diese feuchte Augen bekommt.

„Wie könntest du mir im Wege stehen? Ich liebe dich doch über alles. Aber ich habe Angst! Große Angst!"

Jetzt rinnen bei Lisa die Tränen unaufhaltsam. Paul nimmt seine Lisa in die Arme.

„Was ängstig dich, mein Schatz? Wie kann ich dir dabei helfen, die Angst zu überwinden?"

„Ach Leo, ich bin nicht mehr die junge Frau mit dem makellosen Körper, wie du sie liebst. Mein Körper ist zerschunden. Ich habe große Angst, dass du dich von mir abwendest, weil ich dir nicht mehr genüge."

„So ein Schwachsinn, was du daher redest! Ich werde mich bei den Ärzten beschweren, weil sie das Schädel-Hirn-Trauma nicht richtig behandelt haben. Wie kannst du so etwas von mir denken! Ich saß jeden Tag an deinem Bett. Selbst während der Vollnarkose. Jetzt soll ich auf einmal die Fahnenflucht ergreifen? Nein mein Schatz! Du bist für mich zum Lebensinhalt geworden, mit und ohne Körperschrammen."

„Dann liebe mich! Jetzt!" Lisa drückt sich ganz eng an ihren Leo.

„Ja, geht es überhaupt schon? Ich wollte dir die Zeit zugestehen, bis du für die körperliche Liebe wieder fit bist. Meine erotischen Wünsche stelle ich da gerne solange zurück."

„Wir können es sachte angehen lassen. Leo, ich sehne mich nach deinem Körper."

Lisa steht angezogen vor Paul, während er noch den Schlafanzug an hat, weil er noch unter die Dusche muss. Paul beginnt Lisas Bluse aufzuknöpfen und Lisa tut dasselbe mit Pauls Schlafanzug. Lisas Körper vibriert voller Erwartung, als Pauls Schlafhose zu Boden gleitet und sie ihren Geliebten nach so langer Zeit wieder bar vor sich sieht. Eine halbe Stunde später, die noch feuchten Körper eng aneinander liegend, beginnen sie wie früher mit ihren neckischen Wortspielen:

„Schätzchen, habe ich dir genügt?"

„Leo, die lange Wartezeit hat dir nicht gut getan. Wir müssen das noch oft trainieren, bis du wieder in der obersten Klasse mitspielen kannst!"

„Gib' bloß nicht so an. Das ist der Dank, wenn man sich absichtlich zurück hält, damit ja nichts zerbricht."

Das Frotzeln geht noch eine Weile, bis Paul zum Frühstück drängt. Zuvor stellen sich beide gemeinsam unter die Dusche. Paul kann nun in aller Ruhe den Körper seiner Lisa begutachten. Dabei stellt er fest, dass die Operationsnarben bei weitem nicht Lisas Meinung von einem zerschundenen Körper rechtfertigen. Deshalb sagt er ihr:

„Mona Lisa, wie konntest du dich wegen ein paar Schrammen solche Sorgen machen. Du bist immer noch eine sehr schöne Frau. Was dir noch fehlt, ist viel frische Luft, damit dein schönes Gesicht wieder einen gesunden Teint bekommt. Wir werden deshalb heute Nachmittag einen Spaziergang machen, wenn du nichts dagegen hast."

„Leo, hast du je eine Frau kennen gelernt, die nicht das Geringste an sich auszusetzen hatte? Und jetzt muss ich auch noch mit schlimmen Narben und Metall im Körper leben!"

„Ja, ja! So seid ihr Weiber. Mal ist es ein in der Einbildung vorhandenes Fettpölsterchen, obwohl fast magersüchtig. Dann werden Lachfältchen als schlimme Krähenfüße ausgemacht. Grundsätzlich hängen die Lider zu tief und jede entdeckt an sich Orangenhaut am Oberschenkel. Der Busen ist entweder zu klein oder zu groß, kaum sichtbares Haar an Armen und Beinen muss wegrasiert werden."

Dann macht Paul seiner Mona Lisa das Angebot, nach dem Spaziergang den Abend in ihrem Stammlokal zu verbringen, was bei Lisa helle Freude auslöst. Als der Gastwirt die Ursache für die lange Abwesenheit seiner Stammgäste erfährt, gibt es die Flasche ‚Lemberger' aus dem gräflichen Weingut auf Kosten des Hauses.

Am Folgetag muss Lisa ihren Koffer richten für den anstehenden Reha-Aufenthalt. Paul sieht ihr dabei zu und tadelt sie, als er sieht, was sie alles einpackt.

„Schätzchen, warum musst du deinen kompletten Kleiderschrank leeren? Ich komme doch täglich dich besuchen und kann immer das mitbringen, nach dem du verlangst. Die Schmutzwäsche nehme ich zum waschen mit nach Hause. Also pack nur das Nötigste für die ersten drei Tage ein. Dann genügt der kleine Koffer."

„Ach Leo, am liebsten würde ich hier bei dir bleiben. Ich kann doch auch zu Hause meine Übungen machen?"

„Ich bin kein Therapeut der dich anleiten kann. Ich kann mit dir immer nur dieselben Übungen machen, die wir seit bald einem

Jahr, überwiegend nachts, regelmäßig praktizieren. Ob das allein für den Heilungsprozess förderlich ist?"

Lisa quittiert Pauls neckische Anmerkung mit Belustigung und Kopfschütteln.

„Es ist schon besser", fährt Paul fort, wenn du für ein paar Wochen dort bist. Ich komme doch täglich? Du wirst mich nicht vermissen. Und wenn wir dann Lust auf uns haben, ist die kurze Entfernung nach Hause von großem Vorteil. Vielleicht gibt es in der Reha hübsche junge Therapeuten, die alle nur dich behandeln wollen. Vielleicht werde ich dir dann auch zu viel?"

„Ich sag' es dir rechtzeitig, mein Schatz, falls ich denen nicht widerstehen kann."

Die ersten zwei Reha-Wochen sind wie im Fluge vergangen. Lisa hat überwiegend am Vormittag die Anwendungen. So ist der Nachmittag zu ihrer Verfügung und sie kann mit ihrem Leo Spaziergänge unternehmen. Manchmal fahren sie auch für ein paar Stunden nach Hause, wenn die Liebe ihre Ansprüche anmeldet. Es sind ja nur fünfzehn Minuten Fahrzeit nach Hause. An den Wochenenden kommen Lisas Eltern zu Besuch und Alisa kommt samstags zusammen mit Paul.

An einem Tag in der dritten Woche ruft Lisa bei Paul an und bittet ihn, erst am Abend zu kommen, weil sie von Kameradinnen ihrer Volleyballmannschaft am Nachmittag Besuch erwartet. Tage später, als Paul zur gewohnten Stunde auf dem Weg zur Rehaklinik durch den Kurpark schlendert, sieht er seine Mona Lisa schon von weitem auf einer Parkbank sitzen. Erfreut beschleunigt er seine Schritte. ,Mein Schatz ist wie ein starker Magnet. Ich kann mich ihrer Anziehungskraft nicht entziehen' denkt er sich und freut sich auf den Begrüßungskuss, der ihm wie immer den Atem rauben wird. Endlich steht er vor der Parkbank.

„Hallo Leo, setz dich bitte."

Paul setzt sich neben seine Lisa und umarmt sie. Der erwartete Kuss fällt eher spärlich aus. So, wie sich zwei gutbefreundete

Menschen zur Begrüßung küssen. Paul reagiert darauf etwas verwundert mit der Bemerkung:

„Hat mein Schatz heute schlechte Laune? Wegen eines solchen Kusses muss ich nicht extra herkommen. Den kann ich mir bei Alisa abholen."

„Dann tue das zukünftig. Leo, ich habe mit dir zu sprechen." Lisas Stimme klingt etwas traurig.

„Du hast Kummer mein Schatz. Was ist die Ursache?" will Paul wissen.

„Leo, ich hatte in den letzten Wochen viel Zeit zum Nachdenken. Vor allem über uns beide. Ich liebe dich über alles, aber wir werden uns trennen." Paul traut seinen Ohren nicht.

„Hast du nicht alle Tassen im Schrank, Schätzchen?"

„Im Gegenteil, Leo. Weil ich klar denken kann, kam ich zu diesem Entschluss. Es muss sein. Ich habe Angst um dich, um mich auch. Warum hatte ich diesen Unfall, der schlagartig mein Leben verändert hat? Leo, auf unserer Liebe lastet ein Fluch. Das spüre ich überdeutlich. Wenn wir zusammen bleiben, geschieht bestimmt wieder ein Unglück. In welcher Form das sein wird, kann ich nicht vorhersehen, aber es wird kommen, das spüre ich deutlich."

„Das größte Unglück, das uns noch widerfahren kann, ist die Trennung. Mein Schatz! Du bist gerade dabei, dieses Unglück heraufzubeschwören. Dein Argument ist an den Haaren herbeigezogen. Dein Unfall war nichts weiter als großes Pech. Du warst zur falschen Zeit an der falschen Stelle. Das kann jedem passieren, das ist Schicksal. Fluch auf unserer Liebe! So ein Quatsch! Oder beschäftigt dich der ungelesene Laborbericht? Ich fahre sofort nach Hause und hole ihn. Wir werden ihn gemeinsam öffnen. Wenn er für uns negativ ausfällt und ich dein Vater bin, füge ich mich deiner Entscheidung. Falls nicht, möchte ich von ‚Fluch auf unserer Liebe' nichts mehr hören!"

„Leo, lass den Brief da wo er ist. So oder so - ich bestehe auf diese Trennung. Es wird mir genauso schwer fallen wie dir. Ich liebe dich über alles. Ich weiß auch nicht, ob ich damit zurechtkomme, aber ich will diesen Weg gehen. Bitte, gib mich frei!"

„Das ist aber eine schöne Überraschung, die du mir heute bereitest. Das ist das Letzte, was ich heute erwartet habe. Voller Sehnsucht bin ich hierher gefahren und nun erwartet mich die Vertreibung aus dem Paradies. Vielleicht ist es die Strafe für mein eigenes Verhalten damals zu deiner Mutter. Nie hätte ich gedacht, vor allem nicht in dieser jetzigen Situation, dass du mich verlässt. Ich wollte mein restliches Leben voll und ganz dir widmen. Aber wenn es dein unumstößlicher Wunsch ist, dass wir getrennte Wege gehen, dann muss ich mich fügen. Ich habe dir ja immer gesagt, dass du keine Rücksicht auf mich nehmen sollst, wenn eine Neuausrichtung deines Lebens ansteht. Zu meinem Versprechen stehe ich selbstverständlich."

„Leo, dieses Versprechen habe ich nie von dir abverlangt."

„Unser Altersunterschied hat damals den Ausschlag gegeben. Ich wollte dir damit deine Zukunft nicht verbauen. Heute ist nun der Tag, den ich mir nie gewünscht habe. Machen wir es kurz, Lisa. Ich wünsche dir für die Zukunft alles Gute. Werde wieder ganz gesund und auch erfolgreich auf deinem beruflichen Weg. Vielleicht denkst du auch ab und zu an Leo. Behalte mich in guter Erinnerung."

Paul ist aufgestanden und reicht Lisa die Hand zum Abschied.

„Leo, warum kämpfst du nicht um mich? Eigentlich müssten wir jetzt streiten, dass die Fetzen fliegen."

„Du weißt, dass so etwas mir nicht liegt. Du hast dich entschieden und ich habe meine Prinzipien. Leb wohl, Lisa! Ich hole meine Sachen aus deiner Wohnung. Den Schlüssel werfe ich wieder einmal in den Briefkasten."

„Nein Paul! Ich möchte, dass du mir den Schlüssel irgendwann einmal, wenn ich wieder in meiner Wohnung bin, vorbeibringst. Ich will nicht, dass wir uns aus den Augen verlieren. Ich möchte in freundschaftlicher Verbundenheit weiterhin mit dir in Kontakt bleiben."

Paul dreht sich abrupt weg und geht mit zügigen Schritten den Weg Richtung Parkausgang. ‚Paul hat sie zu mir gesagt. Das erste Mal seit wir uns kennen. Damit hat sie ein klares Zeichen gesetzt‘, geht Paul durch den Kopf. Als der Weg einen Linksknick macht, wirft er einen Blick hinüber zu Lisa. Sie sitzt tief nach vorne gebeugt auf der Parkbank, beide Hände bedecken das Gesicht. Auch ihr scheint die Trennung sehr nahe zu gehen. Und nun bricht auch bei Paul der Trennungsschmerz durch. Ihm steigen die Tränen hoch und er beeilt sich, ins Auto zu kommen. Dann kann er seinen Tränen freien Lauf lassen.

Als Paul zu Hause ankommt, setzt er sich an den Esstisch und sinniert über das soeben Geschehene nach. Er ist nicht in der Lage, die letzte halbe Stunde zu verarbeiten. Er sucht verzweifelt nach dem Schlüssel zu Lisas Verhalten. Ihr Argument mit dem ‚Fluch auf ihrer Beziehung‘ nimmt er ihr nicht ab. Da muss etwas anderes dahinter stecken. Der noch ungelesene Laborbericht ob Vater und Tochter ist auch nicht der Grund. Vielleicht ein anderer Mann? Doch das kann er sich auch nicht vorstellen. Nicht in dieser Kürze seit der Entlassung aus dem Stuttgarter Krankenhaus. Paul zermartert sein Gehirn, aber kein Fingerzeig aus zurückliegender Zeit tut sich ihm auf. So sitzt er Stunden da und trauert vor sich hin. Irgendwann holt er sich eine Flasche Wein aus dem Keller. Seine geschundene Seele braucht einen Tröster. Er will sich betrinken.

Auf einmal steht er abrupt auf und geht zu seinem Schreibtisch, zieht eine Schublade auf und entnimmt dieser den immer noch ungeöffneten Brief des österreichischen Labors. Mit diesem geht er in den Garten, holt aus der Gartenhütte einen verzinkten Wassereimer und den Rost vom Grill. In den Eimer wirft er zusammengeknülltes Zeitungspapier und legt den Brief obenauf. Er zündet das Ganze an und legt den Rost darüber. Paul sagt leise vor sich hin:

„Es ist für mich nicht mehr wichtig, was in diesem Laborbericht steht. Lassen wir es weiterhin ein Geheimnis sein.“

Mit einem Holzstab stochert er in der Flamme, damit genügend Sauerstoff die totale Verbrennung des Briefes bewirkt. Doch plötzlich ändert er seine Meinung. Schnell reißt er den Rost vom Eimer, tritt diesen um und trampelt mit dem Schuh die bereits lodernde Flamme aus. Mit den Fingerspitzen fischt er den angekohlten Brief aus der Brandstelle und reißt den Umschlag auseinander. Der Bericht ist weitgehend noch heil geblieben. Paul faltet das Schreiben auseinander und beginnt zu lesen. Nach einer Weile schüttelt er den Kopf und murmelt vor sich hin: „Jetzt hätte alles seine Ordnung haben können. Aber meine Mona Lisa hat kein Interesse mehr an unserer Zweisamkeit." Seine Augen füllen sich mit Tränen.

Lisa sitzt noch eine ganze Weile auf der Parkbank. Sie ist zutiefst traurig und weint still vor sich hin. Sie sah keine andere Möglichkeit, als ihren geliebten Leo von sich zu weisen. Er soll nicht mitbekommen, wie es um sie steht. Ihre Chancen, die anstehende Operation zu überleben, stehen nicht gut, haben ihr die Ärzte verkündet. Es sind gerade mal drei Tage her, als sie mitten in der Nacht schreckliche Unterleibsschmerzen verspürte. Man brachte Lisa mit dem Krankenwagen sofort in das nächste Krankenhaus. Untersuchungen wurden noch in der Nacht durchgeführt ohne klare Ergebnisse. Dann am Morgen in die Röhre. Die Kernspintomographie hat es dann aufgezeigt. Wichtige Organe sind bei dem Unfall doch stärker als angenommen verletzt worden. Beim Beckenbruch gab es Absplitterungen. Einige Splitter blieben damals bei der Operation unentdeckt und konnten ihr Vernichtungswerk beginnen, als Lisa aus der Langzeitnarkose aufgeweckt wurde. Da eine gezielte Behandlung unterblieb, haben sich die Schäden verschlimmert und nach Ansicht der Ärzte wäre es ein Wunder, wenn eine Operation erfolgreich verlaufen würde. Lisa wurde mit dem Untersuchungsergebnis konfrontiert. Die Ärzte haben die Karten offen auf den Tisch gelegt. Ohne Operation geben sie Lisa noch höchstens 4 bis 6 Wochen zu leben. Man will die Operation wagen, auch wenn die Erfolgsaussicht so gering eingeschätzt wird. Lisa hat der Operation zugestimmt. Der Termin für den Eingriff wurde festgelegt. Lisa durfte für ein paar Tage in die Reha-Klinik zurück. Morgen muss sie wieder ins Krankenhaus zur Vorbereitung auf die OP.

Der Schock saß tief bei Lisa, als sie mit den Untersuchungsergebnissen konfrontiert wurde. Dann hat sie sich damit abgefunden. Ihre große Sorge galt ihrem geliebten Leo. Tag und Nacht hat sie überlegt, wie sie Leo ihren Zustand verschweigen könnte. Dann kam ihr der Gedanke an die Trennung. Sie sagte sich, der Trennungsschmerz ist eher auszuhalten als der Schmerz über den anstehenden Tod eines geliebten Menschen. Diese Überzeugung ließ sie nicht mehr los. Lisa hat sich mit der Situation abgefunden. Sie geht davon aus, dass ihr Leben im einunddreißigsten Jahr zu Ende geht. Nun kann sie sich morgen ins Krankenhaus begeben. Sollen die Ärzte ihr Glück versuchen. Zuvor will sie ihre Eltern anrufen. Sie wird auch ihnen die schwere Erkrankung verheimlichen. Aber noch einmal möchte sie die Stimmen von Vater und Mutter vernehmen.

Als Paul aus ihrem Gesichtsfeld entschwunden ist, steht sie auf und geht zurück in die Reha-Klinik. Lisa setzt sich an den kleinen Tisch in ihrem Zimmer, auf dem sie Briefpapier zurechtgelegt hat. Lisa atmet noch einmal tief durch, dann beginnt sie zu schreiben.

Mein allerliebster Leo, wenn du diesen Brief in der Hand hältst, bin ich nicht mehr. Es tut so weh, wenn ich daran denke, wie glücklich und zufrieden wir die kommenden Jahre miteinander hätten leben können. Aber dieses Glück war uns nicht beschieden. In zwei Tagen werde ich operiert und die Aussicht auf Heilung ist winzig klein, sagen die Ärzte. Ohne OP geben sie mir nur noch ein paar Wochen zu leben. Die Erfolgsaussichten einer Operation stehen ebenfalls nahe bei null. Aber man will es wagen. Ich habe der OP zugestimmt, denn ich möchte nicht mit dem sicheren Tod vor Augen noch ein paar Wochen dahinsiechen. Ich hatte unter drei Möglichkeiten zu wählen: Rasierklinge oder Schlaftabletten oder der Griff nach dem Strohhalm. Ich habe mich für den Strohhalm entschieden. Ich

werde die Ärzte bitten, bei Misslingen der OP mich nicht mehr auf-
wachen zu lassen. Mein lieber Schatz, ich habe dich von mir gewie-
sen, weil ich dir die Seelenqualen ersparen wollte. Ich dachte mir,
ein Trennungsschmerz ist leichter zu überstehen als der Schmerz
über das Mitansehen zu müssen eines lieben Menschen Tod. Bitte
verzeih mir meine Handlung aber ich wusste keinen anderen Weg.
Ich werde jede Minute meines vermutlich nur noch kurzen Lebens
an dich denken. Behalte auch du mich in bester Erinnerung. In
Liebe deine Mona Lisa.

Lisa faltet den Brief zusammen, Tränen tropfen auf das Papier. Auf den Umschlag schreibt sie ‚an meinen lieben Leo'. Dann schreibt sie noch einen Abschiedsbrief an ihre Eltern. Darin bittet sie, ihre Wohnung zu einem günstigen Mietpreis ihrer Herzensfreundin Alisa anzubieten. Anschließend packt sie alle persönlichen Sachen in ihren kleinen Koffer außer den Dingen für die Morgentoilette. Die Abschiedsbriefe steckt sie in ihre Handtasche.

Paul hat die erste Flasche Wein bereits ausgetrunken und eine zweite geöffnet, als es an der Haustüre klingelt. Unwillig steht er auf und geht nachschauen wer ihn stört. Er bemerkt, dass er zu einem geraden, aufrechten Gang kaum noch fähig ist. Er öffnet die Tür und vor ihm steht Alisa. Sofort hellen sich seine Gesichtszüge auf. „Ach du, mein Schätzchen?" fragt er verwundert.

„Aber Paul, das war doch ausgemacht, dass wir heute wieder eine Übungsstunde mit dem Auto fahren." Alisa umarmt Paul zur Begrüßung und riecht die Alkoholfahne.

„Paul, du hast getrunken! Wie mir scheint nicht wenig. Dann müssen wir halt die Übungsstunde ausfallen lassen. Aber sag mir bitte, warum du dich betrinkst. Was ist los mit dir? Hast du großen Kummer?"

„Komm herein mein Schatz! Ich werde dir berichten. Trinkst du ein Glas Wein mit mir?"

„Ja Paul, weil du dann weniger zur Verfügung hast. So kenne

ich dich gar nicht? Es muss etwas Schlimmes passiert sein. Hat es etwas mit Lisa zu tun?"

„Ganz recht, Alisa. Ich war heute Nachmittag bei ihr. Sie hat mir den Laufpass gegeben."

„Ach bitte, Paul! Nicht schon wieder! Was ist bloß los mit euch beiden? Ihr seid doch wie geschaffen füreinander!"

„Lisa behauptet, auf unserer Liebe laste ein Fluch. Sie hat große Angst um uns beide. Sie meint, unsere Liebe führt immer wieder zu einem Unglück. Sie hat sicherlich den Unfall noch nicht verarbeitet. Sie bestand auf die Trennung, ich musste mich fügen, da ich ihr immer wieder versichert hatte, dass ich ihr nie im Wege stehen würde, wenn sie sich irgendeinmal gegen mich entscheiden würde. Jetzt ist diese Situation eingetreten."

„Mein lieber Paul! Kein Wort glaube ich davon, was Lisa da vorbringt. Da steckt etwas anderes dahinter. Vielleicht ein anderer Mann?"

„Das kann ich mir nicht vorstellen. Sie versicherte ihre große Liebe zu mir. Sie will mich auch nicht aus den Augen verlieren. Sie wünscht sich eine tiefe, dauerhafte Freundschaft mit mir. Deshalb schließe ich einen anderen Mann aus."

„Paul, ich werde morgen nach der Schule Lisa besuchen. Sie wird mich nicht abweisen. Vielleicht gelingt es mir, die wahren Hintergründe herauszufinden. Lisa hat sich mir immer geöffnet. Wir sind doch die besten Freundinnen."

„Dann versuch dein Glück, Alisa. Aber sei lieb zu ihr, auch wenn sie sich nicht öffnet."

„Verlass dich auf mich, mein lieber Paul. Ich will heute noch lange bei dir bleiben. Du darfst nicht alleine sein. Und trinken solltest du heute auch nichts mehr."

Alisa hat ihren Eltern telefonisch Bescheid gegeben, wo sie sich aufhält. Sie bleibt bis kurz vor Mitternacht bei Paul. Für Paul war die Anwesenheit von Alisa ein Segen. Immer wenn das liebe Mädchen in seiner Nähe ist, werden seine Seelenqualen gemildert. Am nächsten Vormittag fährt Paul zu Lisas Wohnung. Er durchstreift die Zimmer und packt zusammen, was ihm gehört. Dann setzt er sich an Lisas Schreibtisch, nimmt ein leeres Blatt aus dem Drucker und schreibt einen Abschiedsbrief an seine Mona Lisa.

‚Liebe Mona Lisa, soeben habe ich in deiner Wohnung meine Habseligkeiten zusammengepackt. Nun steht mir zum dritten Mal ein Abschied aus dieser Wohnung bevor. Kannst du dir vorstellen, wie mir zumute ist? Am liebsten würde ich meinen Schmerz hinausschreien, aber ich beherrsche mich, auch wenn es verdammt schwerfällt. Deine Entscheidung kann ich nicht nachvollziehen, doch ich muss sie akzeptieren. Es hätte so schön werden können mit uns beiden. Jetzt, wo du doch auf dem besten Wege bist, wieder völlig gesund zu werden. Wollten wir nicht in diesem Frühjahr zur Apfelblüte nach Südtirol? Du hast dich so darauf gefreut. Was mich vor allem sehr bedrückt: diese spontane Entscheidung von dir. Nichts, aber auch rein gar nichts hat in den Tagen zuvor zu dieser Kurzschlussreaktion (?) Anlass gegeben. Deshalb fällt es mir so ungemein schwer, die Trennung zu verarbeiten. In diesen Tagen vor einem Jahr habe ich dich zum ersten Mal bei diesem Volleyballspiel gesehen und es war um mich geschehen. Ich habe mich Hals über Kopf in diese Mona Lisa verliebt. Wäre ich doch nie zu diesem Wettkampf gegangen, sind in den letzten Stunden meine Gedanken. Die vergangenen zwölf Monate haben mein Leben total umgekrempelt. Was haben sie mir beschert? Herrliche Tage mit meiner geliebten Mona Lisa. Aber auch oft Frust und Niedergeschlagenheit, meist wegen Missverständnissen zwischen uns. Und heute? Ist es wieder ein Missverständnis, das für deine Reaktion verantwortlich ist? Ich weiß nicht mehr, wo mir der Kopf steht. Ich werde also wieder in mein beschauliches und oft langweiliges Leben zurückkehren, das ich vor einem Jahr verlassen durfte. Vielleicht ist es auch besser so. Für uns beide. Eine neue Beziehung werde ich mir nie mehr zumuten. Da bin ich mir sicher. Eines will ich dir noch sagen: Ich werde dich immer lieben, bis an mein Lebensende! Und ich werde dich in bester Erinnerung

behalten. Was schön war überwiegt bei weitem und bleibt im Gedächtnis haften, die dunklen Tage hakt man ab und vergisst sie. In ewiger Liebe dein Leo.

Als Paul wieder zu Hause ist, setzt er sich vor seinen Computer und beginnt zu schreiben. Nein! Er schreibt sich nicht den Frust von der Seele. Paul schreibt das erste Kapitel eines Buches. Es wird die Geschichte einer Liebesbeziehung, die außergewöhnlicher nicht sein könnte.

Am Abend, es ist bereits nach zwanzig Uhr, steht Alisa vor der Tür. Sie ist in heller Aufregung. Ohne große Begrüßungsrituale stürzt sie in die Wohnung und zieht Paul mit sich. „Oh, Paul! Bitte setz dich. Ich habe dir schreckliches zu berichten. Als ich nach der Schule die Reha-Klinik aufsuchte und zu Lisas Zimmer kam, musste ich feststellen, dass Lisa nicht anwesend ist. Die Tür war verschlossen. Ich ging zum Stationszimmer und fragte nach dem Verbleib von Lisa. Man schaute mich mit großen Augen an. Ob ich nicht wüsste, dass sich Lisa im Krankenhaus befindet und operiert werden muss. Ich verneinte und zeigte meine Bestürzung. Ich sagte: ‚aber Lisa ist doch auf bestem Weg wieder gesund zu werden. Warum eine Operation zu diesem Zeitpunkt? Jetzt während der Reha‘? war meine Reaktion. Man wollte mir nichts Näheres mitteilen. Ich sagte der Stationsschwester, dass ich Lisas beste Freundin bin. Sie soll mir doch bitte Auskunft geben. Dann berichtete sie mir, dass Lisa vor ein paar Tagen wegen heftiger Unterleibschmerzen ins Krankenhaus gebracht wurde. Die Ärzte hätten nach sorgfältiger Untersuchung eine dringende Operation für notwendig erachtet. Nach kurzer Rückkehr in die Reha musste sie heute früh zurück ins Krankenhaus. Sie wird auf eine komplizierte Operation vorbereitet. Man hofft, dass alles gut ausgeht, hat man mir gesagt." Alisa schöpft Atem.

„Paul, hier liegt der Schlüssel für Lisas Verhalten!"

„Alisa, hast du nach dem Krankenhaus gefragt? Wo wird Lisa operiert?"

„Ich nehme doch an dort, wo sie nach dem Unfall eingeliefert wurde. Also in Stuttgart. Frag doch ihre Eltern, die werden es wissen."

„Das werde ich sofort tun."

Paul nimmt sein Telefon. Barbaras Nummer hat er eingespeichert und erscheint auf dem Display. Er drückt die grüne Taste und gleich darauf ertönt das Freizeichen. Nach drei Klingeltönen meldet sich Barbara.

„Hallo Barbara! Hier ist Paul. Sag mit bitte, in welchem Krankenhaus sich Lisa befindet."

„Wieso Krankenhaus? Lisa ist doch in der Reha! Oder weiß ich etwas nicht?"

„Mir scheint, wir beide wissen nichts. Alisa war heute in der Reha-Klinik. Wollte Lisa besuchen. Man hat ihr gesagt, Lisa steht vor einer Operation und befindet sich im Krankenhaus. Vor ein paar Tagen hätte sie heftiger Unterleibschmerzen bekommen. Die Ärzte im Krankenhaus drängten auf eine sofortige Operation. Es muss sehr ernst um Lisa stehen, sonst hätte sie es uns nicht verheimlicht. Barbara, was du noch wissen solltest: Lisa hat mir gestern den Laufpass gegeben! Das hat bestimmt damit zu tun. Ich mache mir große Sorgen um sie. Was können wir tun?"

„Ich rufe sofort in der Reha-Klinik an. Die müssen mir genaueste Auskunft geben, weil ich die Mutter bin. Oh, Paul! Ich dachte, es ist alles soweit ausgestanden mit diesem Unfall. Und nun das! Warum hat sie uns diese OP verheimlicht? Meine Tochter gibt mir immer wieder neue Rätsel auf. Paul, ich rufe dich an, sobald ich informiert bin. Bleib auf jeden Fall in Telefonnähe."

Am späten Nachmittag, dem Tag vor der Operation, befindet sich Lisa in ihrem Krankenzimmer. Die Vorbereitungen zur OP sind soweit abgeschlossen. Am Morgen gab es die letzte Mahlzeit in Form eines dünnen Süppchens. Lisa hat Hunger, aber sie weiß, dass sie nichts mehr zu essen bekommt. Apathisch liegt sie im Bett und grübelt über ihr junges Leben nach, das wahrscheinlich schon morgen zu Ende ist. Erinnerungen an ihre Kindheit kommen auf. Das kleine, schmale Mädchen im Badeanzug will partout nicht aus dem Schwimmbecken. Die kleine Wasserratte muss energisch aus dem Wasser gezogen werden. Meist erst, wenn sich die Lippen bereits blau verfärbt haben. Etliche Pokale hat sie bei Jugendmeisterschaften eingeheimst. Die Eltern waren stolz auf ihren Delphin. Schuljahre ohne Lernprobleme, in allen Klassen unter den Besten. Abitur, dann Banklehre und die erste Liebe. Neue sportliche Herausforderungen beim Volleyball. Gewonnene Meisterschaften und Leistungsträgerin der Mannschaft. Dann die Erinnerungen, die ihr am meisten zusetzen. Mit ihrem geliebten Leo Urlaub in Südtirol. Wanderungen, gut Speisen in ihrem Stammlokal, Liebesnächte voller Zärtlichkeit. Lisa kann die Tränen nicht mehr zurück halten. ‚Und das soll alles gewesen sein? So jung soll ich sterben? Warum ist das Schicksal so unerbittlich mit mir‘?

Irgendwann klopft es an die Tür. Dann treten einige Herren in weiß ins Zimmer. Lisa kennt sie, es sind ihre Ärzte. Doch noch jemand ist eingetreten. Ein hochgewachsener, sympathischer Mittvierziger in Zivilkleidung. Alle vier Herren treten an ihr Bett. Der Chefarzt wendet sich an den fremden Mann:

„Herr Kollege, das ist unsere Patientin Frau Lisa Mahler" und zu Lisa blickend verkündet er: „Lisa, das ist Professor Vögeli aus der Schweiz. Wir haben ihn gebeten, die Operation morgen früh zu leiten. Er ist extra wegen Ihnen angereist."

Professor Vögeli geht zu Lisa und reicht ihr die Hand. Er setzt sich zu ihr auf die Bettkante. Mit beiden Händen hält er Lisas rechte Hand fest und schaut ihr in die geröteten, traurigen Augen Dann redet er mit ihr:

„Die Kollegen hier sind der Meinung, dass ich für die anstehende Operation der beste Chirurg wäre. Sie haben mir die wichtigsten Daten Ihrer Krankengeschichte in die Schweiz übermittelt.

Nach dem Studium der Unterlagen habe ich zugesagt. Ich habe in der Vergangenheit ähnliche Operationen durchgeführt. Meist mit Erfolg, aber manchmal war auch meine Kunst nicht ausreichend. Ich sehe in Ihrem Fall ein kleines Licht am fernen Horizont, deshalb bin ich hier. Eine Garantie kann ich Ihnen nicht geben, aber ich werde mein Bestes tun, damit Sie, Lisa, ihr junges Leben behalten dürfen. Meine Kollegen hier werden mich dabei tatkräftig unterstützen. Also Kopf hoch, Lisa. Denken Sie positiv. Haben Sie Fragen an mich? Dann schießen Sie los.

„Eine Bitte habe ich, Herr Professor. Ich bitte Sie inständig, bei Misslingen der Operation mich nicht mehr aufwachen zu lassen. Können Sie mir das versprechen?"

Lisas bittender Blick fordert seine Zustimmung. Aber Professor Vögeli gibt darauf keine Antwort, drückt jedoch fest Lisas Hand. Dann verlassen die Herren das Zimmer und bei Lisa kehrt so etwas wie Zuversicht ein. Sie empfindet Vertrauen zu diesem sympathischen Menschen aus der Schweiz, der extra wegen ihr die Reise unternommen hat um ihr zu helfen. Soll es doch noch weitergehen, dieses junge Leben? War der Griff nach dem Strohhalm doch nicht umsonst?

Bei Paul schrillt das Telefon. Es wird Barbara sein, endlich! Alisa sitzt neben ihm und presst fest die Hände ineinander voller Angst, es könnte eine schlechte Nachricht von Barbara kommen. Paul drückt die grüne Taste und Barbara beginnt sofort zu reden.

„Paul, ich habe keine neuen Erkenntnisse. Man erreicht nur die diensthabende Schwester. Sie arbeitet nur nachts und kann mir zum Vorgang um Lisa nichts sagen. Ich soll morgen Früh in der Verwaltung anrufen. Das werde ich auch tun und dir dann Bescheid geben. Hoffentlich ist nichts Ernstliches mit Lisa. Wir wissen ja, dass weitere Operationen noch anstehen. Irgendwann muss ja auch das Metall aus ihrem Körper entfernt werden. Aber bis dahin dauert es noch Monate. Walter soll auf keinen Fall von der momentanen Situation erfahren. Nach vielen Wochen hat er endlich Lisas Unfall verdaut, deshalb würde er noch eine solche Nachricht nicht mehr ertragen können. Es ist gut, dass er heute Abend bei seinen Freunden zum Skatspiel ist. So kann ich ungezwungen mit dir telefonieren. Aber dass Lisa die Beziehung zu dir abgebrochen hat, beunruhigt mich doch. Erzähle mit bitte davon wie es gekommen ist."

Paul berichtet also von seinem Besuch bei Lisa und über das Gespräch im Kurpark. Auch Barbara kann Lisas Beweggrund vom angeblichen ‚Fluch auf der Beziehung' keinen Glauben schenken. Barbara macht sich nun doch sehr große Sorgen. Sie kennt ihre Tochter und weiß, dass Lisa ihre Probleme immer alleine lösen will und grundsätzlich keine anderen Menschen damit belastet. Noch nicht einmal ihre Eltern. Barbara informiert Paul über den gestrigen Anruf von Lisa. Keinen Ton hätte ihre Tochter verlauten lassen über eine anstehende Operation. Sie, Barbara, hätte sich nur gewundert, weil sie auch unbedingt ihren Papa sprechen wollte. Normalerweise lässt sie Grüße ausrichten an den anderen Elternteil, wenn sie anruft.

„Paul, wir können leider nichts tun, solange wir nicht wissen, wo sich Lisa befindet. Ich werde also morgen in aller Frühe in der Verwaltung der Reha-Klinik anrufen. Bis dahin müssen wir einen klaren Kopf bewahren. Vielleicht ist alles nur eine harmlose Angelegenheit und Lisa wollte uns nicht beunruhigen. Nur die Tatsache, dass sie dir den Laufpass gab, gib mir schon zu denken".

„Ich darf also davon ausgehen, Barbara, dass von dir kein Druck auf Lisa ausgeübt wurde, mich zu verlassen?"

„Wo denkst du hin, Paul? Sind deine Erinnerungen an mich, die über dreißig Jahre zurückliegen, so getrübt? Habe ich damals nicht immer nur zu deinem Vorteil unsere Beziehung gelebt? Nie hätte ich von dir verlangt, deine Ehe aufzugeben um mich heiraten zu können. Nein Paul! Lisa hat das selbst entschieden. Warum? Wenn ich das bloß wüsste."

Jetzt bemerkt Paul, dass er den Lautsprecher des Telefons eingeschaltet hat. Er wollte Alisa Barbaras Informationen mithören lassen. Doch jetzt wurden Dinge angesprochen, welche eigentlich nicht für Alisas Ohren bestimmt waren. Und ihm wird klar, dass sein Schätzchen, klug wie sie ist, sich nun ihre Gedanken machen wird. Paul bittet Barbara, sofort Bescheid zu geben über das, was sie morgen von der Verwaltung der Reha-Klinik erfährt. Ein kurzes Tschüss und das Gespräch ist beendet. Paul atmet tief durch und wendet sich Alisa zu.

„Nun Alisa, jetzt kennst du den Stand der Dinge. Wir müssen einfach abwarten, bis wir morgen mehr erfahren."

„Ja Paul, es bleibt uns nichts anderes übrig. Ich drücke beide Daumen, dass meiner lieben Freundin nichts Schlimmes passiert ist. Ich werde jetzt nach Hause gehen. Morgen nach der Schule werde ich wieder kommen, wenn es dir recht ist."

„Moment noch, Alisa! Ich will dir etwas erklären. Du bist unsere liebe Freundin und du sollst dir keine Gedanken machen, die nicht beantwortet werden. Also Schätzchen, als Lisa in ihre Wohnung einzog, musste ich mit folgender Erkenntnis fertig werden: Meine Mona Lisa ist die Tochter meiner ehemaligen Geliebten, die diese Wohnung vor über 35 Jahren gekauft hatte und in der ich über sechs Jahre lang verkehrt bin. Das weiß ich aber erst seit Lisas Einzug. Du kannst dir vorstellen, welch ein Hammer diese Erkenntnis für mich war. Ich habe selbstverständlich Lisa sofort damit konfrontiert, auch auf die Gefahr hin, dass sie die Beziehung zu mir abbricht."

„Oh Paul! Dir bleibt aber auch nichts erspart. Was für Zufälle in das Leben so hineinspielen können. Wie hat Lisa darauf reagiert?" Alisa hat Pauls Hände ergriffen.

„Zuerst war sie geschockt. Doch dann kam der Trotz. Jetzt erst recht – war ihre Reaktion. Sie lässt sich nicht ihren lieben Leo wegnehmen. Schließlich können wir doch nichts dafür, gell Leo? war ihre Einstellung. Jetzt kennst auch du diese Geschichte von Lisa und mir."

„Bei euch beiden kehrt wohl nie Langeweile ein, Paul. Hoffentlich wird auch die jetzige Krise überstanden. Ich kann mir nicht vorstellen, dass Lisa auf die Trennung besteht, wenn sie ihre Krankheit überwunden hat. Es kann nur mit der Operation zusammen hängen. Deshalb macht es mir große Angst, wenn jetzt unserer Lisa eine schwere Operation bevorsteht und deren Ausgang nicht abzusehen ist. Nur deshalb hat sie dir ‚tschüss' gesagt. Ich würde alles dafür geben, damit Lisas Mutter uns morgen eine positive Nachricht bringt. Bitte Paul, informiere mich sofort, wenn sie sich gemeldet hat."

Alisa ist aufgestanden und verabschiedet sich von Paul wie immer mit einer Umarmung. Dann sagt sie augenzwinkernd:

„Lisa hat doch recht, wenn sie immer wieder behauptet, ihr Leo wäre der größte Filou. Aber auch ich mag diesen Filou über alles. Leider ist er für mich viel zu alt. Paul, denkst du auch daran, dass ich bald den Welpen-Schutz verliere?"

„Was willst du außer deinem achtzehnten Geburtstag damit andeuten, Schätzchen?"

„Vielleicht verführe ich dich dann!"

„Ich werde deinem Vater sagen, er soll dich einsperren, kleine süße Hexe."

Alisa gibt Paul einen dicken Kuss und verlässt kichernd das Haus.

Morgens um sieben Uhr wird Lisa zur Operation abgeholt. Sie konnte trotz Beruhigungstabletten die gesamte Nacht nicht schlafen. ‚Wird der Professor aus der Schweiz mich retten können? Gibt es für mich eine Wiederkehr zurück ins Leben? Kann ich dann mit meinem lieben Leo ins Reine kommen oder lehnt er mich ab, weil er vom Stress mit mir endgültig die Nase voll hat'. Lisas Psyche ist ein Wirrwarr. Niedergeschlagenheit und Hoffnung, Todesangst und Zuversicht, Verzweiflung und Gleichgültigkeit wechseln sich ständig ab. Als sie in den Operationssaal gefahren wird, sieht sie eine große Anzahl von Menschen in grünen Gewändern. Alle tragen eine Haube und Mundschutz. Lisa versucht, den Professor aus der Schweiz auszumachen – vergeblich. Dann fällt ihr auf, dass einige Kameras auf hohen Podesten aufgestellt sind. Die Operation wird aufgezeichnet oder live in die Hörsäle übertragen. Professor Vögeli wird also seine ärztliche Kunst zur Schulung demonstrieren. Lisas Zuversicht steigt. ‚Wenn er sich nicht sicher wäre, gäbe es keine Kameras‘, geht ihr durch den Kopf. Plötzlich steht eine vermummte Gestalt bei ihr und streichelt ihr sanft über die Wangen. Lisa erkennt die Augen des Schweizers und quittiert die Liebkosung mit einem matten Lächeln. Dann erhält sie eine Injektion und wenige Augenblicke später versinkt sie in tiefsten Schlaf.

Paul sitzt noch am Frühstückstisch und liest die Zeitung, als sein Telefon klingelt. Es ist schon nach zehn Uhr. Er hat die ganze Nacht wach gelegen vor lauter Sorgen um seine Mona Lisa. Erst am frühen Morgen hat er etwas Schlaf gefunden. Er fühlt sich hundemüde. Auf dem Display sieht er Barbaras Nummer. Voller Anspannung und Nervosität nimmt er das Gespräch entgegen. Hoffentlich hat Barbara keine schlechte Nachricht, sind seine einzigen Gedanken.

„Hallo Barbara! Ich hoffe, du hast keine schlechte Nachricht für mich."

„Hallo Paul! Nach meinem Gespräch mit der Verwaltung weiß ich nun mehr. Lisa befindet sich in der Uniklinik in Heidelberg. Man hat mir die Telefonnummer der Station gegeben und ich habe sofort in Heidelberg angerufen. Dort bekam ich folgende Information: Lisa wird seit heute früh operiert. Für den Eingriff hat man einen Schweizer, Professor Dr. Vögele kommen lassen. Er ist eine Kapazität für schwierige Fälle. Nachdem er die Krankengeschichte von Lisa kannte und alle Unterlagen sichten konnte, hat er die schwierige Aufgabe übernommen. Die deutschen Ärzte hatten große Bedenken, die Operation durchzuführen. Deshalb hat man diesen Professor hinzugezogen. Paul, wir können nur hoffen, der Eingriff gelingt. Jetzt wissen wir, dass es bei Lisa um Leben oder Tod geht. Oh, Paul! Ich habe schreckliche Angst um meine Tochter!"

„Mir geht es genauso, Barbara! Wir sollten die Zuversicht bewahren. Wenn da extra ein berühmter Arzt hinzu gezogen wird, erkennt man den unbedingten Willen, dieses junge Leben retten zu wollen. Wir müssen Vertrauen haben in die ärztliche Kunst dieses Professors. Wie bist du verblieben mit Heidelberg? Wird man dich anrufen und informieren oder musst du dich melden?"

„Man sagte mir, dass die Operation auf ca. acht Stunden veranschlagt wurde. Wenn sie gelingt, wird Lisa nicht vor morgen Nachmittag ansprechbar sein. Ich werde auf jeden Fall noch heute dort anrufen, um über Lisas Zustand eine Information zu bekommen. Paul, wir müssen fest daran glauben, damit unsere Hoffnung wahr wird und Lisa alles übersteht. Wenn ich dann morgen Nachmittag nach Heidelberg fahre, komme ich bei dir vorbei um dich mitzunehmen."

„Nein Barbara! Ich werde nicht mitkommen. Ich weiß ja gar nicht, ob sie mich sehen will. Fahre mit Walter zu ihr. Du kannst mich ja am Abend anrufen und berichten."

„Bist du trotzig, Paul?"

„Nein! Ich will mich ihr nicht aufdrängen. Das ist alles. Aber grüße sie von mir und sage ihr, ich wünsche ihr von ganzem Herzen eine schnelle Genesung."

„Na gut, wenn du meinst. Aber ich an deiner Stelle würde anders handeln, alter Dickkopf!"

„Belassen wir es dabei, Barbara. Ich erwarte also deinen Anruf heute Abend. Und Kopf hoch! Es wird bestimmt alles wieder gut."

Paul legt auf. ‚Vielleicht hat Barbara recht, wenn sie mich Dickkopf nennt', sind Pauls Gedanken. ‚Aber Lisa hat mir den Laufpass gegeben. Wenn sie weiterhin Interesse an mir hat, muss sie auf mich zukommen'. So ganz ist sich Paul nicht schlüssig, ob er richtig handelt. Schließlich wird ihm immer klarer, warum Lisa die Trennung wollte: Ihrem lieben Leo die schlimmsten Stunden, die einen Menschen treffen können, zu ersparen. Aber wieder einmal hat Lisa zu kurz gedacht wie damals bei ihrer Schwangerschaft. Ihr unbedingter Wille, mit niemanden über ihre eigenen Probleme zu sprechen und schon gar nicht sich helfen zu lassen, bringt sie immer wieder in Gefahr, missverstanden zu werden. Sie hätte wissen müssen, dass ihre schwere Erkrankung nicht geheim zu halten ist. Voller Hoffnung fiebert Paul dem Abend mit Anruf von Barbara entgegen. Zur Mittagszeit wählt er Alisas Handynummer. Als sein Schätzchen sich meldet, gibt er ihr eine kurze Info über das Gespräch mit Barbara. Alisa fragt ihn, ob sie am Abend wieder kommen darf. Paul antwortet:

„Nur wenn du dich sittsam benimmst!" Sein Schätzchen lacht und sagt: Mal sehen!"

Alisa weiß, ihr lieber Paul genießt jede Minute, die er mit ihr zusammen ist. Sie weiß auch, Paul liebt sie über alles. Aber diese Liebe ist nicht die wie zwischen Mann und Frau, sondern wie zwischen Vater und seiner liebsten Tochter. So hat sich in den zurückliegenden Monaten eine liebevolle, gegenseitige Animation ohne Anspruch auf Erfüllung ergeben. Für Alisa ist die Freundschaft zu Paul von allerhöchstem Stellenwert.

Alisa erscheint gegen achtzehn Uhr. Nach der Schule war sie noch kurz zu Hause und hat etwas gegessen. Als sie bei Paul ankommt, hält sie ihm eine Tupperschüssel unter die Nase.

„Damit mein lieber Paul nicht verhungert", sagt sie schmunzelnd. „Mama hat diese Woche nachmittags frei, deshalb kann sie auf abends kochen. Das freut nicht nur Papa, auch mich."

„Und was ist es, das mein armseliges Leben erhalten soll, mein Schätzchen?"

„Schau doch selbst nach!" und spitzbübisch fügt sie noch hinzu: „Du wirst mich vor Begeisterung hemmungslos küssen wollen."

„Dann lass mal sehen, was mich anscheinend so zügellos macht".

Er öffnet die Schüssel und findet darin zwei gefüllte Paprikaschoten. Ihm läuft das Wasser im Mund zusammen, denn er schätzt Gülers Kochkunst über alles.

„Hast du das für mich geklaut, Diebin?"

Er nimmt seine Alisa in den Arm und die kleine Hexe wartet Pauls Kuss nicht ab, sie komm ihm zuvor.

„Eines Tages holt dich die Sittenpolizei ab und steckt dich in eine Anstalt für gefallene Mädchen!"

Paul und Alisa warten auf den Anruf von Barbara. In der Zwischenzeit lässt sich Paul über Alisas Schulbesuch berichten. Sie erzählt, dass sie problemlos das Pensum an Lehrstoff abarbeiten kann. Es mache ihr viel Spaß, in die Schule zu gehen. Aus Dankbarkeit gegenüber Fred hat sie diesem angeboten, an Samstagen im Werbestudio auszuhelfen, wenn es erforderlich scheint. Manchmal nimmt Fred dieses Angebot in Anspruch. Alisas achtzehnter Geburtstag steht bevor. Eigentlich wollte sie ein großes Fest veranstalten. Aber aufgrund der Situation ihrer liebsten Freundin Lisa ist ihr nicht nach feiern. Vielleicht zu einem späteren Zeitpunkt, wenn Lisa wieder voll genesen ist, erzählt sie Paul. Dann kommt der Anruf von Barbara.

„Hallo Paul! Unsere Lisa wurde nach Auskunft des diensthabenden Stationsarztes der Intensivabteilung erfolgreich operiert. Professor Vögeli aus der Schweiz hätte vor seiner Heimreise diese Prognose erstellt. Mehr wollte der Arzt mir heute nicht sagen. Wenn ich morgen Nachmittag ins Krankenhaus komme, will er mir ein Gespräch mit einem der Chirurgen, die dabei waren, vermitteln. Dann erfahre ich auch die Hintergründe für diese Operation. Paul, wir können endlich aufatmen. Ich bin so was von glücklich. Oh Paul, unsere Lisa wird wieder vollkommen gesund werden. Die ganze Anspannung, die unheimliche Angst um Lisa, alles ist wie weggeblasen. Ich kann wieder frei durchatmen. Also Paul, nochmals die Frage an dich: Begleitest du mich morgen, wenn ich zu Lisa fahre?"

„Nein Barbara! Natürlich freue ich mich über diese positive Nachricht von dir. Ich liebe Lisa über alles. Aber lass bitte deine Tochter entscheiden, ob sie mich sehen will. Ich möchte dir einen anderen Vorschlag machen: Alisa ist die beste Freundin von Lisa. Es wäre schön, wenn du sie an meiner Stelle mitnehmen könntest. Lisa würde sich bestimmt sehr freuen, unser Goldschätzchen zu sehen."

Paul blickt fragend zu Alisa und die nickt heftig mit dem Kopf – einverstanden!

„Selbstverständlich nehme ich sie mit, wenn der bockige Trotzkopf nicht will. Sag' ihr, dass ich sie gegen fünfzehn Uhr bei dir abhole."

„Du warst auch mal bockig, liebe Barbara. Denk mal dreißig Jahre zurück, meine Liebe."

Alisa kann Pauls Verhalten auch nicht begreifen und macht ihm deshalb Vorwürfe.

„Paul, du bist tatsächlich bockig. Für Lisas Gesundung wäre es doch ungemein wichtig, ihren lieben Leo an ihrer Seite zu haben."

„Woher willst du das wissen? Sie hat sich doch von mir getrennt und nicht umgekehrt!"

„Ihr beide und eure Missverständnisse! Spring jetzt einfach mal vom hohen Ross, Paul. Mir zu liebe."

„Du kannst ja morgen mal vorfühlen, welche Einstellung sie zu mir hat. Und jetzt lass uns ein Glas Wein trinken und auf diese gute Nachricht anstoßen."

Paul geht an sein Weinregal und nimmt einen leichten Rotwein aus seinem großen Fundus. Zwei Stunden später, die Weinflasche ist leergetrunken und die zwei Paprikaschoten sind aufgegessen, begibt sich Alisa auf den Heimweg, Als sie sich von Paul verabschiedet, sagt sie zu ihrem Freund:

„Paul, Lisa und du sind meine besten Freunde die ich habe. Ich bitte dich inständig dafür zu sorgen, dass zwischen dir und Lisa alles wieder auf die Reihe kommt. Lisa liebt dich über alles. Das weiß ich. Und du weißt es auch. Ich könnte es nicht ertragen, einen von euch zu verlieren. Bitte Paul!"

Sie umarmt ihren Paul und weiß, dass er sich ihrer Bitte nie verschließen würde. Schließlich ist sie ja sein Schätzchen.

Als Lisa aus der Narkose erwacht, umfängt sie zuerst vollkommene Dunkelheit. Doch dann gewöhnen sich ihre Augen langsam an die Finsternis und sie erkennt schwache, farbige Lichtpunkte, die im Rhythmus immer wieder kurz aufleuchten. Ihre Ohren vernehmen ein monotones, leises Brummen, ähnlich des Summtons eines eingeschalteten Rechners. Es sind die Geräusche der kleinen Ventilatoren in den Überwachungsgeräten und ihr wird schlagartig klar, wo sie sich befindet.

‚Ich bin auf der Intensivstation – und ich lebe‘! Sind ihre ersten Gedanken. Ein unbeschreibliches Glücksgefühl stellt sich bei ihr ein. ‚Dr. Vögeli hat mich erfolgreich operiert, er hat mich gerettet‘! Dann wird Lisa nachdenklicher. ‚Oder war es für die Operation schon zu spät und morgen schickt man mich nach Hause, um dort die letzten Lebenswochen zu verbringen? Aber ich hatte Dr. Vögeli doch gebeten, er soll mich nicht mehr aufwachen lassen, wenn keine Chance auf Heilung besteht‘.

Unsicherheit macht sich bei ihr breit. Sie hört in ihren Körper hinein. Sie spürt keinen Schmerz. Sie hebt etwas die eine Hand, erkennt die Kanüle auf dem Handrücken und den dünnen Schlauch, der sie tropfenweise versorgt. Ermattet lässt sie ihre Hand auf die Bettdecke fallen. Das hinterlässt ein kurzes, kaum wahrnehmbares Rascheln, das aber in die Monotonie der Geräusche im Raum nicht passt. Doch dieses kurze Rascheln lässt die Überwachungsschwester aufhorchen. Sie weiß jetzt, ein Patient ist aus der Narkose erwacht. Sie weiß auch sofort, aus welcher Richtung dieses andere Geräusch kommt. Gleich darauf steht sie an Lisas Bett und schaltet das kleine Nachtlicht an.

„Na, Frau Mahler, wach geworden? Wie fühlen Sie sich?" Mit schwacher Stimme antwortet Lisa:

„Eigentlich fühle ich überhaupt nichts, Schwester. Wie steht es um mich?"

„Soweit ich weiß, ist die Operation gelungen. In ein paar Stunden ist die Frühvisite, dann kommt der Stationsarzt mit einem Chirurgen zu Ihnen. Ruhen Sie sich aus, Sie sind noch sehr schwach."

Die Schwester tätschelt leicht Lisas Arm, überprüft, wie schon während der ganzen Nacht, die verschiedenen Überwachungsgeräte und kehrt an ihren Platz zurück.

Bei Lisa kehrt wieder Zuversicht ein. Große Dankbarkeit gegenüber Dr. Vögeli und den anderen Ärzten macht sich breit. Sie nimmt sich felsenfest vor, sobald sie kann, wird sie an Professor Vögeli, ihren Retter, einen Brief schreiben und sich bedanken für sein großes Bemühen um sie. Und sie wird diesem Brief auch ein Bild von der gesunden Lisa beilegen. Mit dem Wissen, dass der Griff zum Strohhalm doch richtig war, lässt sie ihren Gedanken freien Lauf. Große Sehnsucht nach ihrem geliebten Leo kommt auf. Die von ihr gewünschte Trennung muss sie so schnell es geht zurück nehmen. Wird er darauf eingehen? Oder ist er zutiefst verletzt und geht zukünftig seinen eigenen Weg? Angst überkommt sie, dass sie ihren lieben Leo verloren haben könnte. Dann kommt ihr der Gedanke, wie sie ihn zurück gewinnen kann. Sie wird ihm den Abschiedsbrief überreichen. Dann kennt er ihre Beweggründe, die zur Trennung führten. Ohne ihren Leo kann und will sie sich ihr zukünftiges Leben nicht vorstellen. Sie will um ihn kämpfen und niemand soll ihr dabei in die Quere kommen. Und bei diesen Gedanken fällt Barbara ihr ein. Wird ihre Mutter weiterhin die Beziehung akzeptieren? Wird sie Druck von ihrem Vater bekommen? Der hat sich ja noch nicht zu Leo geäußert – aus Mangel an Gelegenheit. Das Überleben seiner geliebten Tochter hat alles andere nebensächlich werden lassen. Wann werden die Eltern, wann wird Leo erfahren, wo sie sich befindet und was mit ihr ist? Sie nimmt sich vor, sobald sie wieder in ihrem Krankenzimmer ist, die Eltern anzurufen. Und was ist mit Leo? Soll sie ihn auch anrufen? Nein, das muss warten, bis sie mit den Eltern gesprochen hat. Lisa schließt die Augen, der ermattete Körper fordert sein Recht auf Erholung. Die Dunkelheit im Raum trägt mit dazu bei, dass Lisa rasch einschläft. Als sie nach Stunden wieder erwacht, hat die Nacht dem Tage Platz gemacht. Sie sieht sich um, soweit ihre Augen es zulassen. Den Kopf dabei zu drehen ist ihr kaum möglich, so kraftlos hat die Operation sie gemacht.

Links und rechts neben ihrem Bett wird durch spanische Wände der Blick versperrt. Aber sie weiß, dass sie nicht die einzige Patientin auf der Intensivstation ist. Sie hört typische Geräusche aus beiden Seiten die ihr signalisieren, dass andere Patienten ebenfalls wach liegen. Es wird nicht mehr lange dauern bis zur Visite. Hoffentlich haben die Ärzte nur positives für Lisa zu berichten. Die Nachtschwester wartet ungeduldig auf die Visite. Eigentlich wäre ihre Schicht zu Ende, die Ablösung ist bereits eingetroffen, doch sie muss bei der Visite ihren Bericht über die vergangene Nacht abliefern.

Dann ist es endlich soweit. Drei Ärzte, eine Ärztin und die Oberschwester betreten die Intensivstation. Man beginnt bei dem ersten Patient neben der Tür. Ein Chirurg gibt ein kurzes Statement zur durchgeführten Operation. Dann werden die Einträge der Nachtschwester überprüft. Anschließend verständigen sich die Ärzte über die weitere Behandlung. Als sie bei Lisa ankommen, kann diese ihre Nervosität kaum zügeln. Der Chirurg kommt an Lisas Bett und sie erkennt in ihm den Chefarzt, der ihr am Vortag den Schweizer Professor Vögeli vorstellte. Ein freundliches Kopfnicken zu Lisa hin und er geht auf die Operation ein: „Das ist unsere Patientin, welche vom Kollegen Vögeli erfolgreich operiert wurde. Die Problematik bestand darin, dass unentdeckte Knochensplitter eines unfallbedingten Beckenbruchs über Wochen viel Unheil im Unterleib angerichtet haben. Professor Vögeli ist es gelungen, beschädigtes Gewebe an einigen Organen zu veröden, doch er kam nicht umhin, eine radikale Hysterektomie durchzuführen. Angesicht des Alters der Patientin eine schwere Entscheidung, aber Kollege Vögeli sah keine andere Möglichkeit, das Leben dieser jungen Frau zu retten."

Lisa hat aufmerksam zugehört. Sie kann mit dem medizinischen Begriff aber nichts anfangen und fragt deshalb:

„Was versteht man darunter, Herr Doktor?"

Der Stationsarzt mischt sich ein.

„Ich werde mich später mit ihnen zusammensetzten und Sie ausführlich informieren. Werden Sie demnächst von Angehörigen besucht?"

„Niemand aus meiner Familie weiß, dass ich hier bin und operiert wurde. Ich werde aber Bescheid geben, sobald ich in meinem Stationszimmer bin."

„Ich denke, man kann Sie heute Nachmittag nach dort verlegen. Vorausgesetzt, die Geräte hier zeigen keine negativen Auffälligkeiten. Ich werde dann am Nachmittag das Gespräch mit Ihnen führen."

Der Chefarzt reicht Lisa die Hand und nickt ihr aufmunternd zu. Dann geht der Tross zum nächsten Patient.

Lisa macht sich darüber Gedanken, was der Arzt ihr am Nachmittag mitteilen wird. Das Wort ‚radikal' hat sie noch im Ohr, das hört sich bedrohlich an. Das andere Wort hat sie wieder vergessen. Aber sie lebt! Das ist ihr das Wichtigste. Egal, was das andere Wort auch bedeutet, lebensbedrohlich ist es nicht. Glücklich lässt sie ihren Gedanken wieder freien Lauf. Am Nachmittag wird sie ihre Eltern anrufen. Unbändige Lebensfreude hat sie erfasst. Es wird alles so wie es früher war, vor dem Unfall. Nicht ganz! Den Volleyballsport kann sie nicht mehr ausüben. Aber egal, dafür haben Leo und sie mehr Zeit füreinander. Sie wird wieder ihr Studium aufnehmen. Das verlorene Semester wird sie nachholen und wenn alles gut läuft, hat sie in spätestens drei Jahren ihr Diplom in der Tasche. Hoffentlich kann sie ihren geliebten Leo zurück gewinnen.

Die Stunden verrinnen und die körperliche Schwäche lässt Lisa immer wieder für eine Weile einschlafen. Dann kommt der Nachmittag und ihr Körper wird von den Anschlüssen der Messgeräte befreit. Bevor sie auf die medizinische Krankenstation zurück verlegt wird, erscheint der Stationsarzt zum angekündeten Gespräch. Er angelt sich einen Stuhl und setzt sich neben das Bett. Er atmet tief durch und beginnt mit seinen Erklärungen:

„Frau Mahler, ich bin Ihnen noch eine Antwort schuldig. Darf ich Ihnen zuerst ein paar Fragen stellen, die Sie jedoch nicht beantworten müssen, wenn Sie nicht wollen. Sie sind eine junge Frau, gerade mal dreißig Jahre alt. Wie haben Sie sich Ihr weiteres Leben vorgestellt? Was sind Ihre wichtigsten Lebensziele, auf die Sie nur ungern verzichten würden?"

„Ich möchte auf jeden Fall mein Studium beenden und eine ordentliche Diplomarbeit abgeben. Dann möchte ich eine interessante Anstellung in meinem neuen Beruf finden."

Der Arzt räuspert sich kurz und sagt:

„Diesen Wünschen steht nach Ihrer völligen Gesundung nichts im Wege. Welche Pläne haben Sie in Bezug auf eine Partnerschaft und Familie?"

„Da muss ich etwas gutmachen, Herr Doktor. In Anbetracht der ärztlichen Prognose, dass ich mich in höchster Lebensgefahr mit nur geringster Überlebenschance befand, habe ich meine Partnerschaft aufgelöst, um diesem lieben Menschen die Höllenqualen zu ersparen, mit ansehen zu müssen, wie das Liebste, was er hat, langsam dem Tod entgegen geht. Jetzt bin ich unendlich glücklich, weil Professor Vögeli mein Leben retten konnte. Ich weiß, dass auch meine Partnerschaft einen Neuanfang erfahren wird." Lisa hat sich etwas außer Atem geredet.

„Ja Frau Mahler, es stand wirklich nicht gut um Sie. Professor Vögeli hat wieder einmal bewiesen, welch großer Chirurg er ist. Wenn besonders schwierige Fälle anliegen, demonstriert er sein Fachkönnen. Solche Operationen werden grundsätzlich aufgezeichnet und dienen der Schulung angehender Ärzte in vielen Unikliniken."

„Ich habe die Kameras gesehen, bevor die Narkose einsetzte."

„Dr. Vögeli hat Sie also erfolgreich operiert, Frau Mahler. Er hat Ihnen das Leben erhalten können. Das war ihm das Wichtigste. Doch es hat auch einen Tribut gekostet. Das will ich Ihnen jetzt erklären. Er musste Ihnen Organe entnehmen, welche infolge größter Verletzungen unwiederbringlich verloren waren. Diese

Organe, Frau Mahler, stehen für das Mutterglück. Leider wird Ihnen dieses Mutterglück Ihr Leben lang nie beschieden sein. Das ist der Preis für Ihr Leben."

Der Arzt nimmt Lisas Hände in seine eigenen und sieht ihr fest in die Augen. Lisa starrt an die Decke, dann blickt sie den Arzt an. Sie überlegt lange, sehr lange. Dann kommt ihre Frage: „Sind dadurch auch die Gefühle weg, Herr Doktor?"

„Eigentlich nicht. Kommt ganz darauf an, wie Sie mit diesem Zustand umgehen können. Es gibt Frauen, die damit ganz gut zurechtkommen. Andere haben Probleme, weil sie denken, sie können keine Frau mehr sein. Aber das ist falsch. Die Erotik geht ja nicht verloren. Es kommt nur auf die innere Einstellung an."

„Danke Doktor für Ihre Aufklärung. Ich werde damit klarkommen, weil ich es akzeptiere." Lisa sagt es mit fester Stimme.

„Ich freue mich über diese Aussage, Frau Mahler. Ich wünsche Ihnen für die Zukunft alles Gute und ein langes, glückliches Leben. Jetzt bleiben Sie noch einige Tage bei uns und erholen sich von der OP. Dann können wir Sie guten Gewissens nach Hause entlassen. Schonen Sie sich aber noch in den ersten Wochen daheim." Er drückt nochmals fest Lisas Hände und verlässt den Raum. Gleich darauf erscheint ein Pfleger und schiebt Lisa in ihrem Bett zurück zum Krankenzimmer auf der medizinischen Abteilung. Eine dazu gekommene Schwester bittet sie, ihr die Handtasche aus ihrem Schrankteil zu bringen. Später, wenn sie allein im Zimmer ist, will sie ihre Eltern anrufen. Doch sie kann nicht vor siebzehn Uhr anrufen, weil diese noch in der Arbeit sind. Am Spätnachmittag wird kurz gegen die Zimmertür geklopft und gleich darauf geöffnet. Als Lisa ihre Besucher erblickt, ist ihre erste Reaktion, die Hände vors Gesicht zu schlagen, Mit erstickter Stimme bringt sie hervor: „Ihr?" Konsterniert blickt sie auf ihre Mutter und Alisa.

„Woher wisst ihr?"

Auf diesen Besuch ist sie nicht vorbereitet. Barbara ist die Erste, die zu Lisa ans Bett geht. Sie beugt sich über ihre Tochter, küsst sie und sagt:

„Warum machst du uns solch großen Kummer, Lisa?"

„Den größten Kummer, den wollte ich euch ersparen, Mama. Wo ist Papa?"

„Dein Vater weiß noch nichts. In Anbetracht seiner Herzschwäche habe ich ihn nicht informiert. Ich befürchtete, er klappt zusammen, wenn er davon hört."

Alisa ist jetzt ans Bett getreten. Sie umarmt ihre beste Freundin und vergießt Tränen der Freude und Erleichterung. In der einen Hand hält sie einen kleinen, schön mit Frühlingsblumen gebundenen Strauß. Sie überreicht ihn Lisa und sagt dazu:

„Diese Frühlingsblumen verkünden den Beginn der schönsten Jahreszeit. Sie sollen dir ein Symbol sein, weil für dich nun auch wieder die schöne Zeit beginnt. Ich wünsche dir, auch im Namen von Paul, dass du ganz schnell wieder gesund wirst, liebste Freundin."

Jetzt ist es Lisa, der die Tränen über die Wangen kullern. Mit leiser Stimme fragt sie:

„Wie geht es ihm?"

„Wenn ich ihm heute Abend sage, dass du auf dem Weg der Besserung bist, wird es auch ihm wieder besser gehen. Er liebt dich sehr."

„Mein lieber Leo. Ob er mich mal besucht?"

„Woher soll er denn wissen, ob er erwünscht ist?" sind Barbaras schnippische Worte.

„Ich werde ihn anrufen und alles erklären. Wenn er die Geschichte kennt, wird er mir verzeihen, auch wenn er mein Verhalten nicht akzeptieren wird. Aber ich war so verzweifelt. Ich hatte nicht die Kraft, euch die Wahrheit zu sagen."

„War denn die Situation so bedrohlich? Kannst du uns aufklären, mein Kind?"

„Ja, Mama!" Lisa angelt nach der Handtasche und entnimmt den Brief an ihre Eltern. „Hier, lies den Brief, Mama."

Barbara öffnet den Umschlag, zieht den Brief heraus und beginnt zu lesen. Als sie damit fertig ist, schweigt sie betroffen und ihr Gesichtsausdruck zeigt tiefste Bestürzung. Jetzt ist es Barbara, die ihre Tränen nicht mehr zurück halten kann. Als sie sich wieder gefangen hat, nimmt sie Lisas Hände in die ihrige und sagt mit liebevollsten Worten, die nur eine Mutter so überzeugend hervorbringen kann:

„Meine liebe Tochter, warum musst du das alles erdulden? Das reicht doch für ein ganzes Leben und du bist doch erst dreißig Jahre alt."

Barbara faltet den Brief zusammen, steckt ihn wieder in den Umschlag und gibt ihn Lisa zurück. Lisa hat zwischenzeitlich den Brief an Leo aus der Handtasche genommen und ihn Alisa übergeben.

„Hier mein Schätzchen. Gib ihn meinem lieben Leo. Wenn er den Brief gelesen hat, ist zwischen ihm und mir alles wieder gut. Sag ihm, dass ich seinen Besuch sehnlichst erwarte."

Lisa erzählt in kurzen Sätzen, zwischen denen sie immer wieder Pausen einlegen muss, weil sie noch sehr geschwächt ist, was sich in den letzten sechs Tagen zugetragen hat. Von ihren höllischen Schmerzen in der Nacht, von der Untersuchung im Krankenhaus, Dann die Diagnose und niederschmetternde ärztliche Prognose über den voraussichtlich nahen Tod. Über ihre Verzweiflung und unbändige Angst davor. Dann die Akzeptanz. Gedanken an Selbstmord. Überlegung, wie den Angehörigen und ihrem Leo ein wochenlanger Leidensweg erspart werden könnte.

Vor allem der schon angeschlagene Vater machte ihr die größte Sorge. Trennung von Leo einerseits, verschweigen gegenüber dem Elternhaus andererseits, hielt sie für die beste Idee. Ein Silberstreif am fernen Horizont wird sichtbar mit dem Professor aus der Schweiz. Sie klammert sich an diesen Strohhalm. Zuversicht macht sich breit aber ohne Garantie. Was Lisa nicht erzählt, ist das Gespräch vor ein paar Stunden mit dem Arzt und dem Verlust weiblicher Organe.

Als Lisa ihre Geschichte erzählt hat; Alisa hielt ihr die ganze Zeit die Hände; ist sie völlig erschöpft. Sie bittet ihre Besucher, sie jetzt allein zu lassen. Sie möchte schlafen. Barbara gibt ihrer Tochter ein Kuss und verspricht, morgen wieder zu kommen. Alisa macht ihrer Freundin Hoffnung auf einen baldigen Besuch von Paul. Nachdem die Frauen das Krankenzimmer verlassen haben, wenden sie ihre Schritte Richtung Schwesternzimmer. Barbara stellt sich vor und erinnert die Schwester daran, dass ihr ein Gespräch mit dem Stationsarzt zugesagt wurde. Doch das wird heute nicht gehen, gibt die Schwester zu verstehen, denn der Stationsarzt der Tagschicht wäre bereits gegangen und die ablösende Ärztin für die Nacht kenne nicht die Details, was die Patientin betrifft. Am besten, wenn Barbara morgen gleich nach ihrer Ankunft im Krankenhaus das Arztgespräch anmahne.

Als Barbara und Alisa zurück bei Paul sind, hält sich Barbara nicht lange auf und macht sich auf die Heimfahrt. So bleibt es Alisa vorbehalten, Paul zu berichten. Nachdem sie mit ihrer Schilderung am Ende ist, überreicht sie Paul den Brief, den ihr Lisa zugesteckt hatte mit folgenden Worten:

„Paul, diesen Brief hat Lisa im Anschluss an euer letztes Gespräch im Kurpark geschrieben. Sie sagte mir, wenn du den Inhalt kennst wird dir klar sein, warum sie auf die Trennung bestand. Sie hofft, dass du ihr dieses Verhalten verzeihen wirst. Sie liebt dich doch und will dich nicht verlieren."

Paul nimmt den Brief entgegen. ‚An meinen lieben Leo' liest er auf dem Umschlag. Er öffnet ihn und faltet das Blatt auseinander. Einige Wörter sind leicht verwischt. Es waren die Tränen, die Lisa beim Schreiben des Briefes vergossen hat Als Paul zu Ende gelesen hat, ist er tief bestürzt. Schweigend sitzt er auf dem Stuhl am Esstisch und stützt mit beiden Händen den Kopf ab. Er spricht lange nichts. Dann reicht er Alisa den Brief. Sie soll ihn ebenfalls lesen. Als Alisa fertig ist, sitzen beide eine Weile schweigsam am Tisch. Irgendwann sagt Paul:

„Warum glaubt unsere Lisa, dass sie ihre Probleme immer alleine aushalten muss. Immer versucht sie, andere damit nicht zu belästigen. Ich bin ihr Partner seit nun schon fast einem Jahr. Wenigstens mir müsste sie sich offenbaren. Selbstverständlich wäre es für mich ein entsetzlicher Schock gewesen zu erfahren, dass Lisa dem nahen Tod geweiht ist. Aber man braucht doch jemanden, der einem die Hand hält in einer solchen Situation. Glücklicherweise wissen wir jetzt, dass es dank dieses Professors aus der Schweiz nicht so weit kam wie befürchtet. Das Schicksal hat es noch einmal gut mit uns gemeint. Unsere liebe Lisa wird wieder gesund und das macht mich unendlich glücklich."

„Und Paul? Wirst du Lisa morgen besuchen? Sie erwartet dich sehnlichst!"

„Natürlich besuche ich sie. Mein Leben ist voll und ganz auf dieses Weibsstück ausgerichtet", lacht Paul. „Sie ist halt mein Schicksal, das ich ertragen muss."

„Ach du Armer! Aber ich helfe dir dabei, dass es erträglicher wird", sagt sein Schätzchen neckisch.

Paul macht sich am nächsten Morgen gegen zehn Uhr auf den Weg nach Heidelberg. Dort angekommen, geht er zuerst in eine Konditorei und kauft eine Tüte mit den besten, hausgemachten Pralinen, die angeboten werden. Dann wendet er seine Schritte dem Universitätskrankenhaus zu. Endlich steht er vor der Tür von Lisas Krankenzimmer. Er atmet nochmals tief durch, klopft kurz und tritt ein. Es ist ein Zweibettzimmer, aber nur von Lisa belegt. Sie hat das Bett am Fenster. Mit wenigen Schritten ist er bei ihr. Lisa sieht ihm mit freudigem und befreiendem Blick entgegen. Paul beugt sich zu ihr hinunter und gibt ihr einen flüchtigen Begrüßungskuss. Er schaut Lisa mit ernstem Gesicht durchdringend an, sagt aber nichts. Dann bemerkt er, dass sich Lisas Augen mit Tränen füllen. Diese kühle Begrüßung hat sie nicht erwartet. Endlich formen ihre Lippen die ersten Buchstaben. Mit tränenerstickter Stimme bringt sie hervor:

„Danke Leo, dass du gekommen bist."

„Was bleibt mir, Leibeigener der schönsten Frau der Welt schon anderes übrig, als meiner Herrin zu dienen. Mal werde ich erbarmungslos verstoßen, dann wieder reumütig zurückgeholt. Dann und wann werde ich psychisch ausgepeitscht, anschließend wird mit Balsam meine geschundene Seele massiert. Aber ich habe mich mit meinem Schicksal schon längst abgefunden. Ich möchte kein anderes Leben mehr führen, zumal weder die Obrigkeit noch der Klerus uns zukünftig etwas anhaben können."

Paul lächelt bei den letzten Worten und seine Mona Lisa vergisst ihre Tränen, verliert ihre Unsicherheit und sagt jetzt ebenfalls gut gelaunt:

„Setz dich zu mir ans Bett, Sklave."

Dann wird ihr der letzte Satz von Paul erst richtig bewusst. Verschüchtert fragt sie Paul:

„Leo, hast du den Laborbericht gelesen?"

„So ist es, mein Schätzchen. Du hast einen echten Vater der Walter heißt!"

Lisa lässt ihren Kopf auf das Kissen zurück sinken und schließt die Augen. Nach einer Weile schaut sie Leo an und voller Zuversicht verkündet sie:

„Dein Schicksal ist damit besiegelt, mein Liebster. Nie wirst du dich aus meinem Spinnennetz befreien können. Du kannst das Aufgebot bestellen, denn wir werden heiraten."

„Heiraten? Ich soll so ein Weibsstück heiraten? Bei der man nicht sicher sein kann, irgendwann auf das Abstellgleis verschoben zu werden?" Paul spielt den Entrüsteten.

„Schweig und tue, was deine Herrin befiehlt!"

„Na gut! Wenn du meinst!"

Und dieses ungleiche Paar küsst sich, wie sie es von jeher gewohnt sind.

So ist bei Paul und Lisa die heile Welt wieder eingekehrt. Lisa hat ihren Leo zurückbekommen und Paul verkneift sich die Ermahnungen, die er eigentlich loswerden wollte. Da die Gründe für Lisas Verhalten vor wenigen Tagen geklärt wurden, wird dieses

Thema nicht wieder aufgewärmt. Jetzt zählt nur noch Lisas baldige Genesung. Paul besucht sie von nun an jeden Tag im Krankenhaus. Bald darf sie das Bett verlassen für kurze Spaziergänge auf dem Flur. Die Mahlzeiten kann sie wieder selbst einnehmen und mit der stetigen Verbesserung der körperlichen Stärke einhergehend, gewinnt Lisa ihre Fröhlichkeit und Lebensfreude zurück, die Paul so sehr an ihr schätzt. Doch eines hat sie bisher verschwiegen: Ihren Tribut, den sie für ihr Weiterleben erbringen musste. Sie will Paul erst später damit konfrontieren, wenn sie vollkommen geheilt wieder zu Hause ist. Lisa muss noch zwei Woche im Krankenhaus bleiben. Dann ist ein erneuter Kuraufenthalt im Gespräch. Doch Lisa möchte endlich wieder in den eigenen vier Wänden sein. Sie könne sich am besten zu Hause erholen, zumal sie mit Paul eine echte Hilfe zur Seite hat, gibt sie zu verstehen. So kommt anstelle eines Kuraufenthalts eine therapeutische Fachkraft drei Mal die Woche nach Hause. Alisa besucht ihre Freundin mehrmals die Woche nach Schulschluss und sonntags kommen die Eltern zu Besuch.

An einem frühen Freitagabend erscheint schwer bepackt mit Tragetaschen Alisa. Paul empfängt sie an der Tür und ist überrascht:
„Hallo Schätzchen, das ist aber schön, dass du bei uns einziehen willst! Du bekommst meine Betthälfte, ich schlafe ab sofort in der Mitte!"
Alisa lacht und gibt ihm einen Teil ihres Gepäcks. Nachdem sie Lisa begrüßt hat, verkündet sie:
„Meine liebsten Freunde und ich haben etwas zu feiern! Vielleicht muss ich dein Angebot Paul, annehmen und heute Nacht hier schlafen, falls die Beine mir nicht mehr gehorchen wollen. Paul, pack mal bitte mit aus."
Bald türmen sich Schüsseln und Schalen auf dem Tisch. Eine Flasche mit echtem Champagner sowie eine Flasche mit Raki kommen zum Vorschein. Paul wendet sich belustigt und mit Schalk im Nacken an Alisa:

„Wenn man Verlobung feiert, darf der Auserwählte aber nicht fehlen. Wann kommt er hinzu, Schätzchen?"

Anstelle einer Antwort schwenkt Alisa fröhlich ein Plastikkärtchen.

„Das ist mein neuer Freund und den gebe ich nicht mehr her", verkündet sie und hält Paul ihren Führerschein unter die Nase.

„Das freut mich aber für dich! Herzlichen Glückwunsch! Wie oft bist du durch die Prüfung gefallen?", fragt Paul im Spaß. Lisa mischt sich ein:

„Alisa, gib ihm keine Antwort! Er will dich nur veräppeln. Er weiß so gut wie ich, dass du eine Prüfung erst angehst, wenn du dir absolut sicher bist. Meinen herzlichen Glückwunsch, Alisa. Hab viel Spaß beim Autofahren und pass gut auf dich auf. Komm immer gesund nach Hause. Es gibt genug Idioten auf der Straße."

„Ja, Lisa. Ich habe Erinnerungen, die mich noch Jahre beschäftigen werden. Hoffentlich bleibt mir dein Schicksal erspart." Alisa ist sehr ernst geworden. Sie umarmt Lisa und drückt sie fest an sich.

Paul hat angefangen, Schüsseln und Schälchen zu öffnen und ist überwältigt über das, was da zum Vorschein kommt. Er schnappt sich Alisa und hebt sie hoch.

„Du bist ein Goldschatz, Herzchen!"

„Der Goldschatz heißt eigentlich Güler. Sie hat es extra für euch und mich gekocht. Also Paul, du musst meine Mutter hochheben."

„Willst du, dass ich mir das Kreuz breche?"

„Aber meine Mama ist doch nicht so dick, wie du sie hinstellst", sagt Alisa und spielt die Entrüstete.

„Du hast völlig recht. Deine Mama ist eine hübsche Frau, Deshalb hat sie ja auch eine bildhübsche Tochter, die jetzt erwachsen ist."

„Deshalb feiern wir heute nicht nur meinen Führerschein, sondern auch meinen achtzehnten Geburtstag nach und den Verlust des Welpen-Schutzes, gell' Paul?"

Zwischenzeitlich war Lisa kurz aus dem Zimmer. Jetzt kommt sie mit einem großen Geschenkpaket zurück. Sie überreicht es Alisa mit den Worten:

„Leo und ich haben uns entschieden, dir etwas zu schenken, das du in absehbarer Zeit gut gebrauchen kannst. Hoffentlich haben wir das richtig gemacht." Lisa umarmt Alisa und küsst sie. „Alles Gute zu deinem Geburtstag. Bleib gesund und viel Erfolg in deinem Beruf"! Paul schiebt nun Lisa zur Seite und sagt: „Lass mich auch mal", zieht Alisa an sich und verpasst ihr ebenfalls einen dicken Kuss auf die Stirn.

„Du solltest täglich Geburtstag haben, dann könnte ich dich täglich drücken und küssen, mein Herzchen. Alles Gute mein Schatz! Bleib gesund und mach deinen Weg. Alles andere ergibt sich."

Alisa ist tief berührt und hat mal wieder Tränen in den Augen. „Ihr seid meine besten Freunde und diese Freundschaft soll nie erlöschen." Dann macht sie sich daran, das Geschenk auszupacken.

„Fast zu schade, die schöne Verpackung zu zerstören. Aber ich bin voller Neugierde zu erfahren, was ihr mir geschenkt habt."

Alisa hat im Nu die kunstvoll drapierte Stoffrose und das bunte Papier entfernt und nimmt den Deckel ab. Was da alles zum Vorschein kommt! Zuerst ein Reinigungs-Set fürs Auto und ein nagelneuer Verbandskasten. Eine starke Taschenlampe mit Leuchtdioden, eine Konsole fürs Mobiltelefon, 1 Paar Schonbezüge, Gummimatten und dann gibt es da noch ein Päckchen in Geschenkpapier verpackt. Alisa packt es aus und stößt einen Freudenschrei aus: Ein Navigationsgerät der neuesten Technik.

„Ihr seid verrückt, mich so reich zu beschenken! Womit hab' ich das verdient? Das hat doch sehr viel Geld gekostet!"

Alisa blickt verlegen aber mit glückstrahlenden Augen ihre Freunde an.

„Vielen, vielen Dank für diese tollen, braubaren Dinge. Bald werde ich ein kleines Auto haben und kann alles gut gebrauchen."

Dann gibt sie Lisa und Paul die Hand und bekräftigt ihren Dank mit einer Umarmung. Paul ist der Erste, der zur Tagesordnung übergeht:

„Jetzt müssen wir nur noch nach dem passenden Auto schauen. Wenn du am Samstag nächste Woche bei Fred nicht gebraucht wirst, können wir uns bei verschiedenen Autohändlern mal umsehen. Es wäre mir jedoch sehr wichtig, dass dein Vater mitkommt. Sprich mit ihm, ob ich als Begleitung dabei sein darf."

„Mein Papa wird sich sehr freuen, dich zu sehen. Es wird ihm eine große Ehre sein."

„Wieviel Geld hast du für das Auto gespart, Alisa?"

„Mit dem, was Papa dazulegen wird, habe ich weit über viertausend Euro. Wird es reichen, Paul?"

„Dafür bekommst du ein kleines, gebrauchtes Auto, das dich bestimmt ein paar Jahre aushalten wird. Nach der Schule wirst du ja bei Fred ein Gehalt bekommen. Dann kannst du für ein neues Auto sparen."

Lisa hat zwischenzeitlich den Tisch gedeckt. Einige Speisen von Güler sind noch warm und sollten umgehend gegessen werden. Deshalb ruft sie Alisa und Paul an den Tisch. Den Champagner hat sie in den Kühlschrank gestellt. Mit gutem Appetit machen sie sich über Gülers fantastische Speisen her. Alisas Feier für die bestandene Führerscheinprüfung endet gegen Mitternacht. Alisa bleibt die Nacht bei ihren Freunden, aber Paul darf seine Betthälfte behalten.

Jetzt im April wird es zusehends wärmer. Die Obstbäume zeigen bereits dicke Knospen. Es kann nicht mehr lange dauern, bis die Obstplantagen in den Tallagen sich in ein weißes und rosarotes Blütenmeer verwandeln. Lisa erinnert daran, dass sie eigentlich um diese Jahreszeit in Südtirol sein wollten. Aufgeschoben ist nicht aufgehoben, meint daraufhin Paul und streichelt sanft Lisas Rücken. Er bemerkt, dass in den letzten Tagen seine Herzdame zusehends Frühlingsgefühle bekommt. Die vergangenen Wochen waren noch geprägt von erotischer Zurückhaltung. Küssen, schmusen und liebkosen war angesagt, aber die körperliche Liebe musste noch warten. Jetzt spürt er das Verlangen bei Lisa, aber auch bei sich und das fordert baldige Erfüllung. Er nimmt sich vor, das Thema am Abend anzusprechen.

Paul hat im April Geburtstag. Seine Mona Lisa möchte eine Geburtstagsfeier ausrichten. Paul ist dagegen. Er verabscheut solche Veranstaltungen. Ja, runde Geburtstage feiert er schon, aber in den Jahren dazwischen? Es sind immer wieder Diskussionen zwischen ihnen. Wieder einmal kommt Lisa darauf zu sprechen: „Liebling, ich weiß, das Thema ist dir ein Graus, aber ich habe es mir folgendermaßen vorgestellt: Zu deinem Geburtstag laden wir auch deinen Sohn mit Familie ein. Es wird Zeit, dass ich mit denen bekannt werde. Wir beide sind jetzt bald ein volles Jahr zusammen. Meinst du nicht auch, dass es Zeit wäre, das Verhältnis zwischen Andreas und uns zu bereinigen? Andreas kennt mich nicht, ich kenne ihn und seine Familie ebenfalls nicht."

Paul ächzt darauf: „Ich habe damit kein Problem. Er hält seinen Vater für bescheuert. Warum sollte ich auf ihn zugehen? Nein, nein, lass es wie es ist, Schätzchen."

Lisa gibt aber nicht auf:

„Leo, du bist ein sturer Bock. Kannst du nicht einmal über deinen Schatten springen? Heute Abend werde ich dafür sorgen, dass du mit Andreas telefonierst und die Einladung aussprichst."

„Heute Abend habe ich Wichtigeres zu tun, als Telefonate zu führen."

„So? Und was bitte?"

„Wir beide werden heute Abend in unser Stammlokal fahren, gut essen und trinken und dann…"

„Was dann?"

„Dann will ich mit meiner Herzensdame eine wunderschöne, leidenschaftliche Nacht verbringen, an die sie ewig denken wird."

„Mein lieber Leo, sei nicht so leichtsinnig mit Versprechungen. Lass es uns besser anschließend bewerten, ob es sich rechtfertigt, ewig daran zu denken", lacht Lisa und küsst ihren Leo so leidenschaftlich, wie sie es meistens tut. Und dann muss sie ihn noch foppen:

„Ich habe dich heute Nachmittag beobachtet, wie du auf der Terrasse mit großem Interesse die Vögel beobachtet hast. Hat das deine Stimmung beeinflusst und willst es den Vögelchen gleich tun, mein Schatz?"

„Nicht nur gleichtun, besser machen, kleine Hexe."

Am nächsten Morgen bleiben sie noch lange beieinander liegen. Sie haben in der Nacht nicht ausreichend geschlafen. So nicken sie immer wieder ein, bis sich der andere im Schlaf umdreht oder Paul zu schnarchen beginnt. Doch irgendwann meldet sich der Hunger und sie beginnen, sich gegenseitig für das Frühstück verantwortlich zu machen. Lisa bleibt Siegerin und Paul auf der Strecke. Also rafft er sich auf und geht ins Bad. Nach einer Weile kommt er noch einmal ins Schlafzimmer mit folgender Bemerkung:

„Mona Lisa, wie hältst du es eigentlich mit der Verhütung? Seit du wieder zu Hause bist, vermisse ich die Pillenpackung im Bad. Hast du einen anderen Aufbewahrungsplatz als früher? Weißt du, das war für mich sehr geschickt. So konnte ich dich immer kontrollieren, ob du dich an unsere Abmachung hältst."

Lisa war auf dieses Thema nicht vorbereitet. Deshalb sagt sie so nebenbei, als wäre dies eine unwichtige Sache:

„Leo, lass uns beim Frühstück darüber sprechen. Es gibt noch ein anderes Thema, das beim Frühstück anzusprechen gilt. Nämlich die Fortsetzung des gestrigen Gesprächs wegen der Geburtstagsfeier."

„Jetzt will ich aber wissen, wo du die Pillen versteckt hast", wechselt Paul das Thema.

„Nicht versteckt, Liebling. Ich habe keine mehr!"

„Du bist wohl von Sinnen! Muss ich jetzt Kondome besorgen? Dann lass uns heute Nachmittag welche besorgen. Wir gehen gemeinsam zum Sexshop und du darfst die Farbe auswählen. Was ist deine Lieblingsfarbe, Schätzchen?"

„Schwarz!"

„Aha! Sehr interessant! Das sind also deine heimlichen Wünsche. Du solltest nach Afrika auswandern und ich wäre aus der Sklaverei befreit."

„Ich bleibe aber hier, weil ich ohne meinen lieben Leo nicht leben kann. Du musst auch keine schwarzen Kondome kaufen. Uns kann nichts mehr passieren, Liebling."

Lisas Gesichtsausdruck ist ernst geworden.

„Wie muss ich das verstehen?" sind Pauls Worte und er wirkt konsterniert.

„So wie ich es sage, Leo. Professor Vögeli musste mich von allem befreien, was für eine Schwangerschaft notwendig ist. Damit hat er mein Leben gerettet, sagten mir die Ärzte."

„War es schlimm für dich, das zu erfahren, mein Schatz?"

„Zuerst ja! Aber dann wurde mir gesagt, dass meine erotischen Gefühle nicht darunter leiden würden. Das hat sich heute Nacht bestätigt. Deshalb kann ich mit diesem Zustand leben. Kinder wollte ich sowieso nicht, weil ich mein Leben mit dir verbringen will."

„Mich wird es aber nicht ewig geben in deinem Leben. Dann könnte der Verlust zum Problem werden."

„Nein Leo! Nach dir kommt nichts nach. Sieh zu, dass du lange gesund bleibst. Wenigstens noch zwanzig Jahre möchte ich dich an meiner Seite haben. Dann habe ich ein Alter erreicht, wo man ganz gut alleine zurechtkommen kann."

Lisa nimmt ihren Leo in den Arm und küsst ihn, dass ihm beinahe die Luft wegbleibt.

„Ich bezweifle, ob ich diese Küsse noch zwanzig lange Jahre durchstehen kann", ist Paul trockener Kommentar.

So ist auch diese Information über Lisas körperlichen Zustand bei Paul angekommen. Seine Geburtstagsfeier findet ein paar Tage später statt und das Verhältnis Vater – Sohn hat sich wieder normalisiert. Lisa wurde auch in Andreas Familie positiv aufgenommen. Alisa hat mit Pauls Unterstützung ihr kleines Auto gekauft und Lisa hat ihre Lehrbücher wieder zur Hand genommen und büffelt den versäumten Lehrstoff, damit sie beim Wiedereinstieg in den Studentenalltag nicht zu sehr nachhängt. Eigentlich sind jetzt die besten Voraussetzungen geschaffen, glücklich die kommenden Jahre miteinander zu verbringen. Doch wird das Schicksal mitspielen? Diese große Unbekannte fordert Paul zum Nachdenken heraus und er lässt sein bisheriges Leben Revue passieren.

Schicksalsgedanken.
Schicksal, du bist undurchschaubar. Lange Jahre hatte ich absolut keinen Grund, mit dir zu hadern. Meine Gesundheit blieb mir erhalten. Dafür danke ich dir. Beruflich hatte ich ebenfalls Erfolge vorzuweisen und die finanzielle Seite war nie ein Problem. Dafür danke ich dir. Du hast mir eine Familie geschenkt mit gesunden Kindern. Dafür danke ich dir. Aber dann hast du mich für all die schönen Jahre sehr hart bestraft.. Musste es sein, mir die geliebte Frau zu nehmen? Mich in ein Tal der Tränen und Verzweiflung zu stürzen? Lange habe ich gebraucht, mit diesem Schicksalsschlag zurechtzukommen. Jahre der Einsamkeit folgten. Ein beschauliches, aber manchmal sehr langweiliges Dasein war mir beschieden. Ich hatte mich damit arrangiert. Doch irgendwie waren deine Ansicht und meine Zufriedenheit nicht miteinander vereinbar. Du kommst auf die törichte Idee, mich in eine Sporthalle zu schicken. Und was machtest du dort mit mir? Du hast mir einen Floh ins Ohr gesetzt und mein Seelenleben aufgemischt. Du hast mir Illusionen gemacht, die ein vernünftiger Mensch in meinem Alter ad absurdum führen müsste. Tagelang war ich zu nichts anderem mehr fähig, als an dieses wunderschöne Wesen zu denken. Den Schlaf hast du mir dadurch geraubt. Und dann erdreistest du dich, mir tatsächlich diese zauberhafte Schönheit zuzuführen. Gib zu, das war doch nicht normal oder hattest du damals schon wie ein Schachspieler die nächsten Züge bereits im Kopf? Aber ich bin darauf hereingefallen. Ich

war über alle Maßen glücklich. Ich habe dich über den grünen Klee gelobt. Habe dich hochleben lassen bei jeder Gelegenheit. Wochen, ja Monate folgten voller Glückseligkeit und dabei habe ich ganz vergessen, dass du auch ein widerwärtiges Ungeheuer sein kannst. Oder wie soll ich deine linke Tour verstehen, mich mit den Sünden aus lang zurückliegender Zeit zu konfrontieren? Mir die Tochter einer früheren Geliebten zuzuschanzen? Mit all den unsäglichen Verwicklungen, die daraus entstehen können? Und dann die absolute Schandtat von dir. Fast wie damals bei meiner Frau! Du hättest mich bestrafen können, ohne andere mit hineinzuziehen. Aber nein! Du liebst nicht den direkten Weg. Wie konntest du ein junges Leben der Verdammnis zuführen, nur um mir zu schaden. War es die Rache für meine früheren Sünden? Fast wäre mein Liebstes mir abhandengekommen. Wochen später hast du dich noch einmal an meiner Verzweiflung vergnügt. Doch mit dem schweizerischen Professor hast du schnell die Notbremse gezogen. So hart wolltest du uns nun doch nicht bestrafen. Wie geht es weiter? Hast du endlich genug mit den Drangsalen? Gibst du jetzt endlich mal wieder Ruhe? Lisa und ich haben nun alle Prüfungen hoffentlich hinter uns, oder kommt noch was? Bitte lass uns jetzt ein normales Leben führen. Ich verspreche dir dafür, immer ein hohes Lied auf dich zu singen. Dich wieder über den grünen Klee zu loben. Uns das bis zum Ende meiner Tage.

Vorläufiges Ende